沈奇诗文选集

A COLLECTION OF POEMS AND ESSAYS BY SHEN QI

沈奇 著

【卷二】

中国社会科学出版社

【卷二】 当代诗学散论

前　言

卷二，五辑集成。选收自1991～2018年30年间，有关当代汉语新诗及新诗历史之反应、反刍、反思等相关杂议散论39篇。

实题名以"诗学"，不免有僭越之嫌。

当代"学术产业"隆盛，凡名之什么"学"者，必有学科分之、体例贯之、学者专之。余虽任教于大学，其实各方面都始终未"登堂入室"。爱好所致，教书之外，纯以诗人身份与诗歌情怀，就置身于其中的当代诗歌现实及百年新诗历程，作了一些思考、写了一些文章而已，与现代学科维度之所谓学术大体无关。

本卷虚题拟为"浅近的自由"，既是卷中一篇文章的题目，也是跻身当代新诗理论与批评30多年，个人最终聚焦的一点理念：新诗以"自由"为"基点"，百年烈烈，到底未脱"浅近"之"基因"局限，可谓一个伟大而粗糙的发明——想来若以此焦点续以新的反思与再造，或有真正可深入可徜徉的自由，展现于下一个百年。

其实虚题不虚，还有一层意思。回顾本卷文字，到底也脱不了基因之浅近，唯勉强守住些自由心性的野逸，得以脱学术产业束缚而就个在写作为乐。由此所得卷中诸文字，也就是一位诗之行者之思者的散漫议论而已。或可为当代诗学及当代诗歌写作多少有点什么提示，则幸莫大焉！

目 录

【辑一】

001　"汉语诗心"与"汉语诗性"散论

014　浅近的自由——说新诗是种"弱诗歌"

026　蓝色反应与另一种汉诗——有关新诗与外国诗歌译介的几点思考

036　诗心、诗体与汉语诗性——对新诗及当代诗歌的几点反思

046　"味其道"与"理其道"——中西诗与思比较谈片

063　从"别立新宗"到"百年和解"
　　　　——新诗百年反思兼谈汉语诗歌之"大传统"与"小传统"

【辑二】

093　我写《天生丽质》——兼谈新诗语言问题

108　"动态诗学"与"现代汉诗"——再谈"新诗标准问题"

124　九十年代先锋诗歌的语言问题

131　怎样的"口语"以及"叙事"——"口语诗"问题之我见

140　关于"字思维"与现代汉诗的几点断想

151　现代汉诗语言的"常"与"变"——兼谈小诗创作的当下意义

164　现代汉诗杂记——读瞿小松《音乐杂记》随想

【辑三】

175　诗性、诗形与非诗

180　诗与歌

183　诗与道

187　小众与大众

192　说"懂"与"不懂"

197　小析"语境透明"

200　不期而遇的诗意之旅

204　诗美三层次

210　为诗消肿

217　一首好诗的原型与变体

【辑四】

227　终结与起点——关于第三代后的诗学断想

243　1995：散落于夏季的诗学断想

256　拓殖、收摄与在路上——现代汉诗的本体特征及语言转型

265　新诗与新世纪

269　口语、禅味与本土意识——展望二十一世纪中国诗歌

274　重涉：典律的生成——当前新诗问题的几点思考

279　"自由之轻"与"角色之崇"——有关"新世纪诗歌"十年的几点思考

288　"后消费时代"汉语新诗问题谈片——从几个关键词说开去

【辑五】

301　不可或缺的浪漫与梦想——也谈新诗与浪漫主义

310　角色意识与女性诗歌

317　论作为生命与生活方式的女性诗歌写作

334　梳理、整合与重建——《中国新诗总系》初读谫论

344　独得之秘　别开一界——"当代新诗话"丛书编选前言

353　汉语之批评或批评之文章——评胡亮《阐释之雪》兼谈批评文体问题

365　当代新诗批评的有效性与文体自觉

380　小于"一"，或大于"十二"——有关北岛评价的一个个案分析

【辑一】

"汉语诗心"与"汉语诗性"散论

1

诗是诗人写的。什么样"存心"的诗人，写什么样的诗。同理，什么样"存心"的时代，出什么样的诗人。

这几句大实话，至少在谈论汉语新诗诗人时，是个必要的前提。

"存心"，即"写作动机"——谁在写、写什么、怎样写之外，还得深入考察"为什么写"的问题。爱尔兰诗人叶芝说过一句话："我们和别人争论时，产生的是雄辩，和自己争论时，产生的是诗。"[①] 可以看作思考这个问题的一个注脚。

叶芝这里所说的"别人"，在本文语境中，借用来指代所有的

---

① ［爱尔兰］叶芝：《人的灵魂》，转引自《西方诗论精华》（沈奇编选），花城出版社1993年版，第3页。

"他者"性因素之存在，大概会更明了一些。

百年新诗诗人及其作品，如过江之鲫，何其繁盛？但水落石出后，谁存留了下来？谁还会继续存留下去？谁与时俱进而后随时过境迁废之朽之不复存在？或者换句话说，谁争了"当下"也便活了个当下，谁心存"千古"而不争也成千古？如此等等，都和诗人的那点"存心"有关系。

这是"人本"。具体于新诗"文本"而言，存心不正，则诗体难正；动机不纯，则诗性难纯——无论古今，诗都是最见心性的，初心谨重，或别有用心，结果大不一样。特别是，有关当代汉语诗歌创作诸多现象与问题的解析，其实都得从"心"说起。

2

深入反思与辨析新诗以及后来被正名为"现代汉诗"的"诗心"所在，有两个心理机制惯性，一直或隐或显此伏彼起而长期存在，需要认真检讨：一种可谓"创新情结"，为创新而创新；一种可谓"运动情结"，为"他者"而他者。前一种，耽于变动不居，因变而益衰，而致优雅的缺失和典律的涣散；后一种，乐于与时俱进，或从众造势，成为宣传、时尚、乃至娱乐化的附庸，而至真纯的缺失和初心的涣散。

两者共同的"病根"，在于其创作心理机制中，总有一个"他者"的存在，缺少那种"独与天地精神相往来"（《庄子·天地》）的心胸与气格，所谓自若即失，唯有顾盼，是以大多为小家子成了点小格局，弱诗人写了些弱诗歌而已。

由上文所引叶芝的说法，又想到孔子的一个说法。孔子谈学问之道，指认"古之学者为己，今之学者为人"。（《论语》）套用圣人这句话，似乎也可将诗人与诗的存在状态，分为"为己"与

"为人"两个向度观察之。

我们知道，自古以来，汉语诗歌的正根，或者说汉语诗歌的大传统，在"为己之诗"而非"为人之诗"。古典汉语诗词中许多传世之作，大多出之或唱和或赠答之得，便是一证。此种单纯诗心，可谓古典"汉语诗心"之要义——以己而发，为己而作，即或有一二"预设"知己，那也是另一个自我的对象化，所谓"镜像"作用，心理机制上还是为己之诗，而非"他者"式的攀附。

由此回头看去，百年新诗新了百年，其实主要新了个"为人之诗"：预设受众，预谋他用——现代文学意义上的启蒙、新民、疗救等，当代文学意义上的主旋律、新诗潮、实验、先锋、走向世界等——皆为时代、家国、民族、阶级、大众、小众以及"与国际接轨"等等所主导而发展变化，且慨而慷，发为各种思潮与运动，造势争锋，与时俱进，形成一个小传统，但若将其比之汉语诗歌大传统，还是多少有些底气不足。

说到底，"诗在开始就不是救世的工具或媒介，它是最有生趣的艺术，光辉而不实用，但也最属必要。"[1] 故，"诗人的力量在于他的独立"（雨果语）；而"诗，这是人的一切活动中最纯真的"（海德格尔语）一种存在。按照汉语的说法，诗人乃"真语者"（《金刚经》），"修辞立其诚"（《文言》），非"自性圆明"（《圆觉经》）者难成正果。

尤其，现代化至今日之物质时代、后消费主义时代、碎片化时代、网络与自媒体时代、"娱乐至死"的时代，诗，越发成为无用之用的境况下，浮华还是潜沉，更得看诗人的"存心"如何了？所谓：自得其所，方有诗得其所。

---

[1] ［美］J. M. 卜润宁：《我写诗工作的几个阶段》，转引自《西方诗论精华》（沈奇编选），花城出版社1993年版，第88页。

有必要引用尼采的一段话作参照，或许更意味深长些：

> 宁静的丰收。——天生的精神贵族是不大勤奋的；他们的成果在宁静的秋夜出现并从树上坠落，无需焦急地渴望、催促、除旧布新。不间断的创作愿望是平庸的，显示了虚荣、嫉妒、功名欲。倘若一个人是什么，他就根本不必去作什么——而仍然大有作为。在"制作的"人之上，还有一个更高的种族。[①]

3

原本，人类世界的诗人之"诗心"，应该都是相同且相通的，何以生出"汉语诗心"一说？

笔者生造"汉语诗心"的说法，在本文语境中有两层意思：一是说汉语诗人该有汉语自性的诗心所在，不能总是翻译诗歌主导的"范"；一是说汉语诗人为诗而诗时，多少还得操心点汉语的事。

一方面，如上述行文中所点到的，至少就古典汉语诗人之主体精神而言，其主要取向，尽可用那句"独与天地精神相往来"概言之：真纯朗逸，笃诚率性，出而入之，入而出之，有顾盼而不失自若，终归自得而美，唯诗文"千古事"为是。这其中的深层心理机制所在，与汉语感知世界与表意世界的根性有关，或者说，与汉语"诗意运思"（李泽厚语）的基因属性有关。

另一方面，如 T. S. 艾略特所言："诗人作为诗人，对本民族只负有间接义务，而对语言则负有直接义务，首先是维护，其

[①] ［德］尼采：《出自艺术家和作家的灵魂》，转引自《西方诗论精华》（沈奇编选），花城出版社1993年版，第48页。

次是扩展和改进。"① 作为汉语诗人，其"存心"所在，自然还得操心经由现代"诗性编程"后，对汉语的"维护"、"扩展"和"改进"起了多大作用？尤其现代汉语，恐怕很难经由文学之外别的话语方式获益于此，而诗是文学中的文学，对此责无旁贷。这说起来可是个大问题，也是忙着与时俱进的当代诗歌创作与理论界，一再延宕荒疏的问题。

诗是语言的艺术，这艺术除了要尽诗的责任外，还得反转来尽语言的责任。众所周知，现代汉语中尚留存使用的许多成语，多取自古典诗词，从而成为现代中国人，各个层面的感知与表意中，常常画龙点睛式的存在，其"穿越"性的"命名"效应，挥之不去，唯有眷顾，而功莫大焉，便是一个最显豁的例证。

语言是人的起始，诗是语言的起始；诗由语言而生，语言由诗而生——其中的相互关系及利害所在，实在大有说头。不妨转而先讨论有关"汉语诗性"的命题，或可经由此关联而另获启示。

4

新诗或现代汉诗，经百年"现代化"，由倚重字构、词构之古典"编程"，转而为依赖句构、篇构之现代"编程"，其外在形式，如当代诗评家叶橹先生所言，只剩下"无限自由的分行"，另走一道，另成谱系，我们再回头谈论"汉语诗性"命题时，究竟要义为何？

先绕开去说。

古今汉语诗歌，若概要打通去看，大体可以"情""义""体""境"四字，概括其原本可以共生共有的基本诗性——

其一，"情"者，可谓"精神诗性"；

---

① ［英］T. S. 艾略特：《诗歌的社会功能》，转引自《西方诗论精华》（沈奇编选），花城出版社1993年版，第49页。

其二，"义"者，可谓"思想诗性"；

其三，"体"者，可谓"形式诗性"；

其四，"境"者，可谓"意境诗性"。

此诗性"四维"，其中，前两点关乎主体，在本文中主要关乎"汉语诗心"所在；后两点关乎对象，在本文中主要关乎"汉语诗性"所在。前两点普遍都明白，后两点须略备细化说明："体"之所在，包括语感、气息、节奏、韵律等，从中见出文学功底与艺术修养的高低深浅；"境"之所在，包括文心、文脉、文字、文采等，从中见出综合文化涵养的高低深浅。

现代汉诗与古典汉诗，除开精神与思想方面，心系"时代愁"还是心系"万古愁"的明显差异之外，关键是后两点"体"与"境"的差异，亦即"形式诗性"与"意境诗性"方面的差异，较为复杂和微妙。

顺便一说：这多年的当代诗学，多热衷于"思想诗性"和"精神诗性"的宏观关注与言说，疏于"形式诗性"与"意境诗性"的微观研究，"汉语诗性"命题的提出，或可引发一点类似的话题，渐开风气，别具意义。

5

诗，以及一切文学艺术的存在，或为语种所限，或为材料所限，或为形式所限，总是以其类、种、个的局限为基本文体属性。换言之，即以其局限为位格之所在与风格之所在，以免混同于他者。

局限即界限，类、种、个的"域"之所在。在具体创作或叫做文本生成的过程中，界限或可适当伸缩，或越过界限探求并扩展新的表现"域"。但总体而言，若过于扩张，则可能反而失去原有的

"域"而无所适从，造成属性的含混不清而致典律的涣散无着。

百年新诗，其潜在危机正在这里：屡屡变动不居，在在创新不断，"滚动的石头不生苔"（法国谚语），只剩下大众化的、运动性的模仿性创新或创新性模仿。如此结果，只能是不断下行而泛化，乃至于连分行也只是表面性的存在，内里的文体意识已经相当模糊。

道成肉身，这"肉身"之"体要"，是诗之"道"所以然的根本属性。

记得20世纪90年代初，我在编选《西方诗论精华》一书时，读到美国诗人学者乔治·桑塔雅纳的一段话，至今印象深刻：

> 从形式的角度看来，诗歌的不严格的定义可以这样表达：诗歌是一种方法与涵义有同样意义的语言；诗歌是一种为了语言、为了语言自身的美的语言。正如普通的窗户，其作用只在于使光透过，而彩绘的玻璃使光带上色彩，从而使自身成为住宅里的物品，继而又使其他物品带上特殊的情调。[1]

回到常识性的再确认：诗，尤其现代诗，是对涵泳于"分行"中的思想、精神、意绪诸"内容"的一种语言"演奏"，其本质不在演奏的"曲目"及"内容"如何，而在于其演奏的方式以及风格如何。

在这一方面，语感及其风格方面，以及有关形式要素之分行、断连、节奏、调式等方面，"笔墨当随时代新"的新诗，以及无限自由分行的现代汉诗，似乎并没有给出多少经典性的规律或范式

---

[1] [美] 乔治·桑塔雅纳：《诗歌的基础和使命》，转引自《西方诗论精华》（沈奇编选），花城出版社1993年版，第8页。

可言。这样说，不是要归法于一、伤及以自由为灵魂的现代汉诗的根性，而是要择善为流，于典律的意义层面发挥自由的精义，纠正任运不拘及散漫无着的种种弊端。

这是"形式诗性"的简要讨论，更要紧的问题，还在"意味诗性"上。

6

新诗百年，以"现代化"为由，唯"现代性"为上，是以又有以"现代汉诗"为正名之举，从"定义"与"命名"上确立并强调其"现代性"属性。

而所谓"现代性"诸问题中，首要一点，是人与自然的背离。这里的"自然"，不仅是指"生态自然"，也包含"心态自然"，亦即"自然心性"；现代诗人也不例外，且现代诗人之诗写的第一要义，正是要质疑这样的背离，进而予以弥补与修复。

不少诗爱者都体验和发现到：读古诗名作，明知是依循格律做出来的，却常常感觉是从古人心里自然流出来的；反之，读大多数现代汉诗，表面看去是自由潇洒"流"出来的，一旦读多了读久了，却反而感觉到是依循什么预设之维做出来的。若深入品味，再上升到理论性的认知，或可概言之：有诗形而乏诗味；有诗感而乏语感；有诗情而乏文采；有诗心而乏文心。"四乏"所致，或轻或重，影响新诗及现代汉诗的品质与位格，也是至今难以取代古典诗歌，在现代中国人相关感知与表意的必要位置的主要原由。

记得顾随先生在比较宋诗与唐诗时有一个说法："宋诗意深

（是有限度的）——有尽；唐诗无意——意无穷。"[1] 若将此说法套用于新诗普泛之作与古典诗词精华的比较，可谓"昭然若揭"。

这便是"意境诗性"的关键所在了。此"意境诗性"之有无及深浅，不仅取决于心理机制，也许更重要的还取决于语言机制。是以，近年我总在讲一个极而言之且自以为是的"歪理"：在现代汉语语言机制及其语境下产生的现当代文学艺术，说到底，摆脱不了模仿性创新或创新性模仿的局限。

那么，下一步就要问：如何走出这种"模仿"之怪圈？或者说，我们的现代汉语文学与艺术，何以能在当代世界文学艺术格局中，重新找到我们自己的"身份"定位？

大概唯有重返对汉语本质属性的再认识，方能有所改观。

7

顾随先生有一句话："诗人最要能支配本国的语言文字。"[2] 从古典汉语到现代汉语，语言变了，但文字大体没变，不管繁简，总归还是"汉字编程"。汉语感知世界与表意世界的根本属性在于"诗意运思"，而这一属性的根本脉息，又在汉字。由这一根脉所在，决定了中国文学艺术的三大基因所在，即，一字一诗，一音一曲，一笔细含大千（中国书法与中国水墨）。这三大基因，往深里讲，几乎已成为中国文化身份的"指纹"之所在了。

由此可以反思到，新诗及现代汉诗与古典汉诗在"语言机制"上的根本区别，在于基本放弃了"字思维"与"词思维"这一"汉语编程"的核心要素，唯现代汉语之句构与篇构为是，流风所致，习以为常，不作他思。这样带来的问题，其一是总难摆脱由

---

[1] 顾随：《中国经典原境界》，北京大学出版社2016年版，第28页。
[2] 同上书，第122页。

翻译诗歌影响下的洋门出洋腔调式，不免尴尬于复制与投影之嫌；其二即"汉语诗性"亦即"形式诗性"尤其是"意境诗性"的匮乏，难免不断下行而落陷于差异中的同一与肤浅。

说来严重，其实正之也并非难事。关键在于，能不能摆脱过于信任和依赖现代汉语"编程"的惯性，多少加入一些古典汉语"字思维"与"词思维"的理念，慢慢习惯了，自然会在语感、语境、心境上，都有些新的感受和要求，随之渐生变化，或许连气息、节奏等技艺方面的问题，也会慢慢有所改善。由此，所谓"汉语诗性"以及"中国身份"的要求，也自会有所提升与改观。

最终的问题在于：百年新诗历程，潮流所致，我们在在革故鼎新惯了，也在在"与时俱进"惯了，更在在从众从势惯了，又何以能认同这样的反思与提醒？

同源基因，要"通"才能"同"。原本一个常理，却在在难以落实。

说到底，还是"诗心不古"，唯新是问，唯当下是问，唯"走向世界"是问，也就顾不得"常回家看看"了。

8

回首百年新诗，有过耀眼的开端，有过艰难的过渡，也有过辉煌的成就。尤其是，还有过作为主要"介质"，去"定义"一个又一个新时代的历史功用。如胡适、郭沫若等，之于五四"狂飙突进"时代；痖弦、洛夫等，之于海外"漂泊族群"时代；北岛、杨炼、舒婷等，之于"新诗潮"时代等等。这一点，是其他新文学新艺术所无可比肩的。

然而，时代赋予你的，时代也就可能转而他就。当下的问题是，当这种"定义"效应，随着整个文学艺术乃至文化整体下行趋势，逐渐减弱甚至丧失后，或者这一效应迟早或已然被其他艺术或亚艺术所取代后，作为纯粹意义上的现代汉语诗歌，又该如何"定义"自己呢？

大概，也只能从如何重新认识和定义"汉语诗心"和"汉语诗性"上来，寻求新的位格与走向——设若认同这一理论前提，而需求解于具体人本与文本的"定义"之所在的话，本文给出的临时答案是：

其一，不可替代的生存体验、生命体验、生活体验；

其二，不可替代的语言意识、文化意识、文体意识。

按时下说法，即：一则拼"走心"、"接地气"，二则拼"语感"、"接底气"。"地气"者，当下时代脉动之在场；"底气"者，古今学养修为之在心。二者居其一，即可别开生面；二者兼而得之，或可别开一界。

——最后的狂欢后，是该回到最初的诗意，而种玉为月、朗润天下的了。

2017 年 5 月

浅近的自由
——说新诗是种"弱诗歌"

说新诗是种"弱诗歌",最初,也只是笔者一时感慨,随念头找到了个新鲜的说法而已,后来却认真起来。

一者,时值新诗百年,也是新文化运动百年,闲来乱翻书中,有两个相关的资料从阅读中跳了出来,或可略备佐证;二者,不久前,微软发布人工智能机器人小冰写的一本诗集《阳光失了玻璃窗》出版,引起诗界关注与热议,也算一个旁敲侧击式的提示,或可略作印证;三者,既然作为带有一定价值判断与历史反思性质的"说法"提了出来,且已通过之前笔者发表的诗学文章,多次提到这一说法,就不能仅止于"点到为止",而多少得给出一点学理性的解释才是。

就此展开来说说看。

1

记得30年前，1987年的《新文学史料》第3期，曾发表由安危译述、题为《鲁迅同斯诺谈话整理稿》的文章，里面有这样一段话："鲁迅认为，研究中国现代诗人，纯属浪费时间。不管怎么说，他们实在是无关紧要，除了他们自己外，没有人把他们真当一回事，'唯提笔不能成文者，便作了诗人'。"且指认当时的新诗"都属于创新实验之作"，"没有什么可称道的"。

读此文当时，笔者正全身心投入后来被当代诗歌史称之为"第三代诗歌运动"或"后新诗潮"之中，为之鼓与呼，对这样的陈年旧说完全不当回事。唯一时惊诧：以鲁迅先生之新文化运动领导者身份，也是早期新诗创作者之一，却何以对开一代风气之先的新诗，失望且苛责到如此地步？

而如今，人工智能机器人小冰，也"便作了诗人"，且"水平"相当。①

此时再重新品味鲁迅这些话，一方面，理解先生晚年回首中（同斯诺谈话时间当在其逝世前数月），深感革命理念和纯粹诗歌世界的双重失落，方出此"极而言之"；另一方面，联系百年新诗的"面"之繁盛与"底"之困顿，"只是煊亮，却不是一宗永纯的灿烂"（陈梦家语），不得不慨叹，百年间还是"大先生"最清醒；所谓"革命者的幻灭感"，在先生这里，无论是就当时新诗状况而

---

① 2017年5月19日，微软发布人工智能机器人小冰写的诗集《阳光失了玻璃窗》，已由北京联合出版公司出版发行。据微软工程师介绍，小冰用100个小时时间，"学习"了自新诗创生发轫以来519位中国现代诗人的所有作品，并进行了多达10000次迭代。诗集《阳光失了玻璃窗》从她创作的数万首诗歌中选取收录了139首。同时，自今年2月起，人工智能小冰先后使用了27个化名，在不同平台发表诗歌作品，直至诗集发布时还未被识破机器人真身，有两三首诗甚至被纸媒体诗刊发表了。对此，从5月23日至6月2日，"诗生活"网站征集整理了近60位诗人及诗评家对这一"诗歌事件"的观点看法，在其"诗观点文库"先后发表。

言，还是就整个新文学主流所向而言，是一直了然于心而超然独醒的。

恰好，构思此文之际，又偶然翻读到2017年5月15日出版的《三联生活周刊》第936期，特辟"中国群星闪耀时——新文化运动在1917"专栏，在《调和派章士钊》一节里，提到《甲寅》同仁黄远庸给章士钊的信函中建言："至根本救济，远意当从提倡新文学入手"，提议借鉴西方以文艺复兴为中世纪改革之张本的经验，以"浅近文艺"普及新思潮，使普通民众"与现代思潮相接触而促其猛省"。

这一词"浅近"，真正如醍醐灌顶而豁然开朗！

新诗百年，初以"浅近"为开启，争得"与时俱进"之先声，横空"标出"，立身入史，后来也便在在自得于"势"的层面之"浅近"功利，难得本体澄明而潜沉修远。新诗后来又被称为"自由诗"，也便"作了"浅近的自由。再后来新诗又被称为"现代诗"，也便"作了"浅近的现代。总之，不管"面"上怎么变怎么说，底里总脱不了"浅近"之基因缺陷，至今依然"浅近"如故，乃至或主动或被动追随整个当代文化之下行趋势，甚至沦为推波助澜者。

新诗作为"弱诗歌"，追根寻源，或与此立足扎根之"浅近"脱不了干系？

2

先说"唯提笔不能成文者，便作了诗人"。

当年鲁迅先生说这话，是实有所指（如对"新月派"的不满），还是另有期许（晚年曾有视诗歌为最后一片超越政治论争、也超越一切名声之净土的表达)①，而爱深责苛，一时偏激，姑且不论。笔者在此"拉大旗作虎皮"借力发力，除主要心仪先生的这份清醒外，更冒昧将先生所指"不能成文者"，转而借用于对新诗从众之"综合素质"的"评估"来看待，以作另一番反省。

如此不难发现，百年间如过江之鲫般争先恐后与时俱进的新诗诗人们，就其绝大多数"入行"者而言，确然是"提笔不能成文者，便作了诗人"，作了所谓新诗成就的类的平均数。而反过来看，那些以其超凡的文本和人本，切实推进了新诗发展并具有一定诗学价值的诗人，则无一不是有深厚的人文精神及综合文学艺术修养为底背，而别开一界、高标独树者；所谓"提笔"也能"成文"者，便做了堪可"开宗立派"的真诗人。

同时新诗界都知道，新诗创作"门槛低""没标准"，以及诸如此类的说法，一直伴随其百年历程，从没消停过，直到进入新世纪，还在开展有关"新诗标准问题"的大讨论，可见此一问题"常在常新"。更有意味的是，这一屡屡被诗界学界提及的"病根"，一直以来，却又很少为唯"创新"与"先锋"是问的新诗从众，真的当回事去仔细思量与反省过，唯乐于"与时俱进"为是。

由此又联想到，近读明清之际王夫之先生所著《古诗评选》中，一段可谓"慧照豁然"的言说："古人居文有体，不恃才有所余，终不似近世人只一副本领，逢处即卖也"。② 要"居文有体"，非有相当的人格修为与才情涵养，方能悟得、行得，且行之有效。

---

① 另，按照李怡的理解，鲁迅先生对早期新诗"并不成功"的判断，在于"它并没有走出传统文化的怪圈"，并指认鲁迅认为"中国现代新诗的成就只能建立在它超越于中国古典诗歌层面上。"（李怡：《中国现代新诗与古典诗歌传统》增订版，北京大学出版社 2008 年版，第 306 页）。

② 王夫之：《古诗评选》卷五，鲍照《登黄鹤矶》评语，上海古籍出版社 2011 年版，第 218 页。

具体于创作，或可套用汉语古典诗学所谓"才""情""学""识""功"五要点概言之。问题是，百年新诗从众，尤其"当代"以来，有几位能企及这样的"有体"？又有几位能"才""情""学""识""功"兼备而出之？每每与时俱进中，多以看到的，依旧还是"一副本领，逢处即卖"之辈，乃至于连"一副本领"也不得要领，只是逢时逢处即刻卖弄而已。

看来，作为具有深厚人文情怀和深远文体视野，且堪称现代白话文体语言典范（包括散文诗典范《野草》）的鲁迅，当年对新诗诗人所下"唯提笔不能成文者，便作了诗人"的判语，看是一时偏激之词，实在是百年独醒者，早早给新诗从众提了个大醒。以至于，卞之琳先生在后来的"《鲁迅同斯诺谈话整理稿》座谈会"发言中，还不胜感慨道："在今日中国，这种现象还比比皆是"。[①]

3

再说"浅近文艺"。

提出这一理念的《甲寅》同仁黄远庸给章士钊的信函，刊登在《甲寅》月刊1915年第一卷第10号，也是月刊的最后一期。其后一年，胡适先生的《文学改良刍议》在《新青年》第2卷第5期发表，接着，陈独秀在下一期刊出了自己撰写的《文学革命论》进行声援。现在看来，当年从《甲寅》到《新青年》，谈及新文学，"提倡"也好，"改良"也好，"革命"也好，其根本方略，还是黄远庸先生一词"浅近文艺"说得最坦白。之后的发展轨迹，确然而然，一直是作为"浅近文艺"而被"借道而行"的。

[①] 详见《鲁迅同斯诺谈话整理稿座谈会纪要》，《新文学史料》1988年第1期。

套用此"浅近"之说，落于新诗进程具体而言：先以诗体浅近为路径，复以诗心浅近为惯性，语境改变心境，复以心境迎合新语境，再度下行。及至到了所谓"新诗潮"以降的当代新诗，不再为"主流"借道，渐行渐"边缘"且高海拔"崛起"了，原本可以就此回返主体自性与诗体自性，却因"浅近"惯性使然，"与时俱进"惯性使然，以及青春"力比多"惯性使然，很快又陷入新一轮的造势争锋——笔者多年行文强调指出当代新诗发展中之"心理机制病变"、"运动情结"、"枉道以从势"（孟子）等症结，如今看来，皆与此先天不足的"浅近"之基因有关。

由此"转基因"编程所致，偏激一点来说，新诗百年，主要还是造就了几位新诗人和制造了一些诗歌事件，总体而言，终归是社会学价值大于美学价值，抑或文化学意义大于诗学意义。从发生到发展，既缺乏"底气"之筑基（"提笔不能成文"等等），又缺乏"深心静力"之修为（"浅近文艺"诸般），自性不足，遂诉诸"运动"，"诗歌事件"之鼓噪每每胜于"诗歌典律"之深究，而在在诗心浮荡、诗体散漫、诗质稀薄。加之，语言层面的唯新是问所致诗体意识的先天不足，精神层面的与时俱进所致主体人格的后天不良，则始终难以摆脱笔者称之为"模仿性创新与创新性模仿"的困扰，也便在在"弱"从中来。

故，模仿与被模仿，包括诗人之间的模仿和诗人自我复制，及至智能机器人"小冰诗人"的高冷行世，原本都是"积弱"而"成疾"之事。除极少数诗人守住了人文精神，守住了汉语气质，也守住了诗之为诗的文体基本边界与基本特质，为我们留下了为数不多而堪可传世的优秀作品之外，绝大多数新诗从众，按笔者惯常的说法，都只是弱诗人写了一些弱诗歌而已。

诚然，若依循百年新文学，尤其是"当代文学"概念下的评

019

价体系而言，新诗的成就实可谓巨大，影响力也实可谓强大，以至于今日"消费"与"秀场"时代主潮下，其海量从众而盛况空前。但其实，这个评价体系赖以支撑的主要"指标"，在于被"借道而行"的各种文化效应与社会效应，所谓"时代最强音"，而一直疏于真正"诗学效应"向度的考量。同时，在"塑造"与"被塑造"的惯性驱使下，亦即，在成功塑造时代精神的同时也一再被时代精神所成功塑造的历史境遇下（所谓"代言人"，包括主流与反主流双向代言），也便乐于也习惯于认同这样一个评价体系，而忽略或无所谓其他价值所在。

换句话说：若将百年新诗之评价体系，换以"中国经验"、"汉语气质"、"文体意识"三项指标综合考量，其总体成就及其影响力，可能就不容太乐观，或另当别论了。

4

上述"强词夺理"一番，硬要推出个"新诗是种弱诗歌"的理及其原因所在，下面就得说一说具体弱在哪些方面了。

其一，主体精神之弱。

这是新诗百年的首要"弱"点，也是其关键性的"弱"点，得多说几句。

"诗人是诗的父亲"（英国诗人奥登语）；不是养父，也不是教父，是生父，是为爱而孕育、为美而创生的血亲之父。这位"父亲"有着怎样的血型、怎样的气质、怎样的情怀以及怎样的传承，与其"生养"的孩子，实在有决定性的关系，所谓"遗传"使然。

笔者多年前写过一段诗话：一个能跳脱出体制与惯性的拘押，而自由思考的人，方是可能最先接近诗与真理的人——诗是选择"不"的选择；而现代诗的自由，不仅是解放了的语言形式的自由，更是自由的人的自由形式，以免于成为类的平均数，并重新获取独立自由的本初自我。

新诗这位汉语诗歌的"新父亲"，"发新"之初，原本就是为着跳脱旧的体制与惯性，去创生一个融语言形式的自由和自由人的自由形式为一的"宁馨儿"的，却因"发心"及"发新"中多了一些其他动机，自"诞生"至而今，便屡屡为"其他"而累——比如政治论争，比如"与时俱进"，比如思潮、流派、社团，以及角色的出演与虚构的荣誉等等，而早早失去了"童心"，被"借道"而裹挟于另一种体制与惯性，其主体精神的先天不足与后天不良，是可想而知的了。

"机心存于胸中，则纯白不备"（庄子·《天地》）。而"纯白"之在，原本是古今诗人之为诗人，其主体精神之筑基与立足的根本所在。"纯白"既失，何谈"童心"？而"诗人是报警的孩子"（法国诗人勒内·夏尔语）——无论是入世言志的"客观诗人"，还是傲世洗心的"主观诗人"（王国维语），"童心"不存，又谈何"诗心"？实则百年新诗诸般"面"上的问题，其实都与这个主体精神的"弱"点有关系；此一点不强，其他都很难保证不弱。

不妨在此转引"七零后"年轻学者、诗评家胡亮的一段话，或可作旁证："如果我们还有一点点文化史的自觉，就会叹息着承认，我们置身其中的这个时代，古代风雅已断，西洋名理未接，文化传承几至于两头失联。单就新诗而论，既缺古人之情怀，又乏西人之肝胆，亦颇有此种大尴尬。"[①]

至此，若还想认领"纯白"，认领"童心"，认领最初的诗意与原始的忧伤，以及"寂寞身前事"，或可提示的是：须从"闹钟

[①] 胡亮：《窥豹录·木心篇》，摘引自胡亮诗话集《琉璃脆》（沈奇主编"当代新诗话"第二辑），陕西人民教育出版社2017年版。

时间"回返"心灵时间",从"事理空间"回返"心理空间"。——由此,以独得之秘的生存体验、生活体验与生命体验,为时代局限中的个人操守,求索远景之蕴藉;以独得之秘的语言建构与形式建构,为"言之有物"(胡适语)中的物外有言,探究典律之生成。

所谓:脱势就道。道,在主体自性的纯粹与诗体自性的纯粹;亦即,由被"借道而行"重返"自得而美"。

其二,诗体意识之弱。

作为诗人,你的日常感知可能是散文化的,也可能是小说化以及戏剧化的,或者可能是有些形而上意味的,但,一旦要将这种感知落实到"诗的"表意,它一定要是诗性的,一定要是"有意味的形式"(克莱夫·贝尔语)之诗体文本的,而非其他。这应该是个常识,但新诗从众大多在这个常识方面缺乏常识。

一百年了,被我们现在习惯性地称之为"新诗"的文学文本,若单从语言形式的角度来看,实际上,其绝大多数作品,只能算是以现代汉语书写的分行散文及随笔杂感之类(是以有"散文诗"一路)。若再换由散文随笔之文体的本质属性去辨识,或将其比之于优秀的现代散文随笔而言,这些仅在于分行的文字,实际上又很难真正归于其范畴。

道成肉身,这"肉身"之"体要",是如此的根本;或者说,"诗体"之所在,是诗之"道"所以然的根本属性。

遗憾的是,从20世纪20年代的"诗体大解放",到新世纪"新诗标准问题"大讨论,此一诗体意识薄弱的老问题,始终屡屡提起而在在悬而未决,以至于让无限自由分行惯了的当代诗人们,常常怀疑是否是个伪命题,是以越发怎么写都成——故而新近,智能机器人小冰,也"便作了诗人"。

其三，汉语气质之弱。

汉语是汉语诗人存在的前提。这个前提的另一旨归即汉语气质。"文以气为主"（曹丕·《典论》），无论古典还是现代，至少在汉语语境中，谈及诗文，这个理还是要讲的。

当年新诗"别求新声于异邦"（鲁迅语），草创不久，便有"中西艺术结婚后产生的宁馨儿"（闻一多语）的期许，但之后至今，大体而言，一直是翻译诗歌为主导的"编程"，或者说，是以引进西方文法和语法改造后的现代汉语为主导的"编程"，如梁实秋所言："新诗的基本原理是要到外国文学里去找。"[①] 诚然，经由翻译诗歌的"输血"，不但迅速提升了新诗过渡时期的"精气神"，也极大地丰富了现代汉语的诗歌表意形式和诗性表现域度。然而说到底，这些都是单向度的提升与丰富，原本要融会中西于一体的理念，实际上却变成了唯"西学为体"的路数，缺少古典汉语诗质的传承与重构这一向度的有机互补。

具体于作品的语感和气息，包括一些名家之作，都很难体味到汉语自身的文脉与景深，其"味"与其"道"，皆不免单薄、单一、单调。由此可以推想到的是，这样的汉语诗歌，包括智能机器诗人小冰的诗，翻译成——其实这在里可以理解为"还原成"——西语之语感与体式，或许比原诗在汉语中的感受更"诗性"一些？而现代诗人都知道一个流行的说法：真正的诗意，原本是在翻译中丢失了的那些部分。

话说回来，一百年，说短也不短，说长也不长，期间，还有那么多诗无安身之时或无安身之地的困厄及断裂，有如一个先天不足的新生儿，却又屡屡遭际艰难，如今能发达成这样，已实属

---

① 梁实秋：《新诗的格调及其他》，原载1931年1月《诗刊》创刊号。

不易。何况，还有元气充沛没受过"震"，且纯然、且焕然、且个性、且任性，猛生生长起来的诗国"新人类"，站在百年的肩头继往开来而厚望可期？！但正因为如此，真正爱诗懂诗且以诗为精神家园与生命托付者，方爱深责苛，省弱而求强，补之、正之、谨重之，以求修远而行。

看来，汉语之现代，现代汉语之新诗，由"浅近"而"深远"，由"他者"而"独立"，要走的路还很长。

5

最后还得补充说明：既然提出"弱诗歌"的概念，按学理讲，总还得同时给出何为"强诗歌"的说法以作参照？就此，笔者也只能从古今中外之经典诗歌作品的粗略比对中，临时生发，想到以下五点。因篇幅所限，在此仅作为理念"条目"列出，暂不作诠释——

其一，是既出于教养，又能作用于教养的诗；

其二，是既能与"时人"同销"时代愁"，又能"与尔同销万古愁"的诗；

其三，是既体现了中国经验，又体现了汉语气质的诗；

其四，是既维护、扩展和改进了诗的存在以尽诗的责任，又维护、扩展和改进了语言的存在以尽语言的责任的诗；

其五，是既能化约中西、又能化约古今，而重构汉语诗歌传统和汉语诗性生命形态的诗。

以上概而言之，或可留待以后另文详论，此处不再赘述。唯第一条有关"教养"之说，于结尾处还需啰唆几句。

按照西人的说法，诗，包括现代诗，既是"被交流的一种深刻的真理"（阿莱桑德雷语），也是"为安慰有教养的人所做的游戏"（T·S·艾略特语）；"不知诗无以言"（孔子语），知的什么诗？言的什么言？想来在汉语"孔圣人"这里，也总是脱不了以"教养"为要义的。

而教养的终极作用，在"君子不器"（孔子语），在"自由之精神，独立之思想"（陈寅恪语）。——新诗百年，新文化百年，无论就当下来看还是就长远来看，此一关键作用，实在是不容再荒疏的了。

只是，至此整体"下行"或"平面化"之文化语境，这样的期许，是否有些过于高冷而虚妄呢？

而诗在，即存在。回首碎裂的传统，直面纷乱的现代，又何以他择？！

其实，这已是我们最后的"底线"，也是我们唯一的"自由"；我们已然"边缘"，不妨彻底边缘。——或许唯有如此，我们才有可能提前"退向未来"。

2017 年 10 月

蓝色反应与另一种汉诗
——有关新诗与外国诗歌译介的几点思考

我不通外语，更不懂外国诗歌翻译，但反思百年新诗，翻译诗歌这一块，是绕不开去的重要话题。——那样的一片"深蓝"，与汉语诗歌原本的"金黄"，邂逅、交集、反应、融合，方构成百年汉语新诗绿意葱茏之广原！——由此"诗意运思"，便冒出一个"蓝色反应与另一种汉诗"的论文思路，且在汉语的"编程"意识里，直悟到这是一个很有意思的命题。可不通外语也不懂翻译的自己，又实在没有能力就这一论题展开学术性论述，便想到或可提供给这一行的专家学者做个参考，自己能做的，只是在学术讨论的外围，谈些有关这一命题的想法而已。

蓝色反应之一：从一首翻译诗说起

作为上世纪 50 年代出生的诗歌爱好者，大概不必做详细的数理统计，也可以推算得到，大体来说，都是先爱好汉语古典诗歌，然后或早或迟，转而爱好外国翻译诗歌的。

其实何止是爱好，至少在笔者个人这里，这爱好很快便转化为依靠，并"升华"为一种理想抑或归宿般的存在。这里的关键在于，我们在青春岁月中遭遇的荒寒和苦难，是在现代汉语语境下生成并带给我们的，我们无法再在古典汉语语境中生成的汉语古典诗歌里，找到可对应的思想释解和精神慰藉。而一旦转过身去，进入外国翻译诗歌的"话语场域"里，马上有一种无名的亲近与共鸣，有如弃儿幸遇养父，更有如暗夜的漂泊者，一时得以幸遇，落脚于异样而又亲切的"他乡"之客栈。

还是具体从一首汉译普希金的诗《我多么羡慕你》说起吧——

> 我多么羡慕你，大海的勇敢的舟子，
> 你在帆影下、在风涛里，直到年老。
> 已经花白了头，或许，你早已想到
> 平静的海湾，享受一刻安恬的慰藉，
> 然而，那诱人的波涛又在把你喊叫……
>
> 伸过手来吧——我们有同样的渴望。
> 让我们一起，离开这颓旧的欧罗巴的海岸，
> 去漫游于遥远的天空、遥远的地方。
> 我早已在地面住厌了，渴求另一种自然
> 让我跨进你的领域吧——自由的海洋！

40多年前读到的这首诗，至今可以像年少时背下来的唐诗宋词一样，随时随口而出且随手写来，连此刻在电脑上撰写此文，

也是直接凭记忆打出，可见印象之深刻。只是一时想不起翻译家的大名了。

还得从头说起。

1971年春天，20岁的我终于告别"知青"生活，招工到陕西汉中地区钢铁厂当高炉炼铁工，成了光荣的"工人阶级"一员。没高兴几天就发现，实在只是由"水深"转为"火热"：不到90斤重的小身板，要干重体力活，长期神经衰弱，却要上早、中、晚三班倒的班，工友和家里父母都担心我熬不下去。其实吃苦再多都能扛住，下乡三年的"知青"生活，多少比这还要苦的日子都熬过来了，毕竟青春年少，血气方刚。但关键是精神苦闷无从释解，时值"文革"后期，个人前途和国家前途都一片渺茫，更看不到情感的归宿在哪里。再就是没书看。手中私下保存的两本书，一本《古代散文选》，一本《唐宋名家词选》，都读过好几遍了，还抄写了不少，并试着写了一些旧体诗词，算是最早的诗歌写作练习。但毕竟是现代汉语造就下的青年人，老读古书写旧体诗，总觉着还是与当下的生命体验和生存体验隔了一层。

记得是1973年初春，在一位知青工友那里，看到一本破旧不堪的《普希金抒情诗集》，连封面都没有，说半天好话，答应借我看三天，因他也是借外厂朋友的。拿回宿舍细读之下，简直就是久旱逢甘霖的那种感觉，兴奋得像终于见着了梦中情人一样。

匆匆一遍翻完，看还有时间，便找了一个本子狂抄起来：《致大海》《致恰尔达耶夫》《假如生活欺骗了你》《给娜塔莎》《致凯恩》《我多么羡慕你》……三天后还了书，整个人却久久沉浸在普希金的诗歌中，被淹没，又被高举——这位被誉为"俄国文学之父"、"俄罗斯诗歌的太阳"、"一切开端的开端"的普希金，在一个苦闷于暗夜中的中国青年心里，真的成了精神之父和灵魂的太阳,并成为我日后诗性生命历程的"一切开端的开端"。

自从有了那半本子手抄的普希金的诗,此后的工厂单身生活中,再也没有以前那么孤寒了,心中像揣着一团野火似的,燃烧着初生的诗性生命意识。间或,现实生活中遇到什么揪心的事,抑或情绪低落无处安顿时,便独自跑到离厂区不远的一条小河边,大声背诵普希金的诗,心情就莫名地好许多。有时也会更伤感,如背诵到上面那首《我多么羡慕你》一诗的最后几行,常常会泪流满面,不过过后却又有一种被洗礼后的坚强和自信,复生于困顿的岁月年华。

普希金之后,接下来,是莱蒙托夫,是涅克拉索夫,是泰戈尔,是海涅,是聂鲁达,是惠特曼……是"文革"结束后,随之而来的80年代之新潮澎湃中,接踵而来的更多更新的外国大诗人嘹亮的名字和他们的经典作品。——从一个驿站到下一个驿站,从一种温暖到全身心的燃烧,在那个年代,作为一个后来的现代汉语诗人,整个精神生命的成长与上升,乃至整个肉体生命的安顿与舒张,决然而然,是久久依靠翻译诗歌的存在而存在的。

不可想象,若没有这样的"驿站"的存在,没有这样的"精神之父"和"灵魂的太阳"的存在,我和我的"族类"们,将如何渡过那些深寒之境,又如何开端于我们诗性生命历程的开端?!

"前不见古人/后不见来者",荒寒岁月,无依无靠的精神漂泊中,反认他乡做故乡,我,以及无数现代汉语诗人们,认领了一位一旦认领就再也难以割舍的"养父"。

这位"养父"甚至还兼有"教父"的"职能",从而在精神和思想的双重意义上,拯救了我们。于此同时,也抛给我们一笔必须接受的"遗产":以现代汉语翻译的外国诗歌,不但直接定义了汉语新诗的基本位格,同时还将自身演化为一直存在于新诗发展中的"另一种汉诗"——因而，作为百年中国新诗发展之主流走向所生成的各种文本，大体而言，就只能是"另一种汉诗"的模仿性创新或创新性模仿的"子文本"。

问题由此而生：被拯救而新生之后的现代汉语诗人，之人本与文本，如何重新确认自我拯救之途，并重新找回我们的"生父"？

蓝色反应之二：从两句及一首汉语诗说起

上述"蓝色反应之一"20余年后，1994年的深秋，我在北京大学中文系访学中，读到青年女诗人沙光自印诗集中的两句诗——

在这块土地上
我找不到自己的家

祖国啊，我要为你生一个父亲！

沙光这两句诗来自哪一首原作，以及原意所指为何，如今已经记忆模糊，但当时的震撼以及过后久久共鸣回荡的情状，却一直念念耿耿在心。如今重新溯解此种情结，一下子就联想到，当我，以及可能的同道们终于觉悟到，要返身寻找我们的"汉语生父"的时候，我们找到的将会是怎样的结局？

沙光的诗提醒了我：恐怕不是找回，而是要重新"生一个父亲"！

再20余年后，步入生命黄昏之境的我，写下了这样一首诗——

父爱的手
千年虚著

千年的纠结啊——
非易
是难
子不是子
父不是父
佛陀不是佛陀

……夏日，在麦积山
一滴泪，一滴
非儒非释非道非基督的
泪，从汉语的眼角滴落！

  这首题为《佛子》的诗，源自 2016 年初夏，在甘肃麦积山，参观一组石窟雕塑时所得。雕像寄寓的"本事"，是说释迦牟尼出家为佛祖后，一次讲经说法途中，远远看见自己的亲生儿子也来朝圣，儿子也远远认出了自己的亲生父亲，佛祖由不得上前伸出手来，想亲近抚摸儿子，但伸出去的手终于还是停在了儿子的头顶上方，不能落下。那个在心里眼里认出自己父亲的儿子，也终于隐忍地蹙眉颔首、眼含泪花不敢相认……

  经典的艺术，经典的隐喻，加之年轻的讲解员动情的解说，度过深寒之境而早已不再轻易伤感的我，由不得"独怆然而涕下"。

是啊，我们从哪里以及如何，才能重新认领我们失散已久的"汉语生父"?!

在这块古老的土地上，我们从来不缺少生我养我疼我护我的绵绵母爱，但父爱的手，总是"千年虚著"。我们由此逃不出我们的奴性；我们由此说不出我们的苦难；我们由此以"养父"的精神为我们的精神底背；我们由此以"教父"的思想为我们思想的源泉——两厢半生不熟，两厢纠结彷徨，到了，我们只能借移植于"养父"的精神、"养父"的思想及"养父"的语感、语态、语式，来喊出那句"时代的最强音"：祖国啊，我要为你生一个父亲!

何为"另一种汉诗"?

回到诗歌上来说话。

百年之新之现代化，汉语诗人成了古典汉语和现代汉语两种汉语的"准继承人"，也由此有了两种走向的汉语诗歌，一曰"旧体诗"，一曰"新诗"。旧体诗写作者直接从"汉语生父"那里继承传统皮毛而亦步亦趋，大都成为其描红与仿写者。新诗写作者则主要依赖于"养父"的"调教"不断求新求变，而耽溺于创新性模仿或模仿性创新。诚然，两种诗歌写作者，都总想走出这种尴尬处境，但又总是难以独自"成家"以及"立业"。

这里只说新诗一路。

新诗百年，其实无须时时提醒或刻意强调，大家都明白，是个由"养父"教养大的"宁馨儿"；没有外国翻译诗歌的"洋奶粉"强筋壮骨，这个"宁馨儿"可能早已夭折。且，汉语中国，从来就讲"养恩"重于"生恩"，这个"谱"，是早晚不可疏忘的。

但问题是，即或如我等不懂翻译的诗爱者，也多少明白两个常识：其一，所有的文学翻译，尤其是诗歌翻译，最终见出高低的，不是你外语的水准如何，而是你母语的水准如何？从结果来说，翻译既有可能减弱母语原本的感知与表意功能，也有可能增加母语的感知与表意功能，关键在于，你若根本不解或弱于母语的精粹所在，又何来经由翻译而为母语增华加富呢？

其二，外国诗歌的翻译，至少就这一百年而言，很难用古典汉语去"操作"，译了也不受"待见"，而只能用现代汉语来译。这其中的内在逻辑，在于现代汉语是我们引进西方的现代文法、语法、句法改造后的汉语，只有这种"现代化"了的汉语，才能与外国诗歌有一定的语感亲和性，作为翻译，也就会有更多些的还原性。

而问题又来了——其一，你操持的母语原来并不完全是"你"原本的母语；其二，你翻译的外国诗原来也不完全是"他"原本的外国诗。

反过来的逻辑推理即是：只要我们还在完全信任和依赖现代汉语的"编程"，我们就走不出听由"养父"主导的阴影。亦即，我们的新诗写作，极而言之，大体只能是翻译诗歌之"另一种汉诗"的模仿性创新或创新性模仿的"子文本"，而很难完全真确地写出汉语诗性的"你自己"。

同理，至此境地，我们也无法再完全返回古典汉语的"编程"中去——那样的"生父"，早已成为一种过往并不免隔膜的记忆，而非当下的真切存在，乃至要重新了解他，还得像翻译外国诗歌一样去翻译他。而那些在今天依然乐于描红与仿写的旧体诗写作者，也只是起到了一个反证的作用：此路也非生路。

最终的尴尬在于：两个"父亲"都在场，却又不知如何来两厢认领？！

尽管，经由百年来的急剧现代化，来自外国的"养父"教会了我们熟练操持起另一套汉语,并在不断增殖衍生的"与时俱进"中,丰富活跃其感知与表意功能,但这个"现代汉语"的"编程"之"基本因子",说到底还是汉字——这就麻烦大了!因为这个"汉字"实在是一个极其特殊的"因子",你只要还用它做话语"编程",就迟早会陷入它"成字"之初,对世界的感知和表意的特殊"魔法"里去,陷入它那种"惚兮恍兮其中有象"而"道存"于"混成"的感知与表意之"魅惑"中去——尤其是有关文学及艺术的感知与表意。

由此,我们现在才反向度理解到,"五四"那一代学人,何以连鲁迅在内,都极端到要主张废除汉字?因为这个我们生来遭遇的"语言生父",实在是太"基因"、太"自主"、太"顽固"了!任你怎么折腾,怎样"与时俱进"、"走向世界"、"与世界接轨"等等,只要你还使用汉字来"编程",你最终都得重新认回你的生父之所在——尽管,这个生父的父爱,如笔者那首《佛子》诗中所痛感到的,几千年来,都不是那么令人亲近,甚至薄情寡义而近乎"虚著"!

到了的我们,至少是作为汉语诗人的我们,都会纠结于此:热爱汉语是一种痛苦,不热爱汉语,更是双重的痛苦!——这个悖论,可谓百年中国,一切文学艺术问题乃至文化问题的根本悖论。这一根本问题想明白了,其他一切都好说。

具体到新诗来说,最终,我们还是得找到源自汉字"编程",和由此汉字"编程"所生成的现代中国人,自身处境的思想之痛苦与精神之彷徨的感知与表意方式,而这样的感知与表意方式,又如何能总是以外国翻译诗歌的"编程"来左右,以至于两厢纠结而两厢不明?

结论似乎只有一个:我们必须为自己重新"生一个父亲"?!

尾　语

汉语是汉语诗人存在的前提；汉语是汉语诗人存在的意义。

百年革故鼎新，仅就文学艺术而言，世界已然成为我们挥之不去且深度作用于我们的一部分，或许还是主要的部分，而我们至少在过去的一百年里，却并没有能够成为世界挥之不去且深度作用于世界的一部分。

显而易见的是，我们在器物层面已基本上失去了汉语中国的存在，如果在语言层面再"本根剥丧"（鲁迅语），那可真是连"彷徨"也"无地"的了。

故，在"后现代汉语"语境下，作为代替着"宗教作用"（林语堂语）的汉语诗歌，重提"汉语诗性"与"汉语气质"，以及由此引申出的汉语新诗诸"形式问题"，不但必要，而且正当其时——

汉译英之诗歌翻译，以及汉译其他拉丁语系的外国诗歌翻译，丢失的可能是声音和语境的那些部分；英（以及其他拉丁语系的）译汉，丢掉的，则必然是由神秘而伟大的汉字编码，所生成的"文"亦即文心、文脉、文字、文采的那些部分。而，这一部分的丢失，实际上，几乎等于全部的丢失。

那么，由现代之"英"以及其他拉丁语系改造后的"现代汉语"以及"现代汉诗"，到底丢失了什么呢？

——或许，这是"重新生一个父亲"的可能而有效的思路之入口。

2016年9月

诗心、诗体与汉语诗性
——对新诗及当代诗歌的几点反思

1

进入新世纪后,有关新诗与当代诗歌的问题讨论又热了起来,连同主动与被动,我也说了不少:说"先锋写作"与"常态写作"的问题,说"口语"与"叙事"的问题,说"体制外写作"与"写作的有效性"问题,说"动态诗学"与"诗歌标准"的问题,说"自由之轻"与"角色之崇"的问题,说"诗歌生态"与"网络诗歌"的问题……宏观,微观,反思,前瞻,以及等等,以至于想要对之再说些什么,都不知该怎么说了。

尴尬的是,回头一看,所有这些自以为还算说到点问题要害的话,到了还是"说归说,行归行",只顾埋头赶路以图"与时俱进"的当代诗歌之行状,很少能真正静下来,瞻前顾后调整"内息"的,这似乎已成为百年新诗的一个"老传统",或曰"痼疾"。是以有关诗歌理论与批评的话语,多以兀自空转,说了也几乎等于白说。

这实在只是一个积累问题而非解决问题的时代。

2

谈论新诗,无论是反思"五四"白话诗之新,还是虑及当代诗歌进程中各种的什么"新",总会常常先想到两句熟语:一是"身不由己",二是"枉道以从势"(孟子语)。

在现代汉语语法中,"新诗"是个偏正词,主词是"诗",为"新"所偏正,以区别于"旧体诗"。以"旧"指代可谓汉语文化传统之基因"指纹"的"古典诗歌",是"五四"新文化的一大"发明"。显然,从命名上便可看出,这一大"发明"的明里暗里,都是社会学层面的理,与真正意义上的"诗"之"道",没多大关系。其发生学上的要义在"新"而不在"诗",所谓"借道而行"。

"身不由己"。在新诗这里,"新"是"大势所趋",诗之"道",是一直被"新"所偏正而裹挟运行的。包括以20世纪70年代崛起的"朦胧诗"为发端,延伸且滥觞至今的现代主义新诗潮(第三代诗歌、九十年代诗歌、新世纪诗歌等),也都大体以此为轨迹,少有跳脱时代潮流而自在自若者。对此,我曾在20世纪90年代初多篇文章中提到,要警惕"造势之风"与消解"运动情结"、反顾诗歌本体和诗学本体的问题,到了也只是自己给自己提个醒而已。

如今回头看,这个"唯新是问"而"与时俱进"的"势"实在太大了!——仅仅从新诗百年的不断重新命名,和所谓代际标出与流派纷争之繁多与混乱,就可知道"势"的推力之大和影响之烈,以致每每将"见贤思齐"变成"见先思齐",导致诗心浮躁,难得水深流静。太多"运动性"的投入,太多"角色化"的出演，缺乏将诗歌写作作为本真生命的自然呼吸，进而成为一种私人宗教的主体人格，也就必然生成太多因"时过"而"境迁"后，便失去其阅读效应的诗人及其诗歌作品，唯以不断更新的"量"的繁盛，而高调行世。

进入21世纪这十余年间，因意识形态张力的降解，和网络平台的迅速扩展，当代诗人们发现，似乎不再需要以"运动"来助推其"新"，可以稍得自在地返回个我的"创造"与"标出"了，实际"造势"与"争锋"依然不减。这里面有诸如人格缺陷及集体无意识等积习所致，也有新诗与生俱来的基因问题所使然：门槛低，无标准，"挺住意味着一切"。加之身处"网络时代"和"娱乐至死"的文化语境下，大多数诗人愈发成了"时人"与"潮人"，活在当下与形势的热热闹闹中，沉溺于"一个'扁平'的世界里众声喧沸"（韩少功语）。所谓"诗之道"到底为何，大概少有思考的。

想到20年前读外国文学研究资料丛书之《现代主义》一书，格雷厄姆·霍夫题为《现代主义抒情诗》文中的一段话："诗歌最充分的表现不是在宏伟的、而是在优雅的、狭窄的形式之中；不是在公开的言谈、而是在内心的交流之中；或许根本就不在交流之中。"[1]

近读陈丹青笔录编纂的《木心讲述：文学回忆录》，特别感慨其中一句话："诗人不宜多知世事。"[2] 我理解现代中国的"世事"，总不离"时势"所然，"多知世事"，难免就会为"时势"所裹挟。

---

[1] [美]格雷厄姆·霍夫：《现代主义抒情诗》，转引自马尔科姆·布雷特伯里、詹姆斯·麦克法兰合编《现代主义》，胡家峦等译，上海外语教育出版社1992年版，第285页。
[2] 木心：《木心讲述：文学回忆录》，广西师范大学出版社2013年版，第56页。

复又想起钱钟书先生那句话:"大抵学问是荒江野老屋中,二三素心人商量培养之事,朝市之显学必成俗学。"

这样的诗人,这样的素心人,现在哪里去找?

木心还有一句妙语,说"植物是上帝的语言。"转喻来说诗之道,可谓"诗是植物的语言":自然生长,不假外求;为天地立心,为生命立言——据原抱朴,守住爱心,守住纯正,以及从容的启示,而以大自在之诗心,通存在之深呼吸。

何以得"大自在"?先得脱"势"以从"道":去机心,弃虚荣,潜行修远,卓然独成。

这是说"诗心"之道,还得往下说"诗体"之道。

3

先说文体的意义。

《文艺争鸣》2012年第11期,在头条"视点"栏目刊发孙郁先生题为《文体家的小说与小说家的文体》大文,开篇劈头就直言指认:"当代小说家称得上文体家的不多。小说家们也不屑于谈及于此,大约认为是一个不是问题的问题。"进而指出:"在文风粗鄙的时代,不谈文体的批评界,好像是一种习惯。其实也可以证明,我们的时代的书写,多是那些不敬畏文字的人完成的。"随即以木心为例证,引申及结语:"我们今天的作家不敢谈文体,实在是没有这样的实力。或说没有这样的资本。"[①]

读此文颇感共鸣不久,便读到《木心讲述:文学回忆录》,其中有一段新解孔子"不学诗无以言"的话,认为其意思是:"不学《诗经》,不会讲话。他懂得文采的重要。"其后又说:"我认为,

---

① 《文艺争鸣》2012年第11期卷首。

有时候文字语言高于意义。"① 两位振聋发聩之言，实在又是返顾常识之思。亦即，诚如尼采所言：没有真理，只有解释。

我们每个人都活在"故事"中，何以还要有"讲故事"的小说？大概要的是小说的那种"说法"；小说之所以成为小说，而不仅仅是讲故事的特殊文体的"说法"。好的小说，故事、人物、意味之外，那语言也必是好的。在承载叙事、演绎情节、塑造人物的同时，作为其"介质"的语言本身，也有其独到的审美品质。亦即，"叙事"与"被叙事"一样，成为小说艺术审美的有机组成部分。

同理，我们每个人多少都有过"诗意年华"的体验，何以要有"诗"的存在？大概要的是诗的那种独特表意的"调调"；诗之所以成为诗这一特殊文体的"调调"。诗的审美本质接近音乐，是对包含在诗性语言形式中的思想、精神、情感、意绪诸"内容"的一种"演奏"；好的诗歌不在于其演奏的"内容"为何，而在其"演奏"的独特风格与方式，让我们为之倾倒而洗心明道。

诗缘情，文以载道，关键不在要"缘"的那个情和要"载"的那个道，而是那种诗的"缘"法和文的"载"法。是以我们有了老子、庄子、孔子、孟子等先哲们，还得有屈子、李白、杜甫、苏东坡等诗人文豪们。这里的逻辑前提是这世界原本是说不明白的，说不明白才有意思，才有新的"说"来不断活泛这个世界的灵魂。"文章千古事"，是其"文"其"章"之"说法"，亦即其表意方式而不是说的什么，才是生生不息、在在感人的千古不废之事。

这便是文体的基本意义之所在。

---

① 木心：《木心讲述：文学回忆录》，广西师范大学出版社2013年版，第138、775页。

4

具体到诗歌,"体"的意义就更其显要了。

"抒情诗人之所以运用语言的每一种特性,就是因为他既没有情节,也没有虚构的人物,往往也没有使诗歌得以继续的理性的论述。致力于字句的准备和完成,不得不取代一切。"① 以"语言的特性"及"字句"为"体"要,遂成为诗歌写作之发生学层面的关键。

这还是西方学者说的话,是身处有语言而缺乏真正意义上的文字"基底"的拼音语系中的学者说的话。而汉语文学自古便离不开文字,离开字词思维,就没有了根本意义上的文学思维。按照饶宗颐先生的说法:"中国文学完全建造在文字上面。这一点,是中国在世界上最特别的地方。"② 也就是说,汉语是包括发声的"言"和书写的"文"原道共融、和谐共生的诗性话语,文字是其根本、其灵魂。故,汉语诗学向来就有"情生文"与"文生文"两说。

新诗以胡适"诗体的大解放"为发端,且以"白话"继而以"现代汉语"为"基底",以"启蒙"继而以"时代精神"之宣传布道为"激点","作诗如作文","作诗如说话",只重"情生文",无视"文生文",一路走来,"与时俱进",直至当代诗歌之"口语"与"叙事"的滥觞、"散文化"及"跨文体"的流行,除了无限自由的分行,再无其他诗体属性可言。失去汉语诗性修为与文采美感追求能力的当代诗人们,遂重返对西方现代"翻译诗歌"

---

① [美]苏珊·朗格:《情感与形式》,刘大基等译,中国社会科学出版社1985年版,第300页。
② 《文学与神明·饶宗颐访谈录》,施议对编纂,三联书店2011年版,第42页。

的借鉴，拿来小说、戏剧、散文及随笔的情节、人物、戏剧性、理性论述等"他者"元素，来"开疆拓土"以求新的"新"。而问题的逻辑悖论是，如此拿"他者"彩头充门面，是否到了只能是更加"降解"或弱化了自身的本质属性，而导致诗体边界的更加模糊？

现实的状况是：大体而言，当代汉语诗歌，真的就只剩下假以"诗形"而自由"说话"与"作文"的"范"了。

由此可以看出，当代诗歌以无限可能之自由分行为唯一文体属性，其根由源自失却汉语字思维、词思维之诗性基因的传承与再造，过于信任或单纯依赖现代汉语之通用语言机制而放任不拘，从而越来越远离了汉语诗歌的本味。

同时，这样的文体属性和语言机制，看似自由，其实反而是不自由。写来写去，分（行）来分（行）去，只是一点点"同一性差异"；从分行等外在形式层面看去，似乎千姿百态、千差万别，其实内在语感、语态、语序及理路与品质，并无多大差异。——随便翻览当下任何一本诗刊、诗选集以及网络诗歌，都会发现一个基本现象：无数的诗人所作的无数诗作，都像是同一首诗的复制，或同一首诗的局部抑或分延，结果难免"彼此淹没"。所谓"人各为容，庸音杂体"，而"独观谓为警策，众睹终沦平钝"（钟嵘：《诗品·序》）。

因而我认为，若还认同诗歌确有其作为"文体"存在的"元质"前提的话，那么汉语新诗至今为止，只能算是一种"弱诗歌"。这个"弱"的根由，在于新诗一直是喝"翻译诗歌的奶"长大的，且一味依赖现代汉语的"规矩"成长，无论比之西方现代诗，还是比之中国古典诗，打根上就难以"青出于蓝而胜于蓝"，难以摆脱"洋门出洋腔"的被动与尴尬。

一个民族的文化根性,来自这个民族最初的语言;他们是怎样"命名"这个世界的,这个世界便怎样"命名"了他们。而诗的存在,就是不断重返并再度重铸这最初的语言、命名性的语言。当代国人,包括不少年轻学子,之所以还有那么多倾心于古典诗词者,实在是由衷地倾心于那种留存于汉语文化深处的"味道",倾心于这个民族共有的情感原点和表意方式。这样说,不是要重新回到古典的之乎者也合辙押韵,而是说要有古典的素养作"底背",才能"现代汉语"出不失汉语基因与汉语风采的汉语之现代。

故,今天的汉语诗人们,要想真正有所作为,恐怕首先得考虑一下,如何在现代汉语的明晰性、确定性、可量化性之理性运思,与古代汉语的歧义性、隐喻性、不可量化性之诗意运思,亦即"翻译体"与"汉语味"之间,寻求"同源基因"的存在可能,以此另创一条生存之道,拓展新的格局和生长点。

对此,我给出的答案,依然是这些年我总在那讲的四句套话:内化现代,外师古典,融会中西,重构传统。

5

回头还得再说文体的另一重意义:以"雅气"化"戾气"的意义。

当代诗人于坚给诗下过一个别有意味的定义,说诗是"为世界文身"。在汉语世界里,"文"同"纹","文,画也"(《说文解字》)。"集众彩以成锦绣,集众字以成辞意,如文绣然"(《释名》)。可见"为世界文身"的功能不在改造世界,而在美化、雅化世界。

雅,在现代汉语中是形容词,在古代汉语则是动名词,意为

"正",正以"礼",正以"道",正以丘壑内营,真宰在胸,脱去尘浊,与物为春。现代之"正",则正之有教养的公民;正之本真自我的独立之人格、自由之精神。文生于野而正于庙堂,故常常要"礼失求诸野"。至于后来将"雅"与"礼"搞成"雅驯"与"理法",存天理灭人欲,并不等于今天就要反其道而行之,完全弃"雅"与"礼"而不顾。实际上,连当今的西方也知道,在上帝虚位、哲学终结之后,艺术与美的存在,已成为现代人类最后的"获救之舌"。

新诗移洋开新,本意在思想启蒙,前期多求时代之"真理",当代多求日常之"真切",唯以"情生文"为要,一直疏于对诗体之"文"、诗语之"雅"的"商量培养"。其实要说真,人世间最大的真无过于一个"死"字,人人明白的真,却依然人人都"伪"美着活下去。可见"真"不如"美",虽是哄人的东西,却是实实在在陪着人"伪"活一世的东西。故而许多真理都与时俱"退"、与时俱寂灭了,唯诗、唯艺术,万古不灭。

由此转而想到:一人,一族,一国,一时要发愤图强,必是于斯时斯地先堵了一口气、进而再赌了一口气则起而行之的。如此,生志气,生意气,生豪气,也就必不可免地携带生出些"戾气"来。此一"戾气",可谓百年中国之时代"暗伤"与国族"隐疾",发展到今天,毋须讳言,从庙堂到民间,教养的问题已上升到第一义的问题。此一要害问题解决不好,必然是谁也过不好,也必然难得长久之好。而"戾气"何以降解?唯有以"雅气"化之。而这"雅气",从古至今,汉语文化中,总是要诗文来负一点责任的。

众所周知,古今汉字文化圈,连一片茶叶,也可由"药用"而"食用"而"心用",终而达至"茶道"之境,洗心度人,功莫大焉。反观烈烈新诗，却由最初的"药用"（启蒙），到后来的"时用"（反映"时代精神"），便一直停留在与"时"俱进之"势"的层面，难以达至"雅化"之道的境界，显然，其内在语言机制是大有问题可追究的。

人是语言的存在物，尤其是现代人。语境可以改变心境，已成不争之常理。汉语古典诗学将过于贴近现实的诗及艺术皆归之于"俗"，其本意或许就在这里。长期以来，我们一直过于看重了新诗的思想与精神作用，疏于其作为一种语言艺术而润化人心、施予教化的作用，实在是个重要的缺失。

2013年3月

"味其道"与"理其道"
——中西诗与思比较谈片

一、"道"

万物源道。"道可道非常道","其宗"所在——

宇宙之原生；
世界之原在；
自然之大魅；
生命之大惑。

源"其宗","六合为巨,未离其内；秋毫为小,待之成体"(《庄子·知北游》)。

自然,先于人类的诞生而存在,此"存在"即为"道"——
万物之生而生生不息的"众妙之门"；

生命，先于人类的意识而存在，此"存在"即为"天"——万物之死而死死相因的"逝者如斯"。

"天不变道亦不变"，生不变死亦不变，所变只是人类的诗与思。

天言不言，人言有限。
"众妙之门"何以为通，唯诗之言；
——言人言之未言，言天言之不言。
是谓：诗之思。

为天地立心，为生命立言。
——把无限放在你的手掌上，永恒在一刹那里收藏。
是谓：思之诗。

语言／思，是人的起始。
诗，是思／语言的起始；
何者是诗的起始？
曰：天地之心。

二、"味"与"道"

1. "味"

味觉。

名词：人的基本感官，也是人一生中"体味"世界和"体味"人生的基本"介质"，失之则"麻木不仁"。

体味，品味。

作动词用：直觉体悟，混沌把握，澄怀味象。

气味，趣味，兴味，意味。
作形容词或动名词用：感知则足，有趣则兴，意会则止。

"言不尽意"；
"至则不论，论则不至"；
"文以气为主"；
"可意会而不可言传"。

构成世间万象的七大元素：金、木、水、火、土、气、味。

将"气"与"味"列入构成世间万象基本元素之一，是东方文化的一大智慧。
——所谓"气象万千"。"象"为实，"气"为虚，虚实相生相济，世界如斯。

故，古典汉语之诗与思，一直将"气质"、"气格"、"气度"等，与"韵味"、"味道"、"余味"等，合为"气韵"而推为要义。

2．"道"
汉语之"道"
一曰"理"：道理，事理，物理，肌理——"道"之形迹所在；
二曰"文"：说道，道道，道白，道法——"道"之说法所在。

"道可道非常道";

"道成肉身";

"诗意运思";

"文章千古事";

西语①之"道"

一曰"逻辑":概念、本质、规律、真理——"道"之形迹所在;

二曰"阐释":解析、推理、论证、定义——"道"之说法所在。

"逻各斯中心";

"过度阐释";

"理性运思";

"要为真理而斗争"。

3. 味道

中国人说什么都讲"味道",且首讲"味道",次讲所谓内在之"营养"及其他,从物质到精神,概莫如此。

"味"即"道","道"由"味"生;

无味则无道,味成道身。

---

① 这里的"西语"一词,严格说,与本文中的"汉语"指称是不对等的,大体只是对拉丁语系的笼统性指代,忽略了诸如英语、德语、法语等内部的差异,不尽合学理,包括本文所使用的"西方"一词,也存在这样的问题。但鉴于本文的特殊结构和行文方式,一时尚未有更好措词,不得已作此权宜之说。

将形而下的"味"与形而上的"道"相联结，合成一词"味道"，并以此作为一种既含混又明白而普遍使用的"价值"体认，且用之于几乎所有的生活体验、生命体验、生存体验，以及诗与思中，是汉字文化的一大发明。

三、"味其道"

中国人早知天意，明白"道"原本不可解，故止于"味其道"。

所谓：可意会而不可言传。

这里的"不可言传"，不仅指万物之道根本就说不清楚讲不明白，而且暗含最好不要说清楚讲明白的意思。

小者，说清楚讲明白就"没意思"了；大者，可能导致"历史的终结与最后的人"（借用弗朗西斯·福山语）。

"道可道非常道"（《老子·道德经》）；
"大道不称，大辩不言"（《庄子·齐物论》）。

故，古代汉语中的智者、诗者、艺者，及一切"微言大义"者，面对天、地、人、神，首先想到的是我不能说明白或无法说明白的是什么，而后深怀敬畏之心，试着说一说。

其背后深层的立场：世界是不可言明、不可通约、不可计算而量化的。

汉语"味其道"之感知方式与表意方式的根源在于——

其一，汉字及汉语的诗性本质与非逻辑结构。

汉字以形会形，意会而后言传，传也是传个大概。
恍兮惚兮，其中有道。

故，汉字之于汉语，具有不可穷尽的随机、随缘、随心、随意之偶合性，因而对"万物之道"的"识"与"解"，亦即其感知方式与表意方式，也大多是"意会"性的，直觉感悟，混沌把握，虽然也未必完全拒绝一定的理性和逻辑，但大体而言，不依赖于理性思维及逻辑结构的"编程"。

是谓"悟境"——"惑"之心觉，"禅"之体悟，慧照豁然。
直觉智慧，"与造物者游"（《庄子·天下》）。

"大道无形"；
"大而化之"；
"知其白守其黑"；
由"悟境"入自"悬疑"出；
"道法自然"。

归旨于"或"的非此也非彼（止于"or"而非"yes or no"），守"魅"以"隐在"。

魅：由"鬼"（形部，现代汉语语境下，与"神秘"、"不可知"、"敬畏"等同构）与"未"（声部，现代汉语语境下，与"未知"、"未来"、"念想"等同构）组成。

"魅"而生"力"，遂有"魅力"一词作为汉语诗与思的另一关键语词。

其二，汉字文化"道法自然"与"天人合一"的世界观之本质属性。

"天地有大美而不言"；
"大块假我以文章"；
"诗是为世界文身"。

人物，天物；
人自适，物自喜；
天，地，人，"三才"相敬如宾，"与物为春"（《庄子·道充符》），"与天地同流"（《孟子·尽心上》）。

四、"理其道"

西方语系与汉语语系之诗与思的根本分歧点，在于其执意要解密世界。

理其道／解其道。

故，现代汉语以及为我们"植入"现代汉语的现代西方语系中的智者、诗者、艺者，面对天、地、人、神，首先想到的是我能说出来的是什么，且争先恐后地说将出来。实则，大多只是在"势"上说而非在"道"上说。

及至近世，在"科学进化论"与"历史必然性"的主导下，由无所"禁忌"而全面"解密"，以及自古典传统语境向现代化语境的全面转换，渐次将世界"理""解"到面临终结的地步。

其背后深层的立场：世界是可言明、可通约、可计算而量化的。

"理其道"的感知方式与表意方式的根源在于——

其一，拼音文字及其语言的逻辑结构与"逻各斯中心"。

大道有形；
"大而伯之"；
知其真守其理；
由"计算"入自"理性"出；
人为自然立法。

归旨于"是什么"和"不是什么"（yes or no），祛魅以"显在"。

祛魅（disenchant），使世界"理性化"的过程或行为运动；
亦即，如瓦尔特·本雅明所说——失掉光晕的过程。

"明晰"对明晰（本明本晰——本真）的遮蔽；
"完整"对完整（本完本整——本在）的拆解。
"光"遮蔽黑暗；"白"遮蔽黑也同时遮蔽白自身（张志扬语）。

其二，近世西方所崇尚的"科技理性"和"资本逻辑"（从略）。

是"味其道"还是"理其道"，是中西诗与思根本不同之处。由此，中西文化"分道扬镳"。

整个西方近现代文化发展与文明进程，说到底，是在"科学进化论"与"历史必然性"及"资本逻辑"的主导下，走了一条"神被人剥夺——人被人剥夺——人被物剥夺"的"理性化""祛魅"之路。[①]

由此，世界不再"隐秘"而天下"大白"，"诗意"随之消解。

——现代汉语语系与现代西语语系共同遭遇的、既是"中西问题"也是"古今问题"的诗与思之现代性危机，于此而生。

五、"说法"与"说"

当代汉语诗人、作家于坚，曾给诗歌下过一个别有意味的定义，说诗是"为世界文身"。

"文，画也"（《说文解字》），"集众彩以成锦绣，集众字以成辞意，如文绣然"（《释名》）。

可见，"为世界文身"的功能不在改造世界，而在礼遇世界——礼之，雅之，文之，使之"思无邪"。

[①] 张志扬：《偶在论谱系》，复旦大学出版社2010年版，第390页。

故，一切的诗与思之要义所在，在于"说法"而非"说什么"。

世界是原在的，从个体到整体，人类一些基本方面的问题，其实是一直存在且不可能彻底解决的。因此，是人类对世界的体验和表达这种体验的说法，成为人类文明史和文化史进程的主要动力系统，而不是由说了些什么所决定。

世界的意义在于其存在的过程，过程中的细节，细节里的体味，然后成诗、成文、成文化记忆与历史文本——一种个在的、别样的、不可完全化约的、看待大千世界的诗与思之感知方式和表意方式。

故，汉语以及整个汉字文化谱系中，向来诗大于思。

汉语之于世界、之于人生，多以在"味其道"而自得；"道"以"味"显，有"味"则"乐"，"乐以道和"（《庄子·天下》），道以乐施。

"文章千古事"，味其道也！

"味"是对世界的体味或体味后的说法；
"道"是世界的原在。

故，"不学诗，无以言"（《论语·子路》）。
头上的星空，脚下的大地，心中的山川丘壑——"这无限空间的永恒沉默让我恐惧"（帕斯卡尔语）。

于是有诗——

与神的对话：我们从哪里来？

与自然的对话：我们是谁？

与人和社会的对话：我们向哪里去？

以诗为思，净化心灵，安妥心斋，提升心境，肉身成道，与物为春。

——生命很短，岁月很长，季节很自然，诗很偶然；偶然的诗，使生命也会很长，很自然。

物的世界是一种借住，诗的世界或是永生。

六、反思：现代汉语之诗与思

一个时代之诗与思的归旨及功用，不在于其能量即"势"的大小，而在于其方向即"道"的通合。

现代汉语语境下的百年中国之诗与思，是一次对汉语诗性本质一再偏离的运动过程。

如何在急功近利的"西学东渐"百年偏离之后，重新认领汉字文化之诗意运思与诗性底蕴，并予以现代重构，大概是首当其冲需要直面应对的大命题。

所谓中华文明的根本，尤其是我们常拿来做"家底"亮出的传统文化中的诸般精粹，说到底，是诗性生命意识的高扬，和诗性人生风采的鼓荡——那一种未有名目而只存爱意与诗意的志气满满、兴致勃勃，那一种既内在又张扬、既朗逸又宏阔、元一自丰而无可俯就的精神气度，至今依然是中华文明的制高点。

这个根本和这种精神得以孕育与生长的基因，在于汉语的诗性本质。

故，若以"人（尤其是现代人）是语言的存在"为前提，那么，我们今天所面临的诸种有关诗与思的问题所在，以及整个文化形态的问题所在，大体都可追溯到现代汉语之"编程"问题上来。

现代汉语以降的现代中国之诗与思，尤其是新诗，及其所"率"之新文学，是"五四"新文化运动之思想启蒙"借道而行"的产物。西风东渐，百年巨变，有必要反思其赖以"筑基"的"启蒙思想"之诸问题——

其一，启谁的"蒙"？

当年的"大众"，如今的"小众"，以后的什么"众"？
"大众"等于"乌合之众"，"启"出的只能是"不断革命论"；"小众"近于"圈子"或什么"坛"，难免装腔作势，与"自由""独立"之个人，或二三素心人商量培养之事（钱钟书语），皆差之毫厘失之千里。
以后就更难说了——"娱乐至死"而文本过剩，唯空心喧哗而已。
或许仅就"众"而言，不"启"反而安生；众人安生，众神也安生。

其二，以什么来"启"？

西风东渐，到底变成了"西风压倒东风"；

中学为体西学为用，到底翻转为西学为体中学为用。

"无可奈何花落去"，当年跨拥中西两条长河"尝试"（胡适）与"呐喊"（鲁迅）的"新"，如今大体上只剩下西方现代化一条河流边的徘徊，及"不断创新"和"与时俱进"的纠结与焦虑。

还有"郁闷"——不知到底要被"启"到哪里去的"郁闷"；以及郁闷中那一缕藕断丝连的"乡愁"……

其三，以怎样的语言方式来"启"？

借用西方句法、语法、文法改造而"来"（"拿来"、"舶来"）的现代汉语，比之以字词思维为主的古典汉语，其"诗意运思"（李泽厚）之本源属性，先就降解了一层（当然，其"理性运思"的属性也随之上升了一层）；

再用这样降解后的现代汉语，去翻译西方的经典之原典/元典，并且到后来还得翻译汉语自身的经典之原典/元典，以便利"启蒙"。结果，其"原典"、"原道"的"原汁原味"及"原义"/"原意"，难免又降解一次——语义还原的难度之外，还有语境还原的更大难度；

再拿这经由两次降解后的"启蒙"之思与诗，来言说现代中国人的生存体验、生命体验与生活体验，其结果难免又导致第三次降解。

其四，三次"降解"后，汉语之诗与思置身何处？

——正午的迷困！

西学不如"洋人",中学不如"古人"。

诚然,百年来我们一直在鼓吹中西兼顾之"两源潜沉",但终归抵不过现代汉语的"三度降解",而致两源皆隔。

即或因自信所失而急功近利地唯西方一源为是,其实打根上也从来就没有可能真正"青出于蓝而胜于蓝",因为你一直就无法真确明晰地认知到,原本的"蓝"到底为何!

如此两源无着,后来者便只有随波逐流而"与时俱进"了。

事实上,所谓"新诗",所谓"新文学"、"新美术"以及"当代艺术"等等,百年革故鼎新,一路走来,无一不面临"洋门出洋腔"的被动与尴尬,或既不"民族"也不"世界"而两边不靠的身份危机。即或真有些许个在的所谓"创新",也大多属于模仿性的创新或创新式的模仿,难得真正原创,又谈何独成格局。

这样说不是要重新回到古典的之乎者也,而是说要有"现代"所来之处的古典传统亦即"原道"作"底背",才能"现代汉语"出不失汉语基因与汉语风采的汉语之现代。

"现代汉语没有西语的时态与动态,又丢失了古汉语字象词义综合的生动性。"[1]

"汉语诗人其实在一个很复杂的状况中使用语言。具体的说,我们同时在字的美学的、感性的层次,和词的翻译的、概念的层

---

[1] 张志扬:《偶在论谱系》,复旦大学出版社 2010 年版,第 46 页。

次上，分裂而混淆地使用现代汉语。"①

"我们正处在一个西方概念模式标准化的时代。这使得中国人无法读懂中国文化，日本人无法读懂日本文化，因为一切都被重新结构了。"②

由"现代"而"后现代"而"历史的终结与最后的人"；至少是最后的"中国人"——在整个世界地缘文化范畴中，最早被提前"最后"的"中国人"！

枉道以从势。（孟子）

而其"势"，也并非顺理成章、水到渠成之势，大多是出于功利（尽管也不乏"史的功利"）而造出来的势："时势造英雄"，"英雄"再造新的时势，"形势逼人"，后来者再跟着"顺势而为"——如此循环往复，唯"势"昌焉！

其结果，必然反"道"为"器"，君子转而为小人，诗人转而为"时人"，诗之思转而为"时势"之"思"与时代之"诗"。

语言的"先天不足"，精神的"后天不良"，百年急剧现代化的"与时俱进"，驱使我们终于走到这样一个"关口"——如何以现代中国人的眼光，回溯并重新认领传统文化中的"原粹"基因，并在现代生存体验、现代生命体验和现代语言体验的转换中，寻

---

① 杨炼：《唯一的母语》，华东师范大学出版社2012年版，第91页。
② 秦海鹰：《关于中西诗学的对话——弗朗索瓦·于连访谈录》，原载《中国比较文学》1996年第2期。

求与诗性汉语和诗意中国之"原粹"基因，既可化约又焕然不同的发展道路？！

好在汉字还在，不管承载汉字的"介质"如何变化，只要是汉字的"运行"，其"同源基因"的存在可能，就不会完全消解。

关键是，如何在极言现代的喧嚣中，静下心来去认领这样的"同源基因"，以此为现代汉语的诗与思，拓殖新的"增长点"以及新的运行格局——

内化现代，外师古典，融会中西，重构传统。

——当此关口，以此为现代汉语语境下之诗与思的核心理念，或可在全球一体化的背景下，挽回汉语诗性的根脉之所在，由"枉道以从势"，返身"大道""原道"，而正脉有承。

最终的问题是：无论如何，依然有"西方"在？！

实则，现代汉语之诗与思，在历经百年的"与时俱进"后，已然深陷中西"夹生形态"（张志扬语）之矛盾处境，其"矛"也"西"焉，其"盾"也"西"焉，短期内很难自外于"他者"而独树于世界。

这里的另一个"逻辑"前提在于：迄今为止，有关现代性的反思与检讨，依然是西方语系中的诗与思者最为清醒与深刻。一方面西方受现代性之苦，远早于我们且深重于我们，一方面西方"理性运思"之语言"编程"中，确然一直"与生俱来"地自带

"杀毒软件","具有悠久的内在反思批判传统"（刘小枫语），从而形成其很强的内部张力，尤其是理性与诗性的张力。

尾　语

"看过日落后眼睛何用"（赵毅衡语）？
——悬崖边的"禅坐"。

汉语的风骨；
汉诗的秘响；
汉源的召唤。

——水，总是在水流的上游活着。

原生态的生存体验；
原发性的生命体验；
原创性的语言体验。

——居原抱朴，直到青苔慢慢长出……

2015 年 9 月

从"别立新宗"到"百年和解"

——新诗百年反思兼谈汉语诗歌之"大传统"与"小传统"

一

新诗百年，节点回顾，一时众声鼎沸，至少在当代诗学界和当代诗歌界，可谓盛事大观。

以此回顾现代汉语语境下的新诗历程，尤其是"新诗潮"以降并延续至今的这40年，当代新诗理论与批评界，包括许多成名成家的诗人们，似乎都比较敏感于各种节点的"发声"。其中，虽也不乏诸如钩沉、梳理以廓清历史或建构谱系之功用，但大体看去，还是多以笑谈"峥嵘岁月"以壮行色为显要，真正能深入到诸如历史之"历史性"与诗学之"本体性"的反思和谈问题的，并不多见。且"一向在重复着没有结论的讨论"（借用日本学者木山英雄语）。

作为追随"新诗潮"一路走来的在场者，只是因心性所然与位格所限，多以边缘游走且渐次旁观"发声"的笔者自己，临此百年节点，也不甘寂寞，除发表数篇反思文章外①，更切切关注各个层面的"发声"，尤其是其"发声"机制后面的情怀、立场、问题意识及精神底背的所以然，以反省自己的"发声"之正误。

如此切切，反顾下来，从上一世纪末即提前进入"节点情结"而开始热起来的各样形式及各种思路的百年新诗反思中，仅以个人有限与局限所见所识，并仅以个人感受与获益而言，有以下四个方面（按时间先后）值得重新重视与鉴照：

其一，郑敏先生自20世纪90年代中期到21世纪以来，持续发表的一系列反思文章，以及以访谈等其他形式，对新诗一些根本性问题的反复警示与深入追问；

其二，画家石虎先生有关汉字"编程"与汉语诗歌之"字思维"的思考，引发《诗探索》先后于1996年11月与2002年8月长达六年间，所举办的两次"字思维"与中国现代诗学研讨会，以及在此阶段组稿发表的系列论文和后期出版的相关论集；

其三，21世纪伊始，吴思敬先生与郑敏先生就新诗有无形成传统的对话，及其后引发的相关话题与争鸣文章；

其四，谢冕先生新近提出的有关新诗与古典诗歌"百年和解"的理念，以及孙绍振先生借由"转基因"命名，反思新诗及新诗诗学的"西方化"与"殖民化"问题。

---

① 这里主要指《诗心、诗体与汉语诗性——对新诗与当代诗歌的几点反思》《"味其道"与"理其道"——中西诗与思比较谈片》《新诗：一个伟大而粗糙的发明——新诗百年反思谈片》《"汉语诗心"与"汉语诗性"散论》《蓝色反应与另一种汉诗——有关新诗与外国诗歌译介的几点思考》五篇文章，均发表于《文艺争鸣》，依次为2013年第7期、2014年第11期、2015年第8期、2017年第5期、2018年第2期（孟春蕊编发）。

以上四个方面，因郑敏先生的具体著述及广泛影响已成名山之实，且后续行文将穿插提及，此处不再单独展开。下面仅就后三个方面分别讨论，由此落实本文题旨之确认。

二

若仅以时间时态计，从1976年到20世纪末，风起云涌的当代"新诗潮"运动，在百年新诗历程中，也就占有不到三分之一的时段。但若换以历史时态计，这一曾被笔者称为新诗"三大板块"[①]之一的"新诗潮"，确然是新诗百年最为活跃和重要的一个发展阶段。不过现在回头再细切勘察，就另有一些话说了。

毋庸讳言，伴随"新诗潮"而生的当代新诗理论与批评话语体系，从开始的"共谋"到后来的"俱进"，不免受时代语境影响，多少都带有一定的"运动态势"，尤其诗歌现场的不断跃跃"先锋"，而在在诉求强烈，理论与批评不得不与之跟进，难以潜沉于诗学本体的反思与建构，实在已成积弊。同时，依循中国特色的"现、当代文学史"话语套路，"新诗潮"之理论与批评话语格局，也大多还是局限于所谓"思潮""运动""社团"三元相切的模块体系，多以着眼于思想、精神、时代等意义价值及社会影响的考量，且多以就新诗谈新诗，就"新诗潮"谈新诗潮，很少主动转换维度、另行切入而深化。

---

① 沈奇：《中国新诗的历史定位与两岸诗歌交流》，原载《中国文化研究》1995年夏季卷。其中有关新诗"三大板块"说，即：将现代文学意义上的"现代诗"（20—30年代新诗拓荒期）、台湾文学意义上的"现代诗"（50—70年代台湾现代诗运）和当代文学意义上的"现代诗"（大陆70年代末至今的现代主义新诗潮）视为中国新诗最有价值的"三大板块"，为宏观把握新诗发展历程提供了一个新的尺度，进而提出"三大板块"的历史性对接与整合的理念。

065

正是在这样的背景下，郑敏先生于20世纪末及新世纪初，连续发表的几篇宏观大论，方显得格外瞩目而影响巨大。①

郑敏先生这一连串可谓振聋发聩的"发声"，既立足于"新诗潮"及当下诗歌现状，又回溯整个新诗发展历程，以其学贯中西的学术底气所在，理论与创作并重的双重经验所由，横向与西方现代诗歌比较，纵向与汉语古典诗歌比较，转换界面，另立坐标，所提出的种种问题及重重思虑，方格外凝重而深切。只是当时正值世纪之交的"历史节点"，新诗诗学界和诗歌界的主流情志之热切种种，并不在此。虽然也反思，也回顾，但其主要心理机制之趋向，还是在梳理成就、评功摆好以及排座次、壮行色上，是以郑敏先生的连续发问，反而显得有些不合时宜，甚而不免多有抵牾，也便有了时隔多年后的"旧话重提"。

同样的时代语境下，来自诗歌界之外的画家石虎先生有关汉字"编程"与汉语诗歌之"字思维"的发声，却引发了作为"新诗潮"理论与批评之"大本营"的《诗探索》的高度重视，并予以长达六年的深入讨论，连郑敏先生也参与其中，成为世纪之交当代汉语诗学界一个颇为显豁的"学术事件"。对此，谢冕先生高度评价道："'字思维'理论涉及了汉字的结构和汉语诗歌的语言特质和诗性本原的问题，第一次将'字'的问题提升到一种诗学理论的高度，也是第一次试图把汉语诗歌的语言本质归结为汉字

---

① 此处所说郑敏先生的系列文章，主要包括《世纪末的回顾：汉语语言变革与中国新诗创作》（《文学评论》1993年第3期）、《中国诗歌的古典与现代》（《文学评论》1995年第6期）、《语言概念必须革新：重新认识汉语的审美功能与诗意价值》（《文学评论》1996年第4期）、《新诗百年探索与后新诗潮》（《文学评论》1998年第4期）、《中国新诗八十年反思》（《文学评论》2002年第5期）、《关于中国新诗能向古典诗歌学些什么》（《诗探索》2002年第1期）等篇。

及其汉字思维。……不仅为中国诗学的研究提供了一个新的视角，而且对于思考中国汉语文化的独特性等更为广阔和更为深厚的问题，打开了一个启人心智的思路。"①

现在回头看，石虎先生有关"字思维"的命题之提出，与郑敏先生的系列反思之发问，同属跳出"时局"、别开一界之举，不过石虎先生纯粹由文字学与语言学角度切入，及时人未所及，道时人未所道，且无妨主流情志之热切所然，而得以格外关注，也在情理之中。而当时由谢冕、杨匡汉、吴思敬三位主编主持的《诗探索》，对石虎先生"字思维"命题的高度重视，也充分显示了超越性的诗学眼光和学术精神，尽管最终未落地生根发为格局，但留下的相关话题，至今仍然至关重要。

新诗"另立新宗"（鲁迅语），成百年大势，是否已形成汉语诗歌新的传统？形成的是怎样的传统？其生成"基因"即其"历史性"为何？此传统与汉语古典诗歌传统的关系为何？——如此四点，实为新诗百年回首，需首要反思与解答的问题。

应该说，上述问题在百年新诗的创作领域，或隐或显，或个人或流派，都多少有所思及、虑及、探究之，且并不乏到位的文本体现。但作为集中而迫切的诗学讨论之发端，且引发后续深刻反响的，还是来自20世纪末郑敏先生的系列反思文章。作为后辈末学，我也正是在郑敏先生的这些文章启发下，以及前后或当面求教或书信交流求教中，开始了此后"断臂"式的爱深苛责。这里不妨先引述郑敏先生1996年9月11日写给笔者的一封信中，有关新诗与传统问题的一段语重心长的话：

---

① 谢冕：《字思维与中国现代诗学·序一》，《字思维与中国现代诗学》（谢冕、吴思敬主编），天津社会科学院出版社2002年版，序文第1页。

我这些年在精神上似乎进行了多次中西环形的旅游，目前深感汉文化和汉诗如不在这十年"突围"，恐将被自己画地为牢的"革新意识"所困死。谈传统变色，对中西方和人类的文化传统一概不问，总幻想无端地捏出个"新型"来，起轰动效应。我终于得出一个颇为强烈的结论：愈抛弃传统愈新不了，愈惦记传统愈能出新。西方诗人、音乐家、画家，哪一个不是在传统包括东方传统里，打够了滚，才"出新"？贝多芬、毕加索都是熟透了前人之作和传统训练，才找到自己的风格和空前的艺术形式。最好的创新者一定是最熟悉传统的天才。我们则不然，总以为"一片空白"能出新。浮躁的原因正在于此，不屑于研究传统，中外新潮为我所用，泡沫心态如何能出有分量的作品？什么时候能舍得花时间来补课，中国新诗就有可能走向成熟。

结尾还特意提到："《文学评论》第四期有我一篇关于汉语的文章，暇时找来一读吧。"[①]

显然，郑敏先生晚年切切关心和苦苦追索的诸多问题的根本出发点，并不完全在于对新诗的历史进程与历史现象的梳理与反思，而用心于其形成这些历史进程与历史现象的"历史性"之梳理与反思，当然，更不是要否定连先生自己也为之付出一生心血的新诗之历史成就。只是稍显遗憾的是，可能限于晚来行文习惯所致，先生数篇宏论，大多沿思路铺陈，未能收摄并细切于诸如

[①] 原信两页四段，此处引文为第二段整段。

"历史性"这样的焦点命题上来，予以显豁归纳，是以多有误读与曲解，也在所难免。正如时隔20年后孙绍振先生所言："郑敏的深邃，不仅在于她所说的，而且在于她没有说的，或者没有明确，只是笼统说的。""郑敏先生只是提出问题，来不及从理论上全面展开阐释。并未引起有识者严肃思考。20年过去了，当此新诗百年之祭，我想，应该是有条件，也有必要作严肃的反思了。"① 于是便有了21世纪伊始，吴思敬先生与郑敏先生就新诗有无形成自己的传统所展开的对话。

这是一次真正意义上的学术对话。对话双方，一位爱深责苛，一位爱深溢美，立场不同，观点也多有不同。对话动因缘起于2000年4月，吴思敬先生带研究生与郑敏先生座谈期间，对新诗是否已形成自己传统的问题，产生分歧，后由研究生将对话内容整理出来，以《新诗究竟有没有传统》为题在《粤海风》学术期刊2002年第1期刊出。随后5月25日《华夏诗报》发表诗评家朱子庆的文章《无效的新诗传统》，声称"在新诗有无传统的问题上，我是持虚无立场的。这多少是一件痛苦的事情。""我赞成新诗'无传统'说，在这个问题上，我无条件拥郑。"接着8月26日《文艺报》发表野曼的文章《新诗果真"没有传统"吗？——与郑敏先生商榷》一文。由此牵动学院与官方两路诗人、诗论家的"互动"，并于2003年9月27日以《羊城晚报》整版篇幅，在"中国新诗有没有传统？"的通栏标题下，发表李瑛、向明、野曼、周良沛、王性初、杨匡汉、张同吾、李小雨、臧棣等诗人和诗论家的一组笔谈。最后，以2003年11月初在温州召开的"21世纪中

---

① 孙绍振：《新诗百年：未完成的中西诗艺转基因工程——兼论中国古典诗学话语的激活和建构》，原载《文艺争鸣》2017年第8期。

国现代诗第二届研讨会"上有关此话题的热烈讨论,及吴思敬发表于《文艺争鸣》2004年第3期《新诗已形成自身的传统——从我与郑敏先生的一次对话谈起》一文为结,暂告一段落。

有必要归纳一下此次对话双方的主要观点。

作为坚持新诗已形成自己的传统这一"正方"观点的吴思敬先生,最终给出的新诗传统之"传统性"可概括为三点:其一,"新诗充满了一种蓬蓬勃勃的革新精神";其二,"新诗体现一种现代性质",由"乐的诗"向"思的诗"的转换,"没有固定模式可循,不断出新";其三,"分行排列已成为新诗独特的美学传统"。

作为坚持新诗还未形成自己的传统这一"反方"观点的郑敏先生,则一以贯之地继续"发难":"从诗歌艺术角度讲,我觉得新诗还没有什么定型";"完全把诗的形式放弃了,诗写得越来越自由,越来越散文化"。并再次强调:"谈诗的传统就必须涉及诗的特质,即语言,艺术转换(将现实转换成有诗形的文本实体)以及意境(精神道德、审美)。讲诗的传统不能不涉及这些诗的特质和元素,而代之以未经艺术转换的意识形态、民族心态等因素,这样就会陷入主题决定论的危机。"进而再次语重心长地提醒道:"如果我们将白话汉语新诗的八十多年写作与诗学的实践积累,放在中国古典诗词与西方自古延续至今的、丝缕未断的诗歌传统来看,我想新诗是否已有自己成熟的传统就不言而喻,冷暖自知了。"①

这里可以看出,郑敏先生"纠结"所在,并非新诗传统的形成是有还是无,而是其传统的成熟程度与定型程度到底如何?尽

---

① 郑敏、吴思敬:《新诗究竟有没有传统?》,原载《粤海风》2001年第1期。

管连同此前的发问在内，始终"没有明确"（孙绍振语）到诸如"传统性"或"历史性"予以豁亮归纳，但其苦心孤诣之所在，到位的理解者自会了然于心。而吴思敬先生则摆明自己的"护法"立场，给出了"革新精神"、"现代性质"、"分行独特"三大传统性要素之指认，其鼓荡于立场后面的热切情怀，更是令人感佩。

有意味的是，有关新诗传统问题的这次对话与争论，在非学院及非官方的诗人和学人那里却少有关注，直到新诗百年之际的2017年，才有于坚就相关话题的"郑重声明"——

> 我以为百年新诗未辜负汉语，它艰难地接管汉语，使汉语在现代荒原上打下根基，命名现场，招魂，再造风雅，树立标准，赢得尊重。虽然诗人如使徒般受难深重，但诗在这个祛魅、反诗的时代传承了那些古老的诗意，坚持着精神世界的自由，灵性生活的美丽，并将汉语引向更深邃保持着魅力的思之路，现代汉语因此未沦入黑暗的工具性，通过诗彰显了存在，保存了记忆，审美着经验，敞开着真理。尤其是最近四十年，新诗一直在努力使汉语从粗糙的、简单的、暴力的语言重新回到丰富的、常识的、能够召唤神灵的语言。诗依然是汉语的金字塔尖。最重要的是：新诗继承了一种古老的世界观。对于这个拜物教盛行的现代世界来说，新诗的存在意味着：也许神性迷离，但神性并未在汉语中缺席。

于坚由此认定："新诗已经形成它自己的小传统和金字塔"。

并特别提醒:"这个民族若继续使用汉语,我认为新诗就有希望。"①

　　这里需要特别指出于坚在此文中,一方面肯定新诗已形成传统,一方面又将其定义为"小传统"。再就是行文中对汉语的反复强调,其背后应该另有玄机可探。

　　到了的问题节点在于:这么多年来我们谈论新诗,谈论新诗传统,直至当下的百年反思,其实大多在谈论所成之事,很少深究所成之因。尤其疏于追问形成百年新诗历史进程的"历史性"何在?形成此"历史性"的基因为何?所谓新诗"小传统"与古典"大传统"(先此一说)的根本区别何在?两个传统有无通合之处?——这些根本问题若总是不能得以显豁阐明,难免会一再夹缠不清。

　　是以,这些年来,笔者一直暗自羡慕着当代诗学界和诗歌界那些无存"纠结"的同道们,而我个人则已是纠结到不可解脱的地步——热爱新诗是一种痛苦,有如热爱汉语的痛苦,因为我们百年来所遭遇的一切,说到底,都是汉语、尤其是现代汉语带给我们的;而不热爱新诗有如不热爱汉语更是双重的痛苦,因为我们生在新诗的历史进程中,有如我们活在汉语的"基因编码"中,舍此又何以存在?!

　　于此,在郑敏先生提早"发难"20多年后,在石虎先生"字思维"先声夺人引发的大讨论十多年后,在21世纪伊始吴思敬先生与郑敏先生有关新诗传统对话之后,作为"新诗潮"理论与批评主要旗手之一的孙绍振先生,于《文艺争鸣》2017年第8期发

---

① 于坚:《新诗的发生》,转引自2017年10月26日　中国诗歌网。

表题为《新诗百年：未完成的中西诗艺转基因工程——兼论中国古典诗学话语的激活和建构》的两万多字宏论，坦言"郑敏先生对五四以来新诗的巨大成就，取基本否定的态度，其偏颇是显而易见的，然而，如果不拘泥于其论断，究其宏观的历史回顾和前瞻，对中国新诗更高的期许而言，却不能不说其中有合理的、深邃的内核"。由此将全文聚焦于"中西方诗艺"的融合，明确提出："中西诗艺建立在两种不同的语言基础上"，"二者栖居着不同的诗意的基因，建构中国新诗的诗艺不能废除中国诗艺基因，以西方基因取而代之，正常的实践应该是输入西方诗艺基因，激活中国传统诗艺基因，以之为主体对西方基因进行选择转入中国诗艺之中，使之成为优于中西的新诗艺。""今天国人对新诗百年的回顾与前瞻，从根本意义上，就应该在这个高度上进行。"①

由此，长达20余年的"新诗八十年"至"新诗百年"的数次节点反思与相关论争，在孙绍振先生这里，有了一个基本的归纳与绾束。

随之不久，2017年深秋，由北京大学中国诗歌研究院和首都师范大学中国诗歌研究中心联合举办的"当代新诗理论与批评学术研讨会"，在红叶深浓的香山饭店举行。作为北大的精神领袖（乐黛云语）和"新诗潮"理论与批评的"掌门人"，谢冕先生在其致辞中，郑重提出了"百年和解"的"凿空"之声，让我这个在场"听讲"的"老学生"顿释纠结而慧照豁然！

---

① 孙绍振：《新诗百年：未完成的中西诗艺转基因工程——兼论中国古典诗学话语的激活和建构》，原载《文艺争鸣》2017年第8期。

三

新诗别立，煌煌百年。百年回首，忽而要谈"和解"、谈"转基因工程"，乃至要"清算百年迷误"（孙绍振语），从学理上深究，显然有一个"聚光灯"之外的隐在题旨有待破解：与谁"和解"？又如何"转基因"？或者至少，我们是否一直疏忽了关键性的什么？——是的，钥匙或许并不在"聚光灯"下。

尽管与有着三千年辉煌历史的古代汉语诗歌相比，仅有百年历史的新诗只能说是步履蹒跚的少年郎，但是新诗形成了不同于古代汉语诗歌的自身传统，则是确定无疑的，反之无法去解释这一百年的烈烈行色与煌煌历史。问题是，这一被于坚小心翼翼地称之为"小传统"的"小"之所然到底为何？与之可能相对的"大传统"之大又大在哪里？大概是需要先行阐明的要点所在。

就汉语词义而言，所谓"传统"，其一是可"传"：生生，代代，传之发生，传之接受，守常求变，继往开来；其二是可"统"：体统，道统，习之以熟，趋之以众，统合其宗，发为广大；其三是可"亲"可"敬"：亲者通心气、接地气，笔墨当随时代新；敬者通天人、通古今，"与尔同销万古愁"。——这些说起来都是"陈腔滥调"，但说到底，总还是胜过当下的"一地鸡毛"。

新诗带着启蒙的光环，肩负新思想、新精神、新文化的宣传与传播，借被"借道而行"之力，成顺"与时俱进"之势，轰轰烈烈，促迫"前进的"与"建设的"（谢冕语）百年发展，且发为广大，蔚然成风，风行为现代汉语之现代感知最广泛的诗型（性）表意形式，这一点可谓众所公论。问题在于，新诗此"传"，其一强在"发生"而弱于"接受"，大体诗者即读者，自己"滚雪球"，真正如古典诗歌"接受美学"那样的"群众基础"，其实一直并未形成；其二强在"求变"而弱于"守常"，时常将本该"增华加富"之变的正面效应，转而生出"因变而益衰"（朱自清语）的负面效应而伤及常性；其三强于与时俱进而弱于典律之生成，唯一时标榜而各领风骚，且多以量的簇拥为能事。若再以"可亲"与"可敬"考量，则大多强于通心气、接地气、当随时代新，弱于通天人、通古今、同销万古愁。

这里的要害点在于，此"传"已非"己传"，是急功近利之西学东传、与时俱进的产物，且是引进西方文法、语法和句法改造后的白话及现代汉语的"传"法，所谓"流"上取一瓢，勾兑成新酒，其性烈烈，其情切切，耿耿百年，终致"头重脚轻"而根脉不畅。

在此，不妨借来历史学家赵汀阳先生在其新著《惠此中国》的一段话，或可作"攻玉"之鉴：

> 尤其是启蒙以来的现代进步论，如果滥用于科学技术之外的任何方面（包括制度、艺术、价值观等），就变成一种反历史观。假如新文化是否定旧文化的理由，历史就无法积累智慧和保存意义，因为每一个现时都只是通向下一个时刻的功能性工具，都难逃被下一个时刻所否定的命运，而当历史的意义在加速度的否定中烟消云散，历史就会加速度地萎缩为意义稍纵即逝的一瞬。[①]

以此回看仅仅"新诗潮"以来这40年间，从"pass北岛"开

---

① 赵汀阳：《惠此中国》，中信出版集团2016年版，第178页。

始,不断有各种的新"思潮"、新"运动"、新"社团"以及新的"口号"与"命名"(乃至以"代际"为由)来"传薪",以求保持"在先锋的道路上一路狂奔",以获取当下之出位及标榜,结果只能是"上线"传"下线"以致不断下行,而所谓的诗歌进程,也就避免不了"加速度地萎缩为意义稍纵即逝的一瞬"。

看来新诗之"传"确然有局限,而"统"的问题则更为突出。

这里先得解释一下上文借用而言的"体统"与"道统"两个词:所谓"体统",在本文中限定义为"文体"与"形式";所谓"道统",在本文中限定义为"精神"与"内容"。

新诗百年,在鼓与呼者而言,大多是拿其"内容"与"精神"之"别立新宗"来做充分肯定的,这一点大体已成公论。百年新诗所承载所传播之现代意识、自由精神、进步思想、时代担当、人文血脉、本真自我等等(这里的"本真"作动词用),确乎不但直接安顿或改变了不少诗人族群中的个人主体及精神位格,葆有一脉人文"香火"而生生不息,也或多或少地间接改变了整个国族的生存语境,使之不至于完全成为"政治动物"、"经济动物"、"文化动物"(韩东语)之类的平均数。——此一"道统"之居功至伟,无可非议也无可替代,既是新诗筑基所在,也是其丰碑所然。

只是如今若再细作深究,新诗这一赖以立身入史的"道统"之维系,百年下来,也渐次显露出一些问题。概而言之:其一,"浅近"之基因。所谓以"浅近文艺"(黄远庸语)借道而行而与时俱进,是以"唯提笔不能成文者,便作了诗人"(鲁迅语);其二,"戾气"之隐忧。代代新诗人,或争出位于"时代最强音"之代言,或于虚构的荣誉造势争锋而弄潮,总是"身"不由己,其心理机制病变在所难免（这一点鲁迅先生早早看透，是以提前悲观过了）；其三，"他者"的投影与比附。百年亦步亦趋，皆趋之"舶来"，自我根基渐次淘空，故所谓"维新"，在在难以跳脱"模仿性创新"与"创新性模仿"（笔者语）的局限。

以上三点之外，还需补充说明：此新诗"道统"并非独备格局，还有这一百年新潮滚滚之下的"旧体诗"潜流，分担另一脉"维新"之"道统"。正如王德威所言："一般认为新文学才是解放传统束缚、安顿个人主体的不二法门，夏中义却看出作为对立面的旧体诗人自有其义无反顾的韧性与坚持，并以此成就一己自为的天地。"进而认为："论中国版的'潜在写作'（esoteric writing），旧体诗歌的写与读当之无愧"。①

由此再琢磨鲁迅对新诗以"别立新宗"称之，不免妄自揣摩出别一层意思：仅以诗而言，即或"维新"发为显学，新诗担当"大任"，"旧体诗"之"宗"也不一定就全然派不上用场。笔者近年先后读到日本学者木山英雄所著《人歌人哭大旗前——毛泽东时代的旧体诗》和国内夏中义教授所著《百年旧诗人文血脉》二书，更豁然开朗，原来一百年来，所谓"旧体"并非就不能"维新""传新"，反而在不少作为"民族的脊梁"者手里，成为最得心应手的"利器"。

不过，话说回来，新诗之"道统"较之新诗之"体统"，到底还是可作基本肯定观之，有其现代意识、自由精神、进步思想、时代担当、人文血脉、本真自我等"传统性"可言，尽管这些赖以作"传统性"之基本因子的底里，都不免带有应时、应激的

---

① 王德威：《诗虽旧制，其命维新——夏中义教授〈百年旧诗人文血脉〉序》，转引自夏中义《百年旧诗人文血脉》，上海文艺出版社2017年版，第7、5页。

"浅近"之时代特色,但到底还是成就了一百年的诗歌精神谱系,堪可认领,继而统合与传薪。但由此回头反思新诗之"体统"亦即其文体与形式问题,就不免难以乐观了。

汉语成语中有个既关乎气格又关乎文格的词,叫做"文质彬彬"。以"文"明"质",形其意;以"文"活"质",悟其道。虽然汉语古典美学也提醒"质有余而不受饰",但饰之过分原非文之本意,若因此而"质木无文",或"意浮""文散",或"理过其辞,淡乎寡味"(钟嵘:《诗品》·《诗品序》),则所谓"质"的存在,至少就文学艺术而言,已是不堪了。原本,世界是由"说法"而不是"说什么"生动可爱起来的,亦即这世界,原本"质"是靠"文"活色生香的,有如青丝之于女貌,削发之于为尼——古往今来,诗文与哲学以及其他什么学的根本区分所在,在于此。

故,诗是为世界文身(于坚语),而且要"彬彬":"文学于人,与皮纹对于虎、与森林中树叶间的风声相似",而"'文学'尤称'文'(通纹),指诗体的精雕写作。"且"古希腊哲学一词的含义(含有十分系统化的思想)对于中国文化是陌生的,因为在中国文化里,思想的精华是以文学方式表述的。"① 是以"体统"之重要,乃汉语文学之根本。

新诗秉承胡适先生"诗体大解放"为"范",百年一统,统来统去,就外在"形体"而言,到了也只有统合于"无限自由的分行"。就内在"语体"(包括语感、语态、语势)而言,则基本未脱离唯现代汉语为是的"翻译体"的脉息。而这两个"体",众所周知,并非是从自己本根上长出来的,而是与时俱进嫁接来的体。

---

① [法]汪德迈:《占卜与表意:中国思想的两种理性》(金丝燕译),北京大学出版社2017年版,第108、110页。

借用隋代高僧静影慧远的说法,皆为"染时之体"。沿袭这一"染时之体"的新诗"编程",再要往严重里说,基本上是嫁接翻译诗歌而生的一种"次生写作"。

这一点其实无须过多论证,只要稍稍统计一下直到百年后的今天,各种诗歌书籍发行中,外国翻译诗歌和本土"自产"新诗诗集的销售比,以及稍稍"查验"一下"成名诗人"们的阅读书目及其"成长史",就可明白:除了现代性体验下的中国经验堪为"别立新宗"外,其诗体表现,从手法到语感,一直未脱离"徒弟找师傅"或"与国际接轨"的尴尬处境。也就是说,仅就新诗"体统"而言,尽管也沿以为习地"传"而"统"之了一百年,但始终并没有能够形成自身独立的传统之"历史性",只是凭恃百年与时俱进之强势而烈烈至今而已。

正如郑敏先生所言:"今天的新诗歌颇有寄生于西方诗歌之嫌。由于汉语与西方拼音语言的巨大差异,这种寄生是没有前途的。"[1] 并就此提醒我们:"传统总是在发展,发展的前提是先有一个等待我们去发展的传统,我们的传统就是从古典到现代自己的汉语诗歌。必须承认我们已经久久遗忘了自己的古典文史哲传统,因此如今只有一个模仿西方的、脆弱单薄的、现代诗歌传统。"[2]

至此,或可稍稍明了:说新诗是个"小传统",正是"小"在这里。

故而我一直认为,若还认同诗歌确有其作为"文体"存在的"元质"前提的话,那么以白话及后续现代汉语而生成的新诗,迄

---

[1] 郑敏:《试论汉诗的传统艺术特点——新诗能向古典诗歌学些什么》,原载《文艺研究》1998年第4期。
[2] 郑敏:《中国诗歌的古典与现代》,原载《文学评论》1995年第6期。

今为止，只能算是汉语诗歌谱系中的一种"弱诗歌"，一个伟大而粗糙的发明。而"一个时代之诗与思的归旨及功用，不在于其能量即'势'的大小，而在于其方向即'道'的通合。现代汉语语境下的百年中国之诗与思，是一次对汉语诗性本质一再偏离的运动过程。如何在急功近利的西学东渐百年偏离之后，重新认领汉字文化之诗意运思与诗性底蕴，并予以现代重构，是需要直面应对的大命题"。①

从"别立新宗"到"百年和解"，大河拐大弯，"弯"在何处？

四

中西文化的差异，源自语言的差异，这是个常识。这一常识的深度理解，即表意文字与拼音符号的差异。赵汀阳先生在其《惠此中国》一书中，确认"中国"的历史之"历史性"因素时，将"汉字"列为首要，即在于此。

基因所然，体现于中西文学艺术，可借鉴，可融通，但若舍己求人而硬行嫁接，要么避免不了自身传统基因的"降解"，要么只能是模仿性创新或创新性模仿。这一点，百年新诗、新美术以及其他什么新的种种后续发展，所愈来愈显明的缺陷之后遗症，已在在不乏印证。

近年读书思考，琢磨出一个有关汉语文化艺术传统"基因三要素"的说法，即：一字一诗，一音一曲，一笔细含大千。其中，"一音一曲"是就中国古典音乐而言，尤其是已成为代表性"文化符号"的古琴音乐，单音可以独立欣赏，不依赖和声对位等结构

---

① 沈奇：《"味其道"与"理其道"——中西诗与思比较谈片》，原载《文艺争鸣》2014年第11期。

性乐理;"一字一诗"与"一笔细含大千",是就汉语古典诗歌与中国书法和由书法转化而生的水墨语言及文人画之发生机制而言,二者之间,更有美学意义上的"互文"关系。故汉语古典美学向有"诗画同源"及"诗中有画""画中有诗"一说。不妨先由此说开去。

明人画家有一言:不懂诗人,不能写画。此言妙义有二:其一,是说中国画是"写"不是"画",区别于西方美术的"绘事";其二,是说古典汉语诗歌处处是"带着画的"(饶宗颐语)。我们知道,由于特殊材质所生成的中国水墨语言所致,中国画的所谓"造型",是以笔法墨法所内涵的笔情墨意之应目写心的抒写而就,不是靠什么"造型能力"及"素描功夫"来完成的。且,由此完成后所呈现的"形",也是依附于笔墨节奏下的"形",既不真切也不实在,唯以"从意"而不"从形"的"心声"与"心画"之抒写为要,可意会而不可言传,传也是传个大概。是以黄宾虹曾说到中国水墨语言之妙,在于一笔下去,便"有七种感觉"生发;包括中国书法在内,所谓"一笔细含大千"的道理,正在于此。

对此,当代油画家靳尚宜先生有感而发地谈到:而油画,要三笔才出一个感觉。而我们也知道,即或是后来迫于照相机的出现,西方当代美术接二连三"改弦易辙"出印象派、表现主义、超现实主义以及热抽象冷抽象等现代性架上绘画,也改变不了其结构性"语言基因"之遗传影响所局限。

中国画生发于中国书法。中国书法是唯汉字文化孕育的一种独特艺术。"汉字的超稳定性或与汉字本身的图像性有关。一方面,作为媒介的汉字在表达外在世界时建构了一个对象世界;另一方面,作为图像的汉字自身却又构成了一个具有自足意义的图像世界。图像文字不仅建构了不可见的概念化意义，而且建构了可见的意象，因此不仅具有相当于抽象概念的意义，另外还具有视觉（或者说艺术）含义和情感含义，因而构成了一个包含全部生活意义的可能世界。可以说，汉字不仅是表达思想的媒介，而同时是一个心处其中的生活场所。于是，汉字既是工具也是世界。图像汉字的这种特殊性使汉字超越了作为能指的符号而另具有自身独立意义。"亦即作为图像的汉字，"既能指物，本身也自成景观。"[①] 而这，正是中国书法得以特立独行的基因所在，也正是以书法为筑基的中国水墨艺术及文人画得以特立独行的底背所在。

就此而言，同为抒写"心声""心画"而发生的汉语古典诗歌，与中国书法和水墨画法可谓如出一辙。

"中国的文学是从文字当中来的；中国文学完全建造在文字上面。这一点，是中国在世界上最特别的地方"；"中国的文字不受言语控制，反而控制言语"。由此饶宗颐先生在谈作诗（旧体诗）时指出：不管作绝句、律诗、古体，"都要当成一个字去写"。[②] 所谓"捶字坚而难移，结响凝而不滞，此风骨之力也"（刘勰·《文心雕龙》）。自古汉语文学，情生文，文亦生文。以字逗字，以字引字；以字逗词，以字引词。随机，随意，随心，随缘。复积字词"逗引"成句，再逗引而"意造"成诗成文。有如中国书画笔墨语言，情生迹（笔迹与墨迹），迹复生迹，随笔法节奏、墨法节奏与意象节奏而兴发、组合、衍生，则胸无成竹而逗引成竹，竹影婆娑而竹意朗逸。——这一可称之为"逗引美学"（笔者生造之命名）的发生机制，正是汉字所生成的汉语文学艺术最本源之灵

---

① 赵汀阳：《惠此中国》，中信出版集团2016年版，第125页。
② 《文学与神明·饶宗颐访谈录》，施议对编纂：三联书店2011年版，第42页。

魂与命脉。

对此，江弱水曾指认胡适当年只晓得"情生文"，不懂得"文生文"，进而说到"一首诗可能是因字生字、因韵呼韵地有机生长出来的"。并用"打开天窗说亮话""一言以蔽之"概括新诗草创之理念。[①] 而大家都知道，这个理念一直影响到今天依然行之勃勃。当然，说胡适不懂得"文生文"是权宜之说，大概胡适先生还没这么"局限"，关键是"枉道以从势"（孟子语）使然。

一直以来，我们习惯于套用西方文论的说法，将诗歌艺术定义为所谓"语言艺术"。这没有错，因为在只有语言没有文字的西方语系中，所谓诗歌艺术，确实也只是语言的艺术。但汉语不一样。汉语是记录声音的语言和记录形意的文字二者相生相济的"复合语"，其中文字是决定性的基因，也就决定了汉语编程的命脉，是以文字为主导的命脉。中国文学自古离不开文字，离开字词思维，就没有了根本意义上的文学思维。由这一命脉所生成的汉语诗歌艺术，就不仅仅单是语言的艺术，还同时是文字的艺术，亦即古典诗学所说的，既是"心声"（心情、心绪、心意）之表意，也是"心画"（形象、意象、心象）之表意。甚至，即或是"心声"，在"汉字性"的诗之感知与表意中，也多以是"绘"其声而不喜欢"言"其声，所谓"诗画同源"、"画为心声"，即在于此。

这一点，易闻晓博士在其《中国诗法学》一书中也给出了明确的指认：

[①] 江弱水：《古典诗的现代性》（修订版），生活·读书·新知三联书店2017年版，第142页。

汉字作为仍在广泛使用的表意文字，具有与表音文字相对的本质特性，其单音独字和声调高低缓促，乃是形成中国诗特有形式的文字基础。……正是与表意文字相对的汉字优点，或汉字唱衰论所认为的汉字"劣势"，却无疑显发汉字无与伦比的诗性特质，主要表现为汉字象形表意与物的直接对应、汉字系统所呈现的万物生机和道的遍在，以及汉字字形的想象生发、为诗择字的字形考量、汉字"文言性"的诗意内涵。如果我们无法否认中国曾经是诗的国度，那么完全可以说汉字成就了中国诗的创造和诗性的文化。[1]

现在回头看，新诗从众不但一直误解了汉语"诗歌艺术"的定义，还一直误解了汉语"文言"这个词，是以唯恐避之而不及，一心一意在白话和口语的"编程"中，亦即在唯现代汉语为是的写作中"自由自在"。实则"文言"既是一个单词又是一个词组。作为单词，就是指的新诗诗人常为之唾弃的"文言文"及"旧体诗"；作为词组，则文是文言是言，文即文字，言是语言，相生相济，相依为命，只要你还是在用汉字做诗歌"编程"，就脱不了这个命脉。而这其中的发生学原理，皆源自中国图符性表意文字基因所由。

百年来，有如借西方绘画写实造型改造中国画，走到今天已然漏洞百出，严重偏离中国画的写意笔墨精神和语言特质，引起美术界深刻反思。借外国翻译诗歌改造后的汉语新诗，也由此偏离了汉语诗歌的汉语气质和语言特质以及文化主体。正如当代诗

---

[1] 易闻晓：《中国诗法学》，商务印书馆 2017 年版，第 4 页。

人杨炼所言"无论如何，一个命中注定用汉语写作的人，对母语的特质缺乏意识和思考是不可原谅的。""近代以来中国诗人普遍受西方'进化论'和'历史主义'的影响，也希望把自己纳入时间的序列。由此一方面把脏水统统泼向传统，一方面把西方当作唯一的'现代'，把往往是用时间标示的'新潮'当作价值来追求，陷入双重的盲目性。"①

讨论新诗传统，必得先说其"道统"后说其"体统"，毕竟新诗百年，还是以新"道统"为重；讨论古典诗歌传统，则须先说其"体统"后说其"道统"，因其"体统"显明且与"道统"互为表里、浑然一体，若硬要剥离开来单说，这里也只能简而言之。

首先得明确，作为农耕文明的精神谱系，所谓汉语古典诗歌中的"道统"，诸如山水唱和、田园咏叹、家国情怀、人文情愫、自然之魅、生命之惑等等，在今日之现代汉语语境下，是否已经全然隔膜或失效，在此先存疑不论。这里只想提醒的是，其实至少在汉字世界里，"体统"即"道统"，只要你还在用汉字进行思维"编程"，你就不可能不受其基因遗传影响，而只活在当代。"汉字一方面以象指物，另一方面以象建造了精神之形，精神之形与自然之形的相逢便是'形而上'和'形而下'的汇合处，因此赋予特殊性以普遍性，使历史性具有当代性，这种意象的厚度和深度无疑是一种恒久的精神吸引力。"由此，"一个生活在汉字中的中国心灵总是兼有双重主体性，即具体落实为个人心灵的主体和共享的一般汉字精神主体，因此总以双重主体同时凝视世界。"②

---

① 杨炼：《石虎、杨炼、唐晓渡：当此关口：并非仅仅关于诗的对话》，《字思维与中国现代诗学》（谢冕、吴思敬主编），天津社会科学院出版社2002年版，正文第8至9页。

② 赵汀阳：《惠此中国》，中信出版集团2016年版，第127页、126页。

故，若硬要给汉语古典诗歌"道统"找出一个与新诗"道统"最为不同之处的话，或可用李白那句"与尔同销万古愁"一言以蔽之，或者可用陈子昂那句"念天地之悠悠，独怆然而涕下"概括之。换以现代汉语的说法，其"主体精神"，概筑基于本真自我，而生发为为己之诗。"花间一壶酒，独酌无相亲。举杯邀明月，对影成三人。"没有预设的"读者"或"受众"。新诗百年，每每活在当下、与时俱进，应时、应激、乃至"应命"，尽管也时有正骨清脉之功效，但其基本面，总难以摆脱随时过境迁而不断失效作废的窘迫与尴尬。

这里还得顺便简单讨论一下"徒弟找师傅式"的翻译诗歌问题，尤其是过于依赖和完全信任现代汉语式的诗歌翻译。

现代汉语以白话和口语为始基而"另起锅灶"，虽借"新诗""新文学"滥觞，但其实"借道而行"，多实用于商业，精明于政治，重在对"新世界"知识的"知道"和"辨识"，重在为"新民救国"寻找"标准答案"，以此语言做诗歌翻译，即或如我辈不懂翻译者，也可想而知，要"委屈"多少原本的汉语诗性，更要"扭曲"多少原本的西语诗性？

还是拿当代翻译家思果的说道稍作佐证吧："现在劣译充斥，中国人写的中文已经不像中文了。""本来丰富、简洁、明白的文字，变得贫乏、啰唆、含混不清，这并不是进步，而是退步，受到了破坏。时至今日，这种破坏已经深远广泛，绝不是轻易可以挽救得了。""胡适之提倡白话文没有错。近几十年大家写白话诗文也没有错。错却错在不去承受文学的遗产，以为只要怎么说话，就怎么写文章，行了。这是有文学遗产的国家不可以做的事情。"进而呼吁："开风气的人往往会料不到他所要开的风气会有什么结果。这也许不能怪他。不过到了不良的后果出现，我们就应该大声疾呼了。"①

综合上述，大河拐大弯的"弯"，似乎无须再行赘释。

五

最后，还得回转来补充阐释"传统"概念，以作总结。

在汉语语境中，所谓"传统"，既在传承而发扬之"统合"，又在贯通而广大之"通和"。"为有源头活水来"，不是各为其流，或截流为湖、为沼、为库，所谓"多元"，即或如民谚"三十年河东三十年河西"，那上游的来水也是断不可"断流"的。这是汉语"传统"的另一个重要性质。

新诗是"革新"的产物。"革新"既久，有了自己的"新传统"，还要不要与"旧传统"通和以广大？

所谓"革新"，顾随先生早有说法："凡革新的事情，其中往往有复古精神。若只是提倡革新，其中没有复古精神，是飘摇不定的；若只是提倡复古，其中没有革新精神，是失败的。"② 而"既然贯通古今，今就不是对古的否定或摒弃，甚至不是所谓'扬弃'，而是化古为今使'今'日益丰富。如果只是变而没有化，就是断裂而无接续，同样，如果不能化古之经验为今之资源，那么日新就变成日损，更新越快，历史就越短，意义就越贫乏。因此，古为今之线索，今为古之续作，今虽为新作，必藏古意，此乃'维新'之正义"。③

---

① 思果：《翻译新究》，广西师范大学出版社2018年版，第265、256、257页。
② 顾随：《中国古典文心》，北京大学出版社2015年版，第228页。
③ 赵汀阳：《惠此中国》，中信出版集团2016年版，第176页。

如此方重新理解到，郑敏先生晚年"苦口婆心"想告知新诗从众的，其实归根结底，就是她早在1995年就明确提出的那个理念："现代性包含古典性，古典性丰富现代性，似乎是今后中国诗歌创新之路。"① 也才重新理解到20多年后孙绍振先生的指认："郑敏文章最警策之处在于，破天荒地将学习欧美和继承中国古典诗歌何者为'本'何者为'末'提高到新诗的生死存亡的高度。"②

行文至此，作为本文命题的结论，理该给出一个新诗百年后的新发展，如何在汉语古典诗歌"大传统"与汉语新诗"小传统"之间，可"通和"而行以发扬光大的"路数"的了。但这无疑是"作茧自缚"，更无从"标准"而言，这里只能就本文上述有限讨论，简要归纳提示几点：

1. 西语主体性和汉语主体性的通和；

2. 古典维度诗意运思下的诗之思和现代维度理性运思下的思之诗的通和；

3. 现代意识主导下的中国经验和古典精神主导下的汉语气质的通和；

4. 中西合璧的诗歌精神与古今熔铸的诗歌语言的通和；

5. 与时同销"时代愁"和与尔同销"万古愁"的通和；

6. 现代汉语逻辑结构之语法思维和古典汉语"逗引美学"之"字思维"的通和；

7. 古典人文传统下的为己之诗和现代人文精神下的济世之诗的通和；

---

① 郑敏：《中国诗歌的古典与现代》，原载《文学评论》1995年第6期。
② 孙绍振：《新诗百年：未完成的中西诗艺转基因工程——兼论中国古典诗学话语的激活和建构》，原载《文艺争鸣》2017年第8期。

8. 作为时间时态的"当下性"和作为历史时态的"当代性"的通和——对于唯"与时俱进"的当代诗歌而言，此一"通和"之提示，可能尤为关键。

至于"通和"之下的具体"诗法"，我想，意识变了，诗法自然也会随之改变，自有仁者见仁智者见智的具体"通和"之应心得意。

若以上之说尚可成立，则以此贯通古今汉语诗歌看去，可以说，陈子昂的《登幽州台歌》，便是真正意义上的古典的现代诗，而李叔同先生的《送别》，则是真正意义上的现代的古典诗。具体到这一百年新诗历程来看，包括"现代文学"板块、"台湾文学"板块和"当代文学"板块中的诸多优秀诗人，其实早已在具体创作实践中脱势就道、另辟蹊径而别开生面了——或全然的"通和"，或部分的"通和"；或偏于"道统"的"通和"，或偏于"体统"的"通和"，皆有其独到格局和特殊贡献，只是因与主流意识形态和主流诗歌进程时有错开，不在一个"界面"同发展共繁荣，是以难免曲高和寡或一时落寞，而自甘于孤岭横绝、暗香梅花消息之境地……。

从"别立新宗"到"百年和解"，有关汉语诗歌之"大传统"与"小传统"由"久违"到"通和"而促进新诗之再生的讨论，本文最终给出的答案，可简化为"一体两翼"之说：体依然是"自由体"，暂无可他去；两翼之在，一者外师古典，二者内化现代。

然而冷静下来思考，就百年急剧现代化所致汉语文化整体下行之大背景而言，汉语新诗之小传统与古典诗歌之大传统的真正和解与通和，恐怕还有待时日。但作为新诗理论与批评者，如果不当其时而提其醒，则无疑是一个严重的失职。何况，当那个以科哲话语和资本逻辑合成的叫做"云"的超级写手，已然君临并渗透于一切，将我们正在"现实"地写或"在场"地写以及所有"当下"的写，都已提前写过并存档的"万物互联"之大前提下，汉语诗歌到底还要与时俱进到何时才能彻底脱势就道，找回那个"云"写不了的"写"，以作"还乡"的安顿，实在已经到了一个临界点，需要真正意义上的"敲钟人"之虔敬的提醒！

新诗，一百年的新诗，可以说，已然成为我们这个新诗族群之"现代部落"的精神信仰，是以我们不愿让这样的信仰，再有任何的遗憾或愧疚存留。

有何荣誉堪可共享？百年激荡，秋风失远意，故道少人行，"远方的自己"依然在远方。而或许，鲁迅正是现代的陶渊明，陶渊明却是古典的鲁迅？！

所谓：一种反现代性的"现代性"。

2018年6月

【辑二】

我写《天生丽质》
——兼谈新诗语言问题

一

追随当代中国先锋诗歌理论、批评与创作 30 多年，近年却返身完全与"先锋"无涉，甚至还有点"开倒车"嫌疑的《天生丽质》系列实验诗之写作探求，此举之下，无疑已将自己置于一种与当代主流诗歌发展相悖也与自己此前的"诗歌身份"相悖的境地。

这就先要说到有关诗歌批评与诗歌写作"双栖者"的相关话题。

仅就当代诗人诗评家群体而言，应该说，绝大多数的批评立场及诗学主张，与其写作立场及创作理路，是大体一致的，亦即是一体两面的存在状态。而我个人的诗歌写作，与我所投身其间的先锋诗歌理论与批评的走向，则并非完全同步，而且时有游离。

一方面，与"先锋"为伍，为之鼓与呼，在我来说，大体出于一种基于人文精神及历史成因的担当与责任。如我在我的三卷本《沈奇诗学论集》"后记"文中所言："只是在命运的驱使下，对当代中国诗歌，说了一些该我说或者我该说的话而已。"包括对海内外诸多诗人诗作的研究，也多是顺着文本谈感想的即兴文章，一种借题发挥而非价值判断的写作样式。另一方面，潜心纯诗学思考时，以及在近年的具体诗歌写作时，我又一直在暗自"钻牛角"中，逐步梳理和建构并非"先锋"的诗学理路，并于不断反思中，寻求对新诗由来已久的一些根本问题的破解可能，以求于新诗文体的探求及典律的生成，多少有所裨益或启示。

一句话，脱身"势"的裹挟，潜心"道"的求索，以图再生——这其实才是我真正内在的诗歌精神取向，只是多年"人在江湖身不由己"，一再难得返身，近年方渐得跳脱，加之心境的渐趋沉静，自然而然地走到这一步。

这是心理机制方面的"返身"，下面再说具体创作的"返身"。

我断断续续40多年的诗歌写作，大体而言，可说是一种随缘就遇式的即兴记录，较少有确切方向和目的性；或者说，一直处于一种"业余状态"，不乏真情实感及写作经验，却一直疏于语言形式之独成一家的创生，所谓"言之有物"切切而"物外之言"泛泛（这也是普泛新诗写作的一个通病）。直到"天生丽质"的"不期而遇"，这才多少找到了一点"实现自我"也不乏诗学探求的感觉。

正如笔者在《天生丽质》的创作笔记中所言："半生追随现代汉诗发展历程，亦步亦趋、如履薄冰而虔敬有加。近年忽而反思之下，实验《天生丽质》写作，小有所得：内化现代，外师古典，汲古润今，通合中西，重构传统，以求在现代汉语的语境下，找回一点汉语诗性的根性之美——或可为只顾造势赶路的新诗之众提个醒"。

由此可以说，《天生丽质》既是作为"过气诗人"一次"回光返照"式的自然生成，也是作为诗评人个在诗学思考的一次特别实践；或者说，是我在忘却"诗评家"身份，返身个在本真诗性生命意识和个在诗歌美学趣味后，一次不期而遇的"诗美邂逅"。至于是否与"主流"或"身份"相悖，写作时倒全无所虑，但作品的整体风格出来后，确实感到和自己过去"被认定"的基本形象有些相悖，不过不仅没有觉着尴尬，反而有一种特别的欣慰。尤其是，关于新诗语言问题的多年思考，可以说，在《天生丽质》的写作中，终于有了一点自证其明的小小成就感。

幸运的是，尽管这批诗作与当下诗歌主流大相径庭，却得到出乎意料的发表垂青，乃至有刊物主编打电话，明确表示发过的也可以再发。是以仅八九十首的《天生丽质》（至本书结集时整合为一百首），连同重复发表和选载等各种形式在内，至今已刊载五百余首次。其中，以发表小说为重的大型文学双月刊《钟山》，不惜版面，在2010年第六期上，以卷首位置，一次性整体全貌推出《天生丽质》五十首，更是空前之举。而让我深受感动和欣慰的是，我与《钟山》主编贾梦玮，此前仅在应邀作其主持的评选新时期文学30年"十大诗人（1979—2009）"评委时，通过两次电子邮件，后于南京一次会议中见过一面，回西安发电子邮件礼节性问候中，顺便附了刚修订的《天生丽质》五十首，谨作交流，未想他很快回信要全部刊出，当时简直都不敢相信！

《天生丽质》的发表过程，是我个人诗歌发表史上所获得的一次"特别礼遇"，大概在当代诗坛，也是一个较为特别的"发表事件"。想来，除了编发这些作品的编辑们不约而同的"错爱"之外，这组从语言到内涵，都迥异于当下主流诗歌的作品，或许不经意间，触及到了当代汉语诗歌所欠缺的某些美学取向，而为识者所留意或偏爱。

同时，在以纸本媒体陆续发表前后，也一直经由电子邮件的形式，同诗界同道和文学艺术界朋友交流求教，得到不少激赏和鼓励，包括诸多小说家、书画家、美术评论家等诗界外友人的垂青与认同，让我颇有"吾道不孤"的安慰。

二

《天生丽质》的写作，无论就我个人诗歌创作历程而言，还是从当代主流诗歌发展趋向来说，都更像是一次"横逸旁出"式的"试错"性写作，其要旨，在于对现代汉语诗歌美学一种"可能性"的探求而非"示范"。

坦白地讲，仅就基本语感而言，我是将《天生丽质》作为相当于古典诗歌中"词"或"散曲"的形式感觉来写的，尤其是在字词、韵律、节奏和诗体造型诸方面，不过换了现代汉语的语式，并杂糅意象、事象、叙事、口语、文言等元素，及现代诗中诸如互文、拼贴、嵌插、跨跳、戏剧性等手法，一边汲古润今，一边内化现代，寻求一种真正能熔融中西诗性的语言理路与形式理路，以避免新诗一直以来存在的同质仿写、有"道"无"味"的弊病。

这点"心机"的萌生，最初来自《茶渡》一诗的写作。

此诗初始只有题目"茶渡"两个字跃然于心，但当时就惊喜地发现，仅此二字，便已构成一个元一自丰的完整意象，及其所衍生的诗意内涵和诗性联想空间了，包括能指与所指，都几近"元诗"的境地。这便是汉字和汉语"天生丽质"的"诗性基因"

之所在：字与字、词与词偶然碰撞到一起，便有风云际会般的形意裂变，跳脱旧有的、符号化了的所指，而生发新的能指意味，新的命名效应，及新的语感形式。遂"顺藤摸瓜"，由字而词、而句、而篇，于一个多月后完成全诗——

  野渡
  无人
  舟　自横

  ……那人兀自涉水而去

  身后的长亭
  尚留
  一缕茶烟

  微温

  可以看出，此一诗写的完成，实际上是顺着诗题"茶渡"这一形质并茂的诗性语词，所展开的一种相互阐释和对话的衍生过程。具体说，是字词之思在先，而后逗引、延拓、聚合与此字词相关联的句构与篇构，其发生机制，与此前的写作经验完全不同。写时无意，诗成后方发现此中"别有洞天"，随之又顺此路数写了《岚意》《依草》《青衫》《小满》《星丘》《胭脂》等诗，并渐渐从理论上有了明晰的认识，总结出后来的基本创作理念：

  《天生丽质》是本于"古典理想之现代重构"的理念，及返顾汉语字词思维的一次诗歌文本实验：实验要求每首诗的题目本身就是"诗的"，或与汉语诗性"命名"（包括成语）及诗性记忆（包括格言警句）有关的，并与诗作内容及创作思路，形成或先（命题）或后（破题）而迹近天成的互动关系。通过这样一种内化现代、外师古典、融会中西的诗歌语言实验，来重新认领汉语诗性之天生丽质的"指纹"，和现代诗性生命意识的别样轨迹，进而开启生存体验、历史经验及文化记忆的深层链接。

这一理念的关键，在于对一直以来过于信任和单纯依赖现代汉语的新诗写作，所长期形成的通用语言机制的翻转。当然，理念是一回事，经由创作实践到底实现了多少是另一回事。是以我一再强调，《天生丽质》的写作只是一种实验性的开启，其价值的认定与充分实现尚有待时日，但其中引发的思考还是可以说清楚的。

三

新诗是移洋开新的产物，且百年来一直张扬着不断革命的态势，至今没有一个基本稳定的诗美元素体系，及大体可通约的写作形式规则，只讲自由，不讲节制，变数太多而任运不拘。虽然，在新诗一路走来的各个阶段，从创作到理论，始终没忘记强调"两源潜沉"，但实际的情况却总是偏重于西方一源，或者说，是由翻译诗歌主导的发展模式。

我们知道，现代汉语虽沿用汉字，但其组织结构却是套用西方文法、语法改造而成，从而或多或少"转基因"式地改变了汉语本源性的运思机制。我们知道，汉语是世界上现存的唯一保留文字与语言双重元素之合成机制的特殊语言。汉字一字一世界，以形会形，意会而后言传，传也是传个大概，惚兮恍兮，恍兮惚兮，是历史经验与个体生命体验的活的生命体。故汉字运思，具有不可穷尽的随机性、随意性、随心性、随缘性：字与字"胡碰乱撞"，常常就可能"撞"出诗意"碰"出隐喻来，因而对万物之道的"识"（感知）与"解"（表意），也多是"意会"为要，直觉感悟，混沌把握，不依赖于理性认识，以及逻辑结构的链接，所谓"诗意运思"（李泽厚语）。

也就是说，从发生学上讲，古典汉语诗歌及文章，大体而言，是以文字组织语言，语言跟着文字走，所谓胸无篇构，而字词逗引成句成篇。新诗则刚好相反，是以语言组织文字，文字跟着语言走，语言跟着构思走，这就从根本上动摇或削弱了汉语诗性的发生机制。

诗由语言之体和精神之魂合成生命。写诗即是由诗人之生命体验与语言体验、生存经验与写作经验的有机融合为一，而至文本化的过程。诗的发生，起于诗兴。古诗兴发，多以心动（缘情言志）而发为"词动"，落于文本，由字构、而词构、而句构、而篇构，相生相济之"逗引"下，生妙意，成奇境，发为新的生命，所谓"语不惊人死不休"；新诗起兴，多以"心"动为止（且是已被"现代汉语化"了的"心"），由情感而观念而主题，落于具体写作，则重篇构、重意义、少佳句、弱意境，脸大眼小，话多神少。这是语言层面的比较。

再就精神层面来看，新诗以"启蒙"为己任，其整体视角，长期以来，是以代言人之主体向外看的，可谓一个单向度的小传统。其实人（个人以及族群）不论在任何时代任何地缘，都存在不以外在为转移的本苦本乐、本忧本喜、本空本惑，这是诗歌及一切艺术的发生学之本根：所谓"与尔同销万古愁"（李白《将进酒》）；所谓"念天地之悠悠，独怆然而涕下"（陈子昂《登幽州台歌》）；所谓"江畔何人初见月？江月何年初照人？人生代代无穷已，江月年年望相似"（张若虚《春江花月夜》）。不是一地一时之愁，是万古愁。这是汉语诗歌的一个大传统，一个向内看的大传统。

新诗百年，基本走的是舍大传统而热衷其小传统的路径，是以只活在所谓的"时代精神"中，一旦"时过境迁"，包括"心境"和"语境"之迁，大多作品即黯然失色，不复存在。这是新诗至今没有解决好的一个根本问题。

语言是存在的家，所有有关"文化身份"、"文化乡愁"、"精神家园"之类所谓"现代性"的问题，其实都是语言的问题。而人与语言的遭遇又是"被给定"的，确实难以返身他顾。但语言毕竟不是铁板一块，而是一个不断变化和生成发展中的活的生命体。有如我们人的生命历程，有先天"基因编码"之规定性所限，也有后天"养以移性"之创造性所变。诗及一切文学艺术的终极价值所在，正是在语言的规定性和发展性之间，起着保养、更新、去蔽、增殖而重新改写世界的作用。

由此，我们可以给诗下这样一个定义：诗是经由对语言的改写而改写世界、或者改写我们同世界的关系的一次语言历险与思想历险。

于此更须明确的是，在全球一体化的今天，何为"汉语的"存在之家？我认为，必须要包含并重新确认了"汉字"这个"家神"的存在，才足以真正安妥我们的诗心、诗情及文化之魂。而这个"家神"，自全面推行现代汉语以来，尤其在新诗领域中，实在与我们疏远太久了。

故而回头来看，新诗既是一个伟大的发明，也是一个伟大而粗糙的发明——近一百年间，新诗在社会价值、思想价值、生命价值、新的美学价值等方面，都不乏特殊而重要的贡献，唯独在语言价值方面乏善可陈。

换句话说，新诗百年的主要功用，在于经由现代意识的诗性（其实大多仅具"诗形"）传播，为现代中国人的思想解放和精神解放，开辟了一条新的道路。但，解放不等于再生，真正的再生，还得回到语言层面做更深的探求。实际的情况我们也可以看到：有关历史的反思、思想的纠结、真理的求索、现实的关切、良知的呼唤等等，在新诗的发展历程中并不缺乏，且一直是其精魂所在，甚至可以说无所不在，但何以在国民的教化与人文修养方面收效甚微，乃至即或有问题，也反而常常要去古典诗歌中找答案找慰藉；或时而产生一些"直言取道"的精神感召和思想震动，却也与世道人心的根本改变无多大作用。

同时还应该看到，新诗起源，本质上是一次仿生而非自生——西学为体，当下为是；人学大于诗学，观念胜于诗质；每重"直言取道"，疏于"曲意洗心"。如此，一路移步换形、居无定所，而致汉语诗性之本质特性渐趋式微。百年中国历史走到今天，其最大的偏失，也正在于对汉语诗性的本质性偏离：所谓中华文明的根本，所谓"汉唐精神"，所谓"魏晋风骨"，所谓"古典文心"，说到底是诗性生命意识的高扬，而这个根本与精神得以孕育与生长的基因，在于汉语的诗性本质！

世界是原在的，从个体到整体，人类的一些基本问题，其实是一直存在且不可能完全解决的，否则岂非"历史的终结与最后的人"（借用弗朗西斯·福山语）？因此，是人类对世界的体验与表达这种体验的说法，构成了人类的文明史和文化史，而不是由说了些什么所决定的——就此而言，语言及文字之于文体，无异于一种"物种意义"而至关重要。

由此可见，近百年汉语诗性的不断被消解，才是我们今天所面临的诸种问题的根本症结所在。

诚然，现代中国人已经被现代汉语所造就，再也难以重握"那只唐代的手"（诗人柏桦语），但身处今日时代语境下，在现代性的要求与传统"诗意运思"的传承与发扬之间，能否寻找一些相切点，以提供新的语言体验与生命体验之表现的可能性，以再造一个与我们文化本源相契合的精神家园呢？

四

由"启蒙"而"宣传"而"运动"而"时尚"，新诗百年，和随其开启的整个新文学一起，从发生到发展，一直是被"借道而行"的一种运行轨迹（连"新诗"的命名都难免意识形态化）。这样的一种"轨迹"，在现代汉语小说和散文的发展过程中，因其文体属性所致，还时有游离或跳脱，唯有新诗是愈演愈烈。

百年新诗发展历程，回首检视可见，多是以"道"（"启蒙"、"宣传"、"运动"、"时尚"等外在之道）求"势"，"势"成则"道"（诗之道）灭；而其"势"，也并非顺理成章、水到渠成之势，大多是出于功利（尽管也不乏我称之为的"史的功利"）而造出来的——"时势造英雄"，"英雄"再造新的时势，"形势逼人"，后来者再跟着"顺势而为"——如此循环往复，唯势昌焉，而诗之道（本源、本体、本质、本在）则无以定所，只剩下分行之外形可依，内里是早已耗尽了的。或也形成了一个小小的传统，却又因其飘移不定而终非长久之计。

这里的关键是"自性"的丧失，包括诗人主体自性的丧失和诗歌本体自性的丧失。

诗及一切文学艺术之"自性"的丧失，必然导致反"道"为"器"，君子转为小人，诗人转为"时人"，或可玩点诗的技巧或鼓噪点诗的运动、诗的虚荣，而诗心早已失矣——话语盛宴的背后，是人文价值的虚位和主体精神的无所适从。是以，我们才一直为各种运动所裹挟，为诗之外的各种形势所绑架，以至形成"运动情结"，倾心于表面的热闹，只活在当下，活在自以为是、自我膨胀、自娱自乐的"诗歌共同体"中，对真正有益于诗歌发展的探讨和研究无法深入，进而导致"类诗"泛滥而真诗寥寥。

借用鲁迅先生的话说，可谓"本根剥丧"而"神气彷徨"。

实际上，百年新诗的发展中，一直起重要影响和制约性作用的，有两个基本方面：一是文化形态，一是心理机制；包括对创作和研究两方面的影响。也就是说，新诗在其发展中所不断出现的各种问题，有其先天性的内部因素，但更多则是后天的、外部的一些东西在起作用。前者尚可在发展中自我调节，后者则常常不易纠正。换句话说，新诗的语言问题，既是先天仿生性之内在发生机制遗传所致，也是后天功利性之外在发生机制影响所致。

其实，对这一问题的认识，一直以来，大家基本上都是明确的，只是新诗似乎太年轻，有太多的青春元素、激情力量和现实要求蓄势待发，难以在"道"的层面潜沉以求，只能随时代变化而潮起潮落。但与此同时，也为那些真正优秀的诗人和真正优秀的诗歌写作，提供了"反常合道"以求本体显明和自性所在的空间，有志者自会上下求索而潜行修远。

诗，是在语言的历史中写作，而非在历史的语言中写作。

新诗因其年轻，并因其外部激素的促迫，而不断发展与跃升，一再显示并很快形成了其"自由、敏锐、活力、有效"（诗人诗评家陈超语）的精神传统，以致达到今天这样空前活跃和繁盛的景象。但所有这些"有效"，都只是在一个短暂的历史语境中展开，并主要作用于思想和精神层面，若是将景深推远些去看，尤其从语言的历史维度去看，其有效性就另当别论了。表面看去，当代诗歌写法各异而千姿百态，其实是无数诗人在写大体一样的诗，整体同质而内在困乏，一种泡沫化的量的簇拥与活跃，包括近年来发为显学、倡为主潮的"口语"和"叙事"，都已习为广大而难成精微。

　　为此，我在"内化现代"的前提下，提出"汲古润今"或可称之"外师古典"的理念，实在是想为自由放任的新诗写作，在语言层面和形式层面找一点约束，亦即在自由与约束的辨证中，寻找新的形式建构与语言张力。而这样的约束，就汉语而言，也只能从语言的历史中上溯古典诗歌，探寻现代诗语与古典诗语"同源基因"之所在。

　　其实放长远看去，百年新诗再往前走，到底还能走多远，拓展多大格局，恐怕很大程度上，将取决于是否能自觉地把新诗之移洋开新，接引于汉语的历史传统之源头活水，以求袭古弥新而重构传统。

　　再从接受美学来说。当代中国社会转型，"集体的人"转而为"个人的人"，"大写的人"转而为"碎片化的人"，所谓新文学之社会性的"启蒙"与"疗救"作用，大体也随之降解，而如何作用于个人教养的问题，则上升为第一义的要旨。具体到诗歌的存在，所谓"诗教"，到底是重"言志"（所谓"直言取道"、"直击人心"、"要为真理而斗争"等等），还是重"洗心"、"修心"，化

"教育"为"润育",以去现代化之"戾气",大概也是该重新考虑的时候了。

长期以来,我们似乎过于看重了新诗的思想教育与精神教化作用,疏于其作为一种语言艺术而润化人心而提升心境的作用,所谓"言之无文,行而不远"(《左传》)——于是想自己来试一试。

五

这就该说到《天生丽质》的具体写作了。

如前所言,《天生丽质》是一次"横逸旁出"式的"试错"性写作。而如此"试错",置于现代汉语语境中考虑,则稍不注意,就会落入"酸""伧""陋"的"冬烘气"和"造作"之弊,与新诗之现代性索求背道而驰。这里的关键是如何处理好"现代"与"古典"的关系,不致纠结不清或拿捏不准,导致"酸馅味",失去现代诗的基本品性。于此,便首先想到在语境方面,尽量导向古今盘诘与对话式的"悬疑"状态,再将"意象"(包括"字意象"与"词意象")作为戏剧性角色来编排,由此或可形成另一种"现代性"。另外就是有机引进现代禅诗的运思维度。

所谓"悬疑性",即将诗中所有的意象和意境,均置于一种不肯定、不明确、自我盘诘、古今对话的"悬疑语境"中,以求生发更多的弥散性意涵和歧义,尽量避免单一的旨归,或闭锁性的联想。尤其在使用古典意象时,包括直接挪用古典诗句,或自己在诗中刻意虚拟的所谓"古意",都要将其纳入现代视角来处理,或戏仿,或反衬,一种印证与对质,或者说,一种"命题"而非解答。

所谓"戏剧性",即有"预谋"地将诗中的各种意象,包括作为互文性借用的古典意象,和自己原创的核心意象与衍生意象,以及连同诗题在内的一些核心语象,均将其作为"戏剧性角色"来看待,并将其纳入一个戏剧化的语境中,或戏剧化的场景中,令其互动互证,有机转换,而获得一个新的生命体。这一点,与现、当代诗人中,惯常以择取生命体验与生存体验中的具体"戏剧性细节"为"戏剧性角色"的"戏剧性"写法,或所谓的"小说企图",有本质性的区别,也是我在整个《天生丽质》的写作中,较为看重而欣慰的小小收获。

至于"现代禅诗",早在20世纪末,我在题为《口语、禅味与本土意识——展望二十一世纪中国诗歌》(《作家》杂志1999年第3期)一文中,就将其列入21世纪汉语诗歌发展的重要路向之一,并指出:"主要看重其易于接通汉语传统和古典诗质的脉息,以求将现代意识与现代审美情趣有机地予以本土内化。"进而说明:"既是'现代禅诗',骨子里便少不了现代感的支撑,古典的面影下,悄然搏动的,仍是现代意识的内在理路,只是这'理路'中多了几分'禅味'而已。"同时认为,"'现代禅诗'之由式微而转昌兴,只是迟早的事"。

遗憾的是,此论十年过去,似乎不着应验,恰遇《天生丽质》之举,便自己稍做探路。至于收效如何,有无前途,面对滔滔大势,也只能"独善其身"了。

最终,回到开头的话题。作为一个追随当代先锋诗歌30余年的诗评人和诗人,在《天生丽质》的实验写作中,确实也不免困惑:现代汉诗是否必须要确立自己的语言特征、自己的精神指纹?或许变动不居、移步换形,正是其语言机制的本质所在,而以杂交的语言表现杂交的文化语境,正是这时代的必然选择?那么,即或以现代视角回眸传统而求"古典理想的现代重构",对于早已"基因裂变"而唯新是问的现代汉语诗歌,又有多大意义呢?

　　不过,当我们面对当前汉语诗歌之语言意识与文体意识的缺失、文化意识与历史意识的缺失以及经典意识的缺失时,我想,即或背上"开倒车"的嫌疑,也值得为此一求。至于我在《天生丽质》的写作中,对我所提倡的理念实现了多少,实在并不重要。如前所言,《天生丽质》是一次"试错"而非"示范"性写作,这一点我一开始就很清醒。这样的写作,其当下的意义,大概更多的只是反衬出此在的困境,而难以提交他去的路径。

　　或许多年后,会有识者感叹:在那样一个现代汉语时代,居然还有诗人,以那样的文字感觉和那样的语言意识写那样的现代汉诗——那就够了。

　　就这一点来说,我有足够的自信。

2012年春初稿
2018年冬改定

"动态诗学"与"现代汉诗"
——再谈"新诗标准问题"

一

诗学家陈仲义《感动、撼动、挑动、惊动——好诗的"四动"标准》一文的发表,引发了新一轮有关"新诗标准问题"的热烈讨论。

仅 21 世纪以来,大体同样的讨论已有两次,分别由 2000 年《诗刊》下半月刊和 2004 年 10 月《江汉大学学报》发起组织,响应者不少。此前,1997 年 8 月,由福建师范大学、中国社会科学院文学所联合举办的"武夷山·现代汉诗诗学国际研讨会",以"现代汉诗的本体特征"为主题,所开启的在"现代汉诗"命名下有关"诗歌本体"问题的理论研讨,以及由国内独家诗歌理论刊物《诗探索》于 1996 年至 2002 年之间,连续组织的有关"'字思维'与中国现代诗学"的讨论,实际上也都是对诗歌"标准"问题的一些分延性的探究。

短短十余年内，对大体同一命题的不断切入，且不断形成热点，只能说明，这一看似总是"不得其门而入"的诗学命题，确实是新诗理论研究始终绕不开去的难题，试图对此难题有所解决的愿望，也显得越来越迫切。

一个命题反复被重新提及，又反复以无可总结而结束，是否是个"伪命题"？

至少，仅就现实中的新诗创作来看，这样的讨论几乎产生不了什么作用，诗人们想怎样写照样怎样写，而当我们感到对此已无话可说的时候，诗歌自己却早已发生了新的变化，展示出新的景观。于是难免让人对这一命题的根由提出质疑：它何以存在？又有何意义？

由此推论，就涉及到对新诗之"伪"的追索。

新诗自诞生之日至今，有关"新诗只有新没有诗"之类的说法及疑惑，便从未断过，乃至有更极端者认为新诗的存在是一个百年"大谎"。极端者之言显然不足为论，但前者的说法，却颇值得引入对"新诗标准问题"之真伪的推论。也就是说，假设承认新诗百年，从驱动到结果，其总体发展态势，确实只是唯新是问，任运不拘，谈不上或者说还顾及不上诗歌本体的建设与发展，则有关"新诗标准问题"的讨论，就暂时失去了立论的依据。反之，若认为新诗百年，已经在创作实践中具备了本体意义上的"标准"的认同，此一立论才具有学理上的合法性。

如此强词夺理般的机械推论，只是为重新认知新诗的现实存在及其与"标准"问题的关系厘清思路。

新诗百年，从外在形式看去，除了分行和文字简约，之外似乎再无文体标志可辨识。即使是分行，即如何建行本身，也并无可通约的标准可言；而文字简约也多以只在字数，并未完全达到审美意义上的简约。尽管，从新诗发轫的第二个十年开始，便已有闻一多"新诗格律化"主张的提出，"音乐美，绘画美，建筑美"的鼓吹，以及后来卞之琳、林庚、冯至等前贤对新诗技巧与形式的惨淡经营，以求找到新诗"自己更完美的形式"①，寻求新诗形式的规范及至定型，但最终还是被后来各种各样的"新"淹没不计，以至于延续而今，依然需一再重涉那个从一开始就不断涉及的"标准"问题。

有意味的是，若换个角度，单从新诗发展结果来看，正是这样无所不自由的写法，却支撑了百年新诗的强势进程，从而为我们民族的精神空间，撞开了新的天地，继而成为百年中国人，从知识分子到平民百姓，尤其是年轻生命之最为真实、自由而活跃的呼吸和言说，也同时成为东西方精神对话的有效通道。尤其近30年来中国大陆的现代主义新诗潮运动，更是在不断消解主流意识形态辖制的奋争中，以独立的现代精神人格和独有的现代艺术品质，走向世界，与世界文学接轨，成为20世纪人类文化进程中不可或缺的一个组成部分。

由此可以发现，任何时候对新诗的任何发问，都要首先面对并认清上述悖论，而有关"新诗标准问题"的讨论，更是只能在这样的悖论前提下予以展开。

接下来的问题是：新诗不成熟的"肉身"与早熟的"灵魂"，何以能越百年而自由共生、协调发展？亦即唯"新"是问的新诗，何以取得大体尚且属于"诗"的审美品质与审美效应？被称为"新诗"的诗性之"性别"又属之为何？

---

① 林庚：《〈问路集〉自序》，转引自钱理群、温儒敏、吴福辉合著《中国现代文学三十年》（修订本），北京大学出版社1998年版，第285页。

二

　　新诗之"新",比之古典诗歌的"旧",看起来是外在形式的区分,实际上是两种不同诗歌精神或者说两种不同诗歌"灵魂"的分道扬镳。尽管,当年胡适先生确实是经由诗的语言形式方面,为新诗的创生打开突破口的,但不要忘了,包括新诗在内的所有新文学的发生,从一开始就是一个"借道而行"的产物,本意并不在美学意义上的语言、形式之"道"的探求与完善,而在借新的"灵魂"的诗化、文学化的高扬,来落实"思想启蒙"与"新民救国"之"行"的。

　　换句话说,推动新诗发生与发展的内在心理机制之根本,是重在灵魂而非形式,由此渐次形成的诗歌欣赏习惯,也多以能从中获取所谓"时代精神"的回应为标的,并渐次成为新的欣赏与接受惯性。这也便是新诗百年,总是以内容的价值及其社会影响力作为压倒性优势,来界定诗歌是否优秀与重要的根本原因。而新诗的灵魂也确实因此得以迅速成熟和持续高扬,乃至常常要"灵魂出窍",顾不得那个"肉身"的"居无定所"了。

　　显然,新诗的诗性,从一开始就完全不同于古典诗歌。时至今日,诗是语言的艺术,语言是我们存在的家,"诗歌是语言的如何说的历史,而不是说什么的历史"[①] 等观念,几乎已作为一种常识为人们所普遍认同。但落实于具体的诗歌写作,在年少的新诗这里,却总是以"说什么的历史"带动或改变着"如何说的历史","灵魂"扯着"肉身"走,变动不居而无所不往。这里的关键在于,百年新诗所处历史语境,实在是太多风云变化,所谓

---

① 于坚:《棕皮手记:诗如何在》,2008年7月6日,诗生活网站诗观点文库。

"时代精神"的激烈更迭，更是任何一个历史上的百年都无法比拟的，以至于回首看去，百年新诗历程更像是一次"急行军"而难得沉着，更遑论"道成肉身"式的自我完善。

对此，我曾在《拓殖、收摄与在路上——现代汉诗的本体特征及语言转型》一文中，将古典诗歌的写作比喻为"在家中"的写作，将新诗的写作比喻为"在路上的写作"，进而指出："'在路上'的写作与'在家中'的写作有着本质的不同。原因是，'在路上'的生命状态对艺术的诉求，和'在家中'的生命状态对艺术的诉求是不一样的。'在家中'的写作，无论是出世的还是入世的，是'仙风道骨'还是'代圣立言'（'圣'与'家/国'同构，'言'即'志'），都有一个较稳定而可通约的文化背景作凭借，因而其言说总是具有一定的公约性和规范性的，写作者也在有意与无意间追求这种公约和规范；'在路上'的写作，则完全返回自身，返回当下的个在生命体验，且因文化背景的巨大差异性和变化性，无法再有'规范'可言，写作者也不再顾及这种'规范'，亦即写作本身也成了一种处于变动不居的、'在路上'的状态"。①

现在看来，这种"在路上"的状态以及对此状态的个性化表达，本身已构成了新诗诗性的一部分，而且是主要的部分。敏锐，新奇，活力，有效，这些作为新诗不断发展与跃升的主要驱动力，同时又转换为新诗诗性审美的主要指标为人们所认同。而所谓"变动不居"，抑或本来就是新诗的本质属性之一，由此带来的写作现象，就是不断地标新立异及无标准的自我标榜。而以"移步换形"且繁乱无定的语言形式，来表现同样"移步换形"且繁乱

---

① 沈奇：《拓殖、收摄与在路上——现代汉诗的本体特征及语言转型》，原载《云南文艺评论》1997年第4期。

无定的"时代精神",或许正是身处百年文化大语境下之新诗的必然选择?

由此看去,以"新诗"为命名下的诸多诗学问题,都可以以"动态诗学"(笔者生造的一个命名)为绾束——"新"与"动"以及"自由",遂成为理解和阐释有关新诗问题的第一义的关键词。离开这三个关键词的规约,怎样说,到了都是一本糊涂账。

不过,内容之"道"与语言形式之"肉身"的纠结与撕扯,却依然是年少的新诗从未了断且始终挥之不去的根本问题。有如成长的法则不能替代成熟的法则,年少的新诗之过渡性的唯新是问,也不能因此就"过渡"个没完。——新诗无体而有体:各个有体,具体之体;汇通无体,本体之体;本体不存,具体安得久存?

这正是新诗一直以来的隐忧之所在。

然而,当下的诗歌现实是,经由近百年"急行军"式的、无所不至的创新探索,几乎已踏平了诗性生命存在的每一片土地,造成整个诗性背景的枯竭和诗性视野的困乏,成为一种无边界也无中心的散漫集合。或许当下时代的现代汉语诗歌,依然还是更趋向于多样性而不是什么完美,需要更长的时间来实现自己的潜能,甚而还包含着更多的没有开发的可能性。但必须同时提醒的是,在它具有最强的变化能力的同时,更需要保持一种自我的存在——本质属性的存在。

于是,如何将"唯新是问"的价值属性,适时导入"如何新才好"的价值轨道,便成为新诗诗学的一个新命题。而这一命题是否成立的前提,是先要判断在"新诗"命名范畴下的现代汉语诗歌的发展,是否已临近或已然进入一个由年少而步入成熟之"束发"而立的"转换期"呢?

三

"新诗"的前身是"白话诗",之后又有了"自由诗"的命名。与三种命名下的诗歌精神相伴行的,是由"白话"而"国语"而"现代汉语"的语言嬗变。

诗因诗人的特殊语感而生。一时代之诗人的语感,必受一时代之语言形态所影响,进而再经由诗人们的语言创造,反过来影响一时代之语言形态的变化。这种相生相济的互动嬗变,在百年中国大语境下,无不和"现代"这一超级关键词息息相关。实际上,尽管我们一再将整个近百年的汉语新体诗歌写作习惯性地统称之为"新诗",但同一指称下的"新诗",无论是其"灵魂"还是其"肉身",早已大为不同。尤其是在"现代性"这一点上,可以说,自20世纪50年代中期台湾"现代诗"的发轫及其后的滥觞,到20世纪70年代末大陆现代主义新诗潮的一发而不可收拾,所谓"新诗"百年,已然明显划分出两个大的时代板块,即"新诗时代"和"现代汉诗"时代。

作为正式的学理性命名之"现代汉诗"的提出,及其较为全面的理论阐释,当以诗学家王光明所著《现代汉诗的百年演变》一书为重,并产生广泛影响。现在看来,这一命名及其影响,是具有突破性意义的。这一意义的关键,正在于正式而名正言顺地将"新诗"和"现代汉诗"区分开来,从而也就从学理上,就如何将"唯新是问"的价值属性适时导入"如何新才好"的价值轨道这一命题,提供了一个适当的切入点。也就是说,只有先行将有关"新诗"之"新"的言说,适时导入"现代汉诗"之"现代"的言说,并重新梳理"新"与"动"以及"自由"三个关键词的正负价值在性之后,有关"如何新才好"亦即"新诗标准问题"

的讨论，才不至于再次成为一本说不清还得说的糊涂账。

那么，拿什么来判断年少的新诗，确然已进入了一个新的生长发育期，不能再像以往那样"自由散漫"，也可以不再像以往那样"任运不拘"？或者说，"新诗"向"现代汉诗"的转换，是以什么为指标作为其"临界"的判别呢？

就此，以笔者学力所限，暂时只能大而化之地想到三点：其一，现代汉语之阶段性的基本定型；其二，现代中国文化语境之阶段性的基本定型；其三，体现在诗歌及整个文学艺术中的现代意识和现代审美精神之阶段性的基本定型。假如这三个"基本定型"可以成立，我们就可以告别"新诗"之"新"的反复困扰，进入"现代汉诗"的命名范畴里，展开对所谓"标准"问题的有效讨论。

这就要说到"自由"这个关键词：因为有关"标准"的讨论，必然同时也是对有关"自由"如何约束的讨论，尽管我们也知道，完全没有约束的自由，实际上反而是一种不自由的"自由"。

现代诗的自由，不仅是解放了的语言形式的自由，更是自由人的自由形式。对于包括文学艺术在内的百年中国文化进程而言，自由是无比珍贵的，也是来之不易的；我们不能没有自由，但今天的我们更要学会如何"管理"自由；有如我们不能没有真实，但也不能仅仅为了真实性而放逐了诗性——诗形的散文、诗形的随笔、诗形的议论、诗形的闲聊以及等等，唯独缺少了诗性。时至今日，当多元已成为价值失范的借口，自由已成为不自由的焦虑，对"自由"的"管理"，便成为无可回避的问题。

具体到诗歌本体上来说，如何在自由与约束的辨证中，寻找新的形式建构与语言张力，遂成为"现代汉诗"命名范畴下，必须要面对的首要命题。正如王光明所指出的："……即使是自由诗，也不能永远以不讲形式为形式，甚至不能以'每一首诗都有自己的形式'为借口，那是矜才使气，而不是写诗。诗永远要在自由与约束的辨证中寻找张力……没有基本形式背景的诗歌是文类模糊、缺少本体精神的诗歌，偶然的、权宜性的诗歌，是无法被普遍认同和被传统分享的诗歌，正如未被形式化的内容是粗糙的素材或灵感的火花一样"①。

如此绕了一大圈，是想证明：有关"新诗标准问题"的讨论，既是"伪命题"，又不是"伪命题"；对于"新诗"之命名范畴来说或许是个"伪命题"，对于"现代汉诗"之命名范畴来说或许就不是"伪命题"。也就是说，只有在进入"现代汉诗"这一新诗发展的新阶段，才能越过前述悖论的困扰，使有关"标准"问题的思考，真正落在实处，具有现实意义。当然，这里的"现代汉诗"，是指建立在诗歌本体意义上而非单纯诗歌史意义上的"现代汉诗"。借用诗评家荣光启在其《"标准"与"尺度"：如何谈论现代汉诗》一文中的话，可分解为"不仅'现代'，而且有'汉语'的质量，而且是'诗'"。②

就此，越过"新诗"这道坎，我们似乎可以心安理得地来尝试有关"现代汉诗"之"诗歌标准问题"的讨论了。

四

新诗先脱"古典"之身而成幽灵，再得"现代"之体而寻典律，"现代汉诗"的确立，为新诗的诗体建设，提供了可能的平台。至少在这二三十年的诗歌进程中，包括笔者在内，我们其实

---

① 王光明：《现代汉诗的百年演变》，河北人民出版社 2003 年版，第 143 页。
② 荣光启：《"标准"与尺度：如何谈论现代汉诗》，《海南师范大学学报》2008 年第 1 期。

都一直在这个平台上说话，说与新诗"标准"问题或贴近、或分延、或困惑的相关话题。为此，在我试图想就这一话题再说出一点新的东西之前，我得先看看我已就这一话题说出过些什么，它们是否还有效于当下，以此来确定我确实还有新的可说，或者有无必要再说什么。

就个人研究所限，对"现代汉诗"之诗美标准的思考见诸于文本表述的，大体梳理下来，有以下四个方面的观点尚值得重新复述：

一、关于"诗美三层次"的论述

此观点见于1993年发表于《诗歌报》月刊第6期及台湾《文讯》杂志10月号总96期的《诗美三层次》一文。文章出于普及性的目的，将一切诗美简单归纳为三个层次去审视：情趣，精神，思想。并以此从诗歌创作/发生和诗歌欣赏/接受的双向角度，给出了一个"尺度"公式：

情趣（色、形）→自文字（语感）→动情→入道→第一层次
精神（气、韵）→自人格（生命感）→动心→入神→第二层次
思想（骨、魂）→自哲学（宗教感）→动思→入圣→第三层次

同时辅助说明：无论情趣、精神、思想，皆有大小之分。有无是一回事，大小是另一回事；有无成真伪、定品位，大小则成风格、定流派。三者或缺或盈或大或小，不同比例成分之组合，生成不同诗质。由此建立一尺度体系，作者可自审自度，读者亦可为评为释。

二、关于"诗性"、"诗形"与"非诗"的划分

此观点见于1999年发表于《当代作家评论》第6期的《诗性、

诗形与非诗》一文。文中首次提出将现代汉语诗歌作品分为"具有诗性的诗"和"徒具诗形的诗"两种不同性质的文本样式，以明确真正可称之为"现代汉诗"的基本标准，并将这一标准初步指认为：

1. 具有独立的、自由的鲜活人格。作为超越社会层面的私人宗教，以本真生命体验，深入时间内部、生存内部，开启新的精神光源，拓展新的精神空间；

2. 具有独特的审美体验。作为人类最敏感的"艺术器官"，这种体验必须是原生性的、不同于任何他在的，富于新奇感、惊异感、意外感，成为一次原发性的"灵魂事件"，于瞬间开启对生命与存在的特殊体悟；

3. 具有独在的语言质素。作为诗性文体的本质属性，这种语言质素的要义在于：（1）是恢复了语言命名功能的；（2）是超语义的；（3）是与精神同构而非仅仅作为载体的；（4）是造型性的而非通讯性的；（5）经由出人意料的组合而脱离语言习惯与语言制度，进而成为有意味的语言事件的。

三、关于"现代汉诗语言应遵循'守常求变'法则"的论述

此观点见于2002年发表于"北京香山·2001·中国现代诗学国际研讨会"的《现代汉诗语言的"常"与"变"——兼谈小诗创作的当下意义》一文。文中指认"现代汉语诗歌之语言变量太多，居无定所，只见探索，不见守护，以至完全失去了其本质特性的参照，正成为一个越来越绕不开去的大问题"。由此提出当代诗歌发展应遵循"守常求变"、"变"中求"常"、守护中求拓进的语言机制，和重视"常态写作"、重涉"典律之生成"的诗学命题。并从"简约是中国诗歌最根本的语言传统，也是中国文化及一切艺术的精义"的理念出发，强调作为审美意义而言的"简约"

这一点，应该视为诗歌语言形式的"底线"来加以守护。并由此重估小诗创作的美学价值。

四、关于"'口语'与'叙事'等语言策略"的论述

此观点见于2007年发表于《星星》诗歌月刊（上半月）第9期的《怎样的"口语"，以及"叙事"——当下"口语诗"问题之我见》一文。文章一方面充分肯定90年代以来的当代先锋诗歌，"转换话语，落于日常，以口语的爽利取代书面语的粘滞，以叙事的切实取代抒情的矫饰，以日常视角取代庙堂立场，以言说的真实抵达对'真实'的言说，进而消解文化面具的'瞒'与'骗'，和精神'乌托邦'的虚浮造作，建造更真实、更健朗、更鲜活的诗歌精神与生命意识"，一方面指出由此而生的"严重的'族系'相似性和'同志化'的状况，并将个人语境与民间语境又重新纳入了制度化语境和共识性语境，造成普泛的同质化的诗歌立场，而这本是引入'口语'与'叙事'策略的初衷所主要反对的东西"。并就此给出另一向度的语言策略，以探求将"口语"与"叙事"的负面降到最低，使之发挥真正有价值的诗歌美学作用的可能，并将其概括为以下三要素：

1. 情感的智慧化（相对于情感的激情化）；
2. 口语的寓言化（相对于口语的写实化）；
3. 叙事的戏剧化（相对于叙事的指事化）。

以上四点，现在看来，将其重新纳入有关"现代汉诗"之"标准"的讨论，似乎依然有效而并不过时。至于新的思考，目前只想到一个有关现代诗歌本质的再认识的问题，或可有益于"标准"问题的讨论。

先回到荣光启对"现代汉诗"定义的精当拆解："不仅'现代'，而且有'汉语'的质量，而且是'诗'。"

就"现代"而言，应该说，在包括台湾和海外在内的当代汉语新诗写作中，已属普及性的常识。我们只能在现代汉语及现代文化语境下，来言说我们中国人的现代感和现代诗性生命意识。同时，对"汉语"的诗性特征以及当代诗歌写作中的"汉语性"的再认识，也不乏普遍的重视，诗人于坚甚至认为"汉语是世界上少数直接就是诗的语言。"①

这里的关键是对荣光启所谓"而且是'诗'"这一判语的认定。实则有关"新诗标准"的讨论，说到底，就是对什么样的诗歌作品是真正符合诗的、特别是"现代汉诗"的基本文体属性的讨论。再具体点说，是对构成这一基本文体属性的基本元素的讨论。而这，也是最难以沟通和统一认识的核心点。是以大多数有关"标准"的言说，都属于在此核心问题之外绕圈子的话，或分延及子问题的思考。

对此，笔者暂且结合古今汉语诗歌的共性与差异性的相切地域和联结地带，勉强总结出一个"四象标准"，求证于同道方家。

所谓"四象"：一为"意象"；二为"思象"；三为"事象"；四为"音象"。下面分别做以简单阐述：

其一，诗是意象思维的结晶，意象是诗歌语言的根。

诗并非因为有特殊的话题要说，才开启特殊的说法，而是因为有特殊的语言感觉，亦即特殊的语言表意方式的诱惑，方说出那个特殊的话题。诗以沉默为本，不得已而说，说不可说之说；诗以语言为行迹，而诗心本无言，只求意会，会存在无言之境，遂取意象而言，言言外之意——这一诗歌本质的核心属性，无论古典还是现代，大概都是首要之取。

---

① 于坚：《棕皮手记：诗如何在》，2008年7月6日，"诗生活"网站"诗观点文库"。

其二，诗是诗性生命意识的表征，所谓"诗言志"，有关"灵魂"与"记忆"的言说。

在现代诗的创造中，一首好诗，既是一次新奇而独特的语言事件，也是一次新奇而独特的灵魂事件，包括新奇而独到的人生感悟和新奇而独在的生命体验。用通俗的说法，这就是诗的思想性。但诗是对思想的演奏而非演绎，即让语感代思想去寻找更深藏隐蔽的思想。故而还得诉诸于"象"，是为"思象"。仅从发生学而言，也可等同于"心象"，以及一些诉诸于形象化或感性化的意绪、理趣与顿悟等。

其三，诗同时也是生活事件的见证，所谓"诗言体"（于坚语），有关"存在之真"与"身体之惑"的言说。

现代社会中人的生活和人的命运，无不充满了各种变数，乃至比虚构的文学还要富于戏剧性和故事性。加之物质世界的日益凸显等现实因素，迫使当代诗歌必须脱身单纯抒情的"精神后花园"，转换话语，落于日常，及物言体，引"叙事"为能事，拓展其表现域，是必然的出路。由此，对"事象"的经营便发为"显学"，也便成为现代汉诗与传统新诗最为不同的本质属性之一。诗有虚实，意象为虚，叙事为实，虚实相济，方生诗意无穷。但"叙事"不是"说事"，而是对"事"的"说"，说"事"不可说之"说"为是。

其四，诗是具有一定的音乐性和造型意味的语言艺术。

汉语自"白话"起一直"现代化"到今天，确实已经和古典汉语分身为两个截然不同的语言谱系。新诗引进西方拼音语系的逻辑句法、语法及文法，讲求逻辑性和散文化，诗思的开展，大都由篇构、而句构、而词构以及字构（与古典诗词刚好相反），字词皆拘役于整体结构，是以大大削减了音乐性的存在。但一方面，现代社会的生活空间和话语空间充满了噪音，诗要从这噪音中凸现出来，必然要借助于音乐性。另一方面，新诗语言虽越来越散文化，但也并未完全丧失其韵律基因，依然有发挥的余地。

其实，在新诗和现代诗的许多优秀作品中，都不乏音乐性元素的存在，只是已内化为一种语感中的呼吸——根据心境、语境、意境的不同，而呈现不同的韵律与节奏感。显然，这种现代"内化"性、潜在性的音乐感，已非传统诗学意义上那种可直接感受到的音乐性，故称之为"音象"。

以上"四象"，也和前述"诗美三层次"一样，呈现在具体的诗歌作品中，或缺或盈或大或小，不同比例成分之组合，生成不同诗质与诗品。由此建立另一尺度体系，或可和上述诸观点一起作为参照，有助于当前诗歌"标准问题"讨论的深入展开。

五

然而最终，作为诗歌理论与诗歌写作双栖的诗爱者，对有关诗歌"标准问题"的讨论，我还是深感迷惑。

首先"标准"这个词本身就很麻烦，尤其是拿来用于对诗的言说，非常别扭。

诗贵自然，如生命之生成，不可模仿；如自然之生成，不可规划。而一位好的现代诗人也无须事先认领什么"标准"才去写诗，他会主动地理解现代诗的诗体形式，尽管这形式在现代诗中是如此的自由无定，似乎没有了任何的文体边界，但若下心体会，这个"自由"还是有它基本的、区别于其他文体的语言形式，以及基本的不可或缺的诗美元素，且已潜移默化为诗人写作的经验之中。

同时，一首成熟的现代诗，必须有它自己的生命筑基，经由自己内在的生命波动与生存压力所驱动，而自由展开和自在生成。"成就最高的诗，往往拒绝接受任何一种韵律或既成的模式，因为形式只能由诗人的创作动力来决定，当这种动力迸发时就会采取适当的表达形式。"①

说到底，谁能"标准"闪电的样式和花朵的绽放呢？换言之，从诗歌接受而言，谁又能在今日文化语境下，实现调千口而适百家的美学愿景呢？

于是重新想到我所生造的那个"动态诗学"的命名。

新诗是一个伟大的发明，一个富有强大生殖力和拥有新的传统的新生命，已不可逆转。而包括"诗歌标准"讨论在内的一切有关新诗的理论言说，都可能只是一种"动态诗学"式的后设性自圆其说，且不再幻想有多大作用于实际的诗歌发展；或许有一定的提醒作用，抑或对诗歌爱好者提升一点欣赏水平，但其实都无关紧要。

也许，只有真正认领了这样的可能与局限，我们才能真正说出点什么。

2008年7月

---

① ［英］巴·德·塞林古：《华·惠特曼：批评与研究》，转引自《西方诗论精华》（沈奇编选），花城出版社1991年版，第122页。

九十年代先锋诗歌的语言问题

1

作为文学史意义上的 20 世纪"九十年代"之现代汉诗,虽然没有 80 年代"新诗潮"那样具有显赫的历史影响,却由诗歌内部发生了极大的变化:返回写作自身和对技艺的重视,成为这一时期先锋诗歌的显著特征,并由此全面激活与丰富了当代诗歌写作的内部机制,在一个非诗的时代里,反而有效地拓展了诗的疆域,光大了诗的荣耀。

成就凸显的时代,或许,也正是问题凸显的时代。

仅就语言层面而言,"叙事"的倡扬与"口语"的泛滥,已由当初的正面驱动效应,逆转为当下的负面影响。实际的情况是:随着"叙事"与"口语"很快上升为 90 年代现代汉诗写作的显要地位,并由此造就了一批有影响的代表诗人,从而发为显学,形成很大的号召力，一时趋之若鹜，任运不拘，但随后的局面便不容乐观了。

2

先说"口语"。

"口语"在1990年代现代汉诗语言中的彰显，似乎又一次验证了T. S. 艾略特的那些论断："诗界的每一场革命都趋向于回到——有时是它自己宣称——普通语言上去。"而"不论诗在音乐上雕琢到什么程度，我们必须相信，有一天它会被唤回到口语上来。"[①]

尽管我们知道，在新诗的发展过程中，对"口语"的"唤回"不仅是这一次，但确实只有这一次是具有"革命性"态势的，由此产生巨大影响而形成一种潮流所在，尤其在"七零后"等更为年轻的诗人群落中，"口语"几乎已成为写作的"图腾"，蜂拥而上，以至泛滥成灾。

口语入诗，确然有它的许多优势：轻快、有力、鲜活，包孕生活化语言以及身体化语言的丰富性、生动性与复杂性，处理得当，更能产生普适性的审美效应，增加阅读的亲和力，不隔膜，人气足。

"口语诗"另一个特别的品质是易生谐趣。按照朱光潜先生的说法："谐趣的定义可以说是：以游戏态度，把人事和物态的丑拙鄙陋和乖讹当作一种有趣的意象去欣赏"[②]。而这样一种审美趣味，

---

① ［英］T. S. 艾略特：《诗的音乐性》，《艾略特诗学文集》（王恩衷编译），国际文化出版公司1989年版，第180、187页。
② 朱光潜：《诗论·第二章诗与谐趣》，《诗论》，安徽教育出版社1997年版，第20页。

恰好应和了这个时代的审美心理，是以无论于写作还是于阅读，都成为积极的响应。

但实际上，口语入诗是诗歌写作中最难干的"活"，按我惯常的说法，这是在可诗性域度最狭小的地带作业，难度很高。即或在90年代一路风光且影响至今，也只造就了屈指可数的几位诗人，经得起苛刻审度的好作品更是不多。

有意味的是，口语热一旦热起来就高烧不退，让人不由得联想到，是否由此刚好契合了这个时代之浮躁、粗浅、游戏化的心态，而发展成为一种"时尚诗歌话语"？本属于最难干的活，现在成了最好干的活；轻快流于轻薄，生动变成生猛，或拿粗糙当锐气吓人，以至于成了心气与姿态的拼比。结果，造成量的堆积和质的贫乏，大多成了"一次性消费"（甚至谈不上"阅读"）的物事。

原本，在当代汉语诗歌进程中，口语为诗，是有其历史功绩的。

在第三代先锋诗人和90年代真正到位的口语诗人那里，对口语的有机运用和创造性发挥，极为有效地阻止了现代汉诗写作中，重蹈语言贵族化的倾向，洗刷矫情、装饰、伪抒情的酸腐调调，使之及物言体，多点人气，说点人话，使现代汉诗不再是一本难念且不易消化的什么"经"，而是可以抚摸、可以亲近、可以消受的东西，进而开创诗体坚实、诗句简约、诗心自由的一路新诗风。

遗憾的是，这一初见成效的历史性开创，渐次被后来大面积覆盖的"口沫诗"所掩埋，令人难识庐山真面目。时至今日，所谓"口语诗"，正演化成为一种技术难度最小的汉语诗歌写作，其诗质稀薄的负面因素，还大有愈演愈烈之势，或偶尔产生一点冲击力，但基本上已无品位可言。

3

再说"叙事"。

现代汉诗对叙事策略的引进，在 20 世纪 80 年代的第三代诗歌运动中，已风生水起。笔者当时曾有这样的表述：以真实世界的客观陈述，来弥补想象世界的主观抒情之风尚的不足与缺陷。[①]

之后，又在另一篇文章中作了更进一步的指认："叙述性语言在现代汉诗中的复活与重铸，主要源自叙事诗的式微，同时也来自对传统抒情诗语言中的矫情与虚假所致的委顿之不满。"并将这路诗风概括为："主题取向的寓言性，主体意识的客观性，语言表现的叙述性"，进而细分述为："之一，语言大体是叙述性的；之二，有一定的情节和叙事成分；之三，这种情节和叙事成分是其他文体不易处理或未经处理的；之四，这种情节和叙事成分是带有一定寓言性性质的；之五，这种叙述整体效应是诗性化的。"[②]

上述理论表述，现在看来多有不尽科学与完善之处，但其所指认的基本语言特质，在第三代诗人尤其以"他们"诗派为主的一些诗人的创作中，甚至可以上溯至朦胧诗人，如江河的名作《客人》之类的诗中，得到了很好的发挥。同时，此时的叙述尚比较单纯、本色，且保留了诸如戏剧性、寓言性和象征性的诗性元素做配伍，产生了一批有影响的作品，可谓开风气之先。

到了 90 年代，"叙事"成了一面旗帜，奉为"显学"，推为时潮，一直影响至今。后来这一"叙事"策略的引进，基于进入 90 年代后，青春型写作和激情型写作之结束，中年写作和智慧性或智性写作之开启的理论认知，意欲借此摆脱绝对情感和箴言式的

[①] 沈奇：《过渡的诗坛》，《拒绝与再造》，西北大学出版社 1999 年版，第 86 页。
[②] 沈奇：《终结与起点——关于第三代后的诗学断想》，《拒绝与再造》，西北大学出版社 1999 年版，第 52—53 页。

写作，维系生存情景中固有的含混和多重可能，并及时消解神话写作、意识形态写作的负面作用，使叙事主体具有强盛的叙述他者的能力和高度的灵魂自觉性。[①] 借由这一修辞策略的驱动，不但有效开掘出了新的写作资源，同时也深刻改变了现代汉诗的写作风貌，扩展了现代汉诗的表现域度，使之在一个更为开阔的地带作业，并造就了一大批风格迥然的优秀诗人，其正面作用，是具有历史意义的。

然而同样遗憾的是，同"口语"一样，一种修辞策略一旦被推为风潮而致泛滥，其负面的影响便接踵而来。许多叙事变质为絮叨、啰唆、粘滞、拖泥带水，以拆成分行排列的平庸文字，复述比散文随笔还不如的东西，文体的界线几已荡然无存，从而加深了诗的散文化的危机。

4

总之，无论是"口语"还是"叙事"，都已在 90 年代行将结束时，暴露出高度透支后的衰败相。究其因，主要由于 90 年代诗歌的领衔人物大都出自这两路诗风，诱发后来者将其"神话化"或叫做"时尚化"，引发大面积的仿生，形成了两条诗歌"生产线"，大量复制堆积，包括成名诗人的自我复制，遂即将"高难动作"变成了"庸常游戏"，造成名诗人多多而名作寥寥的困窘局面。

同时，从学理上讲，有一个误区多年来一直被疏忽：当诗人们由抒情退回到叙事、由感性转而为智性、由主观换位于客观后，大都止步于由虚妄回到真实、由矫情回到自然、由想象回到日常

[①] 此处参照欧阳江河《1989 年后国内诗歌写作：本土气质、中年特征与知识分子身份》、陈超《可能的诗歌写作》、程光炜《不知所终的旅行》等文。

的初级阶段，只求所谓"求真"而忘了诗的本质在于"命名"。

换句话说，我们曾用各种虚浮造作的比、兴掩盖存在之真相，现在，又只停留于还原真相，指出"月亮就是月亮"而不再深一步说什么。这种还原，相对于"月亮代表我的心"之类比喻而言，是一种进步，但进步仅止于此，似乎又成为另一种退步；我们由此回到了某种"真实"，却又远离了真正意义上的诗歌。

事实是，从80年代到90年代，从"口语"到"叙事"，一大批诗人真的就停在了这里，以为发现了一个天大的诗歌新世界，实际上只是由虚妄跳脱回真实，而真实既非诗的起始，也非诗的结束；它可能是一个新的支点，然而那找到这新的支点的杠杆，却再也没有发生更大的作用。

于是，这个支点便转化为一个陷阱：口语者，将诗写成了顺口溜，写成日常生活的简单提货单；叙事者，将诗写成了分行散文、分行杂文、乃至分行论文，写成现象学的诗型报告。

到了，"这不是什么新的发现/也不存在令人费解的东西"（借用吕德安《日出时回家》诗句），而只是"口语"、只是"叙事"而已。

5

说到底，20世纪90年代的"叙事"与"口语"热，只是为现代汉诗提供了新的语言经验和新的表现可能，而非包打天下的"全能冠军"，需要与其他修辞策略相结合，才能发挥更有效的作用。至少，若缺乏戏剧性因素的支持及寓言性、象征性的缩束，或转化为隐喻性叙事与意象化口语（这样的实例，就整体现代汉诗而言，其实并不乏见），就很难避免诗质稀薄、空泛乏味的结果，乃至伤及汉诗语言的本质特性。

著名诗人、诗学家郑敏先生，早在1998年的一篇文章中就指出过："当代汉语诗语几乎完全舍弃了古典与二十世纪上半叶的新诗诗语，而转向彻底吸收移植西方语言的翻译体，又由于在半自觉中模拟西方叙事体，及七十年代美国诗歌的垮派诗体，以致使今天的诗语大量的散文化，远离汉诗诗语的凝练、内聚和表达强度。诗愈写愈长，愈写愈散，愈写愈忘记汉语诗语对诗人的约束要求。"①

这样的指认，到今天看来，依然是十分中肯的，并启发我们对现代汉诗语言的"变"与"常"，予以新的审视与认知；以"变"求"常"，守"常"求"变"，在有限的约束中，逐渐收摄并确立现代汉诗的语言特质和审美体系，以求在守护中拓进的良性发展。

2001年冬

---

① 郑敏：《试论汉诗的某些传统艺术特点》，《诗歌与哲学是近邻——结构·解构诗论》，北京大学出版社1999年版，第347页。

怎样的"口语"以及"叙事"
——"口语诗"问题之我见

一

跨越世纪的当代汉语新诗,以"民间诗歌"立场的全面确立和"网络诗歌"的迅猛发展为标志,在获得较为多元、自由、活跃的良好"诗歌生态环境"的同时,也随之出现了游戏化、时尚化、平庸化的现象。爱诗、写诗的人更多了,好诗、名诗却不多见,二者之间没有必然的因果关系,只是共同构成了困顿的现实。新手蜂拥,名家守成;语感趋同,个性趋类。浮躁、粗浅、游戏化的心理机制,无标准、无难度、只活在当下的创作状态,已成时弊。

这其中,尤以"口语诗"写作的问题最为突出。

早在20世纪谢幕之际,我便在题为《九十年代先锋诗歌的语言问题》的文章中指出:无论是"口语"还是"叙事",都已在90年代行将结束时,暴露出高度透支后的衰败相。究其因,主要由于90年代诗歌的领衔人物大都出自这两路诗风,诱发后来者将其"神话化"或叫做"时尚化",引发大面积的仿生,形成了两条诗歌"生产线",大量复制堆积,包括成名诗人的自我复制,遂即将"高难动作"变成了"庸常游戏",造成名诗人多多而名作寥寥的困窘局面。①。

几年过去了,这样的局面并没有得到有效的改善,某些方面还有愈演愈烈的趋势。尤其是"网络诗歌"的迅猛发展,诱使大部分诗人的当下创作,难免生出"抄近路"的心理,纷纷加入"口语诗"以及"叙事"性诗歌写作的行列,推波助澜,以求推"时势"造"英雄","各领风骚三两天"。由此而生的诗歌品质,是可以想见的。阅读此类作品,只能给人留下三两天的印象,甚或是即读即忘,少有耐人回味的东西可言。而无论是"口语"还是"叙事",都已像过于流通的货币一样,既失去了新的鲜活,也充满了流通中所沾染的各种病毒。

于是,对"新世纪诗歌"的发问,又首先回到了这样的话题:在"口语"与"叙事"推为"时尚"、发为"显学"、乃至成为"语言神话"的今天,该如何重新认识其正负价值的双重在性?同时,有没有另一向度的语言策略,能有机地将"口语"与"叙事"的负面影响降到最低,使这一为当代诗人趋之若鹜并将其主流化了的语言机制,发挥它真正有价值的诗歌美学作用?

二

在深入对这一问题的辨析之前,不妨先梳理一下"口语"与"叙事"诗歌的现实状况,和历史演变的过程。

---

① 沈奇:《九十年代先锋诗歌的语言问题》,原载《文艺评论》2002年第5期。

潜心关注诗歌发展的人们大概都已注意到，新世纪以来的诗歌写作，以"口语"与"叙事"为能事的作品，几乎已经成为大面积覆盖的态势。无论是包括民间诗报诗刊在内的各类纸本诗歌刊物，还是各种诗歌网站，以及各类"年终盘点"式的年度诗选等等，占绝大多数篇幅的，都是此类作品。让人不免兴叹：由韩东、于坚们开启，复由伊沙们予以"中兴"的这一路诗风，确然已由当年的星星之火变成当今的燎原之势，但后继者常常仅得其形迹而未承其精魂，更遑论超越，大多只是一种投影或仿写而已。

记得20世纪80年代初，我在西安认识韩东，读到他的《你见过大海》《有关大雁塔》《我们的朋友》等诗作后，曾私下与韩东讨论说：你的诗歌创作绝对是开风气之先的，只是假若有一天大家都来写你这种诗了，恐怕也是一件让人担心的事情。之后，90年代伊沙领一路风骚，导致众多追随，我再次指出：伊沙将"顺口溜"写成了诗，他的追随者们却又将诗写回到顺口溜。同时，也再次提示："口语诗"是更大难度的一种写作，不能将其视为轻便的捷径；"口语诗"进门容易出门难，出精品力作更难。是以这种写作千万不能"扎堆"，"扎堆"就露怯，就出问题。

这里的关键在于：是韩东、于坚、伊沙式的生命形态和精神气质决定了他们各自不同的语言形态，二者是不可分离的。新的"口语诗"写作者，必须先确认自己个在的生命意识和精神立场，再认领真正契合这种意识与立场的语言形态，而不是仅止于皮毛的认同与追随，失去个在的本真追求。

20多年前，韩东写出《水手》（又名《告诉你》，作于1983年8月）一诗：

　　顺流而下的水手，告诉你

大河上的见闻
　　上游和下游的见闻
　　贫穷的水手
　　卖给你无穷无尽的故事
　　两片嘴唇
　　满是爱情的痕迹
　　连同明亮的眼睛
　　一闪而过

　　此诗当年在与韩东聚叙时，曾听他自己轻轻读来，使当时还滞留于浪漫主义诗歌中的我如闻天籁，叹赏新诗还有这样看似简单实则极不易得的写法。今天再读来看，依然亮眼动心，耐人回味，一点也没有陈旧失效的感觉。
　　之后不久，便有了于小韦的那首《火车》：

　　旷地里的那列火车
　　不断向前
　　它走着
　　像一列火车那样

　　此诗一问世，便被传为《他们》诗派中的名作，影响很大。但至今仍让我有点敬而远之的"莫名"。对这种只剩筋骨没有皮肉的诗，我总有一些担心是否有违诗的本质？不过，这首诗早晚读来，还不失那点新奇，若再将其还原到20世纪80年代的语境中去看，《火车》以近于"极简主义"的美学意识所生发的特殊语感，对消解诸如矫情、矫饰、精神"乌托邦"和语言贵族化等积弊，确实起到了一定的作用。

这列诗的《火车》开出 20 年后，我们看到这样的《木棉花开》："木棉花开了/像我不知道它名字的时候/一样/开了"（全诗完，原载《诗选刊》2002 年第 12 期）；再往后，我们遭遇到这样的《大饭店》："'姑娘倒酒——'/已经有人开始改口//'小姐一词坚决不能用了'/许多人这么说//许多人都会心一笑"（全诗完，见《2005·中国最佳诗歌》，辽宁人民出版社 2006 年版）。

两首诗可谓"异曲同工"：都是"一根筋"式地写来，只在指出一个事态，余无其他。而且，这样的"指出"，也只是如常人般的"指"法，不知为何要让诗人来"指"，或者说，不知为何要让诗人来如常人一样地去"指"？穿透虚伪矫饰的文化面具，指认存在的真实，这无疑是一种进步。但仅止于这样的进步，又无异于退步了；因为即或是进步，也只是社会学意义上的进步，而非美学意义上的进步，与诗何干？何况，这样的"进步"早已被前行代的诗人进步过了。

遗憾的是，此类作品的仿写者，却大都以为是新的发现与开创，比试着看谁能将高僧说家常话，还原为家常人说家常话。

其实也不乏真正进步了的探求。同样的"口语"与"叙事"，在刚刚过去的 2006 年中，收获了唐欣的《北京组诗》和中岛的《我一生都会和一个问号打架》两首（部）力作，一时传为佳谈。

唐欣的《北京组诗》，发挥其一贯的"日常视觉"中的细节捕捉能力，以一种"漫写"方式，将现实印象和历史记忆杂糅并举，于"握手言和"式的心境中播撒反讽的意趣，看似漫不经心随意道来，实则剪辑有度藏有玄机，读来饶有兴味。全诗通篇也只是在用普通的"口语"说事，所说之事也不乏琐碎与庸常，却总能让人不忍释卷。究其因，一是"实"中有"虚"，表面叙事的背后，有独在的人生况味和独到的人文情味做底；二是口语中有"作料"，有别趣，有清通明白之余的语感肌质引人入胜。特别是如"谐趣"这样在汉语诗歌中的稀有元素，被唐欣化来而得心应手，成为其标志性的特征，也为"口语"与"叙事"之一路诗风树立了别开生面的典范。

中岛的《我一生都会和一个问号打架》是典型的"直言取道"之作，没有玩什么新花样，却是诗人拼却大半生的民间生存挣扎与生命漂泊之痛苦体验和尖锐感受，而集中爆发、发为一"问"的大哉问，且问得真，问得切，问得撕心裂肺，震撼人心！这一"问"，套句"新华语体"的说法，可谓"喊出了我们时代的最强音"。可见"直言取道"（"口语"与"叙事"的变体模式）的关键在于那个"道"，无"道"或乏"道"的直言，只是大白话，与诗无关的。

三

经由上述粗略梳理，似乎可以为理论的辨析打开点思路了。

转换话语，落于日常，以口语的爽利取代书面语的粘滞，以叙事的切实取代抒情的矫饰，以日常视角取代庙堂立场，以言说的真实抵达对"真实"的言说，进而消解文化面具的"瞒"与"骗"和精神"乌托邦"的虚浮造作，建造更真实、更健朗、更鲜活的诗歌精神与生命意识，是"口语诗"的本质属性。

从发生学的角度去看，口语是一种不断生成并更新于当下的"活话语"。比起书面语，口语负载着更多新鲜而真切的现实信息量，且因其具有亲和力与普适性而易于流通，便于接通新人类，打通新媒体，是以一旦提倡而行之，就一发而不可收，成为近20年来先锋诗歌与年轻诗人的主要驱动力。虽然，从实际创作成就看，总是良莠不齐，但其蓬勃的生机和旺盛的活力，却让人不敢小视。

问题在于，这路诗风所存在着的一些先天性的弱点，一直被它的追随者们所疏忽，因而总是习为广大而难成精微。

一般而言，口语的语态宜于"说"，不宜于"写"，很难拿这种语态去抒发情感经营意象，故要放逐抒情、淡化意象，拉来"叙事"为伍。而选什么样的"事"来"叙"以及如何"叙"，才是具有一定诗性的，又成为一个考验，弄不好就变为"说事"，变为日常生活的简单"提货单"，或现象碎片的简单罗列。

须知，诗的"叙事"，无论是口语式的"叙事"还是书面语式的"叙事"，总得要脱"事"而"叙"——不是"说事"，而是对"事"的"说"；意象性的说，戏剧性的说，寓言性的说，或别样的什么说。总之，要成为有意味的"说"，诗性的"说"，说"事"不可说之"说"。严格地讲，"口语"与"叙事"都是一种"诗性"因子含量较少的话语，若不借助和融会其他的诗歌元素，难以提炼多少真正深厚的"诗意"——虽然我们知道，没有哪种语言是先天就具有诗性的，即或有，也正是现代诗所要警惕乃至要排斥的，但我的本意在于，如何从"口语诗"的审美效应来划分其语言功能的是与非。

当然，这里所说的"诗性"与"诗意"，依然是依据传统诗歌美学的说法来说的，但我们毕竟还有那么一个源远流长的诗歌经验存在着——从古典到现代，包括诗歌创作和诗歌欣赏，不可能完全脱离其影响来谈当下。同理，转而从接受美学的角度而言，只有那些与旧经验有联系又有差异的新经验，才最易于产生审美快感，为有诗歌阅读经验的人们所接受。这也是多年来包括"口语诗"在内的各种先锋诗歌创作，一再忽略了的问题。

再者，口语的爽利常会导致直言，它虽然契合了现代人尤其是现代青年的心理取向，不愿绕着弯说话，却也难免直白空泛、坐得太实。美国"垮派"诗歌代表人物金斯堡确实说过：跟缪斯说话要和跟自己或朋友说话一样坦白。不过我想这句话是在强调一种"坦白"的诗歌立场，并非就指要说"坦白"的话。过于高蹈晦涩的诗歌，像美国诗人庞德所比喻的那样：飞起来毫无着落。但今天的诗人们的问题，尤其是那些过于依赖"口语"和"叙事"且只以日常为重的诗人们，却常常是有了着落而再也飞不起来。

另外，口语诗歌写作容易上手，便于传播，有较强的亲和力与流通性，影响所及，导致大量的追随者，簇拥在一个可诗性极为狭小的作业地带打拼，也难免带来大量的仿写与复制，从而很快出现严重的"族系"相似性和"同志化"的状况，并将个人语境与民间语境，又重新纳入制度化语境和共识性语境，造成普泛的同质化的诗歌立场，而这本是引入"口语"与"叙事"策略的初衷所主要意欲反对的东西。

由此可见，真正到位的有价值的"口语诗"写作，是一种需要更高智慧的写作，也是一种更需要独在个性和原创力的写作。那种只图轻快和热闹的普泛的"口语诗"写作者们，却将"高难动作"变成了庸常游戏，将实验诗歌、先锋诗歌变成了大众狂欢，有趣味，没余味，有风味，没真味，随意宣泄，空心喧哗，唯以量的堆积造势蒙世，已严重危及到这一路诗歌的良性发展。

四

诗，是传统的还是现代的，是先锋的还是常态的，说到底还是要成为一种艺术，一种具有造型性的语言艺术。无论是"口语"还是"叙事"，都只是形成诗的可能的要素，是形成诗的要素的一部分材料。有人用这样的材料写成了好诗，有人则写成了庸诗、坏诗，可见材料不是决定性的因素。而创造性的诗歌写作，是一种生育形态而非生产形态，不是像工厂那样，旧产品不行了，引进一套新技术、新设备、新的生产线，就马上可以生产出一种新的产品出来。这似乎是一个常识，却总是容易被忘却。

遵从这一理念，综合上述讨论，我在这里试图给出另一向度的语言策略，以探求将"口语"与"叙事"的负面降到最低，使之发挥它真正有价值的诗歌美学作用的可能。概括而言，可归纳为三点：

1. 情感的智慧化（相对于情感的激情化）；
2. 口语的寓言化（相对于口语的写实化）；
3. 叙事的戏剧化（相对于叙事的指事化）。

此三点可单项发展，也不妨融会打通，更希望看到那些出人意料的组合——集合了"口语"、"叙事"、"意象"等多种修辞策略的有机而和谐的出色组合或叫作"雕塑"——语言的雕塑，诗的雕塑。

2007年5月

关于"字思维"与现代汉诗的几点断想

一、沉着与优雅

"字思维与中国现代诗学"的讨论，已在《诗探索》持续了六七年之久，显示了一种别具沉着而优雅的学术风格，令人心仪！

长期以来，我们一方面过多纠缠于诸如"时代"、"社会"、"思潮"、"主义"、"运动"以及"现代化"及"现代性"等等空壳大词，难得于具体的诗学问题上深入思考，做点细活；另一方面，又很快陷入急剧膨胀而高速运转的学术产业之困扰中，以至于学术话语泛滥而学术思想空泛，更难说对诗歌创作的现实有何影响。

而汉语新诗至今未能摆脱的尴尬处境是：若抽去由新诗这种轻便载体，所传递和高扬的现代国人寻求真理、追求光明、针砭现实、呼唤未来和慰藉人生的所谓新启蒙与新思想之后，仅就其艺术特质和文体意识而言，确实难以说出多少辉煌之处，乃至至今仍在讨论关于诗歌标准这样的基本问题。时代语境和历史条件是造成这种结果的部分原因,诗歌自身的创作和理论与批评,一直忙于赶路而疏于收摄与整合"有益于属于诗这种共同文体"(T. S. 艾略特语)的要素与特质,任其移步换形、变动不居,则是更主要的原因。

反观其他文学艺术门类:小说不管怎么变着"说",其基本的美学元素和文体风范,却一直持有一些大体可通约的说法,是以小说理论与批评长期活跃繁荣,且时有理论与创作共谋的佳绩,不像诗歌评论总是跟在创作后面跑;中国画几度被新潮批评判为死刑,实际上却越活越自在,风头越健,究其因,在其于求新求变的同时,对其本质要素"笔、墨、意、韵"的有机挽留与不断开掘,根系本味,枝发当代,而生生不息;尤其是书法,按说是最难存活于现代化语境中的旧物事,今日却成了传统艺术中最活跃的一脉。这其中,除了书法艺术比其他传统艺术拥有更广泛深厚的民间基础,不容易为主流文化或时尚风潮所左右外,中国书法与汉字的血缘关系一直亲密无间,也决定了书法与大众文化心理与审美情趣的天然亲和性,成为中国人最悠久也最牢固的一个传统,实在是个奇迹。

因此,当画家石虎先生对当代诗歌界"发难"说:"诗是在缔造语言中超越语言的。一首诗写出了一个新思想、一种新观点,可是在语言文字的运用上却毫无特色,索然寡味,那么它所表达的思想、观点再'新',也很难说与诗有多大关系。很遗憾这恰恰是我读许多'现代诗'的感觉。"[①] 及其整个"字思维"诗学观念的提出,确实令人振聋发聩,促使我们回返汉诗语言的根性上去找问题、谈问题,而不再是赶潮趋流式的空热闹,或学术产业式

---

① 石虎:《当此关口:并非仅仅关于诗的对话》,见《字思维与中国现代诗学》(谢冕、吴思敬主编),天津社会科学院出版社2002年版,第8页。

的话语空转。

二、移洋开新与汲古润今

新诗是移洋开新的产物，且一直张扬着不断革命的态势，至今没有一个基本稳定的诗美元素体系及竞写规则，变数太多而任运不拘。当然，我们始终没忘记强调"两源潜沉"，但实际的情况却总是偏重于西方一源，自我异化和边缘化，所谓"资源共享"，依然是西方主导的叙事。

由此形成了三度背离或曰转型（相对于汉语根性和古典诗质而言）。

其一，对字、词之汉诗诗性思维基点的背离。即，由汉诗传统中以字构（炼字）、句构（炼句）为重，转而为以篇构为重，忽略"字斟句酌"之功，缺乏"诗眼"的朗照，以至脸大眼小，面目模糊，难得眉清目秀之美；

其二，对汉诗语言造型性审美风范的背离。即，由"诗赋欲丽"（曹丕《典论·论文》）转为指事究理，视语言为工具和载体，唯言志载道是问，重意义价值而轻审美价值，导致普遍的粗鄙化和愈演愈烈的散文化；

其三，对自然及自然性的背离。这里的"自然"，包括"天人合一"的自然观和神性生命意识。即，由寄情山水、师法自然之古典情怀，转为忘情都市、追慕现代之时代精神，由诗美之审转为诗智之审，虽极大地拓展了现代诗的表现域度，也难免淡远了汉诗语言的某些审美特性和精神质素，重于时代/社会之维而轻于时间/自然之维，变"家园"的追寻为"漂泊"的认领，虽影响于当下，却难潜沉于未来，大多则变成了即时消费的物事。

以上三点，其一、其二属于新诗急剧变革与拓展中，难以求全而致忽略的问题，本可避免。其三则是整个社会形态和文化生态的巨大变故，所必然产生的结果，无可厚非。同时应该看到，正是有了这三度背离与转型，新诗尤其是晚近的现代汉诗，也为我们创造了不少有别于古典传统的新的"财富"，如抗争的意绪、激越的精神、人文批判的立场、与世界文学和人类意识接轨的趋向，以及诸如此类的现代意识和现代审美情趣。

这些"财富"，虽然大多仍偏于意义价值，但一个无法回避的关键问题是：是现代汉语造就了现代中国人，且经由长期准西方式教育体式和文化模式的渗化与驯养，已彻底改变了现代中国人看世界和看自己的眼光，作为这一现代化进程中的一部分，新诗有无可能脱逸于整体文化语境的拘束，或干脆转换承载现代意识和现代审美的功能，拓殖另一种出路？

这里显然存在着一个悖论：一方面，因了汉字的特殊指纹，汉语诗歌（或许可扩展为整个中国文化）应该是最有条件成为全球区别于西方文化的特殊一元而别开一界的，不应该沦为所谓全球一体化的附庸；另一方面，以移植为本，以启蒙、救亡、新民为发轫的中国新诗，百年奋进，与时代血肉相连，形成了无法抽身他去的语言处境和历史际遇，又如何脱"现代之身"而还"母体之魂"？

由此可见，生于移洋开新的汉语新诗，要重新归宗认祖，强化其母语基因，也只能是汲古润今，而不能作二度移植，连根移到老祖宗后院里去。该强调的是"两源潜沉"，不能变成由一头沉再调换为另一头沉。汲古是为了润今，特质之润，技艺之润，本体还是今而非古。因此我认为，有关"字思维与中国现代诗学"的讨论，还是要落在"汲古润今"这个点上，在技艺的层面而非本体的层面谈问题，以防伤筋动骨。

于此，我特别赞同唐晓渡的看法："必须避免一个思维方式上的陷阱，就是长期以来一直困扰着思想文化界的现代/传统、东方/西方之间的二元对立。应从'之间'跳到'之上'。这意味着既重返创造的源头，又抓住新的创造契机。落实到诗上，就是汉语诗歌之成为汉语诗歌的所在，以及它如何存在这样一种双重的追问。在这个意义上，我高度评价石虎先生提出的'字思维'概念，同时希望它不至于被阐释为一个过于拘泥和狭隘的概念。"①

三、水晶与积木

汉诗语言的内在机制有如水晶的生成，而非积木式的配置。水晶润己明人，靠自身发光；按图拼接的积木，一旦拆开后就什么也不是，它是靠逻辑结构而存活的语言组织形态。笔者借用这一临时联想到的形象化比喻，来区分汉诗与西诗在语言发生机制层面的不同，想来大体没错。

古来汉诗之思，多以字、词为基点，遇字引象，由字构、而词构、而句构、而篇构，如石虎先生所言："胸中并无成竹"，乃"无中生有，象来不期而至，象来不期而果。"② 故古典汉诗多有警句亮眼、诗眼惊心；现代汉诗也有核心诗语及核心意象的存在，既是一首好诗中的光点、核心和关节，自明自足，而又照耀与支撑整体，且将其单独抽离出来看，依然独成诗意，不依赖篇构之力。这样一种生成过程和语言机制，但凡于创作中潜沉有时者，大概都有切身的体悟或意外的惊喜。

---

① 唐晓渡：《当此关口：关非仅仅关于诗的对话》，见《字思维与中国现代诗学》（谢冕、吴思敬主编），天津社会科学院出版社2002年版，第5页。
② 石虎：《神觉篇》，见《字思维与中国现代诗学》（谢冕、吴思敬主编），天津社会科学院出版社2002年版，第15页。

水晶是造型性的，积木是结构性的。水晶式的诗思，"小处敏感，大处茫然"（借用卞之琳句），"非逻辑之知构之物"[①]；积木式的诗思，则可谓大处清楚，小处茫然，缺乏语言肌理的妙趣，是以散文化。

　　现代汉诗由审美/载道之维，向审智/问道之维转型后，着重力于指事、究理，强调知性与理趣，是以其语言组织形态多以篇构为重，忽视字构、词构及句构功能，造成有意义而无意味、有诗形而无诗性，且常常体态臃肿，眉目不清，缺少肌理感，确实是一个积之已久的弊端。

　　诗毕竟是诗，是有律动感与造型性审美趣味的语言艺术，汉诗尤其如此。试想，当所谓现代意识，已逐渐经由大众传媒化为当代人共有的普及性意识，而所谓现代审美情趣，也已为其他艺术、亚艺术所能承载与传播时，我们的现代诗还有多少"诗味"能赖以独在而持久呢？今天的中国人，无论老少，仍不少喜爱古典诗词者，恐怕绝非仅仅是聊以舒解点怀旧思古之幽情，而或许打心底里就是喜爱那一种"诗味"，感受一种特别的语言亲和性？

　　正是在这里，石虎先生破空提出"字思维"之说，并将其提升到有关汉诗本质的高度来认识，确有"一语惊醒梦中人"之功，提醒当代汉语诗界：我们有一坛窖藏已久的老酒，却一直沉溺于即时饮料的狂饮之中。对现代汉语的过于信赖，对古典诗质的长久淡远，确实依然使我们逐渐失去汉字与汉诗语言的某些根本的特性，且变得越来越陌生。如何在现代性诉求与汉诗诗语本质的发扬之间，寻找到一些可以连接的相切点，以拥有新的主动和自信，是"字思维与中国现代诗学"的讨论所开启的关键命题。

[①] 石虎：《神觉篇》，见《字思维与中国现代诗学》（谢冕、吴思敬主编），天津社会科学院出版社2002年版，第16页。

实则在当代汉诗创作界，并不乏这样探求的实例。十年前台湾诗人洛夫就"玩"过一次绝活，突发奇想，以一年多的工夫创作了一批"隐题诗"，并结集出版。① 洛夫的这部隐题诗整体而言，虽不免有些牵强，未臻完善，属实验之作，但其出发点颇有同"字思维"相合之处，即意欲回到汉字的本质属性中，来挖掘新的诗美质素。

按照洛夫的"设计"理念，所谓"隐题诗"，即以诗题中的每个字，依序"隐身"植入该首诗中并为每行诗开头的一字，以此强行作为句构的触发点，展开诗思，还须自然浑成，不失篇构之统一与完整。而被用来拆解的诗题本身，也须大体是一首独立完整的小诗，即由一首诗的字符与字象，引发、衍生、增殖、转换成为另一首诗，且二者之间没有意旨上的必然联系。

这种实验的关键处，正与石虎先生"字思维"的某些想法不谋而合：不是先有构思而后按图搭积木，而是被动受字，以字动思，随缘就遇，无中生有。如此处处受制而处处生变，由解构、而重构、而变构，充满偶然机趣，从而有效遏止了现代汉语运思的逻辑关系，不至于写得太滑溜，而能得奇遇、生张力，且极具造型意味。这种唯有汉字与汉诗才可能生发的文本实验，以及通过其成功之作，已然证明并不失现代意识和现代审美之艺术价值的生发，无疑说明汉字诗性与汉诗诗语的潜质，确实还有许多可挖掘可再造之处，并非就不能通和于现代性的诉求。

遗憾的是，因为各种原因，洛夫创生的这一新诗型及其潜藏的诗学价值，未能得以更深广的研究，今天以石虎先生"字思维"作参照再去看，实在不失为一次超越性的文本实验，值得再作参照。

---

① 洛夫：《隐题诗》，台湾尔雅出版社1993年版。

四、材质与品质

有如建筑的材料决定建筑的基本品质，诗的品质取决于诗之语言的基质。

一般人都知道，用土、木、砖、瓦、石及竹子和布一类材料做的东西，和用水泥、塑料、钢铁、玻璃、马赛克等一类材料做的东西，味道总是不一样的。前一类材料即所谓传统材料，即使不进入建筑结构，我们也可单独欣赏它，其天生本然的肌理、纹路、质感和韵味，使我们忍不住想去亲近它、抚摸它。后一类材料即所谓现代材料，则只能在整体的建筑结构中得以展示它的风采，否则只能是一堆先行死去的东西。——我们不可能去亲近、去欣赏一袋水泥或一块马赛克，因为在这样的接触中，我们得不到任何与情感有关的东西，更遑论审美。显然，前者是活的语言，后者是死的符号——尽管，在现代社会中，我们已离前者越来越疏远，而越来越倚重于后者的存在。

正是在这里，我理解到石虎先生提出"字思维"的出发点。

汉字有道，法自然，存诗意，涵美感，发神思，是如同土、木、砖、瓦、石及竹子和布一样的活的语言材料，一种在急剧现代化过程中，没有完全"死去"并期待重新认领的"传统材料"。

这种"认领"在中国书法、中国水墨画等艺术领域中，一直得以高度重视与呵护，是以一再"死里逃生"，并不断拓展其领地和影响。然而在新诗这里，却一直是个忽隐忽现的问题。完全认同于"现代材料"的拿来就用，忽视或干脆放弃对"传统材料"的有机合成，并且按照别人的图纸造了我们自己的房子，虽早已住惯了，但总脱不了或词不达意、或言不由衷的困惑，常有"生活在别处"的困惑。

当然，必须指出的是，说"材料"的"现代"或"传统"，绝不是说孰对孰错以及由此判别品质的高低，而只是强调"味道"的不同。材料变了，味道也就变了，而"味道"看似是小事，实则是关乎"诗性"与"心性"的大问题。无论就研究性、专业性阅读而言，还是就欣赏性、非专业性阅读而言，新诗80余载，虽有创世之功、造山之业，但具体到阅读，总有诗多好的少的遗憾，读来有意思（意义、思想之意思）没味道，或者说是没了汉语诗质的味道，难以与民族心性相通合，这大概是大家公认的一个问题。

然而，要解决这个问题又谈何容易？

如前所言，现代汉语已造就了现代中国人，至少在年轻一代国人那里，其实连心性也早已大变了，只认"在路上"的爽快和"酷"，不再作"回家"的打算，他们要的就是这一种没味道（传统味道）的"味道"。因此，"字思维"的提出，只是从语言基质的角度，指出了新诗问题的所在，让我们相信"汉语诗歌内部同样存在着巨大的变革空间。"[1] 而如何将这种变革的可能性付诸现实，则仍然是一个漫长而艰难的过程。

五、可能与局限

在经由百年来覆盖式的现代化注塑之后，我们陷入了双重的现代性焦虑：既怕失去世界，又怕失去自己；失去世界的自己是孤弱的，失去自己的世界是迷惘的。当此关口，我们必须重新认识世界，我们必须重新找回自己。

而诗的本质是对世界的改写——经由语言的改写，逃离普遍化词语的追赶，跳脱体制化语境的拘押，在时潮的背面，在公共

---

[1] 石虎：《当此关口：并非仅仅关于诗的对谈》，见《字思维与中国现代诗学》（谢冕、吴思敬主编），天津社会科学院出版社2002年版，第10页。

的缝隙，写一行黑头发的中国诗，索回向来的灵魂、本来的自我！

使一切发生混乱的根本原因在于语言。于是我们回到汉字来重新思考世界，思考诗。以此来改变我们的处境；不是改回去，也不是改到别处、他者那里去，而是改归汉字的、汉语的，超越了传统、现代以及未来而将其整合为一的。

由此，从现象的梳理到命题的创立，"字思维"开启了一个具有普遍意义并涉及多种学科的新视角。这一视角虽然很难聚焦，且有很大的分延性和歧义性，但也因此而充满诱惑，提供各种可能的出口。

具体到现代汉诗，应该说，石虎先生的"字思维"说，至少对诸如新古典一路诗风，是具有现实性启示意义的。这路诗风所凭恃的隐喻系统、想象世界和抒情维度，仍与汉语文学传统本质保持着血缘亲情，故可以以"字思维"为新的参照，更加深入地探究作为汉语诗性与诗意的源泉之汉字根性，在现代汉语语境中的再造与变构。但就作为现代汉诗之主流路向即现代主义一路诗风而言，"字思维"之说，恐怕就真的如石虎先生所自认的："完全可能是一个浪漫的'语言乌托邦'"，[①] 很难发生实际的作用。这路诗风大体已由口语替代了书面语，或由叙事性语式替换了抒情性语式，且注重于指事、究理的审智功能，疏离乃至放逐取象立意的审美维度，讲究谋篇，不求字、词之功，"视语体的欧化为先锋的标记"（郑敏语），并已形成一套行之有效的语言机制，于此谈"字思维"，无异缘木求鱼，隔膜得很，也只是提个醒而已。

实际上，冷静下来看，石虎先生的"字思维"说，包括其半文半白的那种说法，确实存在着"背离现代人的生存语境和现代

[①] 石虎：《当此关口：并非仅仅关于诗的对话》，见《字思维与中国现代诗学》（谢冕、吴思敬主编），天津社会科学院出版社2002年版，第8页。

诗的艰难探索"① 的嫌疑，尤其在初读时，颇有隔世之感。新诗毕竟还年少，该给他一个伸胳膊伸腿自由成长的时期，过早的局限或修正，难免会遏止其多样的可能性。不管其艺术形式上有多少缺陷，新诗还是负载了百年现代中国人，尤其是中国知识分子最真实的言说和最自由的呼吸，当然，也同时埋伏了背离汉语诗性本根和民族审美特性的危机。

问题是，我们该在何种时空和语境下，来指认与解决这种危机？

"回家"是必须的，我们已离家出走得太久，以至于认这种"出走"为新的生存居所而不再有乡愁的烦恼，以至于让我们感到所谓"回家"竟有点"出家"的味道——而对大多数中国人而言，或就整个当代中国文化境遇而言，与现代化以及全球一体化的"热恋"，似乎才刚刚"入境"，又何谈"出家"呢？

显然，"字思维"在当下的提出，颇有点"不合时宜"的困窘：它是前瞻的，又是后退的；它是传统的，又是先锋的——一个悖论式的命题，从局限中触发可能——而这，不正是现代诗的内在机枢之所在吗？

或许，正是这种"不合时宜"，让我们提前触及到被过往时代遮埋已久的一些命题，包括诗学的、美学的以及语言学、文化学的命题；而每个世纪总要带来一些不同的东西，需要保持的只是：沉着而优雅的姿态，以及本质地行走。

2002 年 8 月

---

[1] 高秀芹：《"字思维"与现代诗歌语境》，见《字思维与中国现代诗学》（谢冕、吴思敬主编），天津社会科学院出版社 2002 年版，第 114 页。

现代汉诗语言的"常"与"变"

——兼谈小诗创作的当下意义

一

现代汉诗语言变数太多，居无定所，只见探索，不见守护，以至完全失去了其本质特性的参照，正成为一个越来越绕不开去的大问题。

讨论这个问题是颇令人尴尬的。

就新诗创作而言，短短 80 余年的新诗发展，其实各方面仍只是刚刚起步，生长发育阶段，自由放任惯了，不宜过早规整，以免伤筋动骨，或动摇其根性元气。但就新诗理论与批评而言，却不能因此也自由放任，该有自我完善之所在，尤其是要有问题意识。这些年，理论与创作的脱节现象日趋严重，很难于实际的诗歌发展生发作用，大多是各行其是，有影响力和号召力的，反而常常来自诗人们自己的一些说法，从而导致一些显而易见的问题也一再搁置无解。其中最突出的，便是语言的混乱。

诗是语言的艺术，诗的实现首先是生命意识的内在驱动，是自由呼吸中的生命体验与语言经验的诗性邂逅，但其落实于文本，则最终是语言的实现。

这种诗的语言的实现，在汉语古典诗歌中，是有一套基本的诗学理论作参照的，并逐渐形成了中国诗歌的语言传统和精神传统，正是这传统滋养了古典诗歌的辉煌，且至今仍滋养着某些传统艺术（中国书法、水墨画等）的生存与发展。然而到了今天的现代汉诗创作中，语言的实现则完全无"常性"可言了，一味"移步换形"，既失去了老传统，也疏于对新传统的发扬，只讲差异，讲个人化，结果反而面目不清，空前的散文化、非诗化，同时，也导致当代诗歌在整个文学及文化格局中的自我迷失与边缘化。

诗歌创作一时唯求新求变是问，本是无可厚非的，理论与批评则应从"变"中求"常"，从激进的拓进中求稳重的守护。基于上述指认，本文试图寻找现代汉诗的语言演进中，是否仍有可确立的一些不变元素，进而追索汉语诗歌的语言特质，并试图以对小诗创作的考量为参考，寻求发扬中国诗歌语言传统的新的切入点，或可稍稍改变现实的困境。

二

按照陈仲义《扇形的展开——中国现代诗学谫论》（浙江文艺出版社2000年版）一书的总结，现代汉诗至今已呈现十六种分支形态，包括"偏重于西洋移植嫁接的意象征诗学、超现实诗学、智性诗学"，"完全本土化的新古典诗学、禅思诗学、意味诗学"，"九十年代兴起的语感诗学、摇滚诗学、日常主义诗学"以及"势不两立的解构诗学和神性诗学"等等，真可谓移步换形，日新月异，其变数之大，前所未有。尽管这里只是就诗学的分类而言，其实语言的变数也已包含在内。如今尘埃落定，就要在新的一个世纪里"变"了，回首来处，不免想起一句法国谚语——"滚动的石头不生苔"。

现代诗本质上是"自由诗"。自由则生变，不变何来自由？但这种自由也许在某种有限度的约束下，才会生发更有价值的成就，亦即只有具有一定约束能力的诗人，才有权并更有效地行使这种自由。

这里的关键是，"变"并非只在创新、只在拓展，它同时还附带有修正、填补、完善那个可能存在的"常"的属性。因变而"增华加富"，生发新的生长点，这是"变"的正面效应，但同时变得太多，伤及常性，也就难免生出"因变而益衰"（朱自清《诗言志辨》）的负面效应。是以"变"与"常"的关系，应是既冲突又互补的关系，"变"为"常"生，"常"久则生"变"，再"变"更新"常"，"常"在"变"中，"变"才有意义的归宿。

再如"移步换形"。"移步"是必需的，今人不能作古人，必须接纳新的人生经验，进入新的文化语境，表现新的精神世界，不移步不行。但"移步"的同时，是否一定要亦步亦趋地去"换形"呢？古典汉诗从诗经"移"至唐诗，千年之移，其间精神变故应该不算小，但其语言形态也只是由四言"换"到七言。再往后"移"至宋词，也只"换"到"百字令"，基本上是一种守护中的演进。至少，那点简约、精微的语言根性，是从不换的。新诗的问题是深受百年来进化论、不断革命论的影响，创新求变的欲望压倒一切，把"新"和"变"摆在一切价值的前面，始终难以形成一个基本稳定的诗美元素体系作根本，以便得以在守护中拓进的常态发展。

古语讲：常人求至，至人近常。诗其实也是这样：常诗求至而至诗近常。这里的"常"含有两层意思：一是寻常，本色、本真、不着迂怪、同中求异、从心所欲不逾矩——一种风度与境界；

二是常规，本质、本根、本源在性，及共认共守的艺术特质，所谓由限制中争得自由，由规范中见出生气——一种专业风度，或一种化境。

读现代诗读久了，自会发现，真正优秀耐读经得起苛刻品味的作品，反而是那些在形式上看去并不怎么特别而近于平常的作品。也就是说，真正优秀的诗人，总是能持一种守常求变的立场，来深入语言的生发，在某种有限度的约束下，寻求创新的自由；这种约束看似消极，实则反而带有创造性和解放性。一味求新求变不求常，看似是积极、是自由，实际上隐藏了另一种不自由，心性的不自由，将革新弄成了目的，驱动转化为迫抑，为新而新，为变而变，"因变而益衰"，也就谈不上有"常"可守了。古典诗歌在那样逼仄的形式框架中，反而显得心性自由，游刃有余，容纳了那样漫长、广阔而又丰富的精神历程，而新诗的发展，尤其是到了当代诗歌进程中，却以其"类"的丰化导致"度"的递衰，只能表明，我们的诗歌语言机制出了问题。

正如 T. S. 艾略特曾经指出过的那样："文体极端个性化的时期将是一个不成熟或者一个衰老的时期。"而"任何民族维护其文学创造力的关键，就在于能否在广义的传统——所谓在过去文学中实现了的集体个性——和目前这一代人的创新性之间，保持一种无意识的平衡。"[①]

其实，这种"平衡"，这种在变中守常的创新机制，在现代汉诗的进程中一直不乏存在，只是总易于被唯新唯变为上的时代潮流所冲淡，疏于认领而已。

譬如，被马悦然称誉为"中华文化的一座里程碑"的台湾现

---

① [英] T. S. 艾略特：《什么是经典作品》，《艾略特诗学文集》（王恩衷编译），国际文化出版公司 1989 年版，第 192、193 页。

代诗,① 到位的研究者都知道,其总体艺术成就,至今还应该说,其前行代诗人们的创作最具实力和经典性,高标独树,领一代风骚。而若稍做考察便可发现,这一代诗人们,无论其属于哪一流派、何种路向,是《创世纪》《现代诗》还是《蓝星》②,是"超现实主义"、"新古典"还是"现代派",诸种面貌,各种体式,极尽探求,但其作品背后的语言基质,却带有明显的一致性,很少变化。正是这种一致性,形成了台湾现代诗之语言守常求变的良性机制,有一个评判诗歌品性的基本标准,大家都在这一基本标准下用心用力,常态发展,而不致"各领风骚三两年"。除了其他各种因素之外,这一点,恐怕是前期台湾新诗取得辉煌成就的主要原因之一。而后来的中生代、新生代诗歌,之所以未能取得超越性的成就,除文化形态变故、工商社会迫抑及前辈影响之焦虑诸原因外,语言机制的变数逐渐增大,花样翻新,失去常性,恐怕更是关键所在。

在大陆诗坛,近年也有不少实例。

如"非非"诗派创始人周伦佑,在20世纪80年代的诗歌创作中,语言变革创新可谓最激烈也最极端,有《自由方块》《头像》等实验作品令诗界瞠目结舌,乃至遭遇"只有理论没有作品"的非议。但到了90年代的写作中,经由"在刀锋上完成的句法转换"③,换回到常态语势,杂糅叙事、口语、意象、抽象、解构、结构、象征等修辞策略,整合融会,颇有控制感地创作了《刀锋二十首》精品力作,令人刮目相看,不但成为诗人自身创作成就的精华,也是大陆现代汉诗创作中十分难得的经典之作。更有意

---

① [瑞典] 马悦然:《二十世纪台湾诗选·中文版序》,台湾麦田出版社2001年版,第2页。
② 这里带书名号的"创世纪"、"现代诗"、"蓝星",既是台湾前行代诗人创办的三家具有代表性的诗刊名号,也是其三大主要诗社的名号。
③ 此句借用周伦佑一诗集名,台湾唐山出版社1999年2月版。

味的是,诗人用并不怎么"先锋"的常态语言,却能直抵为一个非常时代之创伤作诗性命名的深境,其意义更值得我们深思。

再如于坚,一贯被称之为大陆先锋诗歌的重要代表,于坚自己却不买这个账,甚至经常宣称自己是"向后退的诗人"——不是退向保守,而是退向常态、退向整合。为此,于坚在完成了他极端性实验文本之长诗《0档案》后,潜心创作了另一部长诗《飞行》。仅就语言而言,这部长诗最大的特点是其复合性的品质,一种"软着陆"式的整合与创化,几乎运用了现代汉诗写作的各种修辞手法,中正平和,既不先锋,也不前卫。诗人甚至重新引入被先锋诗人们放逐已久的抒情之维和意象思维,与其擅长写实、精于叙事的看家语感一起,融会为集原创与整合于一体的复合语境,让我们不仅切实地领略到现代中国人自己的现代意识,也真正领略到熔铸了东西方诗质的现代汉诗特有的语言魅力和审美感受。

可以看出,对于坚而言,实验从来就不是目的,先锋也只是一时的姿态,正如他自己所言:"反传统的诗人,负有双重的使命,他既要在传统的反叛中创造历史,又要让这历史成为一种新的传统得以延续。"[①] 从不断革命的角度看,正如一些同路人所说的,《飞行》相对于《0档案》是一种"别有野心"的大倒退;而从守护中拓进的立场去评价,《飞行》则是一次划时代的整合,一次由"变"而"常"的飞跃。实则于坚的"野心"一直并不在什么先锋的位置或时代的前列,而是要经由自己的创造,来建立现代汉诗写作新的传统、新的语言典范,"成为经典作品封面上的名字"(于坚语)。

由此可以理解到一种有意味的现象:多年来,于坚的创作,于坚的语感风范,很少见大量的仿写者,总是"高处不胜寒",独

---

① 于坚:《棕皮手记》,东方出版中心1997年版,第280—281页。

来独往。这其中，既有难度的存在，更因为于坚在本质上是一位综合性的诗人，"坚持那些在革命中被意识到的真正有价值的东西"①的诗人——在这样的诗人这里，"变"是手段，是过程，"常"是根本，是目的。

三

那么，到底什么是汉语诗歌语言形式的"常"之所在呢？也就是说，经历近百年历程后，现代汉语诗歌的基本属性中，有哪些是不能再"变"而需加以悉心守护的呢？

可以说，这不仅是个难题，而且是多年来诗学界一直回避的问题，即或有涉及者，也总是拽着古诗来谈，一触及到现代，就少言寡语或言不尽意。现代汉诗是用现代汉语写作的，其西化的成分很重，但它毕竟是汉语，用的是汉字，并没有完全同古典诗歌的语言基质"恩断义绝"，还是有不少一脉相承的"基因"可言的。这些"基因"，按海内外论家诸多说法且不分古典与现代一概而言之，至少有这么几点：

1. 简约性：言简意赅，辞约意丰，少铺陈，不繁冗，以少总多；

2. 喻示性：意象思维，重意会，轻逻辑，不落言筌；

3. 含蓄性：非演绎，非直陈，讲妙悟，讲兴味，语近意邈；

4. 空灵性：简括，冲淡，空漠，寡言，重神轻形；

5. 音乐性：节奏，韵律，抑扬，缓急，气韵生动。

上述"基因"，尽管已是最基本的几个"元素"，其实也已大多在当代诗歌写作中丧失殆尽，无"常"可守的了。现代汉语诗歌语言的过分西化，使我们在一个日益变得无根无基的世界中，

---

① 于坚：《棕皮手记》，东方出版中心1997年版，第243页。

更加难以听到我们自己的声音，辨认自己的精神谱系，而说到底，诗的存在，本应是辨认民族精神和语言气质的指纹啊！

当然，必须承认，上述"基因"中，确实已有不少成分与现代诗的本质要求相去甚远，乃至十分隔膜，已无必要守护，但作为诗之所以为诗这一门艺术的语言品质，总还得有一点与其他文体相区别开来，最终唯诗所凭恃的成分，同时又不失为汉诗语言的指纹之所在吧？

我想，至少"简约"这一点，是应该作为底线来加以守护的。

简约是汉语诗歌最根本的语言传统，也是中国文化及一切艺术的精义。闻一多曾指出："中国的文字，尤其是中国诗的文字，是一种紧凑非常——紧凑到最高限度的文字。"[①] 即或如提出"作诗如作文"的胡适，在谈及自己的诗歌追求时也特别提到："要抓住最精彩的材料、用最简练的字句表现出来。"[②] 卞之琳则说得更明确："诗的语言必须极其精炼，少用连接词，意象丰富而紧密，色泽层叠而浓淡入微，重暗示，忌说明，言有尽而意无穷。"[③] 尽管三位新诗先贤在作这样的指认时，大体上依然是以汉语古典诗歌作参照，但这一简约之根性，并未在他们以及整个早期新诗创作中有所减弱，卞之琳更是以四句《断章》独步百年。

当代大陆汉语新诗，尤其是 90 年代以来的大陆先锋诗歌，许多创作路向则几乎与此背道而驰，由约而博，由简而繁，由含纳而铺陈，由精微而粗糙，由跨跳而爬行，由灵动而粘滞，松散冗长，臃肿不堪，可以说已经没有最基本的底线可守，只剩分行而

---

① 闻一多：《英译李太白诗》，《闻一多全集》第 6 卷，湖北人民出版社 1993 年版，第 67 页。
② 胡适：《谈谈"胡适之体"的诗》，见《胡适研究资料》，十月文艺出版社 1989 年版，第 421 页。
③ 卞之琳：《今日新诗面临的艺术问题》，转引自杨匡汉、刘福春编选《中国现代诗论选》（下编），花城出版社 1986 年版，第 292 页。

已。台湾诗人余光中曾说"许多新诗人昧于简洁之道",不幸言中,且现今已发展成普遍现象。因此郑敏先生在特别强调"汉诗的一个较西诗更重视的诗歌艺术特点就是简洁凝练"的同时,更特别指出:"在近百年的新诗创作实践中,始终面对一个语言精练与诗语表达强度的问题。"①

看来简约确实是汉诗语言的底线,是第一义的诗美元素。当然西诗也讲简练,美国诗人庞德在谈到诗的语言要求时,就一再提到简练和硬朗,反对"把文章拆成一行一行"的"诗"法,并且还借用一点"中国功夫",写出两行《地铁站上》的名诗,恐怕是西诗中最为短小精简的了。但从语言根性上来说,西诗的简约与汉诗的简约还是有本质区别的,不然,为何这多年西学为尚,却反而越学越松散,越学越丢了简约的根本了呢?

总之,再怎么折腾怎么变,"简约"这个底线不能丢。诗的简约之起码要求,不仅是对语言的高度浓缩形式,以合乎文体要义,也是对生命体验的高度浓缩形式,以免于成为公共话语或体制话语的平均数。在这里,简约已不只是语言品相,更是一种精神气质。而且,在当代文化语境中,简约本身也是一种特别的力量,既是直击人心的力量,又是亲和的力量。

进一步需要说明的是,强调简约,当然不是强调诗行诗篇的长短繁简,而是说要讲究语言的质地和表现的强度,别太多水分,太绕弯子,以至散漫无度而致乏味,尽量以最少的字,来聚敛并表现最多的含义与韵味,以有限浓缩无限。只是这种讲究,对于"昧于简洁之道"甚久的当代汉语诗歌来说,恐怕不借助于某种外在形式的约束,是很难有所改观的。

由此,自然便想到了小诗。

---

① 郑敏:《试论汉诗的某些传统艺术特征》,《诗歌与哲学是近邻——结构·解构诗论》,北京大学出版社 1999 年版,第 347 页。

四

有如简约是汉语诗歌的正根，小诗其实也是汉语诗歌的正根，只不过一种新文学似乎总是要先放任而后才收摄，依然在过渡途中的汉语新诗，很难一时归宗于哪种体式。小诗的兴盛，也只是在冰心、宗白华等几位前贤中，于20年代小试牛刀而倡扬一时，此后便未再举盛事，更乏善讨论。

到了80年代，先行遭遇大众文化"洗劫"和工商社会挤迫的台湾新诗界，面对现代诗空前的"消费"空缺，才转而直面现实，探讨为诗"消肿"，回归简约以求亲近读众，从而开始持续不断地关注和倡扬小诗的创作。

1979年由罗青编选的《小诗三百首》（上、下册）尔雅版隆重登场，反响不错。作为小诗运动的一直积极推动者张默，80年代初，便在《创世纪》诗刊专辟"小诗选专栏"，编发小诗作品，随后又编著《小诗选读》，1987年仍由尔雅出版社出版，一年内三印，颇受欢迎。1997年，由向明、白灵编选的《可爱小诗选》，再度由尔雅出版社推出，并以"像闪电短而有力，像萤火虫小而晶莹"的标举，引起广泛阅读兴趣。白灵在该书序文中指出："诗之所以为诗，应是深深挖掘，轻轻吐出，所谓'深入浅出'是也，但诗人甚多不明'浅出'不仅是词语之浅近，还应包括字数之节省。雷霆万钧之力常只宜将能量发挥于一瞬，拖沓太久，则早涣散殆尽。不论闪电也罢、萤火也好，其能引人注目，即在于一瞬，因一瞬乃不易把持、易具变化和新鲜之感，因闪烁不定故可引世人之好奇、注目。此即小诗有机会成为新诗大宗之利基。"

有"诗魔"之称的洛夫，可谓当代两岸诗界最能于限制中创造语言奇迹的诗人，在多年多方位的创作中，一直心重小诗，不单将其视为"意象体操"，更作为诗质饱满的"小宇宙"去精心打造,并于1998年出版了《洛夫小诗选》(台湾小报出版馆),成为"现代绝句"的经典展示,也是自有新诗以来,小诗创作的集大成者。洛夫在其题为《小诗之辩》的代序文章中说:"中国古典诗从诗经发展到近体诗的五七言绝律,都是小诗的规格……所以,如说中国诗的传统乃是小诗传统也未尝不可。"进而直言:"我认为小诗才是第一义的诗,有其本质上的透明度,但又绝非日常说话的明朗。散文啰啰唆唆一大篇,犹不能把事理说得透彻,不如把它交给诗,哪怕只有三五行,便可构造一个晶莹纯净的小宇宙。"

基于上述共识和实际性的推动,小诗创作在台湾诗坛已逐渐形成传统,也确实有效地改善了现代汉诗的"生存危机",且大有成为"新诗大宗"的趋势。为此诗人们还就现代小诗的规格提出各种议案:罗青主张以古典律诗行数的双倍即十六行为极限;张默主张以十行为限;洛夫认为十二行较妥;白灵则认为小诗规格与行数无关而与字数有关,提议以百字为限。尽管如此细究,稍嫌牵强,但这种不可为而为之的精神态度,确实令人感佩!

反观大陆诗界,对这方面则很少关注,或偶有涉及,也一直未形成热点、拓开局面。这其中,一是长期疏于对现代汉诗的诗体研究,任其"自由"发展;二是一贯漠视阅读境况尤其是非专业性、非研究性阅读境况的反应,自管自地"高视阔步",或以"生存危机"为"宿命",不图改善;再就是从文化心理上就瞧不上小诗创作,认为不是正宗,成不了大气候,同时也怕因诗体所限,伤及诗思的展开与诗艺的发挥。

确实,小诗看似好写,其实最难,既难工,又难有分量,弄不好就将简约弄成寡淡,将精微弄成轻浅,成为小摆设、小饰物,难以涵纳更深刻、更复杂的现代意识和现代审美情趣。但一方面我们必须看到,在商业文化的挤迫下,诗已不再能充当现代人精神之号角或灯塔的角色,而很可能只是物化世界之暗夜中的几粒萤火,以微弱而素朴的光亮,引发人们对她的重新认知和热爱。

另一方面也应该看到,真正优秀的小诗也并非就挑不起"大梁"。

这方面的例证很多,如前文所举卞之琳的《断章》,还有艾青的《我爱这土地》就很典型。当代作品中,昌耀的《斯人》,周梦蝶的《刹那》,痖弦的《上校》,洛夫的《金龙禅寺》,罗门的《窗》,郑愁予的《错误》,余光中的《乡愁》,北岛的《迷途》,多多的《从死亡的方向看》,严力的《还给我》,于坚的《避雨的鸟》,等等,都在百字左右,而尽能于刹那见终古,于微尘显大千,象清意沉,骨重神盈,闪电般的照耀后,更有无尽的悬揣意趣令人神往——如女诗人夏宇的《甜蜜的复仇》:"把你的影子加点盐/腌起来/风干//老的时候/下酒",短短五行十九字,却已写尽爱之沧桑,可谓现代情诗之绝唱!

当然,一般而言,小诗多以轻灵取胜,但若轻的是一只飞鸟而非一片羽毛,也不失为一种可贵的价值。洛夫的小诗就大多能表现这种妙趣,看似信手拈来,不着经营,实则用心良苦,深得汉诗语言之精义,于方寸之间,熔铸生命观照,时见禅意,或带反讽,妙姿神韵,融古通今,极具形式美感,又充满现代意识,让人对小诗不敢轻视。

五

就诗学研究而言,试图提出一个新问题,是个诱惑,而试图解决这个新问题,则不免是个陷阱。因而必须指出的是,上述对小诗的强调,绝非要刻意设计一条什么新的出路来,而只在提示,经由对小诗创作的重视,或可改善某些困境,弥补某些缺失。

至少,其一:可以增强我们的诗体意识,不至过于散漫无羁,变得没了根本;其二:为越写越长越松散的现代汉诗"消肿",重新找回并确立汉诗诗语简约、精微的本质特性;其三:拿小诗来"练功",提高语言的控制能力和表现强度,补充一点"基本功",

以求心里有底，笔下有数（小诗很难"掺水"作假，得见真功夫，而当代诗人比起许多前辈诗人而言，语言功底和艺术修养确实逊色太多）；其四：以小诗"闪电"与"萤火"的艺术魅力，或可在非专业性或纯欣赏性阅读层面，亲近读者，"收复失地"，进而增进与扩展现代读众对诗的关注与热爱。

当然，对于多年为移步换形、变动不居所困扰的现代汉诗来说，仅借小诗作收摄，以简约为旨归，难免有些褊狭，或将问题简单化。同时，以变动不居、混乱杂交的语言和体式，来表现变动不居、混乱杂交的现代精神，或许正是这时代的必然选择，亦即无法脱身他去的创作机制？而寻求"变"中之"常"，又是否会伤及刚刚获得的多样性与差异性，使其还包含着更多没有开发而需要更长时间来实现其可能的潜在资源，受到不必要的限制？

但我依然想说的是：越是变化最剧烈的时代，越是要保持住自我的存在；我们已经迷失太久，是该找回我们借以安身立命的现代汉诗之精神指纹和语言归所的时候了。而上述的思考，也只在提示：这可能不是一个必要的"出路"，却不妨是一个"出口"。

2001 年 11 月

现代汉诗杂记
——读瞿小松《音乐杂记》随想

2004年《读书》第1期，刊出瞿小松《音乐杂记》一文，初读之下，如闻天籁，脑海中翻翻滚滚，涌动许多感想。我不懂音乐，所治专业为现代汉诗理论与批评，似乎两不相干。可小松的文章，却让我多年思考中的一些现代诗学问题，豁然间有了明晰的理路，遂比照其体例，仿写一篇《现代汉诗杂记》，以作共鸣，并求证于方家。

一

小松言："听古琴曲《幽兰》，每一音皆如完整独立的生命，平等于万物，自在于天地，音间的静默暗示万物之虚空"。

古今好诗也是如此，尤其汉语诗歌，每一语词皆有其完整独立的生命，不依赖结构而存活。是以古诗中有诗眼，有集句；现代汉诗中有我称之为"核心诗语"及"核心意象"的东西。它们都是一首诗中的"眸子",自明自足,既照亮其他部分,又可以脱离于原诗抽离出来也足以独立欣赏。故而许多诗人一生的心血,都在为寻找与创造这样的"眸子"作努力。

所以说,诗不靠诗的形式结构成为诗,诗靠诗的语言感发而成为诗,靠语言的细切肌理、鲜活味道所生发的诗意、诗趣而成为诗。结构属于散文的作法,有如搭积木;诗是水晶之物。水晶打碎仍是水晶,积木推倒则一无所是。

讲结构则必讲逻辑,而诗的要义首先在反逻辑、超语义。诗是日常生命中保持沉默的那一部分,是为面具人格所日常遮蔽的本真自然的那一部分。切断语言的逻辑链条,便是切断我们与世界的逻辑链条,亦即经由对语言的改写,来改写我们同世界的关系——在这种改写中,"七窍"死,"混沌"开,"含容万物之虚空",开我生命之本初。

诗者,"私"也——在公共话语的背面,在体制人格的裂隙,演奏一段无主题、无逻辑的乐音,且自明,且自足,且自在。

二

小松言:"听印度古典音乐,琴声如轻烟空中飘浮,松弛宽容,无所拒亦无所取"。

汉语有"往事如烟"一词。诗说到底,就其发生而言,皆是一种"忆"——回忆、记忆、追忆、思忆等等。故诗也该"如烟"才是。古诗"大漠孤烟直"一句,改解为诗歌美学理念,最是到位。"大漠"者,物质之漠、欲望之漠、世俗之漠、精神荒寒之漠,而一烟孤直者,诗也。

"如烟",则"松弛",则"宽容"。诗既是人松弛状态下的言说,也是松弛性的言说。诗不能紧,一紧就僵硬。新诗又称"自由诗",不松弛何来自由？所谓"愤怒出诗人",大概出得只是几句警句、格言、豪言壮语而已,一时发聋振聩,与真正的诗境无涉。好像连鲁迅也曾反思说：峻急难成佳作。

真正诗的语境与意境总是松弛的,有极大的"宽容"性,亦即有不乏歧义性和悬疑意味的联想地带。诗是开启,是邀约,而非强行给予。诗不在于已说出的那些语词,而在已说出的语词所引发的那些言不尽意、未说出的部分,在语言之外沉默的部分。没有这一部分的存在,松弛而宽容的"空"与"无"的部分的存在,诗只能是即活即死。

这一诗美本质,在古典汉诗中如影随形、亦魂亦魄。到了现代汉诗,尤其是当代新诗创作中,则日趋稀薄、魂失魄散。化简为繁,化清为浊,化松弛为紧张,想说的太多,越多越无"宽容"之诗性与诗意可言。

追根寻源,在于当代诗人心理机制的病变：端起架子写诗,摆起姿态做诗人,了无"松弛",何来"宽"与"容"？今日诗坛有如战场,功利迫抑下,成名诗人紧张,未成名诗人更紧张,实则是针尖上的角斗,自个做自个的敌人。诗多好的少,诗人多好诗人少,量的堆积,野草的疯长,大都成了一时过客、一次性消费的物什。

是以近年我总在呼吁：当今中国诗歌界,真该大力提倡一种优雅的诗歌精神才是。

"如烟"之美,美在烟之外；"自由"之诗,诗在"松弛宽容","无所拒亦无所取"。

三

小松言："西方自文艺复兴以降的作曲家们的音乐,有清晰的起始，有动力的展开，有编织推进的高潮，有平息之后明确的终结。时间是一条目标清楚、方向确定的线，是一支离弦之箭，射将出去便顾不了左右，一往直前冲向终点。构建的基点，则是由几个音组成的动机，时间分寸微以寸记，而音们，则是结构的奴仆"。

新诗的美学问题也正在这里。

新诗受舶来之影响，重结构，轻语词；重意旨（思想、内涵、志、道），轻意境（肌理、韵味、体、身），一弊百年，百年求新不求诗。

其实汉诗语言与西诗语言有根本的不同。

汉语造句，本就是"积词组而成句"（郭绍虞语），没头没脑，共时交错，"藕断丝连"，重"道"（意会之道）不重"器"（逻辑结构之器）。古典汉诗遵从这一以词积句的本质特性，讲词构、句构（炼字、炼句），再求谋篇（炼意）。尽管也有四言、五言、七言、词、曲及格律诸制，但那仅是一个外形，形内的字词依然是独立存活的，且活色生香，自明自足，是主人不是仆人。

新诗引进西语逻辑语法、文法，过于讲求因承结构，不得已而先求篇构，而后再求词构、字构，只要谋篇有成，谋不谋词、字便成次要。今日又迫于求更新的"新"，引进"叙事性""口语化""小说企图""戏剧因素"等新"元素"，实则还是在谋篇上下工夫，以补因词构、句构的缺乏所导致的语言肌理及语感趣味的不足。如此看似扩展了新诗的表现域度，但却再度将语词深陷于结构的拘役，不得独立自明，是以滞而板、呆而木、繁冗而散漫，背离了诗美的本质属性。

都说新诗有意思没味道，其根本原因，概源于此。

就艺术而言，"味道"乃至关重要的品质属性。譬如人间烟火，无非衣食住行，却因地域、民族、文化源流的不同，万千差异,皆差异在"味道"不同。失了汉诗语言的"味道",便是失了汉诗的根性与指纹;根性不同,何来诗运长久?指纹模糊,怎得安身立命?

新诗是一次伟大的创生。是新诗让中国现、当代诗人找到了表现中国人自己现代感的言说方式。但这种言说要成为一门成熟的艺术,恐怕还得走很长一段路。

关键在于,如何走出"他者"的投影,重新认领"自我"的根性,从而不再重复"见到作品却听不到音乐"(小松语)的遗憾。

四

小松在谈到听一弹三味线的日本女子演习"声明颂经"的感受时,指认其吟咏中:"每一音都如完整的生命在时间中展延生灭,不同的音是不同的生灵,并不承担'整体结构'的责任,漫长的音间却有其自然的因缘,而托底的则是绵长沉缓的吐纳"。

诗亦该如此。

尤其汉语诗歌,字词自明自在自鲜活,不必承担"整体结构"的责任。即或共存一诗中,也只是如不同的友人共处于一沙龙式的"派对"中,不存在为单一的音旨而委屈自己的要求。

新诗看似散、松、弛,其实紧、滞、实,缺少小松讲的"间";字词外的空间,供读者联想的空间,皆被结构锁闭了。所谓太想有为而致无,无为反生有,"有"在"间"中。小松在文中一直强调音乐中要有"呼吸"。"呼吸"何来,概有"间"存焉。

由"间"想到"简",并推及"洗炼"。

"炼"者,精炼,简约,以一当十。这是诗写的基本功,也是诗美的底线。

要"炼",则必得"洗"。洗是减法,古诗深得此要义,惜墨如金,由四言到七言,竟小心地走了一千多年,为的是守住那个减法,不敢轻易去加之。新诗用的是加法,思维上是发散的、外张的,语词上是累积的、叠加的,生怕说不够,看似丰富,内里却已空泛。

洗尽铅华,方见本质。本质弱化或遮没了,外在怎么折腾,也支撑不起真正的诗美。

美要"呼吸"——于诗,于音乐,于一切艺术,都是一个绝妙的提醒。

五

小松言:"于德奥系统的西式作曲家,单独的音,并非独立的存在,它的意义在于其在结构中的位置。类似于西方古典油画,单笔无有独立意义。而中国古典水墨,南宋的梁楷,元代的吴镇,尤其是明末清初的朱耷,一笔细含大千,数笔立见天地"。

这里还是在讲中西语言本质的不同,即结构性语言与非结构语言的差异。汉语古诗中有一些很可说明这一问题的例子——

例1:大漠孤烟直

一句诗,从原诗结构中抽离出来,依然可视为一首诗,有独立的意义,如日文的俳句,可改排为:

大漠

孤烟

直

怎么排，这一句诗都是可以作独立存在的一首诗来看待的。甚至可以倒过来看，同样成立——

直烟孤漠大

分行排列可为：

直烟
孤漠
大

与原诗句意境不差，还另有一些意味和情趣。

当然，这不是一个普遍现象，但也足以说明一些问题。一句诗，不再依存于原诗结构而存活，有独立的生命，而这句诗中的词（字），居然同样不依赖于原诗句的结构而存活，分离出来后，也还有自己独立的生命，可以重新任意组合，这在西方诗歌中是难以想象的。

例2：孤帆远影碧空尽

分行排：

孤帆
远影
碧空尽

倒装排：

尽空
碧影
远帆孤

如此"重构"，甚至比原诗句的诗味还要浓，还要有特别的意境。这就如同中国水墨，其笔兴墨韵，是可以脱离所书文字所写景物来单独欣赏的——因其"一笔"之中，已"细含大千"矣。

六

小松言，音乐"起脚的地方，恰巧是语言的尽头"。此话极妙！

那么诗呢？是否"恰巧"是语言的起始？

新诗是一个新的起始。是现代汉语造就了现代中国人，我们只能用它来言说我们的"现代"，舍此无路可逃。问题是，这个"新的起始"是以断裂与革命的方式得来，而非以修正与改良的方式衍生，其立足处，是否就根基不稳？

语言是存在的家。我们照"他者"的图纸造了"自家"的家，住了一百年，似乎已然住惯了。故而，无传统成了最大的传统，无风格成为最后的风格，再经由教育注塑、驯养对位，早就"反认他乡作故乡"了。只是独静处时，总时有词不达意、言不由衷、"生活在别处"的憾意，复生新的文化乡愁——尤其在那些被称之为"种族的触角"（庞德语）和最先醒过来的诗人与艺术家们那里，这一缕"乡愁"，更是一炷心香而复灭复燃。

诗人的生命形态与一般人的生命形态的不同，首先在于他是一个从"体制人"中跳脱出来，重返本初自我的人，具有不可重复、不可替代的精神个性，不再生活于他者的思想模式、概念范畴以及种种意识形态掌控，具有自由精神独立人格的人。这种"掌控"，既包括本土，也包括外来；既包括传统，也包括现代。

诗，站在语言的起始处，方成为有命名性、原创性的言说；

诗人，站在历史的起始处，预先领略了未来，又重新发现了现实，方说出别人说不出来的"说"。

而艺术之神，最终总是青睐那些在所谓"历史进程"中敢于原在的人！

两源潜沉，我们大多只沉溺于"现代"；多元开放，我们已习惯于只盯着"西方"。

看来还需要二度"出家"或应称之为"回家"？

回到现代诗的话题，最终想说的是：在现代性的诉求与汉语诗性本根与民族审美特性的发扬之间，是否可以寻索到一个相切与通合的地带，以供养"我的中国心"。

——到了还是"心"的问题。

"好音乐发于心，达于心"。诗当然亦如此。

复又想起钱穆先生在《略论中国文学》一书中那段警世之言："古人生事简，外面侵扰少，故其心易简易纯，其感人亦深亦厚，而其达之文者，乃能历百世而犹新。后人生事繁，外面之侵扰多，斯其心亦乱亦杂，其感人亦浮亦浅"。

"素心人"（钱钟书语）要"素心地"养，而今"人地两生"（夹生之生），何来好诗好音乐呢？

也只能是一时受小松之"杂记"点化，发发议论而已。

2004年4月

【辑三】

诗性、诗形与非诗

诗与其他文体的区别，自是在于其独具的文体特性。

在古典诗词中，这种特性比较明确：固定的体式，讲究平仄押韵，言志、抒情、写意、情景交融等，在规范中较量才具的高低与见识的深浅，且有较稳定的、可通约的文化大背景作凭借，写什么，怎样写，写得到位不到位，大家一看都很清楚。

——我将此种写作称之为"在家中"的写作。

在现代诗中，这种特性，似乎越来越成为一种可意会而不可言传的东西：可意会的是种种说不清道不明的"诗意""诗情""诗味""诗感"等，且众说不一；可言传的则只剩下一点，即"分行排列"，且只在"分行"，如何"排列"，也无定规。写作者无"范式"可依，无"公约"可求，便完全返回自身，返回个在对诗的认识，加之文化背景的变动不居和多元差异，写作遂成了一种失范的、同样变动不居的状态。

——我将此种写作称之为"在路上"的写作。

于是，只要用分行排列形式写出来的文字，便都称之为"新诗"，有关"诗性"的界定好像总是无从具体落实。

对于依然"在路上"的现代诗而言，规定什么是诗的，显然是错误的，但指认什么不是诗的，还是可行之举。

实则，无论是台湾诗坛，还是大陆诗坛，经由半个多世纪的步程，尘埃落定，已逐渐开始分流归位、朗现格局。粗略去看，至少就诗的品位而言，可见出"纯正的诗"与"庸常的诗"的分野；就诗的品质而言，可见出"原创的诗"与"派生/仿生的诗"的分野；就诗的精神立场而言，可见出"生命性写作"与"社会性写作"的分野；就诗的艺术造诣而言，可见出"专业性写作"与"非专业性写作"的分野。

由此便分出两大类诗，即"具有诗性的诗"与"徒具诗形的诗"；也便分出两大类"诗人"，即"真正的诗人/诗人艺术家"与"一般写诗的人"。后者尽可向前者过渡，但不再如过去那样混杂一起，影响现代诗从诗体建设到诗学建设的良性发展。

同时，这一分野也使我们对现代诗的本质亦即其诗性特征，有了如下比较而言的认知：

（一）作为"具有诗性的诗"的写作

1. 具有独立的自由人格。

作为超越社会层面的私人宗教，以本真鲜活的生命体验和生活体验，深入时间内部，深入生存内部，开启新的精神光源，拓展新的精神空间；

"诗是出自灵魂又归向灵魂的返照，是生命运动淋漓尽致的写

意。是人生复杂经验的凝聚。是个我人格的最高塑造。"（陈仲义语）[1]

"洗心饰视，发挥幽郁。"（陈子昂·《与东方左史虬修竹篇序》）[2]

2. 具有独特的审美体验。

作为人类最敏感的艺术器官，这种体验是不乏原创性的、不同于任何他在的，新奇、意外、陌生，成为一次原发性的"灵魂事件"，瞬间开启对生命与存在的特殊感知与表意；

"诗的艺术特点是它的直接如闪电式的穿透，和它的无边际的暗涵。"（郑敏语）

"赏好异情，意制相诡。"（刘勰·《文心雕龙》）

3. 具有独在的语言质素。

这种语言质素的要义在于：

（1）恢复语言命名功能；

（2）超语义；

（3）与精神同构；

（4）造型性而非通讯性；

（5）跳脱语言习惯与语言制度，成为有意味的语言事件。

"诗是改变语言的语言"。（任洪渊语）

"具有最大限度含义的语言就是诗，具有最小限度含义的语言就是散文。"（洛夫语）

"诗赋欲丽。"（曹丕·《典论·论文》）

---

[1] 转引自《诗是什么——二十世纪中国诗人如是说·当代大陆卷》（沈奇编选），台湾尔雅出版社1996年版，下同。
[2] 转引自陈良运主编《中国历代诗学论著选》，百花洲文艺出版社1995年版，下同。

177

（二）作为"徒具诗形的诗"的写作

1. 主体人格模糊。

或"代圣立言"，或解说时代，成为主流意识之"诗形说教"；或趋流赶潮，或从众附会，成为主流文化之"诗形附庸"。皆未摆脱"与时俱进"之角色出演的局限；

"节之以礼，制之以义，归之以道。"（董仲舒·《春秋繁露》）

2. 审美趣味凡俗。

作为创作主体，从未超出社会人的层面而进入审美人的层面；滞留于初步的感知和模仿性的表意，复制大家已然熟知的东西，只有表象的内容，没有深刻的意涵。

"辑事比类，非对不发；博物可嘉，职成拘制。"（萧子显·《文学传论》）

3. 语感陈旧庸常。

作为语言制度的奴仆，使用的是流俗而无改变的、被过于肯定了的、社会性的、常规化与总体化的语言，虽经分行处理，终因其工具性、通讯性、雷同化、无歧义、无新意，而致诗质稀薄，徒具诗形。

"诗绝非是把语言当作在手边的原始材料来运用，毋宁说，正是诗首先使语言成为可能。"（海德格尔语）

诗是什么？虽然有一千位诗人，就可能有一千种定义，但通过上述的比较，总可以有一些较为集中的、大体的界定。

这一界定的意义不是为了划分什么阵营，而在于力求廓清理论认知，以图不再将不同质的东西作同一的比较——这似乎是一种最基本的理论常识。从社会学的角度而言，"徒具诗形的诗"也有其存在的价值，但从诗学的角度而言，必须指出它的非诗性的属性，不能混为一谈。

当然，还应指出另一种"非诗性"的存在，即在"专业性写作"的范畴里，某些因过于超前或推向极端的实验作品，所造成的阅读困难，包括连专业性阅读也难以完全理解和有效阐释的困难，成为暂时还不具备任何现实阅读效应的作品，或可为未来的阅读所识别，但在当下的时空，人们有权利也将它划入近于"非诗"之列。

但是，这依然不能同前一种非诗（实则是"伪诗"）混为一谈，至少就其"发生"层面来看，后者还是出于不失纯正的诗歌立场和不乏创新意识的诗歌精神所然，即使就"接受"层面而言，虽暂时属于"非诗性"的，却也可谅解为"自杀性"的"试错"，而非先天性的"他杀"。

1998 年 3 月

诗与歌

"诗"不是"歌",尽管在当代诗坛及当代诗学界,大部分行文依然习惯性地将"现代诗"称为"诗歌"。但实际上,"诗"与"歌"的分离,已成为现代诗之所以成其为"现代诗"的属性所在,许多诟病于现代诗的人们,多以在这一属性上认识不明或纠结不清。

作为"文学中的文学",诗,曾经是什么活都干的老祖母。随着文学路径的不断变迁,诗也在后来不断的剥离与裂变中,渐次放弃了某些"活",潜沉专注于除了自个能干,他者再也无法替代去干的"活"——由记事而缘情;由"道志"之"言"(作为圣人之道/公共话语的代言之声)而"情志"之"言"(疏离于圣人之道/公共话语的个在心声);由格律谨严而自由散漫;由风情万种之古典韵致而专纯独立之现代风致;由诗、歌同体而诗自诗、歌自歌……从形体到内涵到功用,现代诗与古典诗歌,都有了质的转换而不可同日而语。

所谓"若无新变，不能代雄"。(萧子显·《文学传论》)①

诗与歌的分离，使现代诗不再承担诸如传达社会浮泛情感、流行观念以及有韵能唱之类的功能，专纯于自己的不可再剥离的职守，成为现代人之"最想说，又从没说过，又非说不可，又只能这样说的话"(绿原语)。②

诗与歌所处理的内容可能有相近或相交的部分，但其处理的方式则大相径庭。"歌"者，须尽量用大家所熟悉的语言方式，抒发一些为大家所知同时为大家能理会的内容，且要符合谱曲及欣赏的某些习惯要求；"诗"者，则尽量用大家所生疏的语言方式，抒发为一般人所隐蔽不察的感知与表意，从形式到内容，都力求跳出习惯，越众独出。

"诗是对不可知世界和不可企及之物的永恒渴望；诗是对已有词语的改写和对已发现事物的再发现"。(翟永明语)

"歌"的功能在"广而告之"，"诗"的功能在"窃窃私语"。

随着歌的当代受众之审美情趣的提高及现代意识的增强，"歌"的作者，也开始大量汲取和借鉴"诗"的质素，包括摇滚在内的许多现代歌曲的词作，如大陆的崔健、台湾的罗大佑等歌手的作品，已远远比那些大量"徒具诗形的诗"还要高超许多。由此便启发人们对那些非诗性的"诗"的存在，有了一种新的界说参照，以便从类型上将"诗性的诗"与"非诗性的诗"有效地区分开来。

这种处于现代诗与现代歌词两者之间的过渡形态的分行文字，或许正好可以分担人们一直想强加于现代诗的某些功用：晓畅、明朗、通俗、可解及类型化的形式特征，浅情、近理、时尚、政教等社会学层面的内容指向，软着陆，轻消费，贴近时代需求与

---

① 转引自陈良运主编《中国历代诗学论著选》，百花洲文艺出版社1995年版，下同。
② 转引自《诗是什么——二十世纪中国诗人如是说·当代大陆卷》(沈奇编选)，台湾尔雅出版社1996年版，下同。

大众口味，易为非专业性阅读所接受。显然，这些特征和指向，遵循的是实用主义与功利性原则，好比"快餐"和"软饮料"，较为契合工商社会消费文化的心理机制，因社会所需，大量长期订货而历久不衰，自成体系。

对于这一体系，有青睐者命名为"轻派诗歌""热潮诗歌"，看重的是其一时的社会效应及其轻便快捷的热销卖点；有蔑视者称其为"快餐诗歌""商业诗歌"，不屑的是其应用性的写作动机和脱离诗性的复制性"产出"。其实从文化多元的理解出发，此类诗歌或可称作"歌诗"的存在，本无可厚非，只是因其长期身份不明，混迹于现代诗中，且常常被其代言人亦即一些平庸的诗评者，作为一种对比参数或曰"口实"，搅动舆论与批评界，做出一些无谓的反应和争论，混淆视听。

看来仍需"正名"，所谓"名不正则言不顺"。

实则这一体系的作品，包括那些以"以道制欲"、"美善相乐"（荀子）为宗旨的"庙堂诗歌"在内，大概才正是人们习惯认识上的所谓"诗歌"或可叫着"歌诗"之类的东西——其形式与内容，均与真正意义上的现代诗和现代歌曲（词）相仿相近而已，并无本质上的血缘脉息——是诗的仿生，是歌的派生，且倾心于"流行"，不妨统称之为"流行诗歌"。

这样正名，将庸常写作之"流行诗歌"与纯正写作之"现代诗"彻底划分开来，实在有莫大的好处。如此，便不再将完全不同属性的作品，纳入同一价值体系去讨论，造成许多不必要的误解和障碍，从而也便各自以其不同的承传"基因"，在各自不同的理路中去发展或者消亡，岂非善哉。

1998年3月

诗与道

　　世纪末的中国，日益商业化的社会与日趋幽闭的诗歌，形成一种尴尬的疏离局面。书商与出版人视诗为"票房毒药"，一般大众读者视读诗为"犯酸"，总之是处处不讨好，于是有关"诗歌危机"的呼喊此伏彼起。

　　其实诗由大众层面回归小众层面，或者说由社会学层面回归诗学层面，本是今日时代情理之中的事，不值得大惊小怪。或许对诗这门艺术而言，如此际遇反是好事——经剥离而重识本根，经淘洗而再现本味；甩掉不该干的活，丢弃不该扮演的角色——由此在新的时代语境下，重新定位诗何以而为诗。

　　这是就诗的外部境遇而言。

　　话说回来，当代诗歌，尤其是90年代中国诗歌本身，也并非没有自身的责任，而一味将造成"危机"的原因推给时代。至少从诗的创作与生存现实的关系来说，当代诗人们确实有些重犯"不食人间烟火"的旧毛病，按谢冕先生的话说："我们拥有了无数的私语者而独独缺少了能够勇敢而智慧地面对历史和当代发言的诗人。"并指认90年代的诗歌是"既丰富而又贫乏"。

实际上，生存的问题在这个时代是越发尖锐了，也就是说，我们依然处于一个充满危机的时代，而我们的诗人们却大都重新钻进了象牙塔，兀自高深着、自恋着、空心喧哗着。不可否认，在某些风潮的推动下，诗的样貌与技艺是空前发展和成熟了，但诗的灵魂却有些走神；语言的狂欢下面，是精神的缺失、使命的缺失，乃至人格的缺失——新手依然层出不穷、出手不凡，成名者更是盯着"席位"、奔向"国际"……失重的时代，游戏的时代，妄自狂欢的时代，诗神和历史一起，在新世纪的门槛前跳起了"狐步舞"。

有狂欢就有守夜人——这是时代唯一没有缺失的规律，也是真正有现实责任感和历史使命感的诗人，任何时候都不能放弃的立场定位。

在这样的诗人写作中，"积累的不是专业知识而是疑问。"（布罗茨基语）他们从来不屑于做搔首弄姿的票友，或一己之得的新贵，而自甘远离功利、沉潜岁月，深入生命与生存中的每个时空，以良知、救赎、历史情怀与现实关切为精神底背，以诗的方式，对时代的文化状态和生命状态，作深层次的、不断的介入与指涉，以此赋予时代以精神的方向、目的和意义。

这样说来，要惹重弹"载道"的嫌疑。其实古往今来，无论中外，诗以及一切文学，何时能完全脱得了"载道"的干系？

一般而言，诗的产生，多源自抒发个人情感的需求，不苛求一定要承担为时代代言的重任。但一方面，个人情感尽管可疏离于时代，却又无不与时代语境发生千丝万缕的联系。"诗是在陆地生活，想要飞上天去的海洋动物的日记。"① 飞是愿望，根脉还是在陆地生活中，在时代的海洋中；另一方面，诗毕竟是提高了的语言，这"提高"，既指比一般的言说要多一份陶冶性情的审美快感，也指其含有一定的思想与精神教益的意义价值。

"诗歌是被交流的一种深刻的真理。"② 按国人的说法，"真理"就是"道"之所在，亦即个人情感的内核所在。没有这个核，个人情感就变成了一己私语，可作小女儿家自我抚慰的呢喃，却难免失去了更高层面之交流的意义。

诚然，"道"若载得太重，必有伤诗之风姿、诗之筋骨，这方面的教训我们已有太多的认识，但一味话语缠绕，不着承载，也难免成无骨之皮相、无根之浮萍，自哄哄人而已。

看来"道"不在于可不可载，而是载什么样的"道"和如何载的问题；有载无载，定品位，定风骨；如何去载，定风格，定流派。

故，我们依然乐意在诗歌中领略天堂的圣乐、家园的呼唤、玫瑰与夜莺的抚慰，但日益尖锐的生存迫抑与生命痛感，使我们更愿意接受那种"说人话"的诗，有"含金量"的诗——一句话，在经由诗人们富于诗意的言说中，我们不仅乐于领略诗美的愉悦之精神安抚，也渴求获得诗性的力量之强筋壮骨。

如此便分出了重的诗与轻的诗。

---

① ［美］卡尔·桑德堡语，转引自《西方诗论精华》（沈奇编选），花城出版社1991年版，第6页。
② ［西班牙］阿莱桑德雷语，转引自《西方诗论精华》（沈奇编选），花城出版社1991年版，第3页。

当然，强调诗的"含金量"，并不排除那些轻的诗的存在价值，但轻的诗应该轻得如一只飞鸟，而不是一根羽毛；同理，重的诗也要重得有骨头有肉有风韵，而非一块道学家用来唬人的惊堂木。

负重而不失灵动，耽美而不失心魂，其间分寸的把握、得失的忖度，到位的诗人，成熟的诗人，自有其无言的领会。

1998 年 3 月

小众与大众

诗，步入当代，越来越归属于小众文学，正成为不争的事实。

现代诗对大众的疏离，有多方面的原因，对这些原因不加客观深入的分析，仅仅以社会对诗的"消费量"的消长来评判诗的发展，纯属庸俗社会学批评的旧习作怪。

中国向来是个"量"的社会。以"量"代"质"，人云亦云，已成习性。于是"大众"便成为一条"戒尺"，一条未辨明是非刻度，仅拿来作"棍子"用的"戒尺"，随时祭起来"唬人"。好在时代毕竟不同了，被"唬"的人也渐次学会反诘：怎样的大众？是物理空间的大众，还是心理空间的大众？是时代意义层面的大众，还是时间意义层面的大众？

实则我们都知道，诗的常态写作，是一种私人化的个体劳作，并且从不考虑或预定确切的什么"消费对象"。或者说，至少在诗写过程当中，现代诗确乎是"为诗而诗"的，只为精神与语言同构的瞬间诗性感应而存在,此外不再考虑到别的什么。

正如诗人韩东所说:"如果一个求爱者在他的情书中引用我的诗,我一定很得意。但我的诗不是为他而写的。我的诗不为任何人而写,甚至也不是为我自己。我为诗的构成而写诗,就像泥瓦匠盖房子并不考虑谁来居住。他为房子的标准而建造。"①

确实,今天的诗人不可能为所有的人而存在;换句话说,其实不论在什么时候,诗的发生都始于"为自己"的驱动。

我们都知道,许多现在为大众所熟悉亦即"大众化"了的古典名诗名句,最初的写作,也只是出于抒发一时的个人情怀而已。"桃花潭水深千尺,不及汪伦送我情。"李白的名句,当时是写给汪伦老兄一人的。至于以后这名句如何诗化了大众,则另当别论。

孔子讲:诗可"兴、观、群、怨",那个"群",只在指出"引起共鸣"而已,并非指引起共鸣者为多少。

诗的传播可以集体模仿个人,诗的创造却绝不可以个人模仿集体。或者说,诗可以穿越时空去逐渐化大众,而绝不可强行去作当下的大众化。因为正是这种疏离与超越,决定着诗人存在的价值和言说的品质。诗所企及、所深入、所敏锐地肯定的东西,常常是大众话语所欲使之被忘却的东西。无论时代将大众的感知的疆界推移到怎样的范畴,诗人都只可能是这疆界之外的言说者。

由此,我们才好理解 T. S. 艾略特下面的这句话:"如果诗人很快赢得非常多的欣赏者,那么这种状态无疑是令人怀疑的;我们不得不作这样的假设:这种诗人实际上没有提供任何新的东西,他们只不过是把读者早已习惯了的,读者在以前的诗那里早就知道了的东西发给了读者。但是,真正重要的倒是,应该使诗

---

① 转引自《诗是什么——二十世纪中国诗人如是说·当代大陆卷》(沈奇编选),台湾尔雅出版社 1996 年版,第 202—203 页。

人获得能与其相称的不多的同时代欣赏者。永远应该存在一支不大的先锋队——一些通晓诗歌，不为自己的时代所局限，并能在某些方面超越时代，善于很快地掌握新事物的人。"①

同时也必须指出：诗在本质上的个人性与小众化，并不妨碍其"化大众"的可能。

中国历来是个讲究"诗教"的国家，古代社会甚至将诗作为个人道德修养的基石、科举应试的必要才能，以及民间文化与人际交往的普遍形式等，延之千年，遂使名诗家喻户晓、熟读能背，然后解得、化得、普及得。但社会看重"诗教"，主要在其通过诗的形式媒介所起的教化效应而非审美效应，当这种教化效应日趋式微无法或无必要再利用时，社会便不再为诗的"化大众"负责。

尤其现代诗，当其剥离掉许多传统诗歌的传统功能，使自己收回到最单纯的深处，彻底游离于社会主流话语之外，其功能与价值已失去所谓"共识性"之后，社会对它的淡远便在所难免——这是当代诗的世界性境遇，是其当下的不幸，也是其可能的未来之幸。

同时，所谓"大众"，尤其是现代社会中的"大众"，其实也处在不断的分化与裂变当中。当人们指责现代诗疏远了大众时，其所想象和指称中的"大众"，其实早已为大众化的其他艺术所"教化"；而即时消费时代的各种媒体，也早已组成以实用、时尚、娱乐化、即时消费为旗帜的大军，攻占了工商社会几乎所有的物理空间与心理空间，还能留下多少空隙给诗呢？

显然，此一时的"大众"与彼一时的"大众"，是不能等同而观的。

---

① ［英］T. S. 艾略特：《诗歌的社会功能》，转引自《西方诗论精华》（沈奇编选），花城出版社 1991 年版，第 394 页。

我们有过"拿起笔作刀枪"、人人能写"诗"的大众；我们也有过"八亿人民八个戏"的大众；我们还有过仅通过文字阅读了解和认知世界的大众，最终又有了主要通过视听音像与广告来了解和认知世界的大众——其想象力已被加速炮制出来的商业文化快餐所吸干了的"大众"，被各种文化/亚文化、艺术/亚艺术之杂乱趣味彻底分解了的"大众"——由这样的大众所构成的时代，有学者将其命名为"无名时代"，并将与之对应的、具有文化与艺术共鸣空间的以前时代命名为"共名时代"。

这一命名旨在指出：因了个性的尖锐与突出，身处今日时代的严肃文学与纯正艺术，无论是对"历史风云"的言说，还是对"个人天空"的言说，都无法再拥有巨大如往昔的"社会效应"了。所谓"轰动"，所谓"流行"，至少对现代诗而言，已是一个过于虚妄乃至视如谎言的说法。

是的，这是一个非诗的时代，一个诗的厄运的时代。但是，忠实于现代诗精神的诗人们，并不为此而气馁——"我们简短的过去所产生的这些伟大作家都是孤独的，而过去的一个世纪没有能减轻他们的孤独。对于他们的后继者来说，要继续他们的艺术，肯定必须依靠诗人自己顽强的、固执的、不求实利的献身精神，而无法依靠他们的艺术满足公众要求。"[①]

这便是诗的当代处境——作为"献给无限的少数人的艺术"，"诗不追求不死而追求复活"（奥·帕斯语）。或有"一种诗能立竿见影，但过后即消失于无形；而另一种虽长眠不动，但它若有能

---

① ［美］丹尼尔·霍夫曼：《诗歌：异端流派》，转引自《西方诗论精华》（沈奇编选），花城出版社1991年版，第345页。

力的话，总有一天会再醒过来的。"①

由此可知，真正的诗，只属于小众，不可度量的小众，并希望以小众之诗去化大众之识。而，真正的诗人所关心的，是写作中的状态而非写作后的命运，是作品的诗学价值而非社会价值。

——因为他们知道：写给时间的诗与仅仅写给时代的诗，是不一样的。

1998年4月

---

① ［意大利］蒙塔莱：《诺贝尔文学奖获奖演说》，转引自《西方诗论精华》（沈奇编选），花城出版社1991年版，第392页。

说"懂"与"不懂"

"懂"与"不懂",作为人云亦云、普泛被使用着的文艺批评话语及批评尺度,看似简单、方便、明确,有很大的通约性,似乎大家都明白这两个词的用法和意思,然而实际上,它却一直困扰着当代文学艺术之创作、欣赏与批评三个方面,由此带来的一系列问题,至今仍未得以清理。

无论是面对外来的文学艺术,还是面对本土的文学艺术,尤其在面对各种新的、探索性的、实验性的文艺作品或文艺思潮出现时,在普泛的读者和普泛的文艺批评者那里,仍然总是要首先提出"懂"与"不懂"的话题。在普泛的读者那里,是作为一种习惯性的、通俗化的方式提出的;在普泛的批评家那里,则常是很认真地作为一种理论性命题提出来的。现在看来,这确实已成为一个一误再误的大误区,假如我们的一代新人类,也仍带着这一误区走向 21 世纪,就真的成了一个世纪的遗憾了。

什么叫"懂"？什么又叫"不懂"？

对于自然科学，譬如一条物理定理，一道数学算式，一篇科学论文等，不懂可真就是不懂，因为它对你可以说没有任何触及；而懂了可就真是懂了，不再有任何疑问和言外之意。

文学艺术则是另一回事，尤其是现代文学艺术。

在一幅抽象画面前，在一座现代雕塑面前，在一曲无标题音乐之中，以及在一首现代诗里，要达至怎样的欣赏程度以及理解深度，才叫"懂"或"不懂"呢？毕加索用废自行车座和把手凑成一个公牛头状，遂为名作，你说"懂了"？可真问你"懂了什么"，恐大都难以说清或千人千状；你说你"不懂"？可它不就是一副车把手和一个旧车座，被艺术性地发现和"嫁接"出一副公牛头形状而已吗？看着有趣感觉新奇就得了，还要"懂"什么？

尤其在音乐中，这种和绘画、雕塑与建筑一起被称之为"世界语"的艺术，似乎人人都可"懂"，而人人都难以说清到底"懂"得是什么；可即或是再不懂音乐的人，只要在音乐的感染下，或摇头晃脑，或抖腿扭腰，或静坐出神，或忘情游走，你又怎么能说他完全"不懂"呢？

诗也是如此，它是文字的音乐、语言的雕塑、诗性生命的私人宗教。

诗的艺术本质所在，先天性地决定了它和欣赏者的关系只是一种感染、一种触动、一种激活、一种启悟、一种邀约——使读者和作者一起跳脱日常生存状态，进入另一界面的生命语境和言说方式，去激动一会儿或沉浸一会儿。至于你到底激动了些什么沉浸了些什么，与这首诗有多大关系，是否与他人激动得一样沉浸得一样，为什么一样又为什么不一样以及如此等等，诗和诗的作者全不理会——只要你激动了、沉浸了乃至只莫名地愣了一会儿神，诗就应该也只能这样认为：你就是如人们常说的那样——"懂了"。

由此或可明了：对于自然科学，不懂就是一点也没得到什么；对于文学艺术，只存在得到的多与少、深与浅的判别，不存在"懂"与"不懂"的问题。

遗憾的是，它又总是要成为一个"问题"。

"问题"的病根出在教育上。

从小学到大学，从学生到老师，长时期以来，我们都在念着同一本乏味荒唐的"经"——什么"中心思想"、"段落大意"、"主题"、"意义"、"象征着什么"、"代表着什么"、"说明了什么"……让孩子从小到大都像猜谜或推导公式一样去阅读文学欣赏艺术，实则既非阅读也非欣赏，只是在那里判别"好人"、"坏人"、"懂"或"不懂"。于是看"不懂"现代电影，听"不懂"现代音乐，欣赏"不懂"现代绘画和雕塑，更读"不懂"现代诗以及什么后现代诗了。

于是犯傻；于是不反省自个为何犯傻而反过来怨怪现代文学艺术作品为什么不让他"懂"；于是喊叫"是现代诗丢弃了读者而不是读者抛弃了现代诗"，以及诸如此类云云。

好像回到传统、回到古典就会"懂"？

一部《诗经》总共才多少字？可诠释它研究它的著作书籍，大概足可以装满一个小型图书馆，而且至今仍有新的大量的研究者和爱好者，在那里作新的诠释以用于新的"懂"及"懂"得更多。

《诗经》之诠释的必要，在于其语言编码与现代汉语编码完全不同，故要如外国诗一样去"翻译"。《诗经》时代的读者是否需要诠释我们不得而知，但我们至少知道，连老百姓也理会得，诸如唐诗的"接受美学"之要义，是要"熟读唐诗三百首，不会写诗也会吟"，强调的是"熟读"而不是"懂"。至于后来的学者教授们研究唐诗，也多以在注疏其背景、来由、典故方面下心用功，主要诠释其含有社会学的、思想性的、历史性的部分，以及一些面上的所谓"诗意"，而真正感动我们、影响我们、使我们身心为之震颤的东西，谁也没法去诠释去叫你"懂"。

故，有"诗无达诂"之经典论断。

再回到现代诗上来啰唆。

其实相比之下，现代诗应该更好"懂"些，只是你必须要换一种"懂"法。至少，现代诗是现代诗人们用我们熟悉的现代汉语，和我们人人都浸染其中的现代意识，写给我们现代人看的，关键是你不能再用老套路的"懂"法，先入为主，硬要从现代诗中逐句逐段地找出个什么"意思"来，有如中学生顺从老师的指教，硬要从各种活生生的文章中总结出一个干巴巴的"中心思想"来一样，那可就真的"不知所云"了。

在现代诗文本中，语言能指增大，多层面多向度展开，所指一再后移，乃至于脱逸于文本之外，留下更大的联想空间和互动可能，让读者自己去填补、去参与、去完成。于是，那些习惯于被动地被给予、被笼罩、被说明、被教诲式的传统读者，及那些传统理论与批评家们，便只有于此止步而"犯傻"了。

看来需要问的只是一句话：你到底要"懂"什么？！

当年朦胧诗刚问世时，传统的理论与批评家们大呼小叫看不懂，群起而围剿之。等发现"教授"看不懂学生却爱看一看就"懂"不看就"落伍"，于是认真看一看渐渐也看"懂"了一点且习惯了一点"朦胧感"时，却又面对追求口语化、平民化一点也不朦胧的第三代诗人的作品，再次喊叫"看不懂"了。如此若再有更新的探索作品出现呢？岂不要永远不懂下去？那又何必谈"懂"？

这是理论上的说法。不可否认，在现实中，懂与不懂已成了一种俗成约定、积久成习的客观存在。但这属于另一个问题，即阅读与欣赏层面的问题，不能以此作为唯一的、通用价值尺度以判定作品；一个层面的接受者看不懂的，并不就代表所有层面的接受者都看不懂。还有一个时空问题，今天看不懂的，明天也许就懂了；这一代人看不懂的，也许下一代人看去还嫌太好懂。

诗人以及一切文学艺术家，原本就是人类意识的先行者，探索和超越是他们的本能也是其天职。而个性的自我张扬，又是他们、尤其是那些走在时代前面者不可或缺的优秀品质，他有权利只为和他一起孤独前行的人们、或只为未来的人们乃至为只为自己而创作。

总之，今天的诗人和艺术家们，已不可能为所有人而存在。问题是，当下的我们，依然太好"归一"、好"大统"、好"一元化"，很难进入多元共生、各得其所的现代心态。而多年陈旧的教育模式，又养成人们的阅读惰性，也就怨不得喊喊叫叫了。

是的，时代发展到今天，是该到普及这样一个常识的时候了——

在一切文学艺术面前，永远不要说"我懂了"或"我不懂"，犹如提醒人们在欣赏交响音乐会当中不要随意鼓掌一样。更应该给那些传统而褊狭的理论与批评家们，以及为他们所误导的读者们一个提示——在包括现代诗在内的所有现代/后现代文学艺术面前，"懂"得越多，可能反而得到的越少。

1995 年 7 月

小析"语境透明"

现代汉诗在语境取向上，大体可粗分为两种主要类型：一是繁复/朦胧的美，一是单纯/透明的美。

前者常因所谓"晦涩"、"怪异"、"看不太懂"，为非专业性的读者所诟病；后者常因被误导为所谓"明朗"、"平实"、"浅显易懂"，为非专业性写者弄变了味。

从专业的角度看，繁复/朦胧之美，来自对"意象化语言"的营造，注重经由密植意象及其附带的表现手法，增强语言的歧义性和张力感，运用得当，很有阅读冲击力与震撼性。但同时，若运用过度，则容易造成阅读的滞重感，局部张力的饱和与不间断地刺激，反带来整体效应的空乏，亦即"张力互消"，非不懂，而系"难以消化"；作为专业研究，或可费力去读解，作为一般性欣赏，就难免有些"隔膜"了。

在一些非专业写作者那里，更将此演化成一种矫饰和伪贵族气，造成意象肿胀或散漫无羁，看似繁复，实则紊乱，一些碎片式的流泻或堆拥，有句无篇，自己心里并没整明白，拿奇词怪语蒙人。读者诟病，多因这些流弊所生，反影响了对真正到位、有内在理路可寻的繁复/朦胧之美的理解。

单纯/透明之美，来自对"叙述性语言"的再造，注重事象与意绪的诗性创化，简缩意象，并有机地引进口语，以高僧谈家常事说家常话的手法，追求文本内语境透明而文本外意味悠长，有弥散性的后张力；读者较为轻松地完成了阅读，却为阅读后所开启的诗意之悟久久浸染，欲罢不能，有绵长的回味和互动的参与，所谓读者的"二度创造"。

这种语境，看似好进入，其实很难把握，要有知繁守简的修为，而非由简而简。

所谓"高僧说家常话"，首先得是"高僧"而非"家常人"；"家常"的是"说法"，"说什么"、"怎样"说，则有细切而独到的选择。——那是一种将语言逼回到最单纯的深处，再重新发掘其可能的诗性乃至再造其命名功能的探求，所谓"如空中之音，虽有所闻，不可仿佛；如象外之色，虽有所见，不可描摹；如水中之珠玉，虽有所知，不可求索"。（黄子肃·《诗法》）

持有这类语境的诗，又可以"寓言性"、"戏剧性"、"禅意"等分脉，是熔铸了中西古今诗质后，充分发挥汉语的审美特性，在现代汉诗中的拓殖，也是有可能为新人类的诗美选择较为倾心的一路走向。

至于，一些非专业性的批评与写作者，将"语境透明"误导、误识为所谓"健康明朗"、"贴近大众"，鼓噪出一些浅情近理的所谓"流行诗歌"与"畅销诗歌"，轻消费，软着陆，小情调，伪哲理，虽热闹一时，为非专业性阅读所亲近，其实已与现代诗之本质相去甚远，更与上述诗脉风马牛不相及。

在此，我一再将诗的批评与写作分为"专业"与"非专业"，可能会招致非议。实则这正是现代汉诗经由 80 年之发轫、拓殖、裂变、澄明的过渡期后，一次历史性的分野之标志，明者自明，错者自错，小文所限，不便展述。

这里只简要说明，所谓具有专业风度的诗之创作，其基本标准至少有两点：其一，经由诗人的言说，说出了一些为我们日常体验所忽略了的存在的"秘语"；其二，他的这种说法，为现代诗艺术的发展，或多或少地有所新的开启或推进；也就是说，为现代诗的言说方式，提供了一点或更多些的、具有原创性的说法，而非毫无创新的仿写。

这样一种认知，对于有根性的、专业性写作的诗人，早已成为一种常识，一种基本的创作要求。对于那些无根性或根性浅的非专业写作者而言，则可能总是一种"秘密"。

1998 年 11 月

不期而遇的诗意之旅

诗之来临，总有些预感。

这时诗人的心态，有如处于暴风雨前的低气压之下，有些迫抑，有些烦乱，更多的则是一阵阵莫名的冲动——你不知道这冲动来自何处，更不会知道它将"冲"向哪里，如同不知道风将从哪一抹草叶间吹起，闪电将从哪一片乌云中跃出……诗人们的个性、气质和创作方法各有不同，唯其这种预感、这种特定的冲动，却似乎总是较为趋于一致的。

而冲动的出现并不等于诗的出现——一个可能会令所有诗人都会困惑的定律：你不能对自己说，"我要写诗"；你只能说，"我必须期待……"

期待一次不期而遇的诗意之旅。

许多诗友谈到这样的诗歌经历：在户外活动中，在正骑自行车时，突然"遭遇"上了诗——一些未经酝酿而又天然成熟的诗句，甚至是一首几近完成的诗，在刹那间于脑海中闪现、奔突，便想及时记录下来，但或因为没有带纸笔，或因为记录的速度赶不上诗的涌现的速度，而常常不得其十分之三五。于是抱憾不已，怨怪人类记录大脑思维的笨拙，幻想科学家们有一天会发明一种思维记录仪，或脑后或太阳穴一贴，便任你是天上地下的奇思异想，皆可立即转而"翻译"成文字记录下来，那该是怎样一个全新的诗的世界?!

可谁又能抓住闪电和风呢？

笔者也常有这样的际遇，但从不即时记录。一则从未养成出门带"诗囊"、纸袋、笔记本的文人习惯，二则早年就认定，手动的速度是永远无法与大脑思维之速度可比的——我们失去的太多，真正能记录下来的只是万分之一，实实是沧海千斛，只能舀得一瓢足矣！无怪乎连雪莱也在《为诗辩护》一文中叹息道："流传世间的最灿烂的诗，恐怕也不过是诗人原来的构想的一个微弱的影子而已"。

也正如瓦雷里所说的："当我们诗兴勃发时，诗兴占据我们，在我们心胸中燃烧，又渐渐地熄灭。就是说，它是非常不规则的、反复不定的、不知不觉而然的，又是容易消逝的。我们突然把它捉住，又常常突然把它丢掉。在我们生活中有些期间里，这样的情绪及其所发出的种种幻象，我们自己预先并不知道，我们甚至于不以为这是可能的，这只是偶然的机缘将它们交给我们，还是偶然的机缘将它们带走。"[①]

便形成自己的"记录"方式——当突发的诗句出现时，一方面听任这灵感的小鹿去奔跑、去追寻，不要惊动和中止它，一方

[①] 瓦雷里：《诗与梦》，转引自《西方诗论精华》（沈奇编选），花城出版社1991年版，第277页。

面在脑子中反复记忆这已出现的诗句,且主要是重复和体味那句中的意象、意味,而非句子本身;实际上,若是一些本身已经"完成"了的,十分新奇、精到的诗句,也无需死记便深深留在脑中再也抹不掉的。这样,待坐到桌前,那特定情绪流中迸溅出来的诗句之浪花,还会依然或隐或显地活跃着,只需加强回味,重新投入那种情绪流中去,一首诗便会自然地流泻在你的稿纸上。

记录得来的东西总是死的,是结束了的。只有体味得来的才是活的,而且是尚处于生成过程中的——你并不了解它会发展到什么地步,也许你暂时捉到的只是一只灰鸽,到最后从你手中飞出来的却是一只凤凰。

经验证明,在这种不期而遇的诗之旅行中,可能会有一刹那间,一首小诗整个儿完整而熟透地出现在诗人的脑海,毫不费力、甚至无需作任何修饰地"落"在稿纸上的"天机",似乎是上帝在无意间遗落给你的诗之花环。但大多数情况下,你在这灵感的机缘中,得到的只是一些带有一首完整的诗的胚基要素的"种子诗句"而已,你必须凭你诗的感悟能力和创作经验,使它最终开出一片绚烂的花儿。

这样的诗句有时仅一两句,但却是了不起的一两句,是灵魂,是核,是主旋律,是一首将要诞生的诗中,最本质同时又是最表象的"实在"——它是最终需要表现的,因而又最先表现出来。

抓住它,就如同抓住了一串葡萄的"把";你只管全身心地拥抱住这一两句"上帝的梦话",沉浸在它所引发的感悟之氛围里,并稍稍警觉地期待着……于是,你的脑海开始出现一些不太规则的、反复不定的、不知不觉且极易消逝的、与那首诗有关的粗糙的意象,像一群小精灵围着先前出现的诗句闪跃和舞蹈,而你依然期待着,相信不是你,而是那处于中心位置的已生成的诗句,会自己去选择并制服它们，使这些尚处于想象中的、灵性活脱的意象，最终变成智性的、植入语言形式中的意象……最后，那早先出现的一两句诗句，会自然而然地带出其他合适而又必要的诗句，带出一串鲜活晶亮的葡萄来。

——那将是一首短小的、十分自然而优秀的诗。

有时，在这种不期而遇的诗之机缘中，灵感的爆发会是连续性的，于是会接连跳跃出好几句、甚至一整节新奇、成熟的诗句，这样的话，你就可能会幸运地得到一首较长一些也较为丰富些的诗作了。

这时，你必须敏感地意识到：这些诗句很可能都在未来成型的诗的关键部位上——一般是处于开头、结尾或过渡性的中间诗节中，就像项链上的几颗主要的大珍珠，暂时无序地散落着，需要的是找到其余的小珍珠，和一根能恰当地将它们串起来的线绳。

当其时，你必须紧紧抓住那已出现的诗句群，不停地敲打、延展它们，直到迸发出火花，那是你作为诗人的生命之原始体验的回闪，是你先前从动态生活中贮存下来的感觉和印象的燃烧，是你平日里长期运思和体验的积累和核裂变……在这不断地敲打中，你还必须同时在脑中进行速记式的构想，使用不同的意象去捕捉那闪电般迸发的"火花"，选择、剪辑、归位——把那些新生的可爱的小珍珠和早先出现的、骄傲的大珍珠有机地组织在一起，最后，以你诗人应有的智慧将它们串起来——

一首诗，一串精美的诗之项链，就这样自然而又必然地诞生了。

1990 年 3 月

诗美三层次

一切诗美，概言之，大体可纳入三个层次去审视：情趣，精神，思想。

第一层次：情趣

情趣者有情有趣。

情不必多说，已成千古定论，即或是走向后现代主义以及别的什么主义之后，只要是诗，必是作者情思起了颤动而需用文字来叙说，或聊以自慰，或欲与人交流，总是自己先动了情的。只是由于传统浪漫主义诗歌，将一个情字弄得弥天彻地以至矫情难耐，进入现代主义诗潮之后的诗人和诗论家们常敬而远之。实则，那情依然动着，只是动得更实在、更清爽，动出了不动声色的别种动法而已。

有情则有趣，情动之于心而表现为文字，趣即来自对文字的阅读过程中。

一切文学作品价值的实现，首先在于被读到被接受，不被接受或一读之下就拒绝接受的作品，其价值属于可能存在而未被实现的。有阅读趣味亦即有审美快感的作品，读者才能被抓住读下去读完。

当然趣味不定于一二，或新奇，或切近；或灵幻，或平实；或壮阔，或幽邃；或清丽，或繁复；或坦畅，或冷峭；或典雅，或朴拙——如此种种，有如人之貌相不同，但总得有吸引人之处，方可亲近。而但凡人读诗文，多是找知音寻慰藉，并非寻导师求知识；毫无趣味的作品犹如毫无趣味的人，交往隔膜，进一步的深入就无从谈起了。

情趣即入道，是起码亦即初步的要求。

情趣源自作者文字和语言背景，即常说的语感。

一切诗人和作家，说到底，首先是"玩"文字的；满肚子蝴蝶飞不出来，那蝴蝶等于不存在。先得会"玩"，才可说怎么"玩"，语言文字不过关，不入道，仅凭一点创作的热情或几分模仿的机智，瞎撞出几首诗来，最终只能是个小"玩"家，门外的"玩"家，终难登堂入室。

尤其是现代诗，看似文字简单、语言平实，又不讲格律，似乎谁上来都可以"朦胧"一阵、"口语"一阵，实则那份语感的讲究、文字的修养，常常比写古典诗词还深沉、还艰难，非浅易之功所能奏效。

情趣即"色"，功在取悦，悦而后动情动心，由了然而至深的理解。

这是第一层次，有"色"而入道。

205

第二层次：精神

精神即"气"。文以气为主，古今诗学之要义；别的诗美元素尚常见争议，唯此一要义，似乎向无歧义他说，可见气之重要。

气可感而不可见，见得是文字，而字里行间，有气存活流溢焉。无气的诗文，文字水平再高，也只能动"视"动"情"而难动心；一读之下，心血沸腾或启悟顿开而不能自已，必有真气大气灌注于中。譬如女子，有色而无气韵，即现代人讲的气质，终只能讨得一时之喜而难得百日之好，讲究的人家，更是不屑一顾。

精神源自作者的人格背景，即流行的"生命感"之说。

大凡文学艺术，原本是生命郁积或生命热情的一种宣泄，有如水之源泉。但这并非指诗人个体生命力的强弱，而主要是说一位诗人对自身生命以及整个人类存在的体悟之深浅大小。即或是那些甚解文字玩法，且又继承了前人大小智慧者，若缺失对生命本体的参悟能力，也是与诗无缘的。

气有先天之气后天之气之分。

先天之气是为"慧根"，即善良之根，对人类有深的爱心；为"文根"，即语言之根，有特殊的语言敏悟力。后天之气关涉到诗人整个诗性灵魂的成熟与广博：信仰、生涯、智性、悟性、修养、思考和对大地与天空的长久凝视；恶人做不了真诗人，粗俗之辈成不了优秀诗人。凡所谓大诗人，必对人类有大爱、大恨、大悲悯、大关怀、大思考而至大精神。文字功夫（包括语言、技巧等）好学而人格难成，人小则气小，人假而气虚，唯大气真气方可为诗为文而感人于至深。

气即入神，心醉神迷而至顿悟；由情趣的导引而至精神的升华，是为诗美之第二层次。

第三层次：思想

第三层次即思想层次。

诗——凡艺术，都有两种价值属性：审美价值和意义价值，缺一不可。意义价值即作品的思想性。

思想源自作者的哲学背景。按笔者个人习惯，称其为"宗教感"。即，对个体的和总体的、人类的和自然的生命之存在，存有强烈的敬畏感；有敬畏才有思考，才有神性生命意识，也才会有诗的灵魂光源。

所有的艺术，说到底都是一种"言说"，即对人类与宇宙的一种"叩问"。音乐家用音符旋律，画家用色彩线条，诗人用语言文字，言说方式不同，追寻的东西是一致的：一为生命之惑；一为自然之魅。所谓"时代伤"或"万古愁"——"我们从哪里来？我们向哪里去？我们是谁？"这是现代人类刚刚认识且必将继续认识下去的大命题。尤其对中国诗人们来说，诸如狭隘的阶级利益和狭隘的民族利益这样一些所谓的思想性，是该在如此大命题下稍有消解才是——尤其对诗——作为文学中的文学而言。

故，思想乃诗美之骨，骨之不存，肌肤无从附着，只是一堆死肉而已。思想又是诗美之魂，比之健男美女，再健再美，无气则板，无魂则呆。色（力）在动目动情，气在动心，魂则在动思。

而思想即入圣。

诗是语言的宗庙，诗人是现代精神、现代意识、现代人生命本质的探险者和传教士。如此，诗方能代表人类同上帝对话，也同时代表上帝同人类对话。

归纳上述，可简化为一个公式——

情趣（色、形）→自文字（语感）→动情→入道→第一层次；

精神（气、韵）→自人格（生命感）→动心→入神→第二层次；

思想（骨、魂）→自哲学（宗教感）→动思→入圣→第三层次。

无论情趣、精神、思想，皆有大小之分。有无是一回事，大小是另一回事；有无成真伪、定品位，大小则成风格、定流派。三者或缺或盈或大或小，不同比例成分之组合，生成不同诗质文品。由此建立一个价值尺度体系，作者可自审自度，读者亦可为评为释。

"诗美三层次"之不同比例成分组合

其一，大情趣小精神小思想（或有情趣无精神无思想）。

精神或先天不足，或后天早泄，而兼思想僵化苍白，唯以文字取胜，阅读可人而后空乏无着处，所谓入道而不入神，是为高手匠人之作，小家子成小气候，有如小家碧玉，以色悦人而已。

此类作者，病在无根，无生命意识，视艺术为棋术，容易入道，且迷且痴，而终难成正果，到了一场误会。

其二，大精神小情趣小思想（或有精神无情趣无思想）。

文以气主，气血充盈，必有表现。但气足者不一定文字工夫就高，思想境界就大；纯以气驭文，行云流水，率而不细，感而不化，爽而不沉，如春潮勃发，横溢漫流，难成气象。病在修为不够，凭热情投入，眼高手低，有素质无功力。

此类作者，多属年轻气盛者，阴虚阳亢，缺少控制，而写作实乃控制的艺术，只图宣泄之快则难有精品力作。好也好在年轻气盛，若渐解控制之法，内（气）外（语感）双修，再加一份持恒、一份诚实，终有大成。

其三，大思想小精神小情趣（或有思想无精神无情趣）。

对于诗，思辨和哲理不是主要的，但确系重要的质素；闪光的理性也是一种美，运用得好还可成大美、圣美、强力之美。在小、巧、灵、纯的诗风流行乃至泛滥的今天，这种大美早已成稀罕物事了。

思想是个"硬物"，必须化入精神，融于情趣，若弄到满纸理念，板着面孔假诗行而行道学，不管真道假道，也均是社会学的东西，所谓离哲学近、离美学远，即或入圣也未入道，出神而不化入，类似冰美人，内已变性，人皆远之。

还有多种大小比例不同的组合，读者可自行试着分析一些诗人诗作，会发现许多有意思的问题。

仅就当今中国诗坛概况而论，笔者认为：不缺情趣，也不乏思想，缺的是艺术与诗的大精神——那种圣徒般的"殉诗情怀"，那种来自本初诗性生命的诚恳、严肃、激情之大气底蕴；所谓观念易变、语言易变而其血难变难换——总是狭隘，总是猥琐，总是功利性太强或极易满足，少了那份原生态的生命血性。此一状况之根本的转变，恐还得有待于整个中国文化大背景和生存状态的转换，所谓一方水土养一方人。水土变了，生态环境好了，猛生生成长起一代新人类，血也纯，气也真，再加上这多年的积累及已拥有的高度，那种集大思想、大精神、大情趣为一体之大作品，自然会应运而生，领风骚于适时的了。

1993年3月

为诗消肿

这些年的海内外现代汉诗，我读得不算少了，总体印象是诗多好的少，一看就忘了，遗憾多于惊喜。

究其因，一是写得太随意，缺乏典律意识；二是语言修为不到位，缺乏文体意识。

说"诗是语言的艺术"，大家都知道，其实等于没说，因为所有文学都是语言的艺术。应该进一步强调：诗是有控制的、有造型意味的语言艺术。控制感加造型性，才是诗歌语言艺术的特质与底线。尤其对新诗而言，除分行之外，语言的简洁、精警、以少胜多，才是其区别于其他文体的根本属性。

诗是闪电，是萤火，以它瞬间的惊异与辉耀，照亮物质的暗夜，引发精神的震颤，延展惊鸿一瞥后的无尽暗涵。从审美效应上看，诗更像雕塑，以最小限度的语言空间，引发和拓展最大限度的文本外张力，是一种开启、引领、邀约，而非完整地给予。

因此，诗最忌在文本内把话说尽了，把意思说明了，讲究的是以一当十，言简意赅，少铺陈，不繁冗，以有限浓缩无限。

是以从古到今，就一般阅读层面而言，亦即就纯欣赏性而非研究性阅读而言，长诗总没有短诗讨人喜好，存留于人们阅读记忆中的，大都还是精短有味的作品。窃以为，也只有在小诗、短诗创作上，才能见出诗人语言才能的真工夫，比较出诗质的分量。把诗写得更精练些，把长诗写成短诗，把短诗写成"现代绝句"，省了别人的时间，也省了自己的力气，何乐而不为呢？

可这些年的新诗创作，颇有些背道而驰的倾向：无论是先锋性的，还是常态性的，包括许多优秀诗人，都失去了应有的控制感，更缺乏语言造型意识，散漫无羁，雾化、膨化、叙事化，冗长而且啰唆着。开始，好像还有点开掘诗歌表现领域、以图求新的可能性的正面效应，后来就越来越得不偿失了，让人读着不免生累，于是喊出了"为诗消肿"的口号。

作为老字号的"读诗专业户"，我十分倾心这个口号，乃至成了心病，每见一诗，就想能不能将其再改短一些改小一些，少点水分。其实所谓好诗，除少量天成自然"生"出来的外，大部分是反复推敲几个来回而悉心"改"出来的，写诗的人都有这种经验。只是我非诗歌编辑，无权随便改别人的诗，便常在阅读中拿熟悉的诗友的作品"开涮"，以验证自己的"诗学理念"。

这样做说来有些犯忌，自己生不出好孩子，拿别人的孩子论短长，是否心理机制有问题？好在出发点是为诗把脉，无涉个人声誉，虽未征求作者本人意见，但也非盗版剽窃，想来是可以谅解的。

先举一例。

新近读到严力的一首近作，题目为《回家了》。原作抄录如下：

回家了

他把肩膀脱下来放进衣橱

松弛下来的弹簧

陷入自己的沙发

回家了

把与枕头失散多年的梦

还给睡眠

回家了

脸上的僵局不得不被打破

微笑从眼角奔向下巴

又奔回眼角

回家了

虽然茧子还在奔波的脚上

余音未消

但已转换成回味的咏叹调

回家了终于回家了

他看到所有的家具

比猫还会撒娇

严力的诗,以语感取胜,于幽默与谐趣方面,别开生面,极为老到,其代表作《还给我》至今是此一路中的上品。

这首《回家了》,仍可见宝刀未老,尤其开篇和结尾的两个意象,极见"严家"风采,也是本诗的诗眼。只是中间部分铺陈多了些,也未有再超过诗眼的精彩处,反显得沙子遮埋了珍珠。其实读第一遍,就觉得此诗有开头结尾四句就够味了,不讳主题,也不少分量,还更有表现强度和回味之处。再反复琢磨,遂妄自改为这样的《回家了》：

　　回家了
　　他把肩膀脱下来
　　放进衣橱

　　转过身——
　　他看到所有的家具
　　比猫还会撒娇

　　这样改，只是将"叙述"改成了"写意"，"中景"改成了"特写"，短诗改成了绝句，还谈不上"消肿"，因为原诗其实并不臃肿，从结构上说也有它的合理性，二者都应成立，不过是一首诗变成了另一首诗而已。当然，其中的差别似乎还是颇有意味的，不妨留给读者去讨论吧。

　　再举一例，是属为"消肿"而改的。原诗为李汉荣的《李白晚年对镜》，系李汉荣新近出版的诗集《想象李白》中的一首，抄录如下：

　　　　一
　　想象我会在镜子里走失
　　在虚幻的深处
　　到达另一片沧海

　　　　二
　　走很远很远的路
　　只为了最终返回来

看看自己老去的脸

地老天荒,一方铜镜
消磨了
古今多少过客

三
青山、白云也挤进镜子
构成此刻的布景
一只鸟飞过镜面
镜子深处
有羽毛和风摩擦的声音

一只苍蝇索性蹲在镜的中央
打量我,同时用复眼
打量它的倒影

海啊,要挥霍多少沧浪
才把我和这众多事物
运送到同一个渡口?

四
青丝和白发
叹息和微笑
掉落在镜台上

强大的王朝
　　美人的脸
　　一转身，都从镜中消失

　　永不生锈也永不被人占有的月光
　　是镜台上唯一的遗物

　　李汉荣是我多年深交的诗友，知其恪守传统抒情诗一路，以过人的想象力和真情实感以及独自深入的现实意识，在潮流的背面，拓殖一片虽不先锋却也品质不凡的个人天地，有《河边》《草帽》二诗入选谢冕、钱理群主编的《百年中国文学经典》。

　　汉荣的问题是语言意识不够强烈，缺少原创性的打造，着重力于主题开掘及其思想性，在怎样写上下工夫不是很够，是以作品质量参差不齐。这首《李白晚年对镜》，立意很深，一、二、三节中都不乏令人惊异的意象，但整体上写散了，说多了，过犹不及。尤其第四节纯属说理，且是见惯说熟了的理，成为赘语，其浮肿之病较为明显。但这首诗的基质不错，完全可以删改为一首佳作，读来读去，思来想去，便让我重新编修为下面的样子：

　　走很远很远的路
　　只为了最终返回来
　　看看自己老去的脸

　　地老天荒，一方铜镜
　　消磨了
　　古今多少过客

想象我会在镜子里走失

在虚幻的深处

到达另一片沧海

——镜子深处，

有羽毛和风摩擦的声音

原诗 33 行，现为 12 行，立意、情趣、语感都未变，只是结构变了，而生发出更多的想象空间和余韵。尤其结尾两句，变原诗中一只实在的鸟"飞过镜面"，为现在说不清楚是谁的"羽毛"在"和风摩擦"，或许是幻化为大鹏展翅的李白精神吧？这样似乎更多些蕴藉，且有峭拔的生动，以玄秘的"声音"，与开篇的"返回"看脸，和中间"在镜子里走失"而"到达另一片沧海"相呼应，在动中戛然而止，不做绾束，任由分延弥散，使其文本外意味更加深永。

两首诗的改动，前者换位而思，将原诗改成了另一首诗，后者消肿还原，将一般化的诗改成了不一般的诗。二者的共同点，一是将实改虚，多些言外之意；二是将散漫改精致，多点语言的造型意味和表现强度。当然，这种改法和由此生发的这些说法，都是个人一家之见，是否妥当，还请原作者和诗友们多多指教。这里，也只是一时生趣，说出来供大家"疑义相与析"，权当开了个小小的诗歌 Party。

2002 年 5 月

一首好诗的原型与变体

　　一首好诗的得来，有"天成"，有"人工"，也有二者合力所得。

　　所谓"天成"，即一首诗从兴发到成稿，中间过程完全自然而就，如婴儿的降生，花蕾之绽放，且一旦"生""放"，则无从修改，乃至你想增减改动一个字也几无可能，只欣然认领为是。

　　记得30年前我写《上游的孩子》一诗，就有这样的体会。想来许多诗人也都有过这样的体验——那是生就完好的一首佳作，经由上帝之手送到我们笔下的"神迹"——仅就近年所读而言，印象深刻且立刻就能完整"回放"的诗友的诗，如黄礼孩的《窗下》、古马的《青海的草》、娜夜的《起风了》等，就属于这种"神来之笔"。尽管我并不知道它们是否确然出自"天成"，但老到的读诗人都知道，这种推断，仅从气息和语感便可得之不差。

　　不过，大多数情况下，好诗还是改出来的。即或是得之天籁、一气呵成之作，也需放冷后反复斟酌修订，才能完美至臻。这点经验之谈，名诗人韩东早就强调过。西方现代诗中，T. S. 艾略特的《荒原》经由庞德的大幅度删改而成为经典之作，更是大家熟知的佳话。而中国古人为诗，更是要下功夫"推敲"到"语不惊人死不休"的地步。

故，汉语中常拿"考究"一词，衡量文学艺术作品以及日常人工物事，其实就是在说"活"做得细，依"典律"细考穷究，得以"靠谱"而尽善尽美。只是当代为文为诗者，皆踊跃于当下即是，难得静下心来做"细活"，以致常有诗多好的少的遗憾。

上述小思考，源自新近读黄礼孩和卢卫平主编的《中西诗歌》2014年第3期所得。承蒙礼孩敬重，多年一期不落寄赠他主持下的《诗歌与人》和《中西诗歌》，渐渐喜欢上了这两份诗刊的风格，尤其喜欢礼孩写的一些"卷首语"和评诗、推介诗的小文章，出幽入朗，清通雅致，既"言之有物"，又不乏"物外之言"（顾随语）——对我这读了一辈子诗文早就读"乏"读"独"了的老读者而言，这样的喜欢已是越来越难得的了。

更难得的是，本期《中西诗歌》封底，礼孩以《"所有的瞬间都有了出路"》为题，特别推介去世一周年的女诗人、琵琶演奏家王乙宴的《那拉提草原》一诗，更是让老读者眼为之一亮：清旷而又深沉，委婉而又透脱，体物自然，用心真率，觉锐思深，骨重神寒——吟读再三，复领会礼孩的文章，何以指认王乙宴："是自我的冥想者"，"一个在悬崖边舞蹈的诗人"，虽为主流诗坛所疏远，却依然"保持着自己边缘的身份，保持着内心的高贵"。

由此怅然中想到八字判语：心既如木，必生绝响！

"木心"即"自然心"。"木然"于人世，"通灵"于万物，"脱去尘浊，丘壑内营"（饶宗颐语），与物为春，岁月静好——已作仙逝的琵琶女神，该有这样的绝响传世的。

先"回放"一下《那拉提草原》原诗：

树
奔流的河水
岩石
清晰的云

越弱的神经
越远的呼吸
燃烧
倾斜
平息

是草原诱惑我坦荡
我躺在流过阳光的深草中
仿佛什么也没有得到过
时间，爱情
故乡，现实

我坍塌过的眼睛
青紫的山峦重了又轻了

我刺穿过的书
我从黑夜离去，又走入黑夜

我快活过的血

只有终年不化的积雪才可能留下戳记

我花上千年的时间来到草原

草原将我展平

所有的瞬间都有了出路

凡爱之过切，必生苛求。

"惊艳"过后再细读乙宴此作，一时便痴在其中的两个核心意象上：中间部分的"草原诱惑我坦荡"，"青紫的山峦重了又轻了"，结尾部分的"草原将我展平/所有的瞬间都有了出路"——读过无数也写过几首关于草原的诗，如乙宴这样天心独悟而背尘合觉所生发的天籁之音，实属难得！但若将这样的核心意象再回置于原诗，便略略觉着有些被"稀释"的小小遗憾。

细心体察，至少依我近年关于汉语诗性的理念而言，原诗的形式结构还是稍稍散漫了一点，以致影响了"效果的集中性"（丹纳·《艺术哲学》）。当然，若考虑到原诗的语境与心境以及偏于叙述性语调而和谐统一这一关键点，还是无可厚非的。是故，便试着改改，以便引申话题，来探讨有关改诗想法的正误：

树　奔流的河水

岩石

清晰的云

弱的神经

远的呼吸

燃烧　倾斜　平息

　　草原诱惑我坦荡
　　躺在阳光流过的深草中
　　仿佛什么也没有得到过

　　青紫的山峦重了又轻
　　——草原将我展平
　　所有的瞬间都有了出路

原诗23行，改后12行，其中，直接删掉的有8行，经重新建行而缩减了的有3行。保留的诗行中，除删掉一个人称代词"我"、一个"是"动词、一个助词"了"、两个副词"越"，并将"流过阳光的深草"改为"阳光流过的深草"之外，其他都是原诗的文字。下面分述如此修改的想法：

先说直接删掉的8行诗。

《那拉提草原》原诗得之天籁，发自心性，随即时即刻意绪流荡，作散点式衍生，以叙述性勾连，自成一体。改后的《那拉提草原》，变"散点"为"聚焦"，改叙述性结构为意象性结构，以集中核心意象的突出效果，则必然要忍痛割爱，以收摄视点。由是，原诗中得其所然的"我坍塌过的眼睛"、"我刺穿过的书"、"我快活过的血"三个分延性的意象，及"时间，爱情/故乡，现实"这样概念性的语词和"我从黑夜离去，又走入黑夜"、"只有终年不化的积雪才可能留下戳记"、"我花上千年的时间来到草原"这样的关联句，就不免显得有些多余或累赘，只有删去。

再说留下来的诗句的改动。

一是结构上的改动：首先应突出核心意象所需，将原诗过渡性的前两节9行，通过新的建行改为6行，然后应整体意象性结构所需，将删去8行后的余诗重新组合。如此改过后，语境和意境显得更加鲜明深切，而节奏和韵律也紧凑了许多，从而将原诗因分延较多而互为消解弥散的张力聚集了起来，读来更洗练凝重些，读后印象也更深刻些，或许还便于记忆与"回放"。

二是字词上的改动：保留的诗行中所删掉的字，都是在原诗中起一定勾连作用而在删改后完全不必要的几个"虚字"，这类"虚字"、"虚词"，是套用西方文法语法句法改造后的现代汉语的一大通病，放在政治、经济、科学报告和商务文书中，或有严谨逻辑和支应学理的作用，放在诗文中则常生赘疣。尤其是，因了这些"虚字"、"虚词"的习惯性使用，常常会将本来活泛的意绪、意象和意境之动态性展开，一时拘押或锁定于理念性之静止状态，少了许多生动。

试比较，"是草原诱惑我坦荡"和没了"是"字的"草原诱惑我坦荡"，或可立见分晓。再比如"青紫的山峦重了又轻了"，去掉"了"字，一时"重"和"轻"都变成了进行时中的动词，只在展现（所谓"能指"），不着判定（所谓"所指"）。

再就是稍作语序改动的那句"躺在阳光流过的深草中"，原诗"流过阳光的"阳光是过去时的固化了的阳光，仅作定语存在的观念化阳光，改后的"阳光流过"则是动态的进行时的阳光，无疑更生动也更活泛些。

现代汉语中常常存在这样的小问题，一般为诗文者都习而不察，求"句"不求"字"，难得至臻完美。

回头再细读改就的《那拉提草原》，自会发现，其实都是依从原诗的内在意绪和顺着原诗的创作理念改过来的，所以其基本语感和基本语境都没变，就整体境界而言，应该说还稍稍有所提升和扩展。

需要特别指出的是，如此改来，不过是将一首诗变身成了另一首诗，或者打个不恰当的比喻：将原本自成一格的"汉赋"改成了不失原意而别具一格的"宋词"，只是形式风格上的取向不同而已，不存在孰对孰错的问题。

同时可以推想到的是，对于读惯了当代诗歌的一些当下读者来说，或许还会更喜欢原诗的节奏和语境。而这样改的目的，只是想做做比较，看看这首天籁之作是否可以换一种样式写法也同样成立，也同样的好，由此引发一些相关的话题拿来讨论。

从发生学角度而言，汉语诗学向来就有"情生文"与"文生文"两说，亦即两个维度"起兴"，相生相济，不一而足。或"起兴"之际有一时偏重，而考量定稿时总要不失两"维"斟酌才是。

现代汉语语境下的诗文作者，多重视"情生文"，强调"言之有物"，疏于"物外之言"的考究，已成积习。尤其是作品初成之后，如何于沉潜中修改完善，就更不能仅仅依赖"情生文"之自得自恋，要转而以读者乃至批评家的审视角度，做客观冷静的精益求精。

此时对作者的要求，有无"文生文"的经验以及经验的丰富程度，就显得十分重要——所谓好诗多是改出来的，大体是就这方面的经验而言。

这里的另一个关键在于：当代诗人过于信任和一味依赖现代汉语，拿来就用，完全置古典汉语之字思维和词思维于不顾，从而造成从语言形式到内容取舍，皆局限于当下，局限于所谓"时代精神"和"时代语境"中，以致"与时俱进"而每每随时过境迁而衰之废之。

顾随先生在他的《中国古典文心》一书中曾指认说:"五四而后,有些白话文缺少物外之言,而言中之物又日渐浅薄。"[1] 拿这一指认作新诗观,可知其实是愈演愈烈的了。

汉语文学自古便离不开文字,离开字词思维,就没有了根本意义上的文学思维。也就是说,汉语是包括发声的"言"和书写的"文"原道共融、和谐而生的诗性话语,文字是其根本、其灵魂。由此可以说,当代汉语诗歌在未来的路程中,到底还能走多远,还能拓展开多大的格局,很大程度上,将取决于是否能自觉地把新诗移洋开新的写作机制与话语机制,置于汉语源远流长的历史传统的源头活水之中,并予以有机的融会与再造。

当然,或许当下时代的现代汉语诗歌发展,依然还是更趋向于多样性而非典律性,需要更长的时间,来全面展现其潜在的可能性。但,必须同时提醒的是,在它具有最强的变化能力的同时,更需要保持一种自我的存在——本质性的存在。

而这,更是另外的一个大话题了。

回头还得自己给自己"圆个场":对于一首几近绝响的好诗,一时妄作改动,又说了一大堆不着边际的闲话,实在有些冒昧。好在明者自明,知道我这只是"借题发挥"而已,或可借此能给同道诗友们提个醒,或多点有关的思考,那就冒昧有值了。

2015年1月

---

[1] 顾随:《中国古典文心》,北京大学出版社2014年版,第6页。

【辑四】

终结与起点
——关于第三代后的诗学断想

上

1 判断一切文学艺术作品是否有生命力的主要尺度,在于它是否被"重读"——哪怕是"误读式"的重读。

1.1 作品的价值实现首先在于被读到。价值先于实现而存在,但完全没有实现的价值存在,几近于无意义存在,即,作品虽生犹亡。

1.2 同一部作品被重读的次数越多,表明其艺术生命力越强,价值实现性越大。所谓"经典"和"名著"的根本属性正在于此。

1.3 凡一部作品,经初读之后便不再被重读,至少就接受美学维度而言,其艺术生命便暂告结束——引用经济学的一个概念,可称其为"一次性消费"。

2 在一个缺乏共同标准的时代,除了任何其他的尺度之外,

"一次性消费"已成为判断文学艺术作品价值的较为科学的尺度。这一尺度的建立和实现，可能会使许多纠缠不清的问题变得直接而明确。

2.1 所谓文学艺术作品的"一次性消费"，在本文中严格定义为：同一部作品在同一个或同一代读者中经"初读"后不再被"重读"。

而，新的一个读者或新的一代读者的重新读到，以及创作者本人"自恋性"的重读，均不属于此意义重读概念。

2.2 在读者——文学艺术消费者那里，"一次性消费"的含义，体现为看过就忘而不再去看（犹如某些商品消费的用过就扔）；在作品——文学艺术创作者那里，"一次性消费"的含义，体现为仅仅具有一时新奇和轰动效应，时过境迁后即告作废。

2.3 进入 20 世纪，现代人类精神加速度地跌入物欲和消费旋涡。"一次性消费"由物质消费进入文化消费，由通俗作品制作侵入严肃作品创作，从而使这一命题的提出，更加显示出特有的现实意义。

3 "一次性消费"观点的提出，不仅仅在于对文学艺术作品之生命力的判断，而主要目的还在于，试图以此角度进入对文学艺术文体属性的重新审视。

3.1 就文学而言，诗，应该是最为耐久性消费的，其次是各类散文随笔。

3.1.1 人们对诗的消费总是多次性的。一首真正的好诗，常被反复阅读，并给读者带来一些新的不同感受。也就是说，诗同音乐一样，有着很强的艺术再生能力和增殖能力。

3.1.2 诗是避免"一次性消费"的一种高贵品种。

也就是说，非"一次性消费"是诗歌最根本、最基础的文体属性——这正是诗的骄傲，也正是作为诗人的荣幸。

由此我们重新理解到，何以称诗为"文学中的文学"。

3.2 在所有的文学品种中，小说则从文体属性上先天性地接近"一次性消费"。事实是，小说也确实成了当代人类文学消费最大量而单个作品消费最短促的一种文学品种。

3.2.1 无论小说艺术进入现、当代之后翻新了多少种花样，但其本源的也是其基本的立足点是"讲故事的艺术"。同一个或同一代读者，很难在听完一个故事后再度返回这个故事，只希望去听另一个故事。

而对小说的重读，则主要来自故事之外。

3.2.2 因此，对小说家来讲，首要的和根本的创作目标，在于如何逃离"一次性消费"的"先天不足"之陷阱。

3.2.3 经典性的小说名著已提示出一些"逃离"方式：

其一，具有历史意味的。如《三国演义》《战争与和平》等。除专业的历史学家和研究者外，一般人总喜欢从小说中去读历史，使其惯有的所谓"历史情结"在文学形式中得以满足。人们在这种艺术化了的历史演义中，感到了人类文化的久远和宏大，并因此消解个体生命的孤弱感。

其二，具有"宗教"意味的。这里的"宗教"一词与神圣、崇高、理想化、敬畏感、精神洗礼等同构。此类作品如《红楼梦》《约翰·克利斯朵夫》等。人们在这些小说中，得到一种从普泛的生活场景和人生际遇中升华出来的精神感召和抚慰，一种终极关怀的浸洗，一种生命的净化与升华过程。这样的小说读一次，便如进一次教堂，经一次洗礼，之后总有一种新的目光生成。

其三，具有寓言意味的。尤其在现、当代小说中，如《阿Q

正传》《老人与海》等。在对这些小说的重读中，人们已更加不再是与故事和人的重逢，而是反复沉浸于其文本中所蕴藏的生命意义和哲学意味。同理，对一般人来讲，这些理应从哲学著作中直接获取的东西，经由文学作了赋有艺术快感的间接给予。

3.2.4 有意味的是，一部分优秀的武侠和魔幻小说，如《西游记》及金庸先生的作品，竟也局部脱离了"一次性消费"的危险。其可能的原因是：生活在现实世界中的人们需要一个想象世界的弥补，诸如猎奇、梦幻、游历、冒险、乌托邦、侠客梦等精神需求，在这个虚构的、游侠魔幻的世界里，得到了暂时性满足。

3.2.5 以上几种经典小说的揭示，对于反观当代诗歌的内质和外在，都具有深刻的参照价值。

3.3 有必要再补缀对艺术门类简略的"一次性消费"抽样检验，以便为后面理论的展开稍作佐证。

音乐、绘画、雕塑等，无疑是从根本上摆脱了"一次性消费"的。还有真正到位的摄影艺术。

比较特殊的是，动则几千万乃至上亿投资的电影和电视——这个起源于摄影且集现代艺术之大成者的庞然大物，却大体上是属于"一次性消费"的。

有意味的是，假若将电影或电视中某些流动的画面定格凝定为"摄影作品"，置于墙上观赏，却又成了非"一次性消费"的东西。①

4 对文学艺术作品"一次性消费"观点的提出和验证之终极目的，在于经历了十年现代主义新诗潮运动之后，我们必须重新认

---

① 此段思考系与诗友高大庆一次谈话中，受其对摄影艺术的思考所启发。

识到：作为消费时代的诗，依然必须是避免了"一次性消费"的"文学中的文学"。

4.1 对于步入"后现代主义"之后的世纪末诗歌，这已是一个世界性的命题。作为物质消费发展出现的"一次性消费"趋势，正如癌细胞一样，向包括诗在内的各种文学艺术领域渗透与扩散。进入第三代及第三代后的当代中国诗歌，也正出现这样的倾向并日趋严重。

4.1.1 文学艺术界对诗的漠视和忽略，是当代文学艺术的悲哀；文学艺术消费者对诗的漠视和忽略，是当代人类的悲哀。然而作为诗自身，绝不能屈就于时代乃至自甘堕落——假如诗也成为"一次性消费"品，这个世界将完全"失明"。

4.2 遗憾的是，我们的当代诗坛，太像一个混杂繁乱的"市场"和"运动会"，而普泛的诗人们，又太一味迷恋于创新举旗、趋流赶潮以"与时俱进"，缺乏基本的反思精神与整合意识。

4.2.1 无论是朦胧诗时期还是朦胧后即第三代诗歌时期，我们对整个现代主义新诗潮的崛起与迅猛发展，缺乏心理准备和理论认知。传统的断裂使我们扎根甚浅，长期的闭塞又导致对外来文化的生吞活剥，严重消化不良，而历史又必须迈出这一步。

4.2.2 历史就这样走了过来——硬是靠了两代诗性灵魂之热血浇灌，中国现代主义新诗之树，才得以在贫瘠的土壤中长大。同时，在艰难而辉煌的过渡之后，开始全面暴露其内在的不足与外在的困惑，面临新的选择。

4.3 有需要探索的时代，也有需要巩固已获疆域的时代。这个时代已经降临——它将是中国现代主义汉诗诗学之建构，在本世纪末的一个终结与起点。

中

5 诗是语言的"宗教"。

5.1 诗,从"言",从"寺"。"言"者,语言;"寺"者,寺院、宗庙、净土、家园、彼岸……

5.1.1 这里对"诗"的解字绝非《说文解字》式的;这里的"语言"也非一再被误读了的海德格尔所说的"语言"。

5.1.2 这里的"宗教"与神化、圣化、纯化、崇高性、理想性、神秘性同构,即"宗教性感受"而非"宗教"本身。

"现代人的麻烦不只是不能相信我们祖先所相信的、关于上帝和人类的某些东西,而是不能像他们那样感受上帝和人类。"①

5.2 诗是自然与人类精神之"神化工程"——通过语言的纯化、圣化、返真、重构而进入另一向度的"创世"。

5.3 亦即,诗是"宗教"——创世的语言,是对自然和人类精神的终极眷顾。

5.4 故,诗的存在是家园的存在——对于迷失的现代人,诗已成为我们反抗生命中的无意义、反抗现代科技文明所加于的焦虑与迫抑,从而获得充实与慰藉的最后栖息地。

6 诗人的存在有两种形式。

其一为诗性灵魂与诗的邂逅,而形成一段诗性人生之美好回忆——作为本然生命的诗性居所;

其二为诗性灵魂与诗的融合,而形成真实、纯粹、全然的诗性生命历程——作为神性生命的诗性归宿。

6.1 相对于完全或终生与诗无缘的混沌生命存在,我们赞美一

---

① [英] T. S. 艾略特:《诗的社会功能》,《艾略特诗学文集》(王恩衷编译),国际文化出版公司1989年版,第239页。

切或长久、或短促、或热狂、或平静的"诗性邂逅"或可谓本然生命的诗性冲动，以及作为青春期"诗恋症"的大量的诗歌演练。

6.1.1 这种人生旅程中与诗的邂逅以及亲近，其性质基本属于自慰性、依托性之状态，和作为"驿站"与"绿岛"之意义而存在。

6.1.2 这种存在既不会产生对整个现代主义诗歌运动发展的内在驱动力，也很难提供新的诗歌美学思考。同时，也从另一种意义上成为"一次性消费"诗歌的诱发因素。

6.1.3 这是一种必然而又必要的、从创作到消费的过渡性存在。

6.2 真正的诗人，是整个生命与诗的彻底融合和完全投入，是圣徒般的虔诚与献身；在这个世界的暗夜里，他代表人类向上帝发问，又代表上帝同人类对话。

6.2.1 在真正诗人的全部诗性生命历程中，他总是既作为此岸又作为彼岸，既作为审美价值的存活，又作为意义价值的存活，既是"家园"的构建者又是家园的永久性公民，以此来恢复诗人存在的真正意义。

6.2.2 真正诗人存在的使命，是作为精神的先知，通过对终极价值始终不渝的诗性叩寻，给日益物化和虚无的生存现实提供意义和慰藉、爱心和祈愿，最终给碎片似的今日世界，一个精神整体的投影和神性的光明。

6.2.3 这是诗人与非诗人、大诗人与小诗人、圣者诗人与世俗诗人之本质性区别。

7 神性生命意识的普遍缺失，是朦胧诗后，当代汉语诗歌创作主体的显著特性。

由此，一方面驱使第三代诗人历史性地进入了对传统的全面拒绝和对现存的全面解构，进一步推动了现代主义诗歌的历史进程，一方面也逐步显露出艺术生命的内在困乏。

7.1 表现在诗歌内在质素方面，一个有待修补的、理想主义化的想象世界，被一个无法修补的、虚无主义化的客观世界所代替了。

7.2 表现在诗人形象方面，一个世界整体的"参与者"被一个世界碎片的"目击者"所代替了。

7.3 依赖于本然生命的诗性冲动和审美经验的偶然性，第三代及第三代后的许多诗歌作品，大多已沦为一种现代社会现实和现代人生命现状的诗型"提货单"；读者也已不再是在沉静或激动时，去聆听一只夜莺的歌唱，或者一位圣者对生命与世界意义的诗想，而只是与一些业已存在的事物不期而遇，抑或只是对一则新编寓言、一段生存记忆剪辑以及如此这般的平俗阅览而已。

7.4 反神圣、反崇高、反深沉、反智性、反优美、反抒情；社会性、世俗性、官能性、荒诞性、片段性——一种准备不足的现代主义及后现代主义冲动，在很短的时间内，将他者的现代感或后现代感全面引进并接种于现代汉诗年轻的肌体，既促进了对旧诗质的代谢，也同时种下了新的非诗化隐患。

7.5 拒绝—解构—再造，作为现代主义诗歌的世界性进程，在西方经历了一百多年的探索与发展，我们却在短短几年内作了形式上的演练，其先天不足和后天不良之弊端是可想而知的。

7.5.1 拒绝的目的是为了再造，解构的目的是为了重构，缺乏再造与重构意识的拒绝与解构只能是一种冲动与混乱。

我们将朦胧诗"pass"得太快，又对第三代诗认识得太肤浅。"各领风骚三两年"的口号下，呈现的并非是艺术生命的丰沛与强化，而是困乏与迷惘，加上中国式的"布尔乔亚情结"与"运动症"的作怪。

7.5.2 我们还一再忽视了对可称之为边缘性诗人的关注与研究。他们冷静而沉着地游离于朦胧诗和第三代诗之外，保持独立立场和超越目光，进而对整个十年现代主义新诗潮作另一向度的深层参与。——他们是另一族类的诗人，也许历史从他们肩头跨过去时，不会断裂和陷落。

8 呼唤诗人由本然生命的诗性冲动与邂逅而重返神性生命的叩寻与归宿，呼唤作为人类精神家园的诗歌重返崇高、神圣与纯正，是防止和消除走向后现代主义之后的现代汉诗，向"一次性消费"趋滑的根本出路。

8.1 不可否认，从本质意义上看，对于连"拒绝"这一历史进程都未完成的当代汉语诗歌界，上述命题的提出，或许只能是一种必要的提示——我们只是刚刚将几颗诗性的头颅拱出了泥潭而仍身陷旧垒；我们似乎才刚刚迈出艰难的第一步，而超越遂成为一种呓语。

人们已经很难相信，在这样一个无论是物质还是精神都趋于即时消费的时代，竟还有人"落后"和"乖僻"到要继续信仰什么，以及将目光投向更遥远更神圣的境界。

8.2 对此，著名青年诗人岛子主张："怀着宗教情感的终极关切，对存在进行解构中的综合。"[①]

8.3 这一主张重要价值在于：在一味迷恋变革与创新的当代诗坛，郑重提出了解构中的综合之必要，且在充分肯定拒绝与解构的历史性意义的同时，提出这种拒绝与解构必须怀有宗教情感和终极关切——没有这种关切，我们就可能无法避免从旧的非诗化泥潭陷入新的非诗化的泥潭。

---

① 引自岛子1991年9月致笔者信。

8.4 重温海德格尔的名言是必要的："凡没有担当起在世界的黑夜中对终极价值追问的诗人，都称不上这个贫困时代的真正诗人。"

下

9 神性生命意识的缺失，导致现代主义诗歌的内在困乏；对诗歌文体的本质性偏离，则导致现代主义诗歌的外在迷失。

9.1 十年现代主义诗歌运动，是一次对现代汉诗之文体和语言最宽范围、最大面积的实验和突进。这一革命性实验所产生的正面效应，已为理论界充分肯定与鼓吹，而其随之带来的负面效应，却一直未被注意或暂时未顾及。

9.1.1 现实的原因在于，确实到目前为止，从普泛的诗作者到成名的诗人，从权威的理论家到平庸的批评界，从诗的"生产（创作）领域"到诗的"消费（欣赏）领域"，一直沉迷于对"新"的追求而忽略对"正确"的认识。

9.1.2 历史的原因还在于，我们短短不足 80 年（其中还有相当长一段几乎是空白式的断裂）的新诗，一直处于对古典诗的逃离、被迅速出现的新的文学和亚文学品种的剥离，以及自身形式的探索这三重困扰之中。

9.1.3 于是在这个艰难的过渡时期，所谓诗的标准便自然形成为：只要以诗行排列、以诗的名义发表的皆为诗。

9.2 现代汉诗的灵魂似乎趋于成熟了，而现代汉诗的躯体却远未成熟。

当我们从新诗中抽去那些闪亮的理性之光和现代启示录式的声音之后，我们的诗还剩下多少辉煌？而当现代意识已逐渐成为一代人所共有的、普及性意识，且通过别的艺术载体（如影视、流行音乐等）更直接获得时，我们在"写什么"这个"主题革命"

的意义上还能停留多久？

9.2.1 无怪乎一些西方汉学家，带着不无偏见和嘲讽的口吻指认：被翻译过来的中国现代主义诗歌，只不过是经由中国人翻译过去的西方现代主义诗的误读、仿写或再版。

9.2.2 我们创造了些什么？我们丢弃了些什么？我们应该丢弃的是什么？我们可能创造、应该创造的又是什么？

9.3 让诗成为"诗的"，成为具备并符合诗这种文体之基本要素的诗性文本——我们不得不再度面临这一老旧而弥新的基本命题。

9.3.1 想到一个蹩脚而堪可理喻的比喻：诗好比舞蹈，散文好比散步。

这一比喻的恰当之处，在于舞蹈的基本要素为：其一要有一定的形式编排，其二要依赖于音乐的伴构。而所谓散步，则完全只是不具备也无须具备上述属性的、随心所欲的走一走而已。

9.3.2 针对诗歌中越来越过分散文化的趋势，这一老旧的比喻实在值得新解。无奈的是：依然有相当多的诗人和理论家们，坚持认为诗的全面散文化是未来诗歌发展的必然出路，已无异于将诗推向消亡。

我们也确实面临着一个离散文最近的非诗化的时代。

10 在对当代汉语新诗表现内容的全面突破与拓展的同时，朦胧诗复活并进一步发展了"五四"以来传统新诗的语言形式。进入后现代主义冲动的第三代诗人及其更年轻的后来者，则对现代汉诗语言作了历史性的全面解构与实验。

叙述性语言在现代汉诗中的复活与运用，以及口语的被唤回与再造，是这一实验的杰出贡献。

同时，也随之出现了对诗的意象、韵律、简约、凝练等基本文体要素之需求的偏离倾向，以及可称之为最简单叙述派的生成与泛滥。

10.1 由于单位面积（一首诗乃至一行诗）意象与联想的过于密集繁复，造成一定的阅读障碍和张力互消，使部分朦胧诗在阅读心理上难免有一次性趋向——因为读起来太累而不愿再读。但本质上，朦胧诗并未偏离诗歌文体要素，拥有"重读性"与"经典性"的属性。

10.2 第三代及其后来者的许多作品，尤其是趋于"最简单叙述"的诗作，不但颠覆了抒情，甚至摒弃基本的意象需求，排斥形式美感的愉悦，仅仅成为一些偶然的、随意的、简单的、平俗的、打电话聊天式的实存生活场景和现在时心理冲动的分行白话或诗型代码，从而造成表面文本阅读的一次性趋向——因为读起来太简单而不必要再读。虽说其文本内在的东西可能更直接、更鲜活、更具现代性和个人化些。

10.2.1 这类诗的诗爱者，实则在阅读中已基本上放弃了对诗歌文体的审美享受，纯粹被其传播的现代心理感受和新闻化的生存呓语所抓住，读完后，他们会说："噢，原来在流行音乐和电影里感觉到的东西，也可以用诗写的！"随后扭头离去或进行"下一首"的"一次性消费"。

10.3 而其实，作为真正严肃的、出于对一种具有更坚固的质地和更纯粹的形式之诗体愿望的第三代代表诗人们的语言实验，原本并不是这个目的。

11 经由第三代代表性诗人复活与重铸的叙述性语言，进入现代汉诗文本化的几年实验后，逐步显露出可诗性叙述与非诗性叙述之二重性质。

11.1 叙述性语言在现代汉诗中的复活与重铸，主要源自叙事诗体的消亡。同时，也来自对传统抒情诗语言中的矫情和虚假所致的委顿之不满。

11.1.1 经过十年现代主义诗潮的冲刷，叙事诗体几已完全消亡。尽管是由于太过于默默无声的消亡，但一种曾经何等显赫的诗歌文体的不存在了，居然在理论界如此悄然无争，实在令人惊诧。

11.1.2 实则，这是现代诗一次极为重要和深刻的文体剥离——面对新的多极文化世界，面对新的多样化媒体，我们还需要用诗的语言、诗的形式去参与普泛的"叙事"吗？

11.1.3 剥离的东西并非无价值的东西，新的人类会从中提炼出新的价值。而在剥离过的地方，原有的空白必然会有新的东西生长。

11.2 主题取向的寓言性、主体意识的客观性、语言表现的叙述性，是第三代代表诗人成功作品的三个主要艺术特征。此一特征可以细分述为——

之一：语言大体是叙述性的；

之二：有一定的情节和叙事成分；

之三：这种情节和叙事成分，是包括小说散文在内的其他文本不易处理或未经处理的；

之四：这种情节和叙事成分的深层，须是具有寓言性及象征性的；

之五：这种叙述的整体效应是诗性化的。

11.2.1 在以上属性中，叙述性语言的被重铸和有机运用，无疑最为关键。

这些经由第三代代表诗人的创化的叙述性语言，不仅语感坚实、语态硬朗、语式纯正，而且与其寓言性的取向和谐同构而相得益彰，最大限度地实现了自身的潜力和特质。

11.2.2 相对于一般所指的抒情诗来讲，语感的别开一界和寓言性内质的别开生面，使第三代代表诗人的代表作品，产生了全新的、卓尔不群的艺术特质。

这一特质给当代诗坛带来强烈的"撞击感"，但却只有少量的诗人把握并逐渐进入"撞击"之后的"渗透"，大量的诗人及其追随者，则很快停留在仅仅迈出的第一步，同时陷入非诗性叙述之负面效应的泥沼。

11.2.3 对叙述性语言的再造之表层意义，在于对传统抒情诗中的矫情、虚情、经渲染而强制性让读者接受之情的根本清除。其深层意义，在于对汉诗语言的原生状态和再生能力的一次划时代追寻，并重新发掘叙述性语言的诗性资源。

遗憾的是，大多数第三代诗人及其后来者，均未进入更深的探索而仅仅迷恋于已有而浅近的成就。

11.2.4 "寓言性"的建构更其不易。

一个时代经得起几则"寓言"的解读？一位作家又能从上帝那转借得几则"寓言"？海明威终其一生唯有《老人与海》，韩东的《有关大雁塔》《你见过大海》又能复制几多？

11.2.5 对于既无力继续向新语境掘进，又无意向"抒情之维"反弹的第三代后，遂纷纷成为先行者的误读和赝品。

非诗性叙述的泛滥，无内涵意义的"后现代主义情结"作怪，在"现代寓言意识"缺失和诗性叙述的枯干乏力状态下，依然摒弃诗的本质要求，乃至发展为无意象语及无意象诗等完全非诗化倾向，从而加速并扩大了对诗歌文体的本质性偏离。

另一部分后来者诗人，则尾随和徘徊于对朦胧诗的误读性仿写与复制之中。

12 仅就诗歌文体而言，朦胧诗代表诗人和第三代代表诗人恰好趋于"人"字形的两极突进,并且均已临近终结。

12.1 朦胧诗,是一次意象密林中的诗性舞蹈。

12.2 第三代诗,是一次现代寓言式的诗性散步。

12.3 "在一个时代将近结束时,我们就会见到这一类的诗人,他们只具有过去感,不然的话,就试图通过否定过去来建立对未来的希望。同样,任何民族维护其文学创造力的关键,就在于能否在广义的传统——所谓在过去文学实现了的集体个性——和目前这一代人的创新性之间保持一种无意识的平衡。"①

12.4 "整合"和"归一",常常是十分诱人而又在当代总会被斥之为保守的一种美好意愿。尽管这一趋势已经开始出现,但笔者在这里依然倾向于问题的提出而不是解决——解决是创作自身的选择而非批评的要旨。

结　语

1. 神性生命意识的缺失和对诗歌文体本质性的偏离,是中国现代主义诗歌进入第三代后的切实存在和必然过程。

2. 这一存在和过程,启示我们重返对现代汉诗从语言形式到内在价值的新的诗学建构。并相信在对十年积累的反思与整合中,在排除掉诸如"运动性"、"功利性"、"媚俗性"及"娱乐化"等非诗性印记和其他文体所剥离和负载的东西之后,现代主义汉语新诗会更纯粹地实现它自身的目的。

3. 一切跨越艺术革命关头的探索,都不可避免偏执而又深刻的双重在性。

关键在于,如何在新的时代面前,坦诚反思"唯我独具现代"

---

① [英]T. S. 艾略特:《诗的社会功能》,《艾略特诗学文集》(王恩衷编译),国际文化出版公司1989年版,第193页。

的"现代主义情结"或"后现代主义情结",同时善于利用过去的强大资源,最终以我们自己的语言,写出我们自己的此时此地的现代感。

何况,我们毕竟还是达到了某种辉煌的境地,而诗又确实是一种"永远面临永无止境的冒险的艺术"(T. S. 艾略特语)。

4. 在日趋多元而繁杂的现实世界面前,一切所谓批评,都仅仅可能只是一种不同角度的注释与提示而已。

作为第三代诗的较早关注和鼓吹者,本文无意指涉当代诗潮自身体内的创造性流向,而只在于以一种较为特殊的角度和深刻的偏激,期待引发诗界真正深刻而有价值的思考。

如同维特根斯坦所比喻的那样:只是提供了一架供登高一望的梯子。

也许本文的立足点完全失当;也许"一次性消费"是当代及未来文化消费之必然;也许高质量的"一次性消费"远远超过低质量的任意次"重读";也许对诗歌文体的本质性偏离会导致一种新的诗歌文体的诞生——而我们确实无须给刚刚获得一点自由进程的现代主义汉语新诗,再套上任何一种新的枷锁。

5. 维特根斯坦曾在谈到哲学时作过一段惊人的评述:"一个人陷入哲学的混乱,就像一个人在房间里想出来又不知道怎么办。他试着从窗户出去,但是窗子太高。他试着从烟囱出去,但是烟囱太窄。然而只要他一转过身来,他就会看见房门一直是开着的"![1]

——是的,房门一直是开着的。

1991 年 11 月

---

[1] 转引自 [美] 马尔康姆(N·Malcolm)著《回忆维特根斯坦》,商务印书馆 1984 年版,第 45 页。

1995：散落于夏季的诗学断想

世纪末

"世纪末"或"世纪之交",已如新版货币,在当前的理论界"通货膨胀"起来。文化批评、文学批评,当然也包括诗歌批评,都在用它。然而它却是一张未标明"面值"的货币,谁也说不清这两个词确切的负载是什么。

或许,有一些反思,有一些前瞻,还有一些些焦虑情结。

仅就文化而言,"1999"这个年号,对西方人来说,或许只是一百年或只是十年的世纪末,对中国人,则可能是一千年乃至两千年的世纪末!是千年的反思、千年的焦虑,用老百姓的话说,是个"大坎"。

……断裂与承传,坍塌与支撑,剥离与裂变,驳杂与梳理,清场与重建,分化与整合,现实与理想,以及困窘与尴尬——所有的命题或问题,都呈现出空前的凝重与严峻。

而文化，乃诗之母液、之土壤、之大气层。文化的世纪末即诗的世纪末，作为"危机时代的诗人"，谁又能完全逃逸于这时代的危机？

我是说，诗人不应成为"文化动物"，但也不能对文化毫无思考；按时下流行的理论术语来说，我们无法脱离当下的"语境"来言说当下，以及言说历史与未来。多年来，我们一直在呼唤中国诗歌及中国文学的大师而终不得一见，其根本原因何在？

表象：主体人格的破碎和主体精神空间的狭小；

深层：赖以植根的文化土壤的"失养"，以及诗人、文学家及文化人对此"失养"的迷思与失语。

大师产生于开始意识到自身危机的民族和时代。

世纪之交的中国新诗

这确实是一个特殊的时空点，一个终结与起点的重合，一个拒绝与重涉的交汇——所有的命题，所有的步程，乃至我们已使用习惯所谓"约定俗成"的所有用语，诗学的与非诗学的用语，都需要重新检验与梳理，更需要新的思考。

到世纪末，中国新诗80年，如此短暂而匆促的步程，却成就了世纪的辉煌，我们该为作为这个世纪的中国诗人而骄傲！

尽管身处一个非诗的时代，我仍然坚持认为：整个20世纪中国文化的艰难进程中，唯有新诗是其最为闪光的深度链条，是身处多重困境的中国知识分子，唯一真实而自由的呼吸，并成为与世界文明进程和人类意识对接的最敏感最前沿的通道；我们再造了诗的国度，也最终仅以诗为最大的慰藉。

80年，拓荒者已成为历史庄严的记忆，第二代将成为世纪的大树，新生代将作为跨世纪的一代步入中年的成熟，并用他们的肩膀去扛来新诗百年大典。

尤其令人欣慰的是，使用同一母语而在不同时空下形成的中国新诗之三大板块，正经由两岸数地有志之士的推动，渐趋于历史性的对接和整合，从而成为逼临新世纪的大中国诗歌一片初露的曙光。

在世纪之交的特殊时空下，我们该有我们的成就感和自信心，同时也要清醒地看到，我们所面临的挑战和自身存在的问题。

回视来程，三代诗人在"三大板块"之不同的时空下，将浪漫主义、现实主义、现代主义以及新古典、后现代都不同程度地匆促走了一遍，且因匆促而止于初步的深入。实则，我们基本上一直在参照他者所提供的"图纸"，建造现代汉诗的各种房子，并渐渐"定居"了下来。现在，是到了重新审视这些"图纸"并重新审视这种"定居"的时候了——我们该有我们自己的设计和建筑，至少，是更多的自己。

实验性，探索性，发散性等等——缺少自律与自足；必须寻找新的、自己的光源！

我们经历了一个普遍放任的时代，因而，经由收摄而重建典律——汉语诗性的典律，便成为必然的选择：创造一种新的规则并拥有号召力，而不是任何"他者"的投影或复制。

守望与孤寂

金钱、物欲以及以视听文化为主导的商业文化的全面笼罩，已将纯正的诗歌边缘化为一座孤岛，"守望者"的称号正成为这个时代对诗人苍凉的命名。

守望什么？

人类灵魂的诗性和语言的命名性。

保持并不断拓展一个民族和一个时代中的诗性精神空间，以此抗衡原始本质和技术控制对精神的"钙化"，让生命得以新生与鲜活，让诗性灵魂在意识形态混乱和金钱挡道之中继续前行。

然而，当时代的共同想象关系解体后，个人化的诗性言说/写作，又何以重构集体乌托邦式的所谓"人类诗性灵魂"呢？

不敢妄谈"使命"。

或许，我们只是以跋涉为神庙的香客，播撒的是破碎而静寂的足音，抑或钟声?！我们只有固守自己的孤独和崇高，而期望更多这样的"自己"的额头渐渐明亮起来时，那"世界的暗夜"（海德格尔语），也就渐渐有了光亮！

怎样的一种"守望"呢？

"在时空上保持某种程度的孤立，是产生伟大作品不可或缺的要素。……事实上，我们所受的痛苦，不在于神学信仰的贬值，而在于孤寂气质的消失。"[1]

让我们平静下来，做孤寂而又沉着的人。

守住，且不断深入，更加诚实，也更加坚卓；精神的持久力量，承担的勇气，承受的意志，以及为存在重新命名的敏锐与细切——这是生为"诗城守望者"或"孤岛住民"的宿命，也是他最终的使命。

呼唤与呕吐

一个有意味的现象——

以浪漫主义为发端的中国新诗，历70余载探寻与展开，在世纪末的时空下，又大有复归浪漫主义（或披着现代主义外衣的浪

---

[1] ［英］罗素：《真与爱——罗素散文集》，上海三联书店1988年版，第63页。

漫主义）主流的趋势。随着实验诗歌在90年代的全面式微，一种不无逃逸性的、自我抚慰式的、空心吟诵和复制的时潮，便悄然主导了诗坛的流向：我们的现代汉诗再次变得更"丰富"也更"虚弱"。

诗的意义价值在于对人类精神空间的打开与拓展。

近代中国人的精神空间几度归闭，从未真正打开过。现代汉诗的历史性崛起，对民族精神的拓展是空前的。这种拓展一直作两个向度的展开：呼唤的、吁请的、期盼的和呕吐的、批判的、质疑的。前者落实于文本，为想象世界的主观抒情；后者落实于文本，为真实世界的客观陈述。

两个向度，两脉诗风，正负拓展，不存在优劣对错之分。

问题在于：就诗运而言，前者总是倡行兴盛，后者常遭阻遏沉寂；就诗质而言，反是前者充满了语言的焦煳味和精神虚妄症，至今难以见到真正让人感到真切可靠的言说，后者则拥有如北岛、于坚、洛夫、痖弦等彻底的现代主义代表诗人及其经典诗作，以及于九十年代异出的伊沙式的后现代创作。

人是能想象未来的存在者，也同时是能发问此在的存在者；拒绝与再造，清场与重建，以及呕吐与呼唤，将是跨世纪的诗学命题。我们绝不拒斥呼唤，拒斥给这个日益枯燥的世界更多的诗的抚慰、诗的梦境。然而，面对日益增生的生存毒素（包括文化承传中的和现实后积的）与语言毒素（包括意象迷幻、隐喻复制、观念结石、言说范式等），我们是否更需要诗的拷问、诗的对质呢？

呕吐——导向语言意识的革命和生命状态的重塑。而这种抱有终结与重建的"呕吐"，需要更坚强的意志和承受力。

传统正审慎地归来；

先锋有待新的出发。

想象界，真实界；神话写作与人的言说——重涉的两极展开。

面临同一个挑战：如何穿透文化工业的迷障，使处于后现代语境下的诗歌阅读进入新人类的"文化餐桌"成为可能。

批评的转型

在现代汉诗由诗歌精神的革命转向诗歌语言的革命，由群体性/运动性写作转向个人化/专业性写作后，诗歌理论与诗歌批评的转型遂成为必然。

批评成为自在的文本、自足的言说，而非创作的附庸；理论不再只是关于诗的话语，而是对诗说话或与诗对话。

尤其是，在对诗歌作品诠释的同时，自觉进入诗学本体的建设，并对以往理论与批评的普泛概念予以清理和重构，以阐明此前含糊不清、人云亦云的问题与命题，进入有切实理论支撑的批评。

现代诗的出发是多向度的，没有统一的终结。这样，对诗的批评也就难以用同一个尺度——如老旧的二元论："懂"与"不懂"；好与坏；大与小（境界）；高与低（品位）；冷与热（情调）；晦涩与明朗（语境）等等为标准，也存在着多种展开的可能性。

由此重建诗歌理论与诗歌批评的自律与自重。

目标要求：科学性，本土性，现场性，历史性，权威性。

诗意的困扰

当代诗人的某种困境，在于他们已被所谓"诗意的"语言团团包围，黏滞或陷落于其中，而依然要进行所谓"诗意的"言说。

这就有如一只靠吃蜂蜜而非靠采花粉来"酿蜜"的蜜蜂，只有"酿"（酝酿、酿造）的行为，失去了"采"（采寻、发现）的过程。如此酿出的"蜜"的味道，便可想而知了。

于是会发现：所谓"诗意盎然"原来是个很可笑的词。那些看似非常有诗意的分行文字，其承载的却是我们早已熟悉的东西，成了"诗意厌倦"。这种因语言缠绕所蒸腾的诗意的迷雾，常常让正常的诗爱者发晕！

过剩导致了匮乏。——我们所谓的"诗的语言"不是太少了，而是太多了?！

流俗的诗意与生疏的力量。

或许跳出诗意反而救了诗？

问题在于，普泛的诗人们一旦想做诗人或已经做了诗人，便渐渐只会或只想说"诗的话"而忘了或不再会说"人的话"——真诚而坚实的、富有铁质和血性的、普通人的话。

让我们重新"粗糙地"开始……语言与诗意的搏斗。

语言的困惑

需要更深的追问是：什么是诗的语言？

该令当代诗人们追怀的是那个离我们久远的、第一个把雨称作"雨"、把女人称为"花"的诗写时代——一次命名，就是打开一个新的精神空间——那真是全新的、未被任何"诗意"或"理念"触及过的、完全陌生的精神空间。

能为我们打开新的精神空间的语言便是诗的语言吗？

应该是这样的。至少，它是诗的语言的基本功能；命名、开启、创世的功能。

可是，对于现代人类而言，什么样的精神空间才是"新的"呢？是别人以及大家都不曾熟悉的，或只有诗人一个人可领略的

249

陌生吗？是由诗人自己"打开后"呈现给读诗的人，"请君入瓮"式的新的精神空间，还是经由诗人间接激活而"开启"了读者原本就存在但被遮蔽的精神空间呢？或者二者都是？

我已被自己提出的问题所困扰而失语。

回到语言本身——

在普泛的诗人那里，在传统诗歌理念中，语言是作为被创作主体所役使的工具而存在的。这是一个很大的、长期不被人警觉的误区。持这种语言态度的诗人，常常反被语言所役使，失去自己言说的真在。——这里的语言，当然是指仅仅被作为工具看待和接纳的、已然提前"死去"的"他者话语"。

语言既是给定的，又是生成的；既有能动性，又有遮蔽性。一般人较注意语言的如何使用，对使用中的遮蔽性则常为忽略而反为其累。

有如我们是被偶然间抛入到这世界上来的一样，我们也同时被偶然间抛入了给定的语言环境。

尤其是现代人，在我们使用语言之前，它已存在了很久很久，涵纳着前人、他人的智慧，又暗藏着这智慧无意间构成的陷阱。在它的生成发展过程中，不断被古人、前人、文人、圣人、高人、凡人、智者、庸者以及外来者等等，填充进无数的理念、概念、观念、俗成约定之念等"硬物"，然后沉淀、钙化、累积、定义、定形、定势，渐渐失去它原初的命名性和鲜活的能指性，成为"语言结石"和"语境范式"。——此即古典诗到了现代必然要被新诗话语所替代的根本原因。

即或是新诗，历经几十年的打磨填充，也渐生积弊，有待革新与再造。

到了当代，诗人们与语言的关系，又经历了一次有意味的换位——由做语言的主人，变为语言成了言者的主人；言说者或听由语言的牵引，或依附于语言，语言成了役使者。

一次进步的换位，也依然是一次迷失的进步。

既怀着敬畏之心去侍奉语言，与之交心，与之对话，潜心倾听语言在给定的面目之后，那隐秘的呼唤和提示。同时，又带着灵动之思去叩问语言，使之显形，使之变化，在去蔽而后敞亮之中，找到与你生活体验、生存体验和生命体验相契合的新的语素、新的语境。——持这种态度，方得语言真谛，并最终形成一个优秀诗人应有的语言品质。

在熟稔中敲出陌生！

远离惯性，转换视点，给出一个新的说法或说出一个新的东西，便是给出或说出了一个新的精神空间——

"一滴水被隔于水外，它学会了言说

并要持久地经历：是什么水"？[1]

意象与张力

一个老旧的诗学话题，却总是需要重新提起。

有一种说法：写诗就是创造意象；与其写一首"坏"的诗，不如去创造一个新的意象。

一个意象能否成为一首诗？

一首没有意象的诗能否成为"好"诗？

两者都应成立。

其一，上节《语言的困惑》最后所引两句诗便只有一个意象，即"学会了言说"的"一滴水"。尽管这两句诗是从诗人一首诗中

---

[1] 借用诗人沙光《像推土机一样笨重地前进》一诗中诗句，见《中国诗选》1995年卷。

抽离出来的两句，但一旦分离出来，可以看出它足以独立成为一首完整的诗。而在原诗中，它是其眸子，自明的光亮照耀着非意象的成分；是其核，自足的张力支撑起诗中其他部分。

这种自足自明的意象，我称之为"晶体意象"；这种自足自明的诗句，我称之为"纯粹诗语"。

其二，没有意象其实也可成"好"诗（沿用这种模糊的说法），古今中外，可找到不少的例证。

意象是诗的主要元素，但不是唯一元素。诗的成败，主要看各个元素之间的唱和与构成。少用意象甚至不用意象，这样的写作，需要更高的智慧；再造口语和诗化叙述性语言，所谓高僧说家常话，但这家常话中所含的"高深"却非家常人之所能为。

其实我们读诗，不仅仅只为几个新奇的意象，或几个出落不凡的句子。真正的读者是求整首诗的审美效应的。而意象本身也有词构、句构、篇构之分，或实意实象（单质的），或虚意实象（多质的），或虚意虚象（深度弥散的）；而大象无形，大意无旨，意在象外，象外有象，不一而足。

唯意象是问，实已成诗坛积弊。这里有一个诗学误解，即以为诗的张力即来自意象的营造。于是许多诗人靠"密植"意象来硬"挤"出张力，却不知你挤我我挤你，反而产生了张力互消的负面作用，读中乱云飞渡，读后一片茫然。

需要的是严谨的组织肌理与古典式的制约。

诗的张力有二：一是产生于阅读过程中的局部张力，可称之为前张力；一种是产生于阅读后的整体张力，可称之为后张力。真正优秀诗人之诗写，对此自有认知与把握。

实则大多数诗人所经营的意象，多属于"流质的"、不能自明自足的"意象碎片"，个体质量不足，便难免要靠"密植"取胜，到了却成为"意象浮肿"，反为其害。

聚焦，收摄，内凝，朗现，回到肌质，抵达语言的原生状态和命名功能——进入智慧的写作。

完整与碎片

仅就诗而言，完整的概念不是指作品经由起、承、转、合而达到的所谓结构的完整，那反而可能是一直需要打破和予以解构的东西。

完整，是指作品生成的独立性与完成性，以及从接受美学而言的"效果的集中性"（丹纳·《艺术哲学》）。

这是一个因"完整"这个概念的传统属性和"保守嫌疑"，而一再被忽略的问题，但又总是成为一个问题，最基本的问题。

在一些伪实验诗歌中，在普泛的青年诗歌界，因完全没有"完整"意识，而放任随性与随意，使其作品大多成了碎裂的、断片式的"播撒"（借用后现代的一个词）。读者从他们充满诗的狂热的手中得到的，常常只是一杯草率勾兑出来的"鸡尾酒"，而非经自己苦心酿造且长久窖藏而后示人的陈年佳酿；或常常只是一盘各式水果的切片"沙拉"，而非一只只浑圆的果实。

如此读多了便会发现：一个意象是另一个意象的影子，这"首"诗（应该算这"段"诗）是那"首"诗（那"段"诗）的延续，流质的飘移，全无定所，作者心里可能还明白，可凝结于文本中的文字所表现出来的，却大多也让人不明白；知道他想说啥，但没说成。

在一些诗人那里，你可以认为这是一个实验性的过程而非目的；在另一些诗人那里，则永远是个问题。

也有以此为"目的"、为"创新"、为"探索"、为"荣"者，并且终于找到理论依托，自号为"后现代"，实则根本扯不上。

虚妄而缺乏内省的自信，使年轻的目光总难发现：表现出来的与想要表现的之间那隐秘的落差。

而碎片只是碎片。

而写作是控制的艺术。

——浑圆地生成，宁静地坠落，带着汁水、芳香和核。

一个完整而独立的创造。

原创性或说法与说

原创性——这是大诗人与小诗人、卓越诗人与庸常诗人的本质区别。

原创性的诗人，常常用一句诗或几句诗，就为我们打开一个全新的精神空间；

非原创性的诗人，则只是用许多诗句和意象去解说一个业已存在的精神空间。读多了，我们会发现，他们并未说出什么新意，只是其说法与前人、古人、他人稍有不同而已。

介于此二者之间，还有一种诗人：他的诗的言说，虽然也是指向一个业已存在的精神空间，但不同的是，一经他那样说了之后，别人就不必要再说什么！

瞎子摸象，明眼人画象，好猎人捉来一头象，天才与象为伍，并拥有一座陌生的森林。

一个空间只有一个焦点，你要找到它；

一个时代有无数新的空间，你要发现它。

即或说不出新的东西，也要找到新的说法。

拒绝既成性，拒绝惯性写作，回到"初始状态"。

诗，是原创性的艺术，创世的言说。

最后的悖论

在上个世纪，大写的上帝"死"了；在这个世纪，大写的人"死"了。

在今天的中国，知识分子"死"了——教育者向被教育者认同；启蒙者"死"了——指路人先得为自己找路；

诗，该怎么活?!

一边开启了生命的本质、人的目的，一边又迷失于"手段"的王国——言说即是言说生命，可生命的本质缺失之后，言说又有何意义？

最后的悖论，也是最初的悖论；

世纪的迷津——空心喧哗。

何谓：人诗意地栖息？

谁一无所有，谁就不存在；

我们几乎一无所有，可我们暂时还有诗。

有诗，我们存在。

就这样——只能这样……

1995 年 5 月

拓殖、收摄与在路上

——现代汉诗的本体特征及语言转型

一

一个古老的、曾经那样辉煌而有效地命名并锁定了古典中华民族精神空间的诗的中国，在20世纪下半叶，最终被另一个诗的幽灵所彻底解构，离散为千沼百湖状的多元状态，实在是一个千年的巨变，是这个世纪之中国文化进程最为重要的遗产。

从白话诗的发难，到现代汉诗的全面确立，现代中国诗歌精神，经由几代诗人的努力，实现了历史性的转换：由超稳定性的、以传统文化为核心的古典封闭系统，向变动不居的、以现代生存经验为底背且与外部世界打通同构的多元开放系统的转换。

这一转换，可以说，对20世纪中国人的精神空间和审美空间，发生了创世性的拓殖效应。——在这个充满忧患、对抗和各种危机的世纪里，现代汉诗已成为百年中国文化进程中最真实的所在，成为向来缺乏独立人格的现代中国知识分子真实灵魂的隐秘居所，也同时成为中西精神对话最为真实的通道。在不断消解狭隘的阶级利益和狭隘的民族利益的困扰，顽强对抗各种意识形态暴力的迫抑之艰难过程中，现代汉诗最终以其独立的现代精神风貌和丰满的现代艺术品质，与世界文学接轨，与现代人类意识交汇，成为20世纪世界文学进程中，不可缺少的一个重要组成部分。

这是一场从精神到语言的全面变革。

变革的过程，大体可分为三个阶段，我曾由此将其划分为三个板块：第一板块为20年代至40年代的新诗拓荒期；第二板块为50年代至今的台湾现代诗；第三板块为大陆自70年代末崛起，横贯整个80年代，继而深入90年代的现代汉诗大潮。如此划分的目的在于想指出：现代汉诗的历史性转换，最终是由后两大板块共同完成并确立的，而"现代汉诗"这一区别于以往"白话诗"、"新诗"等称谓的新的诗学框架，也应大体框定于后两大板块——所谓"现代汉诗诗学"，我想，应该是以此为出发而展开来的。

诗歌精神的转型，常伴之诗歌语言的转型而生发。由"五四"开启的"白话诗"，经由全面拓荒后形成的第一板块，主要完成了由古典诗歌话语向现代诗歌话语的转型，而后两大板块则经由多向度的突进，推动了新诗更深层次的语言转型——

其一，由一元中心的意识形态话语，向多元分延的生命话语的转型；

其二，由以集体记忆和历史记忆为核心的共识性话语，向消解了共同想象关系的个人话语的转型；

其三，由以想象世界的主观抒情为主的抒情性话语，向以真实世界的客观陈述为新表现域的叙事性话语的转型。

前两度转型，导致了意识的革命和生命的重塑。第三度转型，则直接促使新诗表现域度的拓展和根本性变化，也是现代汉诗诗学最值得着力研究之所在。

二

或"言不由衷"，或"词不达意"，脱离由启蒙运动开启了的新的精神空间，无法成为新生活的组成部分而形成"语言空转"——这是新诗向古典诗发难的根本动因。

一方面，现代汉语已然开始塑造现代中国人，现代中国人的精神面貌已然体现在现代汉语中，这是必须直面的历史现实；另一方面，经由数千年的打磨，古典汉语已经过于光滑，致使现代中国人无法再依此自由行走，需要新的摩擦力，新诗由此迈向了由古典诗语向现代诗语转换的步程。

这一步程的启动，主要来自对西方诗质的接种，且逐渐打磨出新的"光滑"，出现了新的"语言空转"——生存的问题越是尖锐，诗人的言说越是虚脱，重新泛滥于90年代大陆诗坛的语言贵族化倾向，使我们对由抒情性话语向叙事性话语的转型之必要性与重要性，有了更深刻的认识。

当代汉语新诗显然已形成了一些新的传统，这些传统是高蹈的、抒情的、翻译语感化的，以及意象迷幻、隐喻复制、观念结石以及精神的虚妄和人格的模糊等，失去了对存在发问、对当下发言的尖锐性，也失去了进入新人类之"文化餐桌"的可能性。

其实有别于这一"传统"的另脉诗风，早已存在于现代汉诗的进程中：活用口语，再造叙事，回到日常语言的大地并激活出生疏的力量，以富于寓言性和戏剧性的细节与经由选择而控制有度的叙述，赋予非抒情性的自然词序和平凡语言，以全新的诗性和更广阔的表现力，真正抵达融语言的真实与人的真实和世界的真实为一的境界。

这一转型，不但极为有效地拓殖了现代汉语的诗性功能，也改造和丰富了现代汉诗的语境，成为现代汉诗中更为深入而坚实可信的诗性言说。

由诗性的歌唱转而为诗性的言说，由想象界转而为真实界，由神转而为人，这是更为智慧、更需意志力而非仅凭激情与想象的写作。这种写作不只是找到了一种与当代人生命质素更相适应的表层形式，同时更表达了对一种生命形式的寻找——本色、真实、直面存在、体认普泛生命的脉息和情绪，投射出健康而有骨感的人格魅力。由此诗性主体发出的言说，具有更单纯的力量和更细切的内涵，消解了为想象而想象的矫饰、为抒情而抒情的虚浮，同时也便拆解了想象界与真实界、说"诗话"与说"人话"亦即可说与不可说的界限，使现代汉诗成为一个真正广阔而坚实的开放场。

仅就语境而言，这一语言转型所生发的澄明/硬朗之美，也是对抒情传统的繁复/朦胧之美的极为重要的互补。

走出一再被复制的隐喻系统，直接进入存在，用口语化的陈述敲击存在的真髓，同时注意对事象与意绪的诗性创化，以"高僧说家常话"的语感，来追求文本内语境透明和文本外弥散性张力的效应。——很明显，这样一种语感与诗性，更契合我们这个时代的语境，使现代汉诗之专业的或非专业的接受，有了更多些的信任感——在多元文化语境下，这一信任感的确立，对现代汉诗的生存与发展，无疑至为关键。

三

对叙事性诗歌话语的高度评价，旨在全面确认现代汉诗的本体特征，以重新梳理其建构策略。

谁都明白，失去想象力的现代汉诗依然是"不可想象的"。我们依然要维护诗的高蹈性，避免成为公共舆论和大众传媒所造就的"消费文化"的牺牲品，保持其精神家园的理想境界。与此同时，我们又必须伸出一只臂膀或叫做垂下一只臂膀，深深插入现实的大地，作负面的承载，清除日益增生的生存毒素和语言毒素，让真的生命与真的诗性，在价值观念混乱和金钱当道之中继续前行。

这是从诗歌精神的角度而言。换一个角度，单从语言说起。

我们知道，进入90年代之后，一直在整个现代文学进程中，起着开启与前导作用的现代汉诗，已逐渐失去往日的影响力而变得孤弱沉寂起来。尽管从现代汉诗自身发展而言，这是一个必要的间歇，由放任的拓殖到自律的收摄的间歇，是成熟起来的表现。但由此也激发了诗学界的思考，不少学者便首先落视于对语言的检视，提出诸如"重新认识传统"、"母语的纯洁性"、"文本失范"等问题。

这里首先需要确认的是：现代汉语是否就是我们的母语？如果是，那么在用此母语思维和写作时，不断提出对传统消解的警惕是否有意义？

我们都知道，传统具有过去、现在和未来三个向度，也同时或显在或隐在地流动于过去、现在和未来的全过程，而并非只是过去时的。并且，百年文化大变迁，已形成了我们无法抽身他去的语言处境，我们再也无法握住那只"唐代的手"（借用柏桦《悬崖》诗句），只能站在现代汉语的土地上发言。诚然，现代文化的巨大变故，使我们猛然间失去了古典中国的"家园"，踏上了无以回归而永远在路上的行程，同时也便逐渐认领了这必须认领的历史境遇，就此前行，不再作"回家"的梦。

显然，"在路上"的诗歌写作与"在家中"的诗歌写作有着本质属性的不同。原因在于，"在路上"的生命状态对写作的诉求，与"在家中"的生命状态对写作的诉求是不一样的。"在家中"的写作，无论是出世的还是入世的，是"仙风道骨"还是"代圣立言"（"圣"与"家/国"同构，"言"即"志"），都有一个较稳定而可通约的文化背景，因而其言说具有一定的公约性和规范性，写作者也在有意与无意间追求这种公约和规范；"在路上"的写作，则完全返回自身，返回当下个在的生命体验，且因文化背景的巨大差异和多元变化，无法再有"规范"可言，写作者也不再顾及这种"规范"，亦即写作本身也成了一种处于变动不居的、"在路上"的状态。

实则，经过多年的纷争，大家大都已开始认识到，至少就文学艺术范畴而言，语言在使用中必然要不断突破原有系统，不至于为诸如规律与范式等所"冻结"，从而使语言在艺术直觉中不断得以自我超越。由此想到，有如长期纠缠于诸如传统与现代等所谓"基本问题"（实际已成"不良问题"）的讨论，不如回过头来，体认现代汉诗"在路上"这一根本性的本体特征，潜心于对这一特征之内部语言机制变化的勘察，大概是现代汉诗诗学最可着力而有所作为之处。

以此去看上述两路诗风的语言走向，自会有新的领悟。

几十年的实践已表明，高蹈之作，总难避免重蹈语言贵族化的倾向，这已成积弊。要说现代汉语入诗，有让人不放心的地方，就是因移植而形成的翻译语感在作怪，以及由此生成的语境的隔膜感。许多诗人写的诗，几乎完全是西方诗歌的中国式"高仿"，恐怕翻译成外语比汉语还要漂亮。而当语言复杂和隔膜到令人疲惫不堪的时候，人们自会感到厌倦而失去审美兴趣。

其实所有那些人类智慧的大师，都是口语表达的奇才，而能在寻常生活中抓住生命要义的人，亦即能用平常语言言说生活真义和生命诗性的人，才是真正得诗之真谛的诗人，也才是真正有能力对存在发问、对当下发言的强者诗人。这种强者诗人之强，在于其语言的独立性，且是独立的活话语，能更直接、更灵活地反映不断变化的时代语境与精神境地，同时也从根本上得以消解因"语言殖民"所导致的从语感到语义的仿生和复制，富有原创性地、鲜活而生动地言说我们自己的现代感。——应该说，所谓现代汉诗之跨世纪的深入发展，也才由此落在了实处。

新诗80年，三大板块，三次崛起，都是以精神拓殖为主导：启蒙思潮之于"五四"白话诗；文化放逐所致的文化乡愁之于台湾现代诗；人的复归与思想自由和独立精神之于大陆新诗潮。可以说，我们经历了一个极言精神而疏于艺术收摄的过渡时代。随着几度语言转型，随着"运动情结"和"角色意识"的逐步消解，随着富有专业风度之终生写作姿态的出现，这一过渡是到应该结束的时候了。

有倾心于拓殖的时代，便该有潜心于精耕细作的时代。诗是语言的艺术，精神的拓殖最终要经由艺术的收摄来体现和完成。一个从未学过书法的诗人是否能成为书法家？同理，一位从未深入过诗歌写作的哲学家是否可以成为诗人？这是不言而喻的。依然普遍存在的"词不达意"或"言不由衷"，有主体人格的问题，更有艺术质素的问题。实际上，随着意识形态的中心坍塌，现代汉语的诗性想象与诗性言说空间，是空前的扩展了，其精神资源也更加丰厚了，它给当代诗人提供了一个极为难得的历史际遇——遗憾的是，我们大部分的诗人，却在这时猝然间老去！

仅凭诗歌精神驱动造就的是大批热爱写诗的人，以及几个"登高一呼"式的"风云人物"，只有那些潜沉于诗歌艺术且具有整合能力的诗人，才会成为真正优秀的、跨时代的诗人。

"收摄"的命题由此提出。

对于依然"在路上"的现代汉诗，收摄不是锁定，不是整合为一统的所谓"经典范式"；收摄是指在每一向度的精神拓殖中，找到更契合这一精神向度的言说方式——各自饱满的方式：麦子的饱满和水稻的饱满，而非只种一种庄稼。同时注意让各种潜在的新的艺术质素，得以充分生发。

对于在"对抗"消解之后，处于严重失语状态的现代汉诗诗学，收摄则是一个全新的开启。我们多年来已习惯于以前导性的姿态发言，失于对诗学本体的细切深入，包括技艺层面的研究，陷入大话的自我缠绕和脱离现场的理论空转。实际上，当现代汉诗已呈现为一种有边缘而无中心的集合，一种弥散性的扩张状态时，现代汉诗诗学反而有许多具体的工作可做。比如下列命题：

1. 深入文本的"技艺性"分析：

a. 是否说出了新的东西，亦即对一个新的精神空间予以了诗性的命名？

b. 是否同时给出了新的说法，亦即命名的原创性？

c. 其言与其思、与其道之间，是否达到了和谐贯通？其说出的与想说的之间有着怎样的落差？

2. 深入创作主体的"状态性"分析：

a. 什么样的状态？

b. 是复制性的还是超越性的？

c. 是专业性的还是非专业性的？

d. 是否具有人格的独立性和语言的独特性？

3. 就诗歌语言而言：

a. 用西方时间性/知性的语言逻辑接种于空间性/感性的汉字母语，到底发生了怎样的裂变？这裂变与现代中国人的精神进程有何契合或悖谬？

b. 现代汉诗经由多次语言转型后，出现了怎样的艺术差异？有无整合的可能？怎样的可能？

4. 就诗与非诗而言：

a. 规定什么是诗，肯定是错误的思路，但指认什么不是诗，是否是当代诗学应该考虑的问题？

b. 只能这样才能写出好诗与无论怎样都可以写出好诗之间，是否该有个可通约的过渡带？怎样通约？

5. 就诗歌编选与谱系梳理而言（这是问题最多也最混乱的领域）：

是否能在每一种"主义"或路向中，精选出那些具有原创性的作品，剔除掉那些复制性的作品，再研究其原创的份额和程度，一些有关诗歌本质的问题可能会由此清楚一些。

鉴于篇幅所限，以上仅作问题提出，不再展述。

而最终想说的是：我们无法脱离当下现代汉诗已具有的现实广原，去建构他在的什么诗学体系。打破线性的文学史观，以更为开放的视野，反思"精神拓殖"、着眼"艺术收摄"、体认"在路上"状态，知道我们只能做什么和只能怎样做，从而在一种更为严谨的自律中，去赢得更大的自由和取得更大的成就。

1997 年 5 月

新诗与新世纪

在一个欲望高度物质化了的、非诗的时代浪潮中，我们送走了 20 世纪的最后一片黄昏。

回首世纪之初，正是新诗的破晓之声，为我们民族的精神空间，撞开了新的天地，继而成为百年中国人，从知识分子到平民百姓尤其是年轻生命，之最为真实、自由而活跃的呼吸和言说。不无尴尬的是，我们由此而虚构过一个只知诗而不知金钱的时代，随即又陷落于一个只知金钱而不知诗的时代。世纪交替，爱诗、写诗，反而成了远离大部分中国人的精神遗迹，本属于诗人的桂冠，现在，在商人和文化明星头上闪耀。

然而，一个让精神黯然神伤的民族是不成熟的民族，一个让诗情诗意远离人生的生命是不完整的生命——过渡是必然的，在这个艰难而迷惘的过渡时空里，令人欣慰的是，总是有更多年轻的生命，加入到对诗的挽留与热爱中来，有如野火般地承传着一个民族的诗情、诗心和诗的传统。或许，这才是我们民族精神的根系所在。

汉语新诗自20世纪初呱呱落地，便野孩子似的长了80余年，至今还是"野性未改"的样子。没路，自己踩出一条路，没家自己找家，或干脆自认在路上就是在家中，自由自在、无拘无束、无纪律、没定所，是以叫"自由诗"。自由到世纪末，就要到新的一个世纪里行走了，人们难免要操心：这"野孩子"到底长成什么样了？是基本定形定性该成个家了的成人，还是依然没个定准的半大小子？新诗当然还要发展壮大，但是，是按成人阶段的要求发展，还是按未成人阶段的要求发展，显然是不一样的，这样打比方，看起来有些不着调，其实颇有些说头。

实则，新诗从诞生至今，人们就一直操心着想为之定做几套像样的行头，好让这个新文学家族中最让人心爱和自豪的"宁馨儿"，有个中规中矩的模样，免得外人说闲话、自己人也常犯嘀咕，心里没底。可这样的操心，到了，不是量不准尺寸，就是做了衣服不合身，只能跟在一路撒野狂奔的身影后面乱比画，这是新诗理论与批评一直以来，难以摆脱的尴尬与无奈。

越是这样，越是想有所作为，无论是诗人还是评论家，心里都揣着个要为新诗早日"量身定做"的谱，以尽快结束"自由放任"的局面，理论成系统，批评有标准，创作有参照，那该多好？

而"定做"的前提是先要"量身"，弄清对象到底长个什么样，不然就会差之毫厘失之千里，不是"缺席"就是"失语"。

譬如，若判定经过这80多年的成长发育，新诗确已基本成人、定形定性，不再会有大的变化了，自然就可以量体裁衣，划定一些尺寸与规范，使人们有些基本的确认标准。反之，如果我们判定就艺术的生长期而言，80年只是一个开始，新诗依然还是个没长大的孩子，恐怕就不宜过早"定做"什么，还得任其伸胳膊伸腿地自由发展一段，以免伤了根性影响健康，反做了事与愿违的事。

其实大家都明白，新诗走到今天，还远未穷尽其各种发展的可能性，自然也就难以过早"量身定做"。我们过去所犯的种种尴尬，大概与过于注重对所谓正确性的关注而忽视对可能性的认领有关，嘴上虽已学会了说"多元化"，心里还是消解不了那个"崇一而尊"的老情结。

看来，就新诗而言，如何最大限度地开发其可能性，而不是过早框定其正确性，恐怕在未来相当长一段进程中，还将是首当其冲的一个命题。

何况，人活一口气，诗也活一口气，文以气为主，古今诗学都认这个理。诗是语言的艺术，更是生命的艺术，语言实现的背后，是生命意识的内在驱动，是自由呼吸中的生命体验与语言体验的诗性邂逅，自然而然生成了诗的各种形式，而非在现成统一的语言模式中填充并非现成也很难统一的生命意识。尤其对现代人来说，早已失去可通约的文化与生存背景，一人一形，千人千性，无以正确"量身"，又何来正确"定做"呢？

或许新诗的"野性"也就是新诗的本性，本性难移，就不妨继续自由放任。

即或如此，也不是说就无事可做。

例如：至少可以从已有的80多年的发展中，总结出一些无论哪个路向、哪种写法都不可缺失的基本元素，将诗与其他文学体式区分开来的基本元素，以此界定此在的正确性和预测未来的可能性，加以符合这种正确性和可能性的导引，或不无益处，也才落在了实处。而新世纪的中国新诗，也该有一个新的出发。当多元文化将新诗挤迫到一个极狭小的生存空间时，只有直面认领这种宿命，方可安妥诗的灵魂，以求再生。

可以想见的是：诗在未来相当一段时空下，或将不再充当精神号角或灯塔的角色，而很可能只是物化世界之暗夜中的几粒萤火虫，以她微弱而素朴的光亮引发人们对她的重新认知和热爱。因此，就诗的理论与批评而言，似该告别日趋空转的学术产业，回归感性体验，回归生命诗学；就诗的创作而言，更须拒绝某些高蹈与傲慢，转换话语，落于日常，回归素朴与坚实，培养读众也亲近读众。

有如理想催生过虚妄，现实也正期望着虔敬与沉着。水静流深，任重道远。新诗尚年少，有过卓越的追求，也不乏骄人的成就，然百年一瞬，其实一切才刚刚起步。时值社会转型，历史将诗再度"放逐"，收摄于小众，冷寂于边缘，正负考量，正好退虚火、消妄障，抖掉出发时不期而然背上的种种包袱，轻装净心，重新上路，自有更纯粹、更灿烂的前景亮丽于新的清晨和黄昏。

2000 年 3 月

口语、禅味与本土意识
——展望二十一世纪中国诗歌

诗,是否正在成为一种退化的文学器官?

或者说,在经由 20 世纪各种始料不及的重大变故——诸如科技强势、资本强势、市场强势及文化生态重构等等之后,诗,是否将仅仅作为一种"过去时"的精神遗迹与文字游戏,乃至像人们欣赏文物一样,勉强残存于新世纪的文化景观之中?这确实是一个需要直面而思的问题。

汉语新诗,曾经是开启中国新文学的"神经元",且在整个 20 世纪的中国文学发展中,屡屡成为撬动新的变革、新的跨越的有效杠杆。同古典诗歌一样,新诗也曾经扮演着一个什么活都干的"老祖母"的角色,多层面地作用于文学进程,自然要受到多层面的外部剥离而致自身的内部裂变;某些功能逐渐被"他者"所取代,某些功能在新的"接受效应"的转换中自行萎缩。新诗因此被迫喜新多变,仅 80 余年历程,已是风潮迭起,样貌代异,所谓

"各领风骚不几年"。仅其命名一项，就有白话诗、新诗、自由诗、现代诗、现代汉诗等变迁，还有以各种主义和分年代指认的流派命名，更为繁多。手法上，则已广涉"作诗如说话"（胡适）、新格律（闻一多）、散文化（艾青）、戏剧性（痖弦）、朦胧美（北岛）、口语（韩东）、小说企图（于坚）、新歌谣/摇滚风（伊沙）等等。

如此多变求新，既有"增华加富"、生发新的生长点的正面效应，也难免附带"因变而益衰"（朱自清·《诗言志辨》）的负面效应，且已在总体上渐显变量衰减乃至耗竭的迹象。

文化场景的急剧转换，造成了诗的外部生存危机，这是不以诗人意志为转移的，有些危机已成世界性的普遍存在，对此，盲目悲观或妄自清高都不可取。诗是人类精神的猎犬，诗人是人类语言保真和增殖的祭司，无论人类将自己的精神/文化领域扩展或转移到怎样的疆界，诗都是游猎于疆界之外的探险者。也就是说，诗是最小量依赖于其他存在（衍存条件）的一种艺术活动，终究不会失灭到一无所存的程度，这是我们的自信之所在。

因此，世纪交替的诗学重心，还是要回到诗自身的内部省视上来。

这其中，之一，要追索一下新诗/现代诗何以至今难以寻求到元一自丰的规律和范式？其"类"的丰化何以导致了"度"的递衰？

之二，曾经贵为"文学中的文学"的诗，经历百年淘洗，到底发生了哪些裂变？其本质属性，有哪些还未被剥离且将成为最终唯诗所凭恃的文体属性？

之三，在所有求新求变所开启的新的生长点中，哪些是一时炫华而不结正果的"谎花"，哪些是有潜在发展生机亦，尤其是可能被新人类文化餐桌所接受的"正根"?

限于本文题旨,这里仅就第三点作一简要推想。

新诗革旧体诗的命,首要的原因,在于旧体诗的一套话语方式,已与现代国人新的生存现实严重脱节,所谓"打滑"、"失真",如于坚所指出的:"人说不出他的存在,他只能说出他的文化。"[①] 这一弊病,后来新诗自己也渐次害上了。其原因,除百年来中国社会变化过于纷繁剧烈之外,就自身而言,一是"先天不足",过分背弃传统基因,多以西方诗质与翻译语体为底背,汉语意识稀薄;二是"后天不良",一味虚妄高蹈,奇情异技,自我膨胀,完全摒弃共性,进而疏离当下生存现实与文化境遇,或言不由衷,或词不达意,或孤芳自赏、空心喧哗,以至再度打滑而失真,成为"沙丘上的城堡"(郑敏语)。

当然,说"失真",自是就总体而言,只写给自己看的诗,或刻意写给未来人去理解的诗,也不能就说真不真,关键是,如何落实为大部分诗爱者(包括专业性的读众与非专业性的读众)所接受的真。

这便要说到功能转换的问题。

人同时生存于三种精神时空:其一"过去时",回忆、怀旧、历史情结;其二"现在时",当下、手边、现实情状;其三"未来时",想象、憧憬、浪漫情怀。三种存在状态,都需要在诗以及一切文学艺术中寻求承载和呼应。由于文化陈因所致,过去国人多注重"过去时"和"未来时",忽视"现在时",而20世纪之文化巨变的重要结果,是国人对精神乌托邦的放逐,开始注重"现在时"的精神质量,这是不容忽视的一个关键所在。

[①] 于坚:《棕皮手记·从隐喻后退》,《棕皮手记》,东方出版中心1997年版,第243页。

通俗一点说，21世纪的国人，至少在相当长一个时段里，将滞留于较为现实乃至世俗化的文化心态中。同时，由于高度老龄化的人口结构，怀旧思绪的弥漫，将成为又一大精神诉求。另外，全球一体化的文化走势，也会逆转激发新的民族自省与本土自重意识，同样是不容忽略的背景参数。

由此我想，在世纪末之各路诗歌走向中，有两脉诗风，或许将成为新世纪诗歌发展的主要流向：一是口语诗；一是现代禅诗。

作为"口语诗"，不仅契合上述功能与背景转换之诉求，仅从语言策略和接受效应上讲，也有合理之处。简而言之，即朱自清先生所说的"求真与化俗"，"化俗就是争取群众"，"所谓求真的'真'，一面是如实和直接的意思……在另一面这'真'又是自然的意思，自然才亲切，才让人容易懂，也就更能收到化俗的功效。"[①] 新诗发展到后来之所以打滑失真，主要在其语言的过于欧化和任意扭捏，"口语诗"即是对这一流风的逆转。

口语是活话语，不断生成于当下，较少观念结石与指称固化，既平实，又鲜活，且易及时吸纳和表现新的精神气象与时代气息。或涉意象，也非刻意经营，尽量弃矫饰、近清爽，力量在骨子里。"口语诗"阅读阻力小，有亲和性，写作到位的话，更可于平淡中见深切、文本外见张力，理应为广泛的诗爱者、尤其新人类所乐于接受。

"现代禅诗"一路，我主要看重其易于接通汉语传统和古典诗质的脉息，以此或可消解西方意识形态、语言形式和表现策略对现代汉诗的过度"殖民"，以求将现代意识与现代审美情趣有机地予以本土内化。从这路诗风已初步形成的风格来看，其语境大都

[①] 朱自清：《论雅俗共赏》，三联书店1998年版，第2—3页。

清明典雅，有古典诗质的再造肌理；意象的营造也多恪守本味，不着"洋相"，读来有汉语气质。当然，既是"现代禅诗"，骨子里便少不了现代感的支撑，古典的面影下，悄然搏动的，仍是现代意识的内在理路，只是这"理路"中多了几分"禅味"而已。

诚然，身处杂语时代，众音齐鸣，人心浮躁，谈禅无异于盲人说色彩，这也是现代禅诗清音低回、难成局面的原因之一。实则小禅在山林，大禅在红尘，越是红尘万丈、时世纷纭，越是"禅机"四伏。而禅无功利，只在自明明人，其不无宗教意味的慰藉与托付，或许将为未来时代之信仰无着的新人类和孤寂怀旧的人们所亲近。是以认定，"现代禅诗"之由式微而转倡行，只是迟早的事。

如此，以"口语"悦众耳，以"禅味"伴独坐；不失奇情，不鄙常情，或化奇情为常情；增强本土意识，加大汉语诗性的"份额"，"坚持那些在革命中被意识到的真正有价值的东西"（于坚语），认领原本的宿命，寻找更新的光源，或可在不再热闹却更本色的新世纪的步程中，再造几分生机、几许辉煌。

而这一切，又同时取决于诗的创造者们，其艺术基因的纯正与心理机制的健康。暮鼓晨钟，历史自会清浊分明，此处不再赘述。

1999年1月

重涉：典律的生成
——当前新诗问题的几点思考

新诗新了快一百年，是否还可以像现在这样新下去，确实是一个该想一想的问题。

新诗是革新的产物，且革新不断，当年作为形容词的"新"（以区别于所谓"旧体诗"），今天已成为动词的"新"，且唯此为大，新个没完。是以有关新诗的命名，也不断翻新：白话诗、新诗、自由诗、现代诗、现代汉诗，以及朦胧诗、口语诗、实验诗、先锋诗等等，变来变去，虽常生"增华加富"之功效，也难免"因变而益衰"（朱自清语）之负面。边界迷失，中心空茫，先锋变味成"冲锋"，前卫转换为"捍卫"，以随意性去不断打破应有的界限，走到极限，便是标准的丧失与本质的匮乏，以及观念欲望上的标新立异，和挥之不去的浮躁与焦虑。

由清明的新，到混乱的新，由新之开启到新之阻滞，迫使我们百年回首，对"新"重新发问。

一种艺术的存在，在于与另一种艺术的区别，亦即形式的界限，包括材质、语感等基本元素的不同，及由此生成的脉络、肌理、味道等审美特性的差异。

新诗不同旧诗，首先在于道之不同；文以载道，所载之道变了，所谓载法自该要变。但怎么变，作为诗这种文体的本质特性不能变；或者说，怎么变，也须是有基本界限或守住根本的变。

形式非本体，但系本体之要素。形式翻转为内容，成为审美本体的有机组成部分，是现代艺术的一大进步，所以有不在于说什么而在于怎样说的普遍认同。中国有句老话叫"安身立命"，身即形，无定形则无以立命。

新诗百年，至今看去，仍像个游魂似的，没个定准，关键是没有"安身"；只见探索，不见守护；只求变革，不求整合；任运不拘，居无定所，只有幽灵般地"自由"着。如此"自由"的结果，一方面，造成天才与混子同台演出的混乱局面，另一方面，是量的堆积而致品质的稀释。从表面看去，新诗在今天是空前的普及空前的繁荣了，实则内里早已被淘空。——只见诗人不见诗，到处是诗没好诗，已成为一个时代的困窘。

有如我们身处的文化背景，看似时空扩展而丰富了，实际是虚浮的扩张、虚拟的所在，导致的真正结果，是时间的平面化、空间的狭小化，以及由此而生的想象力的弱化、历史感的淡化、生命体验的碎片化、艺术感受的时尚化……风潮所致，诗也难免"在劫难逃"，何况本来就"身"无定所而"道"无以沉着。

当代新诗的混乱，不仅因为缺乏必要的形式标准，更因为失去了语言的典律，这是最根本的缺失。

格律淡出后，随即是韵律的放逐；抒情淡出后，随即是意象的放逐；散文化的负面尚未及清理，铺天盖地的叙事又主导了新的潮流；口语化刚化出一点鲜活爽利的气息，又被一大堆口沫的倾泻所淹没……由20世纪90年代兴起继而迅速推为时尚的叙事性与口语化诗歌写作，可以说是自新诗以降，对诗歌艺术本质最大化的一次偏离，至此再无边界可守、规律可言，影响之大，前所未有。

这就向我们提出了一个迫切的思考：新诗的变革空间，是否永无边界可言？在意欲穷尽一切可能的背后，是否从一开始起，就潜藏着一种"江山代有人才出"，不变不新不足以立身入史的心理机制的病变在作怪，便总是只剩下当下手边的一点"新"，而完全失去了对典律之形成的培养与守护？

可能，就眼下而言，回答这样的问题是比较艰难的，但至少我们应该直面现实的真切感受——当下流行的许多诗歌写作，已经变成失去源头的即兴演出。不但失去古典诗质的源头，甚至失去新诗自身发展过程中所积累的典律，一味皮毛抓来，互文仿生，玩前人他人早已玩过的"花活"，还以为是自家的创新，实则只是开了些文化虚根上的"谎花"而已。

诗，向来是年轻生命的自然分泌物，但分泌不是创造。

时尚的鼓促，网络的便宜，使曾经虔敬投入的创造性青春写作，蜕变为或心气拼比、或宣泄式的消费性青春写作，亦即由诗歌的心理学/抒情时代转向诗歌的生理学/叙事时代；或也不乏"勇于创新"的姿态，但大多则沦为"即时消费"的游戏。在另一些诗人那里，又将汉语的性灵挥洒转化为一种机械智能的操作，看似注重技艺，实则看重的只是策略的效应，而非本体的建设。以此形成的过分口语化与叙事性的语感，极大地触扰了汉诗语言本源性的感受，造成严重的泛化与隔膜。

而凡此种种，皆以"先锋"和"现代"而名之，盛名之下，计人难识庐山真面目，其实已成积弊。

汉字，汉语，汉诗，是现代还是古典，总有其作为一门特殊的语言艺术之基本的品性所在。"汉语的灵魂要寻找恰当的载体。"（黄灿然·《杜甫》诗句）既然大家都认同诗不在于说了些什么，而在于它不同于其他艺术门类的特别的说法，就得研究这说法经由汉语的说，又该有怎样的特别之处。有如饮食，无论中西男女，都求的是得营养以养身，但在实际的吃喝中，又多以追求的是得味道以饱口福。

百年新诗，轰轰烈烈，但到今日读旧诗写旧诗的仍大有人在，甚至不少于新诗人众，不是人家老旧腐朽，是留恋那一种与民族心性通合的味道。新诗没少求真理、启蒙昧、发理想、抒豪情、掘人性、展生命以及今日将诗拿来见什么说什么，但说到底，比之古典汉诗，总是少了一点什么味道，以至于只有自己做的饭自己吃，难以作盛宴去招待人。

从表面看，今日新诗依然热闹非凡，局面盛大。但支撑这局面的几根柱子，恐怕迟早是靠不住的。这其中，一方面，靠长期中小学教科书和官方诗坛所共谋的所谓新诗教育所形成的诗歌传统，维持着一个相当大的谱系，且因携带现实功利的诱因而生生不息。但因其先天不足的审美取向，早已是沙滩上的堡垒，仅存其形而已。另一方面，就是大量诗歌青年的前仆后继，簇拥造势，成为创作与阅读最基本的支持。但我们知道，这种支持最终大多只是支持了支持者自身，一种量的重复，自产自消费，归属于时代而难归属于时间。

而我们知道，真正有意义的支持，来自那些成熟心智的认领，那些具有历史感和苛刻眼光的专业性阅读的青睐，那些艺术殿堂之"美食家"的垂顾，那些爱挑剔的追随者的跟进。——就此而言，新诗很难说有多少自信。

有意味的是，当这两种支撑都行将摇摇之时，又平生了网络的热闹，有如一支强心针，一下子又活色生香起来。但明眼人心里清楚，那更是靠不住的一束光柱——它照亮的是诗的消费（包括将写作也转化为一种消费），而非创造；它可能引发一场最为诱人的诗歌普及运动，但也必然同时导致一场诗歌艺术品质与创造力的空前耗散。诗是一种慢、一种简、一种沉着中的优雅，若转而为快捷的游戏，怕就是另外什么味道的东西了。

复又想到当年钱穆先生的一段话："古人生事简，外面侵扰少，故其心易简易纯，其感人亦深亦厚，而其达之文者，乃能历百世而犹新。后人生事繁，外面之侵扰多，斯其心亦乱亦杂，其感人亦浮亦浅。"①

以此思量今日新诗的处境，当能清醒许多。

总之，支撑新诗作长久而深入发展的，只能是诗本身——它的本质，它的位格，它的不可替代的语言特性和文体属性。

新诗的危机是存在的，不可夸大，更不可忽视。新诗的危机不在外部际遇，诸如市场、时尚、商业化、物质化或者什么多媒体的冲击等。新诗的危机一直存在于它自身内部：根性的缺失与典律的涣散，以及心理机制的各种病变。

百年匆促，新诗这条路，我们走得太急，也太功利，时常拿诗派了别的什么用场，较少关心新诗自身到底该怎样。当此极言现代而复生"文化乡愁"的新世纪，我们应该稍稍放慢一下步程，在冷静的梳理与反思中，重新认领传统、再造典律，构筑坚实的历史平台，以求新的飞跃。

2003 年 4 月

---

① 钱穆：《略论中国文学》，原载《中国文学研究》1986 年第 2 期。

"自由之轻"与"角色之崇"
——有关"新世纪诗歌"十年的几点思考

自由之轻

21世纪十年，回顾与反思当代中国大陆诗歌发展，或可用"告别革命之重，困惑自由之轻"概言之。

经由朦胧诗时期之意识形态与审美形态双重意义上的革命，"第三代"诗歌运动时期文化形态与生命形态双重意义上的革命，及"九十年代诗歌"运动时期之语言形态意义上的革命，"新世纪诗歌"时期之诗歌生态意义上的革命——四个阶段，合力奋进，作为"现代汉诗"意义上的当代中国大陆诗歌，迎来了20世纪下半叶以来，最为活跃也较为宽松自由的发展时期。

与此同时，显而易见的是，一个造山运动般的诗歌时代也随之结束了。——告别"革命之重"，我们无可选择地被进入到"自由之轻"和"平面化游走"的困惑境地，乃至颇有些无所适从的尴尬。

……什么都可以写，怎样写都行；无标准，也无典范；无中心，也无边界；无所不至的话语狂欢，几乎荡平了当下生命体验与生存体验的每一片土地，造成整个诗性背景的枯竭和诗性视野的困乏。新人辈出，且大都出手不凡，却总是难免类的平均化的化约；好诗不少，甚至普遍的好，却又总觉得带着一点平庸的好；且热闹，且繁荣，且自我狂欢并弥漫着近似表演的气息，乃至与其所处的时代不谋而合，从而再次将个人话语与民间话语重新纳入体制化（话语体制）了的共识性语境。

而我们知道：个人的公共化必然导致个人的消失！

并且，只要我们还在用体制化的语言和宣传性的心理在言说（广义的"宣传"），哪怕是言说非体制性的生存感受，就依然只能是失真的言说和失重的言说；既难以真正说出存在之真实，又难以真正企及具有诗性意义的说。

这真是一个历史性的悖论：为自由而抗争的现代主义新诗潮，在好似自由已降临的时刻，却又难以承受自由之轻！

正如作家韩少功所指认的：我们的文学正在进入一个"无深度"、"无高度"、"无核心"及"没有方向"感的"扁平时代"，"文化成了一地碎片和自由落体"，并在一种空前的文化消费语境中，在获得前所未有的"文化自由选择权"的情况下，反而找不到自己真正信赖和需要的东西。[①]

一个有意味的间歇与过渡——不乏广大与生气，却难见精深与高卓。

由时代的投影到时尚的附庸及时风的复制，没有边界的舞台，没有观众的演出，谁，是那幕后的真正的导演？

[①] 韩少功：《扁平时代的写作》，原载《文艺报》2010年1月20日版。

"我以为现在是再次思考为何写作的时候了。"（于坚语）

自由是无比珍贵的，也是来之不易的，我们不能没有自由，但作为诗人位格而存在的今天的我们，更要学会怎样管理自由；有如我们不能没有真实，但也不能仅仅为了真实性而放逐了诗性——诗形的散文、诗形的随笔、诗形的议论、诗形的闲聊以及等等，唯独缺乏对诗性本质的规约与守护。

在此，不妨套用T. S. 艾略特的话以作提示：或许这个时代更趋向于多样性而不是完美，它需要更长的时间来实现自己的潜能，或许还包含着更多的没有开发的可能性。但必须要提醒的是，在它具有最强的变化能力的同时，还能保持自我的存在——本质性的存在。

角色之祟

当代中国社会的急剧转型，制造了一个空前巨大而虚拟的"荣誉空间"与"交流平台"。

这一表面巨大而诱人的"荣誉空间"与"交流平台"，其实并非历史与现实的真实诉求。一方面，它是应转型后的主流意识形态所需，制造出来的精神泡沫；另一方面，则是在商业社会与消费文化的共谋下，制造出来的文化泡沫。

有意味的是，连同许多优秀的灵魂在内，都无可避免地深陷于其中，忘了真正实在的荣誉，原本不属于这时代；真正有效的交流，也有待于另一个新的时空的确认。

当代中国诗歌界也难脱此俗：在虚构的荣誉面前，在浮泛的交流之中，无论是成名诗人还是要成名的诗人，都空前的"角色化"起来，乃至陷入角色化的"徒劳的表演"（陈丹青语），忘了作诗还是做诗人，都是这世间最真诚的事。

诗人原本就自恋,"自恋"原本就潜含"角色意识"。

新世纪十年,或庙堂、或民间、或文化产业、或形象工程、或与政绩唱和、或与媒体共谋等等,造势鼓促的各种诗歌评奖、诗歌编选、诗歌活动、诗歌研讨会,以及重写诗歌史、重写文学史抑或与世界接轨等等,合力搭建起一个空前浮华而热闹的"诗歌平台",并以"兼容并蓄"的"软性机制",让置身其中的诗人们,不由自主地越发"角色化"起来:成名诗人在新的历史书写中找到了新的"角色"定位,并要为保持这一"角色"的现实形象而继续努力;新生的诗人们在新的语境中如鱼得水而争当"角色",并要为如何在其中获得"标出效应"而争先恐后,从而使整个诗歌界渐次弥散出一种耐人寻味的"表演气息"。

想到罗兰·巴特谈摄影的话:当我"摆起姿势"来,我在瞬间把自己弄成了另一个人,我提前使自己变成了影像。这种变化是积极的,我感觉得到,摄影或者正在创造我这个人,或者使我这个人坏死。[①]

此便是"角色之祟"!

角色意识,角色化人格,诗人或普通人,贵气者或不贵气者,一旦要面对某种角色的"召唤"或"诱惑"——摄影既是召唤,又是诱惑,看似邀约,其实带有隐形的强制性意味——要"摆起姿势"时,都会于瞬间变异,"变成了另一个人"。对此巴特说得极为精确:尽管这种"角色"之"摆"常常是被迫的、强制性的,事后会有许多托词来解说,但进入角色的人为适应这种角色而作出的反应与变化,却都是积极的。

当然,对大多数"角色"惯了的"角色们"来说,最终得到

---

① [法]罗兰·巴特:《明室——摄影纵横谈》,赵克非译,文化艺术出版社 2003 年版。

的肯定不是被"创造",而是"坏死"——人格的坏死,乃至整个人的坏死。

在这里,我们若将"摄影"置换为"权力"(镜头常常就透露出一种权力的意味),置换为"时尚"(时尚是另一种权力话语),置换为"虚构的荣誉"和"热闹的平台",这个时代的许多诗歌乱象之问题所在,不是都昭然若揭了吗?

或许该提醒当下诗人们的是,在这个"自我推销"的时代里,如何克服"自我高度评价的愿望"(T. S. 艾略特语),大概是个首要解决的问题。

诗乃心侣,需以诚待之;或功利化,或游戏之,都无疑是一种亵渎。

而真正的、纯粹的诗人,只是愿意为诗而活着,绝不希求由诗而"活"出些别的什么。从自身出发,从血液的呼唤和真实的人格出发,超越社会设置的虚假身份和虚假游戏,剥弃时代与历史强加的文化衣着,从外部的人回到生命内在的奇迹——初恋的真诚,诺言的郑重,独立,自由,虔敬……还有健康;尤其是心理的健康。只有健康的诗人,才会在沉入历史深处时,仍能自信而优雅地微笑。

多与少

新世纪十年,可谓新诗问世以来"出产量"最多的年代。

网络的便利,民间诗报诗刊的滥觞,以及"娱乐化"、"游戏化"、"自我推销"等外部因素的促生之外,"叙事"和"口语"之"修辞策略"的泛滥,更是推波助澜的重要原因;"叙事"成了新的"生产力","口语"成了便捷的"流水线",由此进入一个充满"散文气息"和再无标准可言、无边界可守、唯"话语狂欢"为是的诗歌时代。

所有严肃而优秀的诗人都清楚，真正创造性的诗歌写作，是一种生育形态而非生产形态。不是像现代制造业那样，旧产品不行了，引进一套新技术、新设备、新生产线，就马上可以生产出一批新的产品出来。

由此，人们有权怀疑那种大批量生产诗歌的诗人，同时也有权怀疑那些大批量出产诗歌的时代。

诗歌创作的潜在美学原理，在于对"沉默"的管理。

诗乃沉默之语，不得已而说。故，从发生学的角度而言，诗的写作从本质上就决定了，它必然是以最少的语言表现最大的沉默的一种言说。

这里的"少"有两层意思：一是说出来的"少"，二是"少"说。

当下诗人们的问题正在于，他们在这两种"少"上都没有意识，反而比着看谁说得多，说得啰唆；尽管他们从来也不承认这种啰唆是啰唆，且拉来所谓"叙事"和"口语"为由头做幌子——把酒兑成酒水或干脆就是自来水，管饱、管够、不管味道如何，只要有量在。再就是比着谁能发狠，发狠到什么都拿来写都敢写，写得越直越白越离谱便越得意。——如此发狠地写或啰唆地说，渐次沿以为习，习为时风，大家都跟着走，以便混个脸熟，或及时扬名；反正只是活在当下，管他身后如何。

而"沉默是金"！

表面的热闹与繁荣之下，空前活跃的量的堆积之下，我们留给历史的"当代诗歌"，其"含金量"实在是太少太少。

诗是一种慢，一种简，一种沉着中的优雅。若转而为快捷的游戏，怕就是另外一些什么味道的东西了。

本质之在

最终，静下心来深入考察，当代中国新诗整体而言到底缺了什么？

一是缺乏高远的理想情怀；

二是缺乏深广的文化内涵；

三是缺乏细切的诗体意识。

缺了这三样，再大的热闹也只是热闹，无实质性进步可言。

可能的"药方"：一是"简"，简其形；二是"整"，整其魂。

最关键的是：由话语狂欢重返生命仪式。

诗，不仅是对生命存在的一种特殊言说，诗也是生命存在的一种特殊仪式。

作为物质时代的精神植被，在一个意义匮乏和信仰危机的时代里，诗更不能沦为仅仅活在当下手边的物事，要有重新担当起对意义和信仰的深度追问的责任：包括对历史的深度反思，对现实的深度审视，对未来的深度探寻等，并以此重建生命理想和信仰维度。

这或许是我们应该重新认领的诗歌精神之"理想情怀"。

诗，以直言取道求真理以作用于"疗伤"与"救治"；

诗，以曲意洗心润人生以作用于"教养"与"修远"。

在解密后的现代喧嚣中，找回古歌中的天地之心；在游戏化的语言狂欢中，找回仪式化的诗美之光——再由此找回：我们在所谓的成熟中，走失了的某些东西；我们在急剧的现代化中，丢失了的某些东西；我们在物质时代的挤压中，流失了的某些东西——执意地"找回"，并"不合时宜"地奉送给我们所身处的时代，去等待时间而非时代的认领。

这或许是我们应该重新认领的诗歌灵魂之"文化内涵"。

而尤其需要重新认领的是诗歌的"文体意识"。——在这个充满散文化、娱乐化气息的时代里，诗歌如何保持自己文体的边界和精神的尊严，实在是个有必要时时提醒的问题。

"诗言志"，"文以载道"。"志""道"为诗文之根本，但这"根本"要生出枝叶开出花朵，才算"艺术地"完成。

什么都可以写，大概学理上还讲得过去，怎样写都行，却难免不是个问题。新诗百年，仓促赶路，居无定所，怎样写的问题，一直是个挥之不去的隐忧。道成肉身，文以体分，体式混乱无准，新诗的灵魂和精神，又何以沉着和深入？

从发生学讲：摒弃百年新文学被"借道而行"、以"宣传"为旨归的路数，重返古典精神之"自得"而为的路数，了悟是人类对世界的体验和对其体验的不同的"说法"，构成了人类的文明史和文化史，而非说出了什么。

所谓"文章千古事"。

而，诗是语言的未来。

人是语言的存在物——没有诗性的语言，就没有诗性的生命；没有诗性的语言的未来，就没有诗性的生命的未来。

因此，原生态的生存体验，原发性的生命体验，原创性的语言体验，是诗人在任何时代都不能忘记的法则。也只有遵从这个法则，诗与诗人才会免于被所谓的"时代精神"所辖制，成为开放在时间深处的生命的大花。

"敏锐，活力，有效"（陈超语），是新诗不断发展与跃升的主要动力。伟大的诗国似乎永远也不缺乏诗的热情，总是有更多年轻的生命，加入到对诗的挽留与热爱中来，犹如野火般地传递着一个民族的诗情、诗心、诗的传统。只是，如何将这种热情转换为持久的力量和更为沉着的步程，而非此伏彼起的过眼烟云或青春"派对",仍是一个不轻松的话题。

长途跋涉,上得一座峰顶、拥有一份自豪后,出现一个舒缓而平面化的间歇是未可厚非的,但由此更要适时反思自由之轻,整合现代与传统,进而重涉典律之生成,再造汉诗之辉煌——在我看来,这是间歇后新的出发的必由之路。

而新世纪诗歌的整体发展,也需要在打理日常与梳理理想之间,在直言取道与曲意洗心之间,在"道"之言说与"形"之艺术之间,在想象世界的未知地带作业与真实世界的不明地带作业之间,以及在各种写作路向的探求之间,建立更稳健的平衡,以求在自由与约束的辩证中,寻找新的精神建构、新的形式建构与新的语言建构。

尤其是心理机制的平衡,大家都能渐渐从过于浮躁的时代语境中超脱出来,进入一种"专、宜、别、畅"的境地——

专:心无旁骛;

宜:语言形态与生命形态和谐共生;

别:别有所在,别具一格,而非类的平均数;

畅:心手双畅,思、言、道通达无碍。

有了这样的心境,才可期望我们的新世纪诗歌,在经由表面的"自由"之"轻"与"繁荣"之"热"之后,重返任重道远的上下求索。

2010 年 7 月

"后消费时代"汉语新诗问题谈片
——从几个关键词说开去

释题：后消费时代

想好本文题目后，先上网"百度"了一下"后消费时代"，解释为："后消费时代的消费特征表现为顾客对多方位、多层次体验的需求，这种多方位、多层次的消费体验给品牌提供了广阔的发展空间"。

不过，本文的"后消费"命题本意，是想说在空前丰富多彩的"物质文明"消费热之后，我们似乎又进入了一个空前丰富多彩的"精神文明"消费热，包括而且特别是对诗歌的消费，更而且是近乎于狂欢式的"高消费"！

而确实，"这种多方位、多层次的"诗歌消费"体验"，已然成为"后消费时代"最为典型而又不无吊诡的"消费特征"，进而为某种"品牌"化的文化机制，"提供了广阔的发展空间"。

——在此不妨视为一种隐喻。

正文1：介质本质化

两年前读美国学者尼尔·波兹曼《娱乐至死》一书，未及大半，便想到这个概而言之的"介质本质化"命名。只未曾料到的是，这一"介质本质化"的中国版现实认证，竟如此"高调"而大面积地被落实到当代汉语诗歌界面。

一切艺术，一切审美，有"发生"便有"接受"，道成肉身，及物绍介。这种绍介，在中国"古人"那里，无非二三"素心人"之"商量培养"（钱钟书语）足矣，无妨神气也不伤本根的。到了当下"后消费时代"，肉身为尊，绍介为要，诗人转而为"时人"乃至"潮人"，盛世诗歌转而为诗歌盛事——连同原本暗夜传薪、铁屋呐喊、地火运行般的"先锋诗歌"写作，抑或默牛承佛、天心回家、独自徜徉的个人诗性生命之旅，也都先后被席卷于狂欢节般的空心喧哗之中，并最终与这个消费化与娱乐化的时代大合唱融为一体——

官方的、机构的、学院的以及等等；诗歌节、诗歌奖、诗歌研讨会以及等等；文化搭台、诗歌唱戏、资本捧场、政绩总结以及等等……如此诸般活动繁盛之相，从形式到本质，从手段到目的，无一不和市场经济下的其他"行业"界面合辙押韵。

不妨仅以"诗歌奖"一项举证——

打开任意一个诗歌网站便可见的，盛世诗歌平均两三天就要颁发一次奖，其普及率和热闹程度，可谓空前：从大师、到准大师、到名家、到准名家、到新锐、到准新锐以及等等；从老前辈、到后起之秀、到"几零后"以及等等；从"知识分子写作"、到"民间写作"、到"官员写作"以及等等；从"口语"合唱队、到"叙事"合唱队、到"跨文体"合唱队；等等。从"朦胧诗"代表人物、到"他们"代表人物、到"非非"代表人物；等等。以及从县级到市级、从市级到省级、从省级到海外级，如此等等……

走马灯式的，肥皂剧式的，赶场子开派对式的，你方唱罢我登场，史无前例地热闹着。

谁的手导演了这一切？！

我们真的需要那么多的诗歌奖吗？我们真的有那么多诗人要获奖吗？获奖的意义以及真实性何在？有什么与诗歌与诗学有关的实质性价值？领奖领到手软的诗人们，坐拥一堆以各种名目出品的奖杯奖状，又将如何思考诸如"诗人何为"这样的老话题？

不可想象假如鲁迅先生活在今天也会如此忙着领奖？不可想象为当代中国诗人们成天挂在嘴上念叨的策兰、曼德尔施塔姆、茨维塔耶娃等诗人也会如此乐于领奖？而可以想象的是：假如诗人海子还活着，看到如此诗歌盛况，一定会再次选择让"时代的列车"重新碾过他单薄的身躯；而假如真有诗神在黄金的天上看着我们，想来此时的他（她）一定会蒙面羞愧不已！

或许可以以如此的理由稍作辩解：诗人，尤其是几经傲霜傲雪、"梅花香自苦寒来"、乃至度过深寒之境的当代中国诗人，难道不该在某个季节某种语境下，享受一点应得的荣誉之回报？而且，这毕竟是作为诗人的存在，唯一可享受的现实之"回报"。然而问题的关键在于，当下上演的种种有关诗歌与诗人的连续剧"剧目"，怎么看，都更像是一种时尚版的、肥皂剧式的精神抚摸，包括作为"弱势族群"的自我精神抚慰，而非真正意义上的、严肃的历史认领。

又一次错位的"载誉归来"。

"审时"转换为"趋时"，诗人变身为潮人——千红争荣，浮华大派送，时代的巨影如树，谁还有心眷顾，那曾经、默默向下生长的郁郁老根？

更进一步的问题是，我们如此投入当代诗歌"高消费"的狂欢中，也必然同时被这种消费性的话语机制所"消费"。这一逻辑关系，应该说，凡称之为当代诗人者，都应该多少知晓而明白的吧？奈何，现实语境的诱惑太过轻浮而紧密，一时罕见稍有清醒而超脱者。

看来，浮华有如病菌，早已深入当代诗歌的灵魂。

虚构的荣誉，表面的繁荣，话语盛宴的背后，是情怀的缺失、价值的虚位和无所适从的"本根剥丧，神气彷徨"。

所谓：选择怎样的话语方式，便是选择怎样的生存方式。

正文2：本根剥丧，神气彷徨

"本根剥丧，神气彷徨"，是鲁迅先生的一句话，摘自先生发表于百余年前的《破恶声论》一文。原文系文言写就，其主要意旨，在于从文化学层面论析当时中国国情：个性乖张的沙聚之帮，文化失去其原有生机，有待独具心性的"个人"之立，而更新与再生。

此处拿来借用反思当下乃至百年汉语新诗，或不免有些危言耸听之嫌，却又直觉中别有一种意会，不妨就此说说看。

拿"本根剥丧"说新诗，可能是个伪命题，因为新诗的"根"本来就没扎在"本根"上，尤其是汉语"诗意运思"（李泽厚语）及字词思维的"本根"之属性。

其实也不尽然，所谓"介质本质化"能在"后消费时代"汉语语境下大行其道，乃至于连"先锋诗歌"与"前卫诗人"也被裹挟于其中，从学理上深究，大概既有生逢其时之"大势所趋"为由，也无疑涉及百年汉语新诗，自发轫到当下，一直以"与时俱进"为"根本"运行轨迹的问题所在。

此处暂不展开，先说"神气"问题。

"神气"，拆开来讲：精神与气息。新诗百年唯新是问，与时俱进，居无定所，其主体精神和内在气息，每每"彷徨"其间。

如此一路走来，多诗心变换，少诗艺建构；多运动鼓促，少商量培养，及至当下，已成愈演愈烈之势。

"神气彷徨"的反义词是"自若"。所谓"自若"，按笔者惯常的说法，一言而蔽之：无论做人、做学问、还是从事文学艺术，有个原粹灿烂的自己。由此，方得以自由之思想、自在之精神、自得之心境、自然之语境，而"形神和畅"，而"君子不器"，而"独与天地精神相往来"。

包括当代诗人在内的当代国人，仅就精神气息而言，到底差在哪里？只"自若"一词，立判分明。

以此反观近40年当代汉语新诗进程，从"朦胧诗"到"第三代诗歌"到"九十年代诗歌"到"新世纪诗歌"，实在太多"运动性"的投入，太多"角色化"的出演，也就必然生成太多因"时过"而"境迁"后，便失去其阅读效应的诗人及其诗歌作品，唯以不断更新的"量"的拥簇和"秀"的繁盛，而高调行世。及至"后消费时代"，更是"自若"全失，唯余"顾盼"，每一只眼睛后面，都跑着"七匹狼"！

说到底，所谓诗的功用，无论在写诗者那里，还是在诗歌欣赏者那里，本源上，都是为着跳脱各种体制性话语的拘押与束缚，由类的平均数回返本初自我的个在空间，得一时之精神自由和心灵自在，以通达存在之深呼吸。——这原本是诗歌及一切艺术审美之精义所在，而我们每每转顾其他。

有必要在此重复我在题为《诗意·自若·原粹——"上游美学"论纲》一文中，针对"后消费时代"各种文学艺术之心理机制病变症候，所写下的这样一段"走心"的话：

> 任何时候都不要忘记：艺术（一切的"诗"与"思"）的存在，并非用于如何才能更好地"擢拔"自我，而在于如何

才能更好的"礼遇"自我——从自身出发,从血液的呼唤和真实的人格出发,超越社会设置的虚假身份与虚假游戏,从外部的人回到生命内在的奇迹,平静下来,做孤寂而又沉着的人,坚守且不断深入,承担的勇气,承受的意志,守住爱心,守住超脱,守住纯正,以及……从容的启示。[①]

话说回来,在一个"介质本质化"的时代,所有的"话语"系统,从文本到人本,都难免有一个"他者"的深层次存在,左右甚至主宰着我们的意识及潜意识,所谓语境改变心境(人本心境),心境复改变语境(文本语境)。故,当此关口,"自若"之在,尤为关键。

总之,"要懂得自己脱身"(木心语),"在自己身上克服这个时代"(尼采语)。或许,在结构性语境的拘押之下,我们唯一能做的,只能是自我心境的适时"清空",而后保留纯粹的思与诗,以及……必要的冷漠。

有何荣耀可谈?——记忆与尊严,过客的遗产。

正文 3:深海的微笑

当代诗歌实在太闹了,闹到让人望而生畏进而生疑、生厌的地步,已成不争之事实。而我们知道,古往今来,诗歌的存在,从来都不是"闹着玩的"。

在古典中国,诗"代替了宗教的任务"(林语堂语),既是国族文明礼仪之"重器",从皇帝到庶民,皆敬而重之;又是士人精神魂魄之"容器",无论穷达,皆守而秘之。总之,在在不可轻薄对待。

在现代汉语语境下,诗是自由思想之密室、独立精神之宗庙、

[①] 沈奇:《诗意·自若·原粹——"上游美学"论纲》,载《南方文坛》2014 年第 6 期。

个人话语之心斋；是寂寞中捡拾的记忆，是记忆中修补的尊严；是"叩寂寞而求音"，是澄怀观照而自然生发。——一句话：是生命的托付而非角色的出演，更非"闹着玩"。

而现代诗人，借用尼采的说法，更应该是在"在制作的人"之外的"一个更高的种族"。可今天的汉语诗人们，何以就变成了乐于被"制作的"类的平均数？在虚构的荣誉面前，在浮泛的交流之中，无论是成名诗人还是要成名的诗人，都空前"角色化"起来，乃至陷入角色化的"徒劳的表演"（陈丹青语），忘了作诗还是做诗人，都是这世间最真诚的事；忘了诗是诗人存在的唯一价值，一旦心有旁顾而妄生挂碍，则必然堕入"枉道以从势"之困局。（《孟子·滕文公》）

实则，无论是诗人还是诗歌写作，只活在浮躁的当下，与只活在虚妄的精神乌托邦中，其实是一样的问题。诗慰人生，也误人生。曾经的精神炼狱不说，单要做物质时代的"红尘道人"，就已属寓言意义上的矜持或曰矫情了。然而，比起作为一件商品，或一种符号化的存在，这种自我安适的寂寞之在，也不失为一种"被抛弃的自由"（本雅明语）。

想起一个已成绝响的例证：2009年夏日，由华裔瑞典诗人李笠陪同，笔者有幸和蓝蓝、赵野、王家新三位中国诗人一起，于出席"第16届哥特兰国际诗歌节"前，在斯德哥尔摩拜见两年后获诺贝尔文学奖的老诗人特朗斯特罗姆。秋日午后，在梅拉伦湖畔高地一所普通公寓里，银发如雪的老诗人，用他中风偏瘫后唯一还能活动的左手，为五位到访的诗人弹奏一首钢琴曲，以示礼仪。那一刻，流动的音符栩栩而出一座半人半神的诗人雕像，那样宁和、朗逸而又高贵。尤其是那一派融天籁、地籁、心籁为一，而无所俯就、原粹灿烂的自若气息，更让人感念至深！

我们知道，正是这位诗歌老人，以其持之一生而不足二百首的诗作,却构筑了一个神奇、深湛而广大的诗的宇宙,不仅影响及整个当代欧洲诗歌,而且暗通东西方诗魂,成为近年汉语新诗界最为心仪的西方诗人——仅就作品的量与质,及其背后所透显的创作心态、人格魅力、诗歌精神而言,特朗斯特罗姆的存在,确然已成为一个深刻的提示和卓异的标志。

记得那一刻,我的心头缓缓跃出一个凝重的意象:深海的微笑……

是的,"深海的微笑"——一个隐喻,一种境界,一个真正纯粹的诗人之灵魂的力量与风度!

这样的灵魂,这样的力量与风度,当代汉语诗人实在已经缺失太久了。

正文4:归根曰静

反思"后消费时代"当下汉语诗歌心理机制病变问题,面上分析,似乎是一时"免疫能力"下降所致,底里追究,其实与新诗以及新文学,打一开始就种下的病根有关。

先借用两处引文开悟。

钱谷融先生访谈文《人的问题,应是文艺不离不弃的问题》,其中有这样两段话:

> 我对二十世纪中国文学的总体评价是不高的。我觉得二十世纪中国文学好像还处在一种文学实验的摸索阶段,始终没有找到属于自己的表现对象和变现格式,很多方面还不够成熟。这一点与中国传统文学比较,显得非常突出。中国传统文学,有变化,有贯通,一步一步下来,纹丝不乱。而二十世纪似乎有点"慌乱"了,一会儿全盘西化;一会儿弘扬民族文化;一会儿文化激进,一会儿文化保守。这都是"慌

乱"的体现。……有的研究者说，这是因为战乱和政治动荡，使得创造者和研究者无法沉下心来潜心创作和研究。我想这还不是主要的。像魏晋时期，社会那样动荡，但士人们的表现以及他们创作的作品，堪称经典，影响至今。为什么同为战乱和政治冲击，那时的士人能够沉着应对，写出流芳千古的不朽名篇，而二十世纪以来的作家、研究者，就少有这种作为呢？[①]

这一问，实在问到了关节点上！
再看木心答客问中谈到当代汉语文学时一段话：

> 面对这些著作，笼统的感觉是：质薄，气邪，作者把读者看得很低，范围限得很小，其功急，其利近，其用心大欠良苦。主要是品性的贫困……有受宠若惊者，有受惊若宠者，就是没有宠辱不惊者。"文学"，酸腐迂阔要不得，便佞油滑也要不得，太活络亢奋了，那个"品性的贫困"的状况更不能改变，而且，"知识的贫困"也到底不是"行路"、"读书"就可解决。时下能看到的，是年轻人的"生命力"，以生命力代替才华，大致这样，……整体性的"文学水平"，近看，不成其为水平，推远些看，比之宋唐晋魏，那是差得多了。推开些看，比之欧洲、拉丁美洲，那也差得多了。[②]

有意味的是，两位先生，一个在国内大学教书做学问，一个在海外书斋写诗画画做文章，且都着力于中国现代、当代文学，

[①] 原载《文艺报》2015年7月27日版。
[②] 《木心谈木心——文学回忆录补遗》，广西师范大学出版社2015年版，第12至13页。

何以如此不约而同地苛责其爱呢?

回到"本根"问题上继续反思。

仅就汉语诗歌概而言之,其古典传统之树、之林、之葱茏千载,无非两条根系养着:主体精神取向的"君子不器"(孔子·《论语·为政》),主流诗品取向的"与尔同销万古愁"(李白·《将进酒》)。二者互为因果,"念天地之悠悠,独怆然而涕下"(陈子昂·《登幽州台歌》),这是汉语诗歌的一个大传统。

新诗也销愁,但其主流取向,销得是"时愁",一时代之愁,是一个小传统。加之新诗诗人的主体精神,也多流于"与时俱进",且每每进身为"器",随之"神气彷徨",便也只能从人本到文本,皆局限于小传统之中。这个小传统,置于短期历史视野中去看,确然不失"与时俱进"的光荣与梦想。若将其置于长远的历史视野中去看,就不免尴尬——与时俱进则只能与时而愁,时过境迁,愁也随之过而迁之,如此移步换形、居无定所,何来安身立命?

更为关键的是,在整个当代人类世界,正整体性地为资本逻辑和科学逻辑所绑架所主宰之大前提下,所谓诗歌的存在逻辑,以及所谓汉语诗歌的存在逻辑,又将如何定位?!

眼下的困境是:包括建筑在内的诸器物层面,我们已经基本失去了汉语中国的存在,且几乎不可逆,所谓文化的物化(其实全归之为"食洋不化")。唯有语言层面,或许尚能有所作为,不至于也归于"全球一体化"——而这样的作为,大概只能先从汉语诗歌中慢慢找回,以求回溯汉语文化诗性化的本根,而重构传统,再造葱茏。

归根曰静(老子·《道德经》);根在"君子不器",根在"念天地之悠悠,独怆然而涕下","与尔同销万古愁"!

超越时代语境的拘押,回返汉诗原本的气质与风骨,直抵生命、生存、生活之在的本惑、本苦、本愁、本空,以及现代性的本源危机，而重新开启现代汉诗之本源性的审美取向和核心价值。

尾语：浮尘与青苔

"后消费时代"，茶道式微而喝茶或喝咖啡成风，诗道式微而写诗或当诗人成疯——模仿性的创新或创新性的模仿，两厢尴尬，百年回首，当下反思，"我们如何存在"（流行歌曲词句）？

复想到李劼《木心论》中的一段话：

> 木心的意味深长在于，以一个背转身去的理想主义姿态，定义了文化死而复生乃是面向古典的文艺复兴。这种复兴不是运动的，而是作品的；不是一伙人的，而是一个人的。文艺复兴的首要秘密，正是《道德经》里所说的反者道之动。……这样的复兴，不是团伙的运动，而是个人的努力。不是群体的起哄，而是天才的贡献。[①]

原本，诗人降生行世，多以是受难来的，套句木心的说法：耶稣是集中的诗人，诗人是分散的耶稣。若诗人也都成了四处找乐子的主，岂不辱没门第？何况，连同诗人在内，这浮生的寄寓与行走，大概总是要有些些青苔的养眼洗心而留步才是的，若都随了浮尘轻去，也就迟早混为浮尘而无所留存了。

繁华的归繁华，忧郁的归忧郁。

当心灵选择停止追逐的脚步，一座山脉便自然地耸立在那里了。

2016年1月

[①] 李劼：《木心论》，广西师范大学出版社2015年版，第120页。

辑五

不可或缺的浪漫与梦想

——也谈新诗与浪漫主义

重审跨越世纪、以"现代主义"为主潮的当代汉语诗歌写作，并重新关注浪漫主义汉语诗歌写作路向——此一诗学考量之取向，表面看去，似乎在于纠偏求全以完善历史构架，其实另有可说之处。

一方面，所谓"现代主义新诗潮"滥觞至今，也确实出现了不可不正视的诸多问题，如"叙事"的泛化、"口语"的泛滥、"日常"之琐碎、"当下"之纠结以及"反讽狂欢"下的游戏心理和"自我表现"下的"秀场机制"（笔者生造的词）等等，综合为不堪"自由之轻"与"角色之祟"的"现代场域"，陷落或沉溺于其中的当代诗人及其诗歌写作，看似自由开放而写法各异而千姿百态，其实内里却无非是"同一性差异"，无数诗人写着几乎一样的诗，而致"彼此淹没"。——至此，无论于普泛诗歌爱好者的欣赏性阅读而言，还是于诗歌理论与批评者的研究性阅读而言，大概都难免其"郁闷"。

另一方面，由于理想情怀、文化内涵和诗体意识在当代诗歌中的长久缺乏，也难免催生出另一种"诗美乡愁"，即对汉语诗歌之浪漫精神的反顾，包括现代汉语语境下的浪漫情怀和古典汉语谱系中的庄骚传统，而重涉诗歌美学范畴的浪漫主义以及古典理想的现代重构之命题。

于此，便再次想到近年我总在提示的一个理念：无论是诗人还是诗歌写作，只活在浮躁的当下与只活在虚妄的精神乌托邦中，其实是一样的问题。过去的一个时期里，我们过于强调了当代诗歌的"求真"、"载道"与"社会价值"功能，与另一种"载道"与"济时"（时势"时"与时代之"时"）之官方主流诗歌形成二元对立而实际一体两面的逻辑结构，忽略了诗歌作为语言艺术和精神家园之"净化心灵"、"捡拾梦想"或"复生理想"的美学功能。——当此之时，至少从接受美学角度来看，反顾美学浪漫主义之"诗美乡愁"的诉求，实可谓"当春乃发生"之必然。

但上述两个方面的概述，依然还是属于表层现象的考量。有关浪漫主义诗学的重新讨论，若向更深处追究，则牵涉到现代汉语之新诗发展中，如何处理好一些根本性的、有关诗歌本体的美学关系问题。

这里试就以下三点稍作讨论。

"质"与"饰"的关系问题

"质"与"饰"的问题，说起来是个无关大局的写作方法问题，但至少在现代汉语下的浪漫主义诗歌这里，却每每成为一个首要的问题。

虚浮造作与矫情夸饰，是以"现代"或"后现代"为归所的诗人，对"准浪漫主义诗歌"和"伪浪漫主义诗歌"主要诟病之处，唯恐避之不及；记得中国古典文论中，也有"质有余而不受饰"之说。然而诗歌的生发，诗歌之所以叫做"诗－歌"，确然又有它不同于非诗歌文体的特质所在。汉语诗歌虽一直以"志"为"质"，但又总苦于"言不尽意"或"意不尽言"，遂借"歌"的外在之"饰"来力图完美表达其"志"。《毛诗大序》曰："诗者，志之所之也。在心为志，发言为诗。情动于中而形于言，言之不足，故嗟叹之，嗟叹之不足，故咏歌之，咏歌之不足，不知手之舞之足之蹈之也。"可见"歌"之"饰"于"诗"之"质"实为一体两面，不可偏废其一，关键要处理好两者之间的关系才是。

新诗百年，在经由郭沫若等早期浪漫主义之主体精神的夸饰、新中国"红色经典"时期革命浪漫主义之时代精神的夸饰、部分朦胧诗为代表的"政治感伤"情怀的夸饰之后，以"第三代诗歌"为主潮的新生代诗人们及其追随者，以真实世界的客观叙事为新的美学原则，彻底放逐想象世界的主观抒情，为新诗现代化开辟了新的广阔疆域，直至发为主流和"显学"。至此，"诗"与"歌"分离，"质"与"饰"分离，"潮流"与"典律"分离，现代汉诗逐渐趋于"散文化"和"同质化"之平面化，广大、普泛而难以精深。

然而，现代汉语语境和革命文学主旨生成下的现代中国式的浪漫主义诗歌种种弊端的存在，并不能说明浪漫主义诗歌就此过时，再无存在的意义。毕竟，诸如"神性"、"梦想"、"超验"、"彼岸"及"抒情性"、"想象性"、"浪漫性"等纯正浪漫主义美学元素的存在，对于身处急剧现代化之坚硬语境中的现代中国人而言，虽不免有奢侈与矫饰之嫌，却总还是一种诱惑而不可或缺。

另外，仅就诗歌文体的本质属性而言，完全脱离"饰"之增华加富及润化功能的所谓"质"的存在或者"真"的追求，是否还是"诗歌意义"上的"质"与"真"，也是一个绕不开去的问题。尤其是理想气质的缺失和抒情之美的贫乏，大概早已郁结为一个隐在的"诗美乡愁"，念念耿耿于新诗未来的期待中。

为此，在一个充满散文化、娱乐化和物质主义气息的当下时代里，当代诗歌如何保持自己文体的边界和精神的超越，实在是一个需要时时提醒的命题。

现实与梦想的关系问题

诗歌与人，与生俱来，原本就生活在真实世界和想象世界两个基本空间中，荒疏任何一面，都难以真正安妥诗性生命之完整的精神与灵魂。

新诗及与其开启的新文学，自发轫之时便被"借道而行"所累，加之百年来新诗诗人所面临的现实问题确实太过纷繁与沉重，故而唯现实主义和现代主义为首要取向，也是情理之中的事。但诗的存在，毕竟还有她非现实性的一面。古人谈诗书画之雅俗问题，常常将过于切近现实之作归之为俗，即在强调艺术的审美功能和超现实性。百年新诗，西学为体，当下为是；人学大于诗学，观念胜于诗质；每重"直言取道"，疏于"曲意洗心"，一直是个悬而未决的大问题。其实就中国式的所谓"诗教"长久来看，大概"洗心"的功用，还是要甚于"取道"之功用的。

反观今日当代汉语诗歌，已基本谈不上什么美意养心而行之"修养"与"教化"了，或有一点"直言取道"的精神感召和思想震动，也无济于大的改变。实际的情况是，我们强调了那么多年的所谓文学以及诗歌的"思想价值"和"社会价值"等等，却也与世道人心的改变并无多大作用，以至于连诗人——这个社会群体中原本最少功利之心、经营之心而最为本真、纯正和可爱的一群人，如今也大多反"道"为"器"，转而为"时人"、"潮人"乃至"小人"，转而为自以为是、自我膨胀、自娱自乐的"诗歌共同体"，或可玩点诗的技巧以沽名钓誉，而诗心早已远离纯粹的真善美之艺术本质和艺术境界了。

由此，当宏大的历史叙事和崇高的精神追求悄然退场，日常生活渐次成为时代的主潮时，诗歌该如何定位现实与理想的关系，而不至于再次沦为时代的传声筒，实在是个大命题。

诗人是超越时代和地域局限的人类精神器官，而非时代与时尚机器的有效零件。在一个意义匮乏和信仰危机的时代里，诗更不能沦为仅仅活在当下手边的、"一次性消费"的物事，而要有重新担当起对意义与信仰、尤其是对纯然之美的探求与追寻的责任。

而浪漫与梦想是永远的诱惑——在失去季节美感的日子里，创化另一种季节；在失去自然神性的时代里，创化另一种自然；在解密后的现代喧嚣中，找回古歌中的天地之心；在游戏化的语言狂欢中，找回仪式化的诗美之光——诗歌既可以是"直面现实"之勇士手中的利器，也可以是吟唱于"自己的园地"中的夜莺。在一个越发枯燥越发单一化了的世界里，作为纯正浪漫主义诗歌的梦想气质和神性生命意识如期归来，大概也是情理之中的事了。

故，当代中国新诗的整体发展，需要在打理日常与梳理理想之间，在"直言取道"与"曲意洗心"之间，在"道"（"志"）之言说与"形"（"体"）之艺术之间，在真实世界的不明地带作业与想象世界的未知地带作业之间，以及在各种写作路向的探求之间，建立更稳健的平衡与协调才是。

抒情与叙事的关系问题

浪漫主义诗歌的另一重要诗美特质，在于它所提供的特别的抒情语境和抒情调式。

诗是经由语言的改写而对人类深刻思想与复杂情感的一种特殊演绎，这一演绎的传统手法，主要在于"意象性编程"和"音乐性编程"。

作为诗歌艺术形式的本质属性，这两种手法，在古典主义诗歌和浪漫主义诗歌中，表现得尤为突出。从接受美学角度来看，包括文化背景与精神历程几乎完全与古典主义和浪漫主义时代无关的"八零后"及"九零后"等新新人类，也常常会反顾古典诗歌和浪漫主义诗歌而为之感动，究其"感动点"所在，正是那种经由"意象"之精微和"韵律"之曼妙而合成的抒情语境和抒情调式。譬如徐志摩的《再别康桥》，诗中所言之事和所抒之情，与现代诗读者很难说能产生多少共鸣与感动，但许多年轻的诗爱者依然喜欢，细究其因，一者，或钟情于那种别具风韵的浪漫气息，二者，无非喜欢诗中与其事与其情琴瑟和谐的形式美感，即俗话所说的"调调"。

诚然，现代社会中人的生活和人的命运，无不充满了各种的变数，乃至比虚构的文学想象还要富于戏剧性和故事性，加之物质世界的日益凸显等现实因素，迫使当代诗歌必须脱身单纯抒情的"精神后花园"，转换话语，落于日常，及物言体，引"叙事"为能事，拓展其表现域度，实乃势所必至。但这不等于就要完全放逐浪漫抒情，唯叙事为是。

这里的关键，是要注意将发自真情实感的纯正浪漫抒情，与虚假浮夸的泛政治抒情和无病呻吟的准浪漫抒情区别开来。即或是"叙事",若仅作"记录"性的就事说事,或顶多加上一点所谓"戏剧性元素"及"反讽味素"而后分行了事,无诚恳鲜明的生命感悟与生活体验灌注其中,到了也只是现象之复写,看似真、似切、似实,反假、反虚、反妄,但底里还只是那点事而已。何况此类"叙事"诗学所依赖的各种修辞手法和审美元素,大多是从小说、戏剧与散文等借用转化而来,就诗歌文体属性本质而言,到底还是属于退而求其次之举。

回头重新认领浪漫主义诗歌的抒情语境和抒情调式,其另一要旨在于强调诗歌难以割舍的形式之美。

我们常说"诗是语言艺术",其实更合理更全面的说法,应该为诗是有一定造型意味和一定音乐性的语言艺术。

汉语新诗引进西方拼音语系的语法及文法,讲求因承结构和散文美,诗思的开展,大都由篇构、而句构、而字构,字词皆拘役于语法、文法及逻辑结构,是以大大削减了"汉字编程"特有的韵律与节奏之音乐性的存在。但一方面,现代社会的生活空间和话语空间充满了噪音,诗要从这噪音中凸现出来必然要借助于音乐性;另一方面,汉语原本不乏音乐性元素,并未因现代汉语化而完全丧失其基因,还是大可有为于其中的。今日新诗诗学界一直在为新诗标准问题探求不已,若以诗美基本元素而论,大概在"意象"、"思象"与"事象"三元素之外,还需不忘"音象"为是。

以上三点之外,影响浪漫主义诗歌由曾经的滥觞到后来渐趋式微,其实还有更重要的一点,即新诗百年进程中屡屡受制于文化大背景的问题。先是要"启蒙",要"新民",要"配合中心任务",要"反映时代精神"等等,继而要与"体制"抗衡,要与

"国际"接轨，要与"网络时代"相协调等等，转来倒去，总有一个预设的"角色"与"姿态"在那里守候，或总有一种"历史位格"与"主流方向"等非诗学的外部引力在那里牵扯，因而一路走来，多是以"道"求"势"，"势"成则"道"亡，循环往复，唯势昌焉。

受此影响，每一时代之诗歌发展，总是随潮流而动，借运动而生，导致诗人主体自性的模糊和诗歌艺术自性的丧失，有心无斋，与时俱进，遂成时代的投影、时风的复制、时尚的附庸，以至于连"多元"也成了一个价值失范的借口。沿以为习，大家都在"势"的层面踊跃而行，疏于"道"的层面潜沉修远，也便每每顾此失彼，或将"后浪推前浪"变成"后浪埋前浪"的"格式化"程序，唯"创新"为是，唯"先锋"为大，难得"传承有序"及"自得而适"了。

同时还应该看到，新诗起源，本质上是一次仿生而非自生，有待慢慢转化而渐得自在。由此想来，或许纯正的浪漫主义诗歌精神，在百年来的新诗进程中，时有"不合时宜"或"水土不服"，也无可厚非。至少体现在西方浪漫主义诗歌中的某些气质和情致，包括汉语诗歌源流中的庄骚传统，是一时"拿"不来也学不来的，需要一个长期的、自然生长的过程。

而，新诗浪漫主义路向的新的开启与深入，依笔者之拙见，一是要强化现代意识，切忌老调重弹；二是要内化浪漫情怀，不作无病之生吟；三是要润化抒情调式，摒弃虚浮造作。

若以此三点，再落实于具体创作，则须谨守四个基本要素：其一情感要真挚；其二音韵要纯正；其三意境要切实；其四风骨要诚朴。

篇幅所限，此处只作理念提出，不再赘述。

作为西方谱系的浪漫主义思潮，历史性地去看，在其作用于政治以及其他意识形态方面，确实也产生过许多问题乃至灾难性的结果，但作用于美学范畴，至今仍不失为一种未竟的诱惑。而说到底，作为诗歌之浪漫主义的美学核心，在我看来，更主要的是一种气质，这种气质于今日时代的汉语诗人而言，大都不具备，或者说一时难以具备；在如此坚硬与单面体的现代汉语语境下，何以产生纯正的浪漫与梦想？我们甚至连我们曾经的苦难都难以述说真确，又去哪里落脚而足以支撑浪漫与梦想的跳板？是以暂时只能以现代主义和现实主义为要领，并时而回望一下浪漫的诱惑和梦想的召唤了。

2011 年 11 月

角色意识与女性诗歌

1

做诗人，且做女性诗人，是一种诱惑，也是一种陷阱。

至少在现时空下的中国，我们还没进步到已经在文学阅读中消解了性别意识的地步。在普泛的读者那里，对女性诗人的作品欣赏与对男性诗人的作品欣赏，依然是大不相同的。

我们在读北岛、读于坚的诗作时，即或在潜意识中，也很少出现"我在读一位著名的男诗人的诗"这样的意念，而非常自然地呈现为"我在读一位著名诗人的诗"。然而，甚至包括普泛的理论与批评家们在内，当他或她（女性自己）面对舒婷、面对翟永明的诗作时，无论在意识的浮面还是其深层，都会自然地呈现为"我在读一位著名女诗人的诗"这样的意念。

男性诗人可以代表整个"诗人"世界，而女性诗人只能是"女诗人"世界的代表——这种由男性话语权力强加于女性诗人的性别角色意识,一直是包括台湾诗坛在内的中国现代主义诗潮中,一个一再被忽略了的理论问题。

谁设定了这种角色?

在女性诗人那里,被强调了的性别角色意识是一种驱动还是一种困扰?是对女性创作主体的一种敞开还是一种遮蔽?

2

对性别角色意识的考量,在于由此深入到对包括性别角色意识在内的所有角色意识的检视和清理。

这许多年来,在两岸汉语新诗界,尤其是青年诗界,无论是成名诗人或待成名诗人,无论是男性诗人或女性诗人,都在那里一起喊着"生命写作"的口号,但骨子里真正进入生命写作的又有几个?

这其中的核心问题,是没有摆脱角色意识的困扰——对融入社会与进入历史的显意识向往,对经由"出色"而"出位"以获取"公共话语体系"认同的潜意识渴望,使普泛的诗人们很难潜心于本真生命的写作,而每每陷入为预设或后置的各种各样的角色而写作;对于女性诗人来讲,性别角色的困惑又使之多了一重障碍。

生命是一种偶然的给予。父母在偶然间给了你肉体,上帝在偶然间给了你灵魂。社会、文化、历史还有你愿意不愿意适合不适合都要给你的"角色"等待你的出演;现实的场景以及虚妄的欲求等等,无不给鲜活的生命暗自套上种种角色行头而迫使你就范、就位、出场,不知不觉地演下去,直到你只是角色、只是行头、而不再是你自己。

人生有如舞台,我们生来就被迫(派定)或自愿(选择)在这个大舞台上出演各种各样的角色;心和脸分离,理想和现实分离，本初生命被逐步肢解……对现代人来说，面对远离自然、更加舞台化也更加角色化了的人生，选择生比选择死还要不易，选择在场比选择遁世更为艰难、也更需要勇气。

问题在于：在这种既古老又现代且弥漫至今的"角色传染病"中，当普泛的人们已习惯于成为麻木的病者时，作为诗人的你（男性的和女性的），是否，既不怕成为生命中一个偶然的存在者，又始终对角色亦即对生命的"出演"持有一份深层的警觉和拒绝，使个我的诗性此"在"成为真实的诗性存有？！

3

生命的本真存在和生命的角色出演应该是两回事，有如社会"订货"式的"创作"和个人自由之写作是两回事：写作是本真生命的自然呼吸，而成为一种私人宗教，创作则常常潜移默化为角色生命的出演，而成为一项"现代汉语"式的所谓"事业"。

中国现代主义新诗潮的进程，多见于角色生命的出演，难得有本真生命的自在；无论在男性诗人或女性诗人那里，角色意识一直是个被暗自加强的东西，只不过在女性诗人这里表现得更为明显、更为特别，且多了一层性别角色而已。

在男性诗人那里，由于长期占统治地位的据有和出演，舞台的概念和角色的意识在表面上已渐趋于一种不在的在，人们对他们的阅读也渐次习以为常地消解了性别的暗示。女性诗人的出场则不一样，舞台在她那里仍然是一个欠缺的、突兀的存在，角色意识经由普泛的读者特别强调后，在她那里便成为一种不由自主的迫抑和驱动。

或许，她们之中一直就有清醒者认识到这是错误的出场，但面对依然强大的男性话语世界，她们首先需要跨出这一步，以宣布对女性诗歌缺席和哑默的否定，亦即对时代与社会大舞台另一半的据有。

实际上，她们大都有意识地、自觉自愿地选择了对包括性别角色在内的角色的认可和进入，有的则不无功利之心地自我强化着这种意识。于是男诗人写诗写关于女人的诗，女诗人写诗更是在写关于女人的诗，尽管她们笔下的女人之内涵，已扩展为广义的女性生命体验，但总还是囿于传统的性别角色定型观念，在二元对立的话语场中，强调着另一元的存在而已。

是她们演了角色？

还是角色演了她们？

4

从舒婷的《致橡树》，到翟永明的《女人》组诗，到唐亚平的黑色系列诗，以及伊蕾的组诗《独身女人的卧室》等；从大陆女性诗歌在现代主义新诗潮中的崛起，到台湾自50年代以后成批涌现且不断壮大的女诗人群体——可以说，是一个女性主体意识亦即性别角色意识，在现代汉诗中由确立到全面强化的过程。在短短不足80年的汉语新诗舞台上，由女性诗的缺失到女性诗的强烈出演，角色意识成为最初的驱动又最终成为一种困扰。

到了的问题依然是：在人们阅读一位女诗人的诗作时，是否已消解了同时还在阅读一位女诗人/女人的意识？

非女性（角色）之女性诗歌的概念由此提出：无女性（不在）→女性（角色出演）→非女性之女性（角色退出，另一种在）。

正如桑德拉·吉尔伯特（Sandra Gilbert）所极力主张的："在超越两性区别的地方，还存在着多形（multiform）自我或者说无性别的特征。"[①]

[①] 转引自［英］玛丽·雅各布斯（Mary Jacobus）：《阅读妇女（阅读）》，《当代女性主义文学批评》，北京大学出版社1992年版，第21页。

因为说到底,"人类的心脏是没有性别的"。①

即,艺术生命的最高层面应该是超性别、超角色的,由此才能触及到人类意识之共同的视点和深度,去"混沌"而真实地把握这个世界。

持这种视点和深度的女性诗人、女性作家和女性艺术家,无论在生命人本中还是在艺术文本中,都不再企求从男性话语场中找到一个什么支点,或者针对男性话语场为女性自身找到一个什么支点;换言之,亦即不再是以一个女人或假装一个男人去认识世界和思考人类,而是作为人类整体去认识和思考所有的男人和女人,作为女性诗人、女性作家和女性艺术家而又超乎女性立场的视野,去表现男人和女人共有的人类世界——生与死、苦与乐、现象与本质,以及未知的意识荒原与思想裂缝……

以此逼近,一种可称之为无性或双性的诗性生命本质。

5

进入这一诗性生命本质的关键要点,在于对角色的拒绝、退出与逃离。

现代以降,我们一直习惯于喊叫要发现什么、寻求什么、探索什么,最终发现更需要的却是丢弃、剥离、退出和逃亡!

实际上,对于临近世纪末——一个旧的终结和新的出发的过渡时空下的所有中国诗人们来说,尤其对于真正具有探索精神与前卫态势的年轻诗人们来说,无论男性诗人还是女性诗人,对角色意识的清理程度,已然成为最终的检验。

引申开去想:现、当代中国知识分子百年来有意无意间参与或促成的种种历史悲剧,不正是抽空了独立人格的角色意识在那

---

① [法]埃莱娜·西苏(Hélène Cixous):《从潜意识场景到历史场景》,《当代女性主义文学批评》,北京大学出版社 1992 年版,第 23 页。

里作祟的吗？

逃离角色，就是逃离生命的"出演"，而返回本真的"在"。

逃离不是消失，你仍然在场；在骨子里，对生命与生活的爱依然如火如荼。但是，这种爱必须从自身出发，从自身血液的呼唤和真实的人格出发，超越社会设置的虚假身份和虚假游戏，剥弃时代和历史强加于你的文化衣着，从外部的人回到生命内在的奇迹，成为一个在场的逃亡者——作为生命与诗的在场，作为角色与非诗的缺席。

退出角色，便是退出至今困扰我们的二元话语场，去寻求另一种话语方式，乃至对所有既成话语范式、话语模式及话语权力的全面清理和重构；不再是哪一性别哪一类角色的代言人，而是真正个我与人类的独语者。

这种作为人类共有本质意识之触角的、独在的诗歌视角，必然要求一种同样独在的诗性话语："当作家的生命与作品的生命汇合一处，消除了主体与客体之间、写作的妇女与被写的妇女之间、阅读的妇女与被读的妇女之间的种种界线，生命才得以最充分的展现。"①

显然，在这种消解了"种种界线"的诗性话语中，一切矫饰的、伪装的、虚浮的、涂有性别色彩和角色情调的东西都必须剥离干净。——对于那些生命原质中本来就没有诗的诗人来说，剥离之后可能是完全的空无；对于那些生命原质中一直有诗的诗人，剥离之后则是更加的纯正与真实——客观，超然，明澈；非制作，非包装，非角色。

这是另一向度的展开：仅仅作为男性话语的诗性存有是不够的，在两个单向度展开的诗性生命之外，在超脱生命角色意识与

---

① [法]埃莱娜·西苏（Hélène Cixous）：《从潜意识场景到历史场景》，《当代女性主义文学批评》，北京大学出版社 1992 年版，第 38 页。

生存角色意识，同时也自然地消解了性别角色意识之后，另一向度——可称之为第三向度的诗性生命空间无限深广，令人神往！

6

对角色意识的清理和由此引发的对第三诗性话语向度的探寻，仅只是作为一种新的诗学思考在这里提出，不存在任何价值评判的意图。

就现代诗学来讲，我向来习惯于检视其发生与发展进程中多了些什么或少了些什么，而不愿纠缠对错之争；不是说没有角色意识就一定会写出更高品位的诗，有了角色意识就一定不对。从新诗70余年的历史去看，女性诗歌毕竟属于刚刚崛起、初步成形的阶段，即或是单纯表现女性主体意识的作品，也还远未能充分展开和深入，无需过早地加以理论干涉。

当然，善意的提示总是必要的。

当代中国现代汉诗的历史价值，不仅在其宏大的进程和辉煌的成就，更在于它永不衰竭、不断超越的探索精神。从各种角度、各个层面出发的实验诗歌，为现代汉诗的全面深入和全面成熟，带来了强大的驱动力与勃勃的生机，同时也为现代汉诗诗学提出了许多新的、本体性的命题。

然而，当大多数女诗人仍在那里思考着怎样获得与男性诗人平等的话语态势，或怎样充分利用自己的女性话语优势时，有关角色意识与第三话语向度的提示，或可为之开启一种新的超越性的视角。

1994年1月

论作为生命与生活方式的女性诗歌写作

一

至少从诗歌接受学的角度而言，在我 30 余年的诗歌阅读和诗歌研究过程中，从未有意识地将其区分为女诗人的作品和男诗人的作品之不同类别来看待。换句话说，当我阅读一位女诗人的诗作时，一方面我从未有意识地意识到我可能的男性立场和男性视角，一方面也很自然地消解了我在同时阅读一位女诗人/女人的意识。

在我看来，"艺术生命的最高层面应该是超性别的，由此才能触及到人类意识之共同的视点和深度，去浑然而真实地把握这个世界"；"持这种视点和深度的女性诗人、女性作家和女性艺术家，无论在生命人本中还是在艺术文本中，都不再企求从男性话语场中找到一个什么支点，或者针对男性话语场为女性自身找到一个什么支点；换言之，亦即不再是以一个女人或假装一个男人去认识世界和思考人类,而是作为人类整体去认识和思考所有的男人和女人,作为女性诗人、女性作家和女性艺术家而又超乎女性立场的视野,去表现男人和女人共有的人类世界——生与死、苦与乐、现象与本质,以及未知的意识荒原与思想裂缝……

以此逼近一种可称之为无性或双性的诗性生命本质。"①

这样说来不免有"虚拟超前"的嫌疑,因为上述观念应该是在有关"女性诗学"滥觞之后的梳理所得,在我这里却似乎变为先验性的本能认同。如此推理下去,还不免生出更深一层的嫌疑:其一,在你意识的深处原本就没有女性诗歌之精神性别的认识,而本然地成为男性主导的立场;其二,在你意识的深处原本就存在女性诗歌之精神元素,而本然地忽视其来自另一性别的文本化的呈现。

对此,不妨先"存疑"待论。而如此绕了一圈的目的,在于想从无话可说的诗歌接受学中解脱出来,试图换一个角度,即从诗歌发生学方面来切入本论题,看能否有一点新的发现。

为此,仅限于中国大陆诗歌现场来看,有三个现象引起了我的注意:

其一,当代诗歌于上个世纪80年代中期以后,逐渐由庙堂转而为民间,由主流转而为边缘,由神圣化转而为日常化,由先锋性写作转而为常态性写作,由传统诗学及诗教的"立言"与"载道"之"大事",转而为现代中国人边缘化之个体生命书写的"小事",女性诗歌写作反而呈现出前所未有的活跃与繁盛。尤其新世纪以来,无论是创作数量和作品品质,都占有越来越大的比重,其分割"半边天"的历史景观,实可谓"盛况空前"。

---

① 沈奇:《角色意识与女性诗歌》,原载《诗探索》1995年第1辑总第17辑。

根据由黄礼孩、江涛主编的《诗歌与人》诗歌丛刊2004年10月号总第8期"最受读者喜欢的10位女诗人"专辑显示：在《诗歌与人》就"最受读者喜欢的10位女诗人"进行的问卷调查中，其有效票的826份所涉及的当代大陆女诗人，就有212位之多。而能进入这些答卷人（包括诗歌读者、诗人、作家、评论家、编辑、大学生等）的视野并予以举荐者，肯定已是较为优秀并有一定影响的女诗人，可见其整体阵容已扩展到怎样盛大的地步。①

其二，在绵延30余年的大陆先锋诗歌运动发展历程中，几乎很难发现有女诗人拉"山头"、搞"派系"情况，更少见女诗人参与任何一次无论是纯粹或不纯粹的诗歌论战——她们似乎只在乎诗歌写作本身，而很少关心诗之外的任何问题；她们只是乐于天生的那份诗性、那份散淡自适的写作状态，将男性诗人仰慕的荣誉之追逐，还原为一种诗性生命之不得不的托付，和乐在其中的生活方式。正像台湾前辈女诗人蓉子《维纳丽沙组曲》诗中的写照："你不是一棵喧哗的树"，"你完成自己于无边的寂静之中"。

其三，由于女性在生存方面的现实困扰：诸如婚姻、家庭、生育、琐碎事务的承担与经济人格的完善等，女性诗人很难像男性诗人那样全身心持续投入其创作追求，而常常被迫受阻，或一时中断或长时间沉寂。但当她们一旦能够在坚硬的现实中撕开一点缝隙时，便会一如既往地投入写作，并迅速恢复其艺术生命力，且无怨无悔地沉默于我们中间，持平常心，做平常人，写不平常的诗，做我们平和、宁静的"隔邻的缪斯"。

显然，在上述现象的后面，我们或许可以触摸到女性诗歌与男性诗歌在写作出发点上的不同，并由此切入对女性诗歌写作心

---

① 本次评选出的"最受读者喜欢的10位女诗人"依序为：翟永明、王小妮、舒婷、尹丽川、蓝蓝、郑敏、鲁西西、陆忆敏、宇向、海男。

理机制特征的辨识，从而领略其诗歌精神的真正风貌与义涵。从学理上讲，现代诗在"谁在写"、"写什么"、"怎样写"方面，似乎都很难分清女性诗歌和男性诗歌的根本差异，只有在"为什么写"这一问题上，才显露出本文命题的要义：即，女性诗歌写作与男性诗歌写作之根本不同处，在于她们能够更为本能地居住在诗歌的体内，将其写作锁定在作为生命方式和生活方式的所在，而非其他。

二

　　一般而言，男性写诗，除个别天才之外，大都是先从诗中（经由阅读、仿写等过程）发现了自己的诗性灵魂所向而后进入诗歌创作；女性写诗，则大都首先是从自己的灵魂所向中发现了诗，然后自然而然地进入分行的记录而为诗。这，大概是男性诗人与女性诗人、诗歌能手与天才诗人之间最根本、也是最让人沮丧的分野；在普泛的男性诗人竭力想以诗的言说深刻地解说世界的时候，女性诗人们则已轻松地创造了一个诗的世界。

　　由此可以说：诗在本质上是女性的。

　　诗人李汉荣（男性）曾在《诗是女性的》一文中指认："诗是女性的。""女性天生都是诗人。上天派女性来到大地，就是让她们写诗的。其实她们是上天写好了的诗，她们只需把自己呈现出来，也就把诗呈现出来了。""她们身上保留着比较多的自然性、本源性和诗性。男人是在写诗，女人却是在呈现诗。"进而认为："一部诗歌史虽然主要是男性诗人们的档案，但这些诗的男人，主要是他们身上的女性元素帮助了他们，培育了他们，丰富了他们，造就了他们。""只有当女性元素在诗人身上起作用的时候，诗人才会把肉眼变成灵眼，由物视进入灵视，才能进入诗的空间，看见物象后面的灵象，真正与诗相遇。"①

作为一个诗人，李汉荣的这些谈论虽缺乏严谨的推理，只是在发一些感慨和议论，但确实既说出了一些学理上说不清楚的东西，也暗合了不少学理上的说法。尤其以"呈现"指认女性诗歌写作的发生机制，可谓点在了关节处。

在我看来，李汉荣所指认的"女性元素"，主要体现在"母性"、"自恋"、"潜意识"和"感性力量"四个方面。稍有诗学常识的人都不难发现，这四点，都与诗歌的发生机制息息相关。

一切艺术的创造，尤其是诗歌，在技艺与修为的储备之外，落于具体的创作，情感的丰富与饱满和潜意识的启动与调动，无疑起着关键性的作用。

这样的"潜意识"和"感性力量"，在女性那里似乎从来不缺乏，也无须去修炼，只是以往的时代，一直没有提供可以让她们自由发挥的文化语境而已。而写作的过程无异于生育的过程，无论在女性诗人还是在男性诗人那里，都具有明显的女性特征。"富于创造性的作品来源于无意识深处，或者不如说来源于母性的王国。"② 由此我们才好理解，在许多优秀的男性诗人那里，从文本到人本的考察中，我们都总能找到那一份女性的敏感与细腻；至于"自恋"，更是一切具有诗性生命意识的男性和女性所共有的气质特征，或许在女性那里表现得更为明显与突出而已。

在上述四点之外，其实还有一点，即"趋于虚无化的生命本真"，才是"女性元素"更重要的所在，也是决定女性诗歌写作的发生机制与男性诗人根本不同的主要因素。

---

① 李汉荣：《诗是女性的》，原载《诗探索》1997年第1辑总第25辑。
② [瑞士] 荣格：《心理学与文学》，冯川、苏克译，生活·读书·新知三联书店1987年版，第142页。

从文化学的角度来说，诗及一切艺术之于人类的意义，主要在于将个体的人从社会化的类的平均数中分离出来，解放性灵，解脱体制性话语的拘押和社会人格的驯化，得以重返本真生命的鲜活与个在，如伍尔芙所说的那样，"拥有一间自己的房间"；尤其是现代诗，常被诗人们比喻为现代人之独立人格、自由精神的获救之舌，实在是极为恰切的指认。

应该说，在现代社会中，这样的"房间"，这样的"获救之舌"，之于女性和男性，都是一种渴望而难得实现的诉求，只是因了功利的侵蚀，男性诗人及男性艺术家们，总是常常将其搞成了所谓的"事业"而偏离了本来的意义。

而一方面，"就女人来说，她的天然气质是艺术化的。爱本身就是艺术，它排斥任何功利；如果它一旦和功利纠缠在一起，它首先伤害的是它自己。"[1] 另一方面，按照诗人哲学家萌萌的说法，在本质意义上，"女人是一种虚无化的力量"，"虚无化是对男人文明理性的硬结的消解"，"她本然地要在男人建立的巨大世界面前显示出它的虚无并重返大地。"[2] 而正是这种"趋于虚无化的生命本真"，方使真实的个人和真实的诗性生命意识从公共话语中脱身而出，成为某种可能。

由此可以理解，许多男性诗人在写作中，何以总有一个放大了的"读者"，并为此而"写诗"。细读女性诗歌文本，则总会觉着她似乎只是在和自己说话；换句话说，在女性诗歌写作中，她们会很自然地从过于同志化的"公共场所"退回到个我的本真密室，埋首于一己的诗性生命意识，"扬弃有用性，扬弃社会性，达到超越自然而又回复自然的自然性，达到超越生命而又回复生命

---

[1] 萌萌：《哲学随笔》，《萌萌文集》，上海译文出版社2007年版，第15页。
[2] 同上书，第7、17页。

的生命形式，进入诗。"① 由此生成的作品，在示人之前，先是作给自己"享受"的，是从一己之诗意的心灵而生，变成另一个自我来与她做伴的；好比山与山岚的对话，水与水波的呢喃，只是那样原生性地在着，快乐或痛苦地在着。

这里不妨借用女诗人杨于军《没有窗户的房间》② 一诗作以感性的佐证：

你独处在没有窗户的房间
甚至没有门牌
就像你无意中在计算机上
按下的空格键

诗歌是否值得你付出一生
这种符号，是否
真正揭示我们的存在
是否有人在很多年后
在曾经代表文明
已经消亡很久的纸上
读到我们的片段

文档会被有意无意删除
纸张经不起水和火的洗礼
还有什么可以留下
什么可以永恒

---

① 萌萌：《哲学随笔》，《萌萌文集》，上海译文出版社2007年版，第65页。
② 选自杨于军诗集《冬天的花园》，香港高格出版社2006年版。

>　而你，仿佛对这一切
>　并不在意
>　我的书已被蛀虫占领
>　我的手稿有异类游走的足迹
>　岁月有痕
>　划分时代和传说
>　心绪无限
>　连结万种风情

很明显，诗中所透露的诗性的感觉，已不再是与男人以及男人的历史纠缠着的女人的感觉，而是一个女人自足地守着内心的自然的感觉。

由如此心态生成的女性"呈现"式的诗歌写作，与那些为"社会学"的"定货"或为"诗歌史"的"名头"许身式的所谓"创作"，有着根本的不同。这种作为"精神自传"性的女性诗歌写作，既不会像男人那样写，又不必刻意地像女人那样写，而只是"这一个自己"的写，且本能地消解了观念的困扰与功利的张望。

正是在这里，女性诗歌写作与男性诗歌写作才有了本源性的差异——从写作发生的那一刻起就存在的差异。

三

毋庸讳言，本文从立论到展述至此，一直是使用"女性诗歌"而非"女性主义诗歌"这样的指称来谈论女性诗歌写作，其动因在于：一方面是有意避开尚未辨识清楚的"女性主义诗歌"的说法，一方面也想借此引申出本文立论的另一条线索。

至少在大陆诗学界，有关"女性诗歌"与"女性主义诗歌"的学理性区分，至今难以看到十分明确的规范化辨识。大多数的论述，将二者混为一谈，少数区分者，也多以"女性意识"（包括"女性性别意识"、"女性身体意识"、"女性性意识"等）、"女性经验"（所谓"深渊冲动"、"沉沦冲动"、"死亡冲动"等）和"女权主义"为说辞，且莫衷一是。问题在于，即或是按照"女性主义"所开列的这些"元素"来做辨识，似乎也难以完全自圆其说。无论是"性别"、"身体"、"性"，还是"深渊"、"沉沦"、"死亡"，在现代社会中，都是女性与男性之现代人共同深陷其中的生存体验与生命困惑，并非独为女性所有的"专利"。唯一可能的是，或许各自对此感受的深浅与敏感程度有所不同，以及对此言说的方式与角度有所不同，但还不足以构成本质意义上的根本区分。

同时，严格地讲，上述"元素"更多应属于社会学的范畴，即或于强调中有所表现与进步，那也多属于社会学上的进步；或许由此可以拓宽现代诗歌的表现域度，但也不足以就此划分女性诗歌写作与男性诗歌写作的属性之不同。尚不说所有这些"元素"，仅就女性而言，其落实在每个女性个体生命体验中，又该有多么大的差别而难以通论。

因此，囿于个人的有限学识和本文开头所存疑不论的"先验"之"嫌疑"，我一直习惯于将有关"女性诗歌"的讨论，仅仅限定于"女性所写的诗歌"这一定义域中，并不无褊狭地将过于强调的女性主体意识之出演，指认为性别角色意识的作祟。

对此，我在题为《角色意识与女性诗歌》的文章中提出："在女性诗人/作家那里，被强调了的性别角色意识是一种驱动还是一种困扰？是对女性创作主体的一种敞开还是一种遮蔽？"的问题。

325

由此提示当代诗人之所以难以真正进入生命写作的深层，核心问题是没有摆脱角色意识的困扰，进而提出"逃离角色"的诗学主张。①

其实，在真正独立而具有超越意识的当代优秀女诗人那里，对因女性主体意识的过于强调而致的角色意识的出演，一直不乏警惕与反思。

这里试举两例：

其一，被理论家指认为大陆"女性主义诗歌"开风气之先且最具代表性的翟永明，在写出被视为表现女性意识之标志性作品《女人》组诗之后，面对一度大面积仿写而出现的"翟永明式"的"女性主义"诗歌作品，及其后分延泛滥的表现女性"身体意识"和"性意识"的诗写热潮，提出明确的警告说"'女性诗歌'固定重复的题材、歇斯底里的直白语言、生硬粗糙的词语组合，毫无道理、不讲究内在联系的意象堆砌，毫无美感、做作外在的'性意识'倡导等，已经越来越形成'女性诗歌'的媚俗倾向"。②

在另一篇回答诗人、评论家周瓒的访谈中，翟永明更总结性地指出："来自善意的对女性写作的赞美和评定，与来自霸权系统的对女性写作的导引，都呈现出一个外表华丽的美学陷阱。女性文学必然既是身体的，又是文学的，它的价值也应当是对这二者双重思考的肯定之中"。③

其二，一直疏离于"女性写作"之"主旋律"而特立独行，并由此得以持续穿越30余年现代主义新诗潮，为"女性诗歌"写作造就另一片风景线的王小妮，在回答评论家来信，提问为什么

---

① 沈奇：《角色意识与女性诗歌》，原载《诗探索》1995年第1辑总第17辑。
② 翟永明：随笔集《纸上建筑》，东方出版中心1997年版，第232页。
③ 翟永明：随笔集《正如你所看到的》，广西师范大学出版社2004年版，第55页。

在她的诗中使用的人称都是"他"而不是"她"时，颇有意味地说道："人都是复杂的变体。在诗的氛围里，我不自觉地运用了一个形象不断转换的'他'，这个'他'可能还包括着叙事者我，一个性别不定的人。如果使用'她'，是不是我等于放弃了更广大的自由？我从来没有想过使用'她'"。①

看来，对主要来自社会学层面而派生的有关"女权主义"和"女性主义"的诗歌观念，持一份更为审慎的态度，是较为明智的选择。至少在具体到每个女性诗人的实际创作中，崇尚自然的生长，期望能原生性地面对自己的生存体验，在说出生命的痛与执着之外，"依靠对美的认识巧妙地掌握身体、心理和语言的平衡，"②来说出更高的平等和超然，大概是更为合乎情理的许诺。

需要赶紧补充说明的是：带有强烈女性主体意识和角色化特征的"女性主义诗歌"，是当代汉语诗歌于社会转型及文化际遇中的一次必然的反映，从创作实践到理论研究，都起到了疏通与拓展性的历史功用，为当代女性诗歌写作输入了新的血液，也丰富了其表现内容与影响力。这里只是想提醒：这一历史行程在整个女性诗歌发展中，无疑只是一段必要的过程，并且需要及时消解其负面的作用。

说到底，"生命的本真存在和生命的角色出演应该是两回事，有如社会'订货'式的'创作'和个人自由之写作是两回事：写作是本真生命的自然呼吸而成为一种私人宗教，创作则是角色生命的出演而成为一项'现代汉语'式的所谓'事业'。"③而也只有

---

① 王小妮：诗集《我的纸里包着我的火》后记，春风文艺出版社 1997 年版，第 226 页。
② 娜夜：《获得苍茫中的一点》，见《中国诗人》2004 年第 3 期。
③ 沈奇：《角色意识与女性诗歌》，原载《诗探索》1995 第 1 辑总第 17 辑。

重新回到生活现场的真情实感，回到一己本真生命的体验而非观念和主义的演绎，女性诗人才会真正发挥出她们特有的敏感、清越和宽容，使男性诗人们自愧弗如。

四

按照诗学家陈仲义的总结，从20世纪80年代中期到90年代末的当代大陆女性诗歌，"明显渡过相互促进发展的三个阶段，这三个阶段同时也是女性诗歌三个相对独立的内在空间，用简明的语言可以压缩为：角色（性别）确证；角色（性别）张扬；无角色（无性别）在场"。①

三个阶段的第一、第二阶段，在我看来，基本上是共时性展开的不同空间表现：如果说，作为先导的舒婷（《致橡树》《神女峰》），尚在历史时间与生命时间的顾盼中，展开女性诗歌之"角色"的"确证"与"张扬"（委婉的"张扬"与不委婉的"确证"），以翟永明（《女人》）、伊蕾（《独身女人的卧室》）等为代表的那一波"造山运动"般的女性诗歌大潮，则已比较彻底地沉入到生命时间中来展开他们的"确证"与"张扬"。这无疑是可称之为具有"史的功利"的一次角色出演，没有这次划时代的"出演"，我们无法想象后来的大陆女性诗歌该如何走下去。

这次"出演"的后遗症在于，大潮过去后，女性角色意识被有意无意地强化而至"溢出效应"。当然，这是必然的过程，由此方有了第三阶段的过渡——严格地讲，这个阶段只是一种过渡，或叫做间歇，且主要体现在理论与观念层面，并未形成可视为一个相对独立阶段的创作之文本化实存。

---

① 陈仲义：《扇形的展开——中国现代诗学谫论》，浙江文艺出版社2000年版，第212页。

这个过渡阶段的一个重要收获,是人们在反思中认识到,同属于那次大潮的代表诗人王小妮、陆忆敏的写作中所体现的异质元素,何以能如陈仲义所指认的"以本色的'女人—人'亮相","给女性诗歌增添另一种自在、本真、散淡的谱系"而"构成丰富生动的互补",① 并为下一步的广阔进程准备了可资参照的坐标。

从角色到本真,从张扬到沉潜;从刻意寻求人世的广度,到返身再探人性的深度;从倾心历史时间的生存,到认领生命时间的生存——经历三个阶段洗礼的大陆女性诗歌,在重返作为生命方式与生活方式的写作心理机制,并以"更高的平等和超然"步入新的一个世纪的诗歌进程中,确实展现出了更为广袤而沉着的风格样貌与精神品质。

仅以新世纪前后个人有限阅读所及,印象中难忘的优秀诗歌作品,大部分来自女性诗人:从祖母级的郑敏先生到"九零后"的天才小诗人高璨,② 几代女诗人各显风采,繁花似锦,盛况空前。其作品大都无涉"女权主义"和"女性主义"的诗歌观念,而是在更为宽容与豁达的心境与语境中,所展现的"女性诗歌"之新天地、新境界。不妨试举二例如下——

先看王小妮的《月光白得很》:

月亮在深夜照出了一切的骨头。

---

① 陈仲义:《扇形的展开——中国现代诗学谫论》,浙江文艺出版社 2000 年版,第 222 页。
② 高璨,女,1995 年生,西安交通大学附属中学初一(13)班学生。2003 年初开始发表习作。2004 年至今,已出版《路边没有相同的风景》等四部诗集和两部童话集与一部散文集。曾获首届冰心作文奖,被有关媒体评为十大"90 后"作家。系大陆目前最年轻且影响广泛的天才小诗人。

我呼进了青白的气息。
人间的琐碎皮毛
变成下坠的萤火虫。
城市是一具死去的骨架。

没有哪个生命
配得上这样纯的夜色。
打开窗帘
天地正在眼前交接白银
月光使我忘记我是一个人。

生命的最后一幕
在一片素色里静静地彩排。
月光来到地板上
我的两只脚已经预先白了

全诗四节十四行，无一字生涩，无一词不素，低调、本色、从容，纯粹的语言形态和纯粹的生命形态趋于统一，并以超逸空濛、清隽旷达的意境，更新我们的感觉方式，向信任她的读者，传达她独自深入的灵魂的歌吟，和被这歌吟洗亮了的审美视觉。全诗结尾两行，方透露一点出自女性视觉的经验细节：是自然的呼吸使我们重获呼吸的自然，与澄明有约的一颗灵魂，在月光照拂之前，已预先将自己洗白了……读这首诗，慧眼者更可在字里行间品味到一种特别清朗与优雅的写作心态。素心人写素色诗，朴素之美，美在人真，此诗可证。

再看娜夜的《起风了》：

起风了　我爱你　芦苇
野茫茫的一片
顺着风

在这遥远的地方　不需要
思想
只需要芦苇
顺着风

野茫茫的一片
像我们的爱　没有内容

全诗仅九行五十余字，其中两行还是重复使用。就这，诗面上也没多说什么，只是寥寥数笔，将我们在北方、在西部、日常见惯的"野茫茫的一片""顺着风"在着（此处不宜用别的什么词）的"芦苇"描绘了一下，顺便平平实实地说了两句类似感言的话，便戛然收笔。如此有限的寥寥数笔，却笔笔生力，搭在关节处，于无中生有中，精准传神地透显出"在这遥远的地方"，存在之荒寒与生命原始的忧伤，以及人与自然、人与存在、人与命运那一种不得不的认同感，和由此而生的那一缕淡淡的清愁、那一声淡淡的叹咏。

从对不免沉重和忧患意识的爱的承担："这份孤独在夕阳中是悬崖上母猿的孤独/妈妈/最深重的绝望莫过于此/你要我以怎样的

无奈坚持这种族？"（阎月君：《爱仇》，1988年）① 到对已然"没有内容"的爱之空茫的淡定认领，娜夜的这首小诗，将具有北方地缘特质的女性诗歌推进到一种更本质也更开阔的境地，且尽得所谓"西部诗歌"的真魂。更重要的是，此诗透显出的那份简、淡、空、远，以及"仿佛同自然面对面地交换着呼吸的冷暖"② 的心境与气质，无疑为当下时代的女性诗歌话语，增添了新的感知和表意风度。

由此可以看到，在告别角色出演而重返个体本源质素之后的女性诗歌写作，就此展现出怎样丰富多样的纵深景观；或许这样生成的作品不一定能引发多少理论性的话题，但总能让我们感受到一些直接来自生活与生命本身的气息，一些既超脱又平实且自由专注的心音心色：诚朴、亲切而不失生动与深刻。——诗歌作为一种艺术，在这里回到了它的本质所在：既是源于生活与生命的创造，又是生活与生命自身的存在方式。

有必要再引述一段翟永明的话："我一直觉得诗歌无派。如果真有，那女诗人算是一派。尽管有时候因为身边的男人们的影响，她们偶尔会加入某些群体；尽管因为表现手段的不同，她们对诗歌的看法有分歧。但是，因为天性中的恬淡、随意，对诗歌本身的热爱和虔诚，使女性不会真正去为诗歌之外的东西争斗吵闹。而女性在写作中'惺惺相惜'的心灵沟通，使相互间的理解和认同，超越了那些充满硝烟的文学派别之争，也使她们的创作生命

---

① 阎月君，活跃于80年代的优秀女诗人，曾和周宏坤合编《朦胧诗选》，影响甚大。本文所引其诗句摘自阎月君诗集《忧伤与造句》中《爱仇》一诗，春风文艺出版社1997年版。
② 萌萌：《我读女人之二》，《萌萌文集》，上海译文出版社2007年版，第412页。

力绵延悠长。"①

　　男性爱诗及艺术，常常会爱及其背后的什么东西；女性爱诗及艺术，爱的只是其本身。——自发，自在，自为，自由，自我定义，自行其是，自己做自己的主人，自己做自己的情人……然后，自得其所，并以平常心予以认领，而由此安妥了一段不知所云的灵魂。

　　这不正是诗及一切艺术存在的真正意义吗？

　　在本文这里，到了的结论只能是：无论是女性诗人还是男性诗人，只要你坚持永远居住在诗歌的体内，并成为其真正的灵魂而不是其他，你就会超越时代语境的局限而活在时间的深处，并悠然领取，那一份"宁静的狂欢"。

2008 年 8 月

---

① 翟永明：《非非女诗人秘事》，转引自"诗生活"网站"诗观点文库"，2008 年 7 月 6 日发布。

梳理、整合与重建
——《中国新诗总系》初读谫论

汉语新诗，在历经近百年的发展后，渐次呈现为一种空前繁荣而又空前浮泛的平面化状态。当此要津，由北京大学中国新诗研究所组织编选，北京大学中文系谢冕教授担任总主编的十卷本《中国新诗总系》，经由人民文学出版社隆重推出，以其集作品、理论和史料为一体的宏大结构和空前规模，全面梳理并立体展现其历史全貌，以此重新认领百年汉语新诗的所来之路，以及重心、坐标和方向的所在，可谓正当其时。

一

但凡文学编选，大体来说，除"史志"功用之外，总是要多少体现某种文学价值取向的"标举"作用。在这里，编者选取并构建怎样的"价值坐标"体系，是决定其编选样态和实现"标举"宗旨的关键。纵观百年汉语新文学的进程，这样的"价值坐标"

之选取，最大的困扰在于如何处理"历史化"和"经典化"的对立统一关系。

就此而言，《中国新诗总系》的编选，可谓跨出了突破性的一大步。

《总系》作品部分的编选（共八卷），按照有关资料和媒体报道的说法，是以总主编谢冕先生提出的"好诗主义"为其核心理念的。这个理念，表面看起来更像是一个"口号"，其实若置于此前主流文学史主导下的各种编选样态来看，确已隐含了以作品为重、以经典为要、尽量避免"历史化"之局限的一种学理性"翻转"或曰"革命"。

至少就百年汉语新诗历程来说，"历史"和"经典"这两点，在大多数情况下总是难得统一。"历史"有其必然的"时段性"和"时代性"之局限，所谓"经典"，则至少应该跨越一定的"时段性"和"时代性"，并且能深入"时间"维度。以往的历史事实也一再证明，一些在"历史"叙述中因其具有强烈的"时代性"，或者说，在某一历史时段中以其强烈的"时代性"而成为重要作品的文本，大部分都于"时过境迁"之后，成为仅停留在"历史叙述"中的东西，成为不再被新的阅读所接受，仅仅具有"史"的"节点"之"标记性"作用的、非"经典性"的作品，而那些真正经典性的作品则不会存在这些问题。

同时，一些以"探索"和"实验"为要，开启了某种新的诗学发展之"可能性"而一时振聋发聩，但并未达至"经典性"意义的作品，尽管与"时代性"无关，甚至在某种程度上还超越了时代局限并具有一定的先锋性，但依然应该纳入"史"的维度、作为重要作品而非优秀作品来看待。

这里就提出了有关"经典"和"好诗"的定义域，到底如何理解的问题。

笔者在80年代中期发表的一篇诗论文章中，曾将包括诗在内的一切文学艺术作品及其作者，粗略分为优秀的、重要的、优秀而不重要的、重要而不优秀的、既重要而又优秀的五大类，成为日后从事诗歌研究及文艺研究的一个批评基准。在我的认识范畴中，所谓"经典"，大体属于"既重要而又优秀"的部分，若再加上"优秀而不重要的"这一部分，大概就相当于我所理解的、《总系》编选中所主张并标举的"好诗主义"之要旨了。

至于在具体编选中如何落实好"好诗主义"，则难免仁者见仁、智者见智，会有许多差异。发生差异的主要部分，在那些"重要而不优秀"、"优秀而不重要"的诗人及作品的认定与取舍上——也正是在这里，选家的立场、学养、学理、诗歌史观、审美趣味、尤其是艺术直觉的区别，便豁然显现出来，也是难以求同划一的关键所在。同时，反观以往新诗编选种种，还存在着"治史者"之选与"知诗者"之选的不同取向，更是导致差异与分歧所在的重要原因。

不过在这样的诠释中，所谓"重要"，依然是以"史"的存在为前提的，是一个后设的、比较生硬的前提。正是有这个"前提"的存在，我们才一再为那些"重要而不优秀"的诗人和"重要而不优秀"诗歌作品所困扰。

由此，如果换一个角度，仅从接受美学来看，大概又得分开"读诗的人"和"研究诗的人"，亦即纯欣赏性的、非专业性的阅读和研究性的、专业性的阅读两大类，或者还有二者兼具的读者。那么编选的"受众"定位到底为何？又成为一个无法回避的问题。尤其在所谓大型的、权威性的、带有"文学史书写"意义的编选中，能否放下身段，兼济"庙堂"（包括"学院"）与"天下"（广大的民间），兼容研究性阅读和欣赏性阅读，以有效避免"历史"与"经典"的纠结，而提供别样的腾挪空间，实在是一个重要的考验。

二

基于以上思考，并结合我个人曾经的编选体验，我认为，《中国新诗总系》的编选达到目前这样的体系、规模和样式，已经相当不易，可谓百年一选，高标独树。其基本的成就，以初读后的粗浅认识，或可用"钩沉疏浚"和"重建谱系"概言之。

所谓"钩沉疏浚"，在这里有两方面的意思。

一是指在《总系》的编选中，以"好诗主义"为宗旨，深入近百年新诗发展历程之显在与潜在的方方面面，刻意打捞和发掘过去因各种原因被遮蔽或被忽略了的优秀诗人和优秀作品，力求多角度、多层面、全方位、严谨而科学地展现汉语新诗的"经典"之所在，进而至少"阶段性"地全面梳理并基本恢复百年新诗历史之大体的真实与完整。

二是指在《总系》的编选中，以相当的魄力和学理性，及开放的心态和开阔的视野，不但打通两岸四地与海外之诗歌地缘，而且消解了之前的"打通中"总是"以我为主""他为陪坐"的狭隘心理（这样的心理在两岸以往的编选中都普遍存在），回到以诗为重、以作品为重的基本原则上来，客观对待，积极整合。尽管具体落实中依然有一些遗憾，但总体上所达成的格局，可以说刷新以往而不失为历史性突破。尤其在洪子诚先生主编的第五卷（1959—1969）中，这一历史性突破意义，得到了最为坚卓而突出的体现，其"破冰导航"式的重大作用，必将影响深远。

所谓"重建谱系"，包含一个主义和两大特点。

一个主义即"好诗主义",前面已作简要论述。两大特点,一是"规模宏大",二是"兼容并包"。"规模宏大"指其样貌,或"谱系"的外在构架,一看便知,史无前例;"兼容并包"指其"谱系"的内在结构,包括立场、视野及价值取向,确系突破性的重建。

这一"重建"的主要落脚点,在于五个"兼容并包":

其一,"历史性"与"经典性"的兼容并包;

其二,两岸四地及海外全方位诗歌地缘的兼容并包;

其三,"体制内写作"与"体制外写作"的兼容并包;

其四,"民间写作"、"学院写作"和"庙堂写作"的兼容并包;

其五,"探索性"写作或"先锋性"写作与"常态性"写作或"守成性"写作之不同路向的兼容并包。

篇幅所限,这里只作概要指认,不再展开论述。

三

然而,以如此规模的编选,再分以十位主编"联手合奏",而要力求总的编选宗旨和"重建谱系"和谐有效地得以完善体现,不留遗憾,实在是件很困难的事。尤其前八卷诗选部分,出现了一些值得商榷的问题,不妨稍作认证。

先说编选体例的问题。

《总系》前八卷入选作品的编排,主要以"主题"分类方式分辑编排结集,而这样的"主题"分类,要在如此规模的大型选本中采用,确乎既是创新之举,也是一种冒险。

首先是各卷主编对"主题"的理解和参照系不可能一致,导致对体现"主题"的各卷分辑的命名也各自为是:有的是以"流派"命名,有的是以"社团"命名,有的是以"时代背景"来命名,有的则沿袭以往文学史、诗歌史的既成说法来命名;有的是实有所指的命名,如"文学研究会诗人群"、"台湾的现代主义"等,有的则采用了虚泛的或意象化的指认,如"多元的收获季"、"特殊的歌唱"等。

其中,王光明主编的第七卷,在实有所指地命名了卷中前三辑后,被迫为第四辑选择了"其他诗人的诗"这样令选者和被选者可能都不免尴尬的命名。程光炜主编的第六卷中,以"岁月回望"作为1969至1979十年台湾诗歌一辑的命名,也显得不甚确切。张桃洲主编的第八卷,则分别用"转换与延续"、"拓展与深入"、"探求可能性"、"多向度选择"这样完全虚指的、学术化的语词为其四辑命名,难免会造成辨识上的困惑及逻辑上的含混。例如被归为"拓展与深入"的诗人及作品,是否就不具备"探求可能性"的质素?或者如此类推,也都难免不生抵牾。

与此共生的问题是,作为八卷一体的作品部分,又是按十年分卷,不免有许多诗人要跨卷入选,于是便出现了同一位诗人在不同卷中被作了多次的几乎完全不同的"命名",而由孙玉石主编的第二卷则又没有作分辑和命名,与其他七卷判然有别,由此造成一些不必要的阅读困惑。诸如这样的问题,对研究性的、专业性的阅读受众而言,可能还不是什么大问题,但若置于纯欣赏性的、非专业性的阅读受众那里,恐怕就有些难堪了。

其次是择选诗人与作品的问题。

所有的诗歌编选,最难求全也最容易为人诟病的,是如何择选诗人与作品。以"历史性"与"经典性"兼容并包为要旨的《总系》编选,在这方面可说是较为有效地实现了预期的理想,但依然存在着一些局部的、不大不小的遗憾。

首先从整体上宏观比较，可以看出编者还是以史为要，习惯性地较为偏重"历史性"的或"教科书"式的考量，对那些"优秀而不重要的"诗人和作品的遴选，难免有些保守和犹豫。而在具体入选作品的"数量"把握上，也存在着一些学理上的矛盾。

例如：有的入选诗人，在整部《总系》中只有一首或两首作品在录，而单个诗人最多入选的作品则有二三十首乃至五十多首，如穆旦58首、艾青33首、牛汉28首、北岛24首等，对比太过悬殊。如果这种情况出现在早期新诗的编选中，尚可理解为"钩沉"之举：这入选的一两首诗，或者是一首长诗、或组诗力作、或传世绝唱，也还说得通。但若非这些原因，而仅仅是一首短诗且并不怎么"经典"却"忝列其中"，就面临一个疑问：它是以诗人之不可或缺的历史位置或身份入选的，还是以作品本身的品质入选的？而这样的入选若再纳入整部《总系》中作比较，更会出现对其入选价值的疑惑不解。加之所有入选者概无作者简介，那些仅以一首作品出现的诗人，就存在让普通读者包括新的研究者不知就里的可能。

再就是个别漏选问题。虽然这个问题因编者的"天赋差异权"（笔者生造的一个词），本来是无可置喙的，但作为如此规模和如此规格的权威性编选，还是有必要求全责备而在此举证几处明显的失误。

这里首先让熟悉当代诗歌发展历程者大为不解的是严力的漏选。从早期朦胧诗崛起到新世纪十年新诗现场，跨越三个时代的严力，以其独特的语言魅力、犀利的思想锋芒及持久的先锋意识，在有效扩展现代汉诗表现域度的同时，更为这种"表现"增强了世界性的视角和人类意识的底蕴，影响遍及海内外，其综合成就，置于任何类型的选本都是不可忽略的，代表作《还给我》更是有口皆碑，耳熟能详，却在如此重要的《总系》中被轻易抹去，实在是一大硬伤！

再如主编过《朦胧诗选》的优秀女诗人阎月君（代表作品《月的中国》等），"他们"诗派的主力诗人丁当（代表作品《时间》《房子》《抚摸墙壁》《落魄的日子》等），现代西部诗歌的杰出代表张子选（代表作品《阿拉善之西》《西部二题》等），此前均入选过诸如陈超所著《20世纪中国探索诗鉴赏》等影响广泛而被公认为重要而优秀的选本，有的还被写入洪子诚、刘登翰合著的《中国当代文学史》，在《总系》中却都不见踪影。

再如近十多年来奇峰崛起的诗人麦城，其作品获得李欧梵、陈晓明、唐晓渡、程光炜、陈超、王家新以及瑞典诗人卡耶尔·艾斯麦克（1988至2004年诺贝尔评委会主席）、日本诗人谷川俊太郎等许多名家激赏与好评，并已有英语、德语、日语、瑞典语诗集在海外出版，影响广泛。评论家张学昕称其为"孤独的探索者"、"为现代汉语诗歌建立了一种审智的方式"。① 尽管麦城迟至2000年才出版第一部诗集，但所结集作品有相当部分创作于20世纪80年代至90年代，且不乏精品力作，如《直觉场》（1885）、《视觉广场》（1987）、《现代枪手"阿多"》（1988）、《在困惑里接待生活》（1998）等，却无一首入选。

另如从年少风华发起第三代人诗歌运动，到中年午后独入新古典绝地胜境的赵野，这位有着自己精神光源并坚持在时代背面发光而越众独造的诗人，在普遍陷入"转基因"之"二手写作"的当代诗歌界，以其特立独行的元写作立场，及无出其右的语言意识、文化意识与诗体意识，化约中西古今，重构汉诗传统，将

---

① 转引自《钟山》文学双月刊2010年第5期《十大诗人（1979－2009）：十二个人的排行榜》之二十五条"麦城"部分。

"词与物不合"的"世纪热病",叹惋成回肠荡气的现代版之魏晋与庄骚,而"淡漠所有的诗歌时尚,以自己的方式接近诗的真理"(赵野语),而渐进于更高的诗歌种族,居然被置若罔闻,好像没这位诗人存在过似的,实在令人难以置信。

还有,在20世纪90年代发轫而于新世纪十年影响日盛并具有鲜明风格的西部代表诗人古马、娜夜、人邻、叶舟等人的漏选,尤其古马的《青海的草》等代表作,娜夜的《起风了》等代表作,早已是广为称道的名篇,皆付之阙如。

另外,台湾现代诗板块中,《创世纪》代表诗人碧果(台湾前行代诗人中一直坚持"超现实主义"路向而大器晚成、独备一格且横贯整个台湾现代诗运的优秀诗人)、新生代女诗人颜艾琳(被痖弦称之为"创造性很强的女诗人")的漏选,都不免有些遗憾。

再有,洛夫的系列实验诗作《隐题诗》,在20世纪90年代初的两岸诗界,曾引起许多反响,可谓一个不大不小的"诗学事件"。尽管因各种因素所致,这一"诗学事件"未得以更深广的研讨,但只要新诗的形式问题依然是个"问题",就有洛夫的"隐题诗"作为此一"问题"的参照价值而存在。或单就作品本身而言,诸如《危崖上蹲有一只独与天地精神往来的鹰》等,也实可谓现代汉诗中的异品佳作。可以说,无论从"历史性"还是从"经典性"哪一方面来考量,都不宜弃之不顾。①

此外,诸如黑大春、默默、宋炜、李森、李汉荣、唐欣、中岛等(这个名单至少可以继续列出十几位,其中有的还入选过谢冕、钱理群主编的《百年中国文学经典》第八卷)别具诗学价值

---

① 洛夫的"隐题诗"集中创作于20世纪90年代初,先是在两岸诗歌刊物陆续发表,引起关注并引发许多模仿追随者,后于1993年结集《隐题诗》由台湾尔雅出版社出版。

的优秀诗人的缺失，也都属于明显的漏选和失误，令人遗憾——尽管我们知道，任何的诗歌编选，都不免是遗憾之事，所谓好的编选，只是将遗憾降到了最低程度而已。

总括上述，笔者认为，《中国新诗总系》的编选，总体上确然不失为一部里程碑式的宏编巨制，谱系明确，脉络清晰，高屋建瓴，独备格局，于汉语新诗历史的重新书写和典律的生成光大，都具有继往开来的重大意义。虽然，因规模、时间、合作方式及时代语境等诸方面因素所限，在具体文本中出现了这样那样的"肌理"（相对于"脉络"而言）和"枝节"（相对于"谱系"而言）方面的问题和缺憾，但都既不影响大局，也完全可以在新的修订中予以弥补和完善。

当然，与此同时，我们还必须认识到的是，我们身处的这个时代，从更宏观的历史视野和时间维度来看，依然还是一个艰难过渡的时期。于此，我们方可更清楚地把握住，在这样的过渡时代，哪些是我们能够做到并做好的，哪些是还不能完全做到和做好的。

——或许，只有真正具有了这样的视野和心态，所有当下的成就和问题，都会在我们认定的诗性生命历程中，化为新的创造动力和新的探索精神。

2011 年 3 月

独得之秘　别开一界
——"当代新诗话"[①]丛书编选前言

上篇

本套"当代新诗话"丛书，以内化现代、外师古典、融会中西、重构传统为理念，精选当代中国新诗界、新诗诗学界之学者、诗人、诗学家、诗歌批评家"独得之秘"的"诗话"专著，予以集约性经典展现，以填补海内外当代新诗话出版空白，进而促进现代汉诗诗话之研究和现代汉语诗学之发展，及相关学科研究方向与视野的扩展，实现其独特学术价值。

同时，也为广大诗歌与文学研究者和诗歌与文学爱好者，提供一份别具参考意义与阅读趣味的特色文本。

[①]《当代新诗话》，沈奇主编，分两辑编选，每辑五卷，共十卷，由陕西人民教育出版社先后于2015年8月和2018年2月出版发行。

新诗发煌，耀耀百年。其创作，其研究，皆因"与时俱进"切切而日趋显学之势。及至新世纪以来，各种新诗选本及新诗理论与批评文集，层出不穷，蔚为大观，唯新诗诗话的研究、发掘、梳理与出版，一直荒疏忽视，付之阙如。

汉语"诗话"，向来为汉语诗学、汉语美学之津梁，也是唯汉语世界独有的一种文学艺术批评话语方式。而无论诗歌界还是学术界，大概都不乏认同，百年汉语诗学，由传统向现代演进中，仅以影响深广而言，迄今为止，还得数王国维先生《人间词话》为翘楚绝胜，一时罕有超越者。此中学理之辩不免纷纭，而其隐约一点，或与取道袭古弥新之"诗话"为体不无关系。

作为撬开汉语新文学大门并深刻影响现代、当代中国文学进程的新诗与新诗诗学，百年激荡，渐趋水静流深，并受时代文化语境嬗变之影响，也开始由一味借用或仿制西方诗学体系转而再造汉语诗学传统，先后出现了一批避开普泛诗歌理论与批评论著模式，转以随笔体、断章体、语录体、诗体等"新诗话"形式，对当代中国诗歌美学景观和精神图谱，作另类文体解读而创新说的重要文本。

故，值此新诗百年节点，编选出版"当代新诗话"丛书，既填补历史之缺憾，又经营目前之务实，可谓"当春乃发生"之跃跃其时。

本丛书第一套遴选，出于郑重也有赖机缘，先行约得四家诗话：由著名学者、诗人、诗学家、翻译家、中国符号学开山泰斗、四川大学文学与新闻学院赵毅衡教授撰写的《断无不可解之理》；由当代中国最富原创性和影响力的诗人、作家、诗学家、云南师范大学文学院教授于坚撰写的《为世界文身》；由诗人、诗学家、

345

诗歌批评家、河北师范大学中文系教授陈超撰写的《诗野游牧》；由诗人、诗学家、诗歌评论家、海南大学人文传播学院耿占春教授撰写的《退藏于密》。

四位作者，虽分处南北东西，却都拥有可称之为"诗人学者"这一共同背景。学院、学养、学理之外，更有丰富诗歌创作经验与诗学著述经验筑基托底，而艺术感觉明锐，审美趣味独到，问题意识深切，个人风格显豁，多有独辟蹊径、卓然高致之风范。

其书稿，或以诗话形式原创专著，或由原有著述辑录结集，体例不求一统，风格尽显个在，承正脉而别开一界，或可于本丛书发端伊始，得多元并举、多彩纷呈之势，以兼求证与鼓舞之效。

而，作为本丛书策划及主编，甘冒"失格"之嫌，自呈《无核之云》忝列其中，一则不乏前例遮脸，二则拙著本身确系多年潜心探究之得，算得自成一家，无损编选宗旨。尤其能与四位多年知己道友联袂而行，成此佳话，更是不舍割让，由不得乘便自举了。

策划并主编"当代新诗话"丛书，系编者耿耿在心的半生夙愿。

故，此一动议未果前，遂先行于20世纪80年代末及90年代初，精心摘辑编选两部语录体式的《西方诗论精华》和《台湾诗论精华》，分别由花城出版社和陕西人民教育出版社出版发行，获诗界学界广泛激赏，至今不乏专信寻求者。之后，又趁兴于1996年编选一部《诗是什么——二十世纪中国诗人如是说》（当代大陆卷），以每人十句话形式，征集辑录活跃于当代中国大陆新诗界的老中青三代44位诗人之精华诗学论断400余条，其中绝大部分均由入选者应编选要求专门撰写，弥足珍贵。唯惜成书由台湾尔雅出版社出版后，一直未能有机会在大陆再版，每每遗憾。

如此苦心铺垫，寂寞以求，耿耿念念，终得以与陕西人民教育出版社再次合作，并有幸获得杨匡汉先生的先期策划指导，和几位同道师友的热忱参与，慷慨赐稿，圆此盛举，在此一并深致谢意！

最后，深心希望本套丛书出版后，能得到读者和学界的青睐与指正。尤其期待的是，能有更多同道师友接力赐稿，再续佳话，以求此一系列丛书的编选出版，成为当代中国新诗诗学别开一界而影响深远的历史谱系。

2014年10月

【附记】

本套丛书书稿竣事、即将付梓之时，传来陈超尊兄不幸逝世的噩耗，痛心疾首！而其诗话专著《诗野游牧》，也便成了这位对中国当代诗歌与诗学做出杰出贡献的诗人学者的"绝响"之作——"文章千古事"，"留得身后名"，斯人远去，遗书传世，愿读者珍惜，诗界珍重！

下篇

时隔两年,"当代新诗话"丛书顺遂出版第二辑共五卷,可谓"更上层楼"而佳话有续。

两年前的 2015 年初夏,由赵毅衡《断无不可解之理》、于坚《为世界文身》、陈超《诗野游牧》、耿占春《退藏于密》、沈奇《无核之云》联袂亮相的"当代新诗话"丛书第一辑,历经近三年选题策划、约稿及编审,终于如期结集,全部精装印制,由陕西人民教育出版社隆重推出。

丛书出版发行后,虽因诗与诗学毕竟小众边缘,一时未能"盛名天下",但也以其独得之秘而"填补空白"[①] 的底气与特色,引起诗界、学界及出版界不小的反响,并入选"陕西新华出版传媒集团 2015 年度十大好书",算得风生水起、不失慰藉!

隔年五月,著名青年学者、诗评家刘波教授,在中文核心期刊《南方文坛》2016 年第 3 期,发表《再造汉语诗学传统——由"当代新诗话丛书"观诗话写作传统的拓展》书评文章,认为"这种新诗话的创造,应当是对古典诗话精神最好的传承与拓展。"并且,"让这一文体充满新的魅力","为我们带来了令人耳目一新的再造汉语诗学传统的别样体验",而"成为这些年来,现代汉语诗

---

① 这里所指的"填补空白",大体就近二三十年出版界而言。之前,自 1985 年 1 月至 1991 年 5 月,三联书店曾断续出版过"今诗话丛书"共计 11 册,按其出版时间先后排序,具体分别为罗洛《诗的随想》、荒芜《纸壁斋说诗》、流沙河《隔海说诗》、邹荻帆《诗的欣赏与创作》、邵燕祥《晨昏随笔》、绿原《葱与蜜》、公刘《乱弹诗弦》、牛汉《学诗手记》、曾卓《诗人的两翼》、谢冕《诗人的创造》、彭燕郊《和亮亮谈诗》。特此补缀说明。

人和批评家们，重新探寻诗话这一文体的集约型亮相，同时，也填补了近二三十年当代新诗话出版空白，以期促进对诗话的研究，实现其学术价值的拓展。"算是对这套丛书给予了一个学术性的肯定和推介。

　　由此，本套丛书从编选到出版，所秉持的"对当代中国诗歌美学景观和精神图谱，作另类文体解读而创新说，成为承正脉而别开一界的重要文本"的核心理念，及其"促进现代汉诗诗话之研究，和现代汉语诗学之发展，及相关学科研究方向与视野的扩展，实现其独特学术价值。同时，也为广大诗歌与文学研究者和诗歌与文学爱好者，提供一份别具参考意义与阅读趣味的特色文本"的价值期许，得到了初步有效的实现。

　　诗虽小道，国魂所系。时值新诗百年，革故鼎新、与时俱进中，如何于全球一体化大潮拍岸间立定脚跟，重新找回并重新确认我们的文化身份，实为功在后世千秋的大事。于此，内化现代，外师古典，重树典律，再造传统，正成为当下学界业界之共识。

　　同时，"转基因"之新诗及其新诗诗学，经由百年"移洋开新"的"现代化"历程，也终能得以在新的历史节点，于部分学人和诗人的思与诗中，反顾汉语传统，倡扬汉语气质，更是值得珍重和守望的事情。

　　当此关口，"当代新诗话"连续结集出版，以求由个案之经典而成谱系之经典，板块呈现，集约展示，"既填补历史之缺憾，又经营目前之务实"（第一辑《主编后记》语），并由此开启一扇别具意义的当代新诗诗学"新窗口"，确然正当其时而厚望可期。

　　第二辑"当代新诗话"丛书，还是以五卷结集。分别为杨匡汉《长亭听云》、简政珍《苦涩的笑声》、臧棣《诗道鳟燕》、泉子《诗与思》、胡亮《琉璃脆》。其"阵容"，按叙齿排辈，依序为1940年后出生、1950年后出生、1960年后出生及1970年后出生，"老中青"三代佼佼者，济济一堂而气象纷呈，各显千秋。

同时，依循前例，各卷皆以序言开轩，或可添彩导读美意。其中，臧棣、泉子、胡亮三位，各自邀约同道好友赵卡、耿占春、茱萸为文，而耿占春还是第一辑之《退藏于密》的作者，难得此番再续佳话。杨匡汉、简政珍两位，一者年迈，一者海外，遂由主编代为邀请云南大学王新教授、三峡大学刘波教授两位新锐青年学者为序，如期斐然，成其圆满。

本辑卷一，系杨匡汉先生历时两年，特别辑录和补写的诗话专著。先生资深，而文心谨重，一部《长亭听云》，既与古典通合，又与现代呼应，格高思逸，不落凡近，如王新序文所言，无愧为"有性情、有品味，有识见的现代诗话"，且"特别葆有了古典诗话警鸢飞鱼跃、披美缤纷的人文生态"。同时需要特别说明的是，匡汉先生原本就是这套丛书最初动议及选题策划人之一，最终复以作者加盟，玉成全局，实在堪可珍重。

卷二《苦涩的笑声》，为台湾著名诗人、诗学家简政珍教授的精深之作。犹记20年前，笔者初次拜读政珍先生赐寄诗学新著《诗的瞬间狂喜》，以简篇而约无穷之致，及其富于收摄与整合力的学者风范和超凡才具，确然不虚盛名而令人折服！20年后，耿耿中隔海约稿，先生如期赐达而精深如故，如刘波在序言中所指认的，"既有技艺的锤炼，又有深厚的人文情怀，精短的文字，在异质性转换中带着解析诗歌的普适性美学"。

卷三《诗道鳟燕》，乃近年蜚声海内外的北京大学诗人学者臧棣之作。机缘凑巧，22年前赴北大拜谢冕先生门下访学时，得以结识臧棣，一握如故。此后虽来往不多，却念念在心。"当代新诗话"第一辑选题申报时，原本六卷，其中就有《诗道鳟燕》，后因臧棣忙中不及修订，这才推至本辑。结集之前，此书内容已多有刊布，影响广泛，正如赵卡序文中所言："《诗道鳟燕》是一部闪耀思考之光的'书'"，"臧棣发明了一种加密而自相矛盾的批评话语编码体系，这种编码体系已经形成了一套特殊的语言美学"，"是自新诗诞生以来中国现代汉语诗歌研究重要的收获之一。"

卷四《诗与思》，为青年诗人泉子潜沉多年专门撰写的系列诗学札记，深心静力，博思约取，集腋成裘，断续发表后，得同道瞩目。此次结集，从原稿两千多则中精选集萃，以"探究诗'得以发生的秘密'为核心主题"，"植根于修辞转义结构中的思想方式，""以差异与等值替代思想的同一性，用转义和生成性替代本质论，以悖论的修辞取代容易被误解的概念体系"，"因此它不能被否定，也不能轻易证明对与错，就像诗歌本身那样，成为思想自由的象征。"（耿占春序文《"诗得以发生的秘密"》）

卷五，系以民间学者而一举全票斩获第二届"袁可嘉诗歌奖"之诗学奖的青年才俊胡亮，新就诗话专著《琉璃脆》。识胡亮多年，其集渊雅与谨严于一身的少年老成，及其在批评文体方面的孜孜以求，每每令人感佩。此次特约专候得之，"卷上内思，卷下外观，又在此二种类型之外，另开一条熔铸古今、指点中外的路径。"（茱萸序文《可使"建安作者"相视而笑》）细读之下，语虽玄寥而自有来去，横生逸出而思精虑细，看似散发乱服，实则正襟危坐，古今混搭，中西交嵌，复于分延与变奏中自成一家，特地亮眼。

至此，二五一十，五载毕其一功，"当代新诗话"丛书竟得十卷集成，别开一界，略备格局，实在不胜欣慰！

俗语说"好事成双"，实则学问之道，"成三"许得方能筑基；两辑行世后，窃想后续步程，或可"逗引"新知加盟，终成大观，也未可知。

最后，代表所有作者，再次深切感谢坚持这套冷门丛书连续出版的陕西人民教育出版社！感谢从选题策划动议到具体编校发行操烦，在在付诸爱意与辛劳的田和平总编、马晓侠编审、各卷责编校对与装帧设计家们！

——想来所谓"为他人做嫁衣"者，亦如著书立说做学问者一样，事功于日常之外，总还是唯愿能有一二"代表性"作品，足以立身入史，以释理想与情怀所在，尤其对身处"边缘地界"的出版人来说。但愿这套丛书的编辑出版，不但能实现这一"边缘与中心对话"的愿景，还能为所有参与其中者，留下一份山高水远的美好记忆！

是为"主编后记"。

2017 年 5 月

汉语之批评或批评之文章
——评胡亮《阐释之雪》兼谈批评文体问题

《阐释之雪》文论集，[①] 是1975年出生的青年批评家胡亮，第一部正式出版的理论书。40岁称青年，依现今流行说来而已，其实在我多年与胡亮交往中，打一开始的"惊艳"，到后来日常之叹服，虽隔了年龄的辈分，却早已将其作"老辣"同辈学友为敬，见其文必读，且常引以为知己而感念每每。

说"老辣"，仅就批评和文论而言：一者"眼光"，二者"文章"；眼光独到，文章老到，方近"老辣"之誉。

1

胡亮作业于当代诗歌批评及文论界，乃民间业余"操

[①] 胡亮：《阐释之雪》，中国言实出版社2014年12月版，台湾秀威出版社2015年1月版；其中"言实"版先后获第5届"后天双年度文化艺术奖"之批评奖（2015年3月）和第2届"袁可嘉诗歌奖"之诗学奖（2015年10月）。

守"——因学问所致、初心所好而"操持",由理想所系、情怀所在而"守望",独立思考,自在言说,以个人而凌业界,深心静力,横生逸出,于旁观侧击中兀自别开生面,自非"学术产业"流水线上芸芸晕晕之辈可比。

以"产业"而治"学术",乃当代教育产业化所衍生,以量化为标准,机制为统辖,计较投入产出,工于与时俱进,类的平均数中,不乏杰出,到底难免泡沫簇拥。尤其当代文论主流一脉,大体以西学为底背,与国际接轨为要务,虽说的是自家的事,治的是自家的学问,且在在鼓吹理论创新以及联系实际等等,实际那说法、那学问,到底脱不了他者的投影,以及类的通约之干系,或真有些些创新,也脱不了创新性的模仿或模仿性的创新之尴尬。加之体制对"产出"的强求,迫使大多从业者舍本求末、以"流"为"源",勾兑"鸡尾酒"式的所谓"学术成果",难得潜下心来索根求源,求创造性的超越。

如此心境语境下,"眼光"何以"独到"?

是以连当代西方学界,也屡屡有"异见者"贬斥学术"产业化",点赞"业余"位格。而大家熟悉的钱钟书先生那句话,更是愈来愈显振聋发聩之声:大抵学问是荒江野老屋中二三素心人商量培养之事,朝市之显学必成俗学。

2

回头再说胡亮的"民间"与"业余",及由此生成的独到眼光。

胡亮的学者身份,非院校,非协会,非专业机构,就是一个非"一线"、非"二线"、非主流中心所在的民间书生,在本职工作之外,出于自个爱好,业余操持而已。硬要确认一个身份背景,也只能称之为"诗人学者"——先爱好诗歌作了诗人，循诗问道，由诗学而博学，与自己或时而与三两知己"商量培养"、潜沉修远而已。

如此站位，如此发声，随缘就遇、随心感发、有话想说而落于文本，自是清音独出，别开一界。具体《阐释之雪》论集，20余篇近20万字，其中长文者近三万字，最短篇幅仅千字余，其内容，以诗评诗论为主，且论、评、序、后记、随笔、致辞等体例杂呈，并收入一篇研读纳博科夫小说《洛丽塔》的万字长论《谁的洛丽塔——洛丽塔诗学的叙事学分层》，按作者"后记"文自谦所言，算的一个"杂货铺"。

好在这"杂货铺"的"货"，样样出自自家心意和自家手艺，与社会"订货"或体制"下单"无涉；心意管眼光，手艺管文章，一篇是一篇，独一份，与"产业化"、"流水线"上"下线"、"上架"的"大路货"，实在不可同日而语。

比如，看似游记随笔的《回到帕米尔高原——亚洲腹地的诗歌之旅》一文，古今穿越梳理地缘谱系、行云流水评说历史节点中，一时便不吐不快，感言当年流放新疆石河子十五年的诗人艾青，何以"不间断地从伟大的聂鲁达和维尔哈伦撤离出来"，"蜕变为一个'积极'而'正确'的工农兵记者"，并指认其传颂一时的《年青的城》一诗，"恰恰证明了一个大诗人的自残：退却、顺从和看眼色，轻易战胜了人格的独立和诗学的自由"，从而发出"汉民族出不了自己的索尔仁尼琴"的慨叹！[①]

这样的眼光，眼光后面的问题意识，非独立学人和业余位格，大概很难游刃有余。

[①] 见《阐释之雪》，中国言实出版社2014年版，第77页。

包括《阐释之雪》中的其他篇什，如对老诗人孙静轩的定位之论，对早期"非非"诗派代表诗人蓝马的重新发掘，对张枣、柏桦等诗人的探幽抉微，以及有关"诗人之死"的长论，和重读老木编选的《青年诗人谈诗》的散论等，其选题之冷切、观照之孤绝、立场之个在、情怀之深沉，都在在不同凡响。

这里的关键"学理"在于：产业流水线上是大家比照着干活，干大家都在干的活；独立学者是自己为自己负责，为自己所认定的那个"道义"（铁肩担道义）和"文章"（妙手著文章）负责。

3

说到"问题意识"，可谓现代文论的基本要素，也是体现批评文本"眼光独到"的基本点与激发点。

百年现代汉语之文学、之艺术及诸般人文历史进程，因了各种非人文之辖制、之拘押、之干扰，本来就"问题多多"，是以渐成显学，其"从业者"，大概稍稍能认真做点学问的，或稍稍有点人文情怀和担当精神的，都多少能独到些眼光，发现并提出一些问题。

然而所谓"问题意识"的当下问题是：有多少是真问题？有多少是假问题或伪问题？又有多少是以"他者"的问题意识、或者"类的平均化"的问题意识，而"复制"、"粘贴"、改头换面人云亦云的"冒牌货"问题？实在是需要重新考量考量才是的。

这其中，首要所在，大概还是"心理机制"的问题：太多功利计较，太多"携带生存"，太多"顾左右而言他"，太多与时俱进而时过境迁而与时俱废，以至于总是陷于"枉道而从势"（孟子语）的怪圈。

此处之关键"学理"在于，所谓与时俱进的时代，"时"变，

"进"变,"进"后面的那"人"(所谓"主体精神")也必然得跟着变——这个一再被强势化的"时代性"逻辑,身在其中者,很少有能跳脱而自在的。

胡亮有一句诗话,曰"巨苦深情当出之闲暇",借来证之学术产业化后当代文论的"发生"之诸生相,或多有惭愧之色!

4

回到本文的原本立意上来。

其实从一开始,喜欢胡亮的诗歌批评及其他文论,主要还不在其独一份的批评立场与情怀,及深切的问题意识,而在于他古今杂糅的文章学功底,和由此生发的文本风采。

这些年,一方面出于自己治学并从事诗歌批评所渐悟渐得,一方面出于在大学讲授人文社会科学论文写作课的积累,逐步总结出关于当代文论尤其是诗歌批评的六大要素,即:学养,学理,直觉,情怀(有立场的情怀或有情怀的立场),问题意识,成文章。其中前五大要素,业界老少长幼,一般而言,多少都能关切到,甚或集大成而卓然高致或独辟蹊径。唯"成文章"一点,总是"难能可贵",乃至有越来越退化的趋势。

从发生学而言,"学养"、"学理"、"直觉"、"情怀"、"问题意识",是论文写作的内动力、原驱力,但最后这些都得通过具体的文字语言和体例结构作文本化呈现。换句话说,学养之魂魄、学理之脉息、直觉之感发、情怀之传达以及问题意识之阐释,到了都得靠文字与文章的"皮骨肉"来具体"体现"(文章之体,体而现之)。转而从接受与传播角度而言,文字功夫可谓文论存在第一义的东西。"满肚子蝴蝶"飞不出来,等于不存在;即或勉强"飞"了出来,却飞不成蝴蝶样的斑斓生动,那"存在"也没多大意思。

故，中国古人从来没说过什么真理"千古事"或道理"千古事"的话，只是撂下一句"文章千古事"，再不做其他什么"千古"的指认。是以古人留下来的各种"文论"，包括画论、书论、诗话等，今人可以不以同等的学养、学理、情怀等理会之，却无一不可以不当绝妙好文章而百读不厌！所谓：妙笔生花，生的是花而非果；直言取道，取的是道而非理。

而这样的"乐事"，到了现代汉语尤其是"后现代汉语"语境下，放眼当代文坛诗坛及学术界，早已成稀有之事了。

记得上世纪90年代初，时任上海《文汇读书周报》副主编的刘绪源先生，曾经煞费苦心开辟专栏呼吁讨论"文章学"的问题，结果应者寥寥，不了了之。近年又有著名学者孙郁先生多次撰文，谈及当代文学创作及文论写作的文体问题，直言"在文风粗鄙的时代，不谈文体的批评界，好像是一种习惯。其实也可以证明，我们的时代的书写，多是那些不敬畏文字的人完成的。"而"我们今天的作家不敢谈文体，实在是没有这样的实力。或说没有这样的资本。"[①] 如此发聩振聋之说，过后好像也反应不大。

真是大势所趋，趋之若鹜，"鹜"（务）在"投入产出"之当下现实的急功近利。"市场经济"时代，"萝卜快了不洗泥"，谁还真拿"文体"亦即"文章学"当回事？

到了只能回到"个在"，回到脱势而就道者的"商量培养"之事。

这种个在的"回"，首先是从作者立场回到读者立场上来，亦即，从纯专业性阅读习惯回到纯欣赏性阅读维度上来，放下"流

[①] 孙郁：《文体家的小说与小说家的文体》，原载《文艺争鸣》2012年第11期"视点"栏目。

水线作业"的复制与粘贴等等功用,仅以文章之乐视之,看看你真心实情能读得下去几篇所谓当代文论之作?

至少在笔者这里,读书、教书、写书一辈子,过六十花甲之后,读一切文字,先读其语感,语感不对,文章不对,任你说的是天大的理、抒的是地大的情,我也不读。自己写东西,也更加生了敬畏之心,敬汉语而畏文章,在百年新文化鼓吹激扬的"言之有物"大势之外,多少存心点"物外有言"(顾随先生语)的讲究,宁可委屈些所谓"学理"之言,也不敢亏待了文章之在。即或一时"手艺"不到,这份"心意"也是断然不可缺失的。

正是在这种自己和自己商量培养而偶尔抬望眼中,一眼"相中"胡亮之文心文字,欣然引为知己。

5

欣赏胡亮诗歌批评文本,首先在于其行文语感中的汉语气质。

所谓"汉语气质",一时很难于此予以量化阐释,只在平日阅读与写作之感觉中分辨得来。当代汉语文论文本,普泛重"理"(学理、道理)轻"文"(文字、文章),虽用汉字"码"出,骨子里却脱不了西学范式的影响和翻译语感的习气,不乏学理之解析与问题之讨论,却很难当文章去阅读与欣赏,更遑论有汉语文章的肌理美感可细细品味。

关键是语感不对头,有如中餐西做,只得些营养而已。

胡亮之文,无论诗歌批评之专攻,还是其他杂论散议,骨子里总有汉语的来头,有文章的讲究。具体于文本,每每构思精致,刻炼深奇,束结完好,见得学养、学理、情怀、问题意识之外,更得"说法"与"说"并重齐善。尤其行文走笔间,体神相适,气韵生动,篇中有眼,句中有眸,字词里有心意,所谓工奇并重。

语感细微处，常绍古音而杂糅今声，在现代汉语句思维之主脉息中，辅以古典汉语之字思维和词思维，以调节时调，且每出闲笔，妙意机锋，如晨星之所见。

此处赶紧得举例指证，以免兀自"捧脚"之嫌。

试读最见功力的《挽张枣——兼及一种美学和一个时代》一文中，论及张枣《死亡的比喻》一诗，指认其"不但构建了同样美妙的美学回廊，而且如此清晰地预言了其盛年之死"后，下面一段文字：

让我们稍稍平息内心的惊骇，俯耳聆听那多年之前就已经出现的谶语："多么温顺的小手/问你要一件东西/你给它像给了个午睡/凉荫里游着闲鱼"。"午睡"一词，让人心惊肉跳。夜晚还没有来临，中途的小憩已经收获了大梦。死神如此温顺，而诗人更甚。由此可见，已经不能不有盛年之死。诗人每每不避谶语：当诗神清点自己的孩子，死神也就清点着同一群孩子。这些话，说来已经没有太大的意义，除了增加近来的沉痛和将来的忧虑。所以，我得回到轻松的美学层面上来，赞一句：好个"凉荫里游着闲鱼"！表面看，这行诗还不仅仅是旁逸斜出，而与上文语势完完全全地割裂了；暗地里，诗人摘叶飞花，再次将有我之境切换为无我之境。有我之境与无我之境，均常境也；由动之静，方得至境。当然，张枣之静穆，既古雅，又清新，充满了唯美主义的甜味和南方的阴冷之香，与朱光潜之所谓，又有大不同。唯其如此，很多年前一个初冬的黄昏，诗人柏桦——在一首诗中，张枣称之为"和谐的伴侣"——在读到《镜中》和《何人斯》之后，就发出了这样的感慨："这两首诗预示了一种在传统中创造新诗学的努力，这努力代表了一代更年轻的知识分子诗人的中国品质。"后来，在我们的一次交谈中，柏桦说得更加明确：不再仅仅是中国品质，而是"中国身份"。①

读这样的批评文字，首先感受到的，是在读一篇好文章，养眼洗心后，复得理、得情、得学问营养。而文字背后所隐在的、独备一格的感知方式和表意方式，比之当世普泛文论，更是大为不同。

实则即或如笔者这样的"知己"之语，也不如作者自己的"夫子自道"确然。2015年3月，胡亮在获得第5届"后天双年度文化艺术奖之批评奖"所致"受奖辞"中，曾明确表达自己的批评立场，或者说是批评理想：

> 我期待着新诗能够出示具有很高辨识度的当代真相和当代人处境，却不允许批评卷入过度的道德审判，因为由此获得的优越感，很多时候与文学并无太大的关系。我渴望逐步摆脱西方诗学的应用性研究，锤炼属于个人的批评趣味，或者夸张地说，属于个人的批评文体学，以便有机会转而向伟大的中国古代文化传统表达敬意。且让我安于自由的思考和独立的判断，如果能够成为一个业余批评家，我愿意是一个"被孤立"的业余批评家。而我的系列批评试笔最终连环起来的，将不仅是一部独颖的新诗接受史；更为重要的，希望还会是一个不断趋于清晰和完整的批评家形象：他的良知，视

---

① 见《阐释之雪》，中国言实出版社2014年版，第18—19页。

野，判断力，文化情怀，以及虎穴嗅梅的气度。①

可谓凡独立者必有独得，凡自在者必有自悟。不妨再抄录几段胡亮题为《屠龙术》的系列诗话，或可间接印证其文章功底的筑基与经验所来由处——

闲闲而得之必要。与时叉牙之必要。己意之必要。个人氛围之必要。半入魔之必要。

赴题曲折之必要。歧出之必要。深稳之必要。切而不迫之必要。曲折三致意之必要。正法眼之必要。冥搜之必要。
冰雪相看之必要。

生崭之必要。险丽之必要。逆接之必要。幽欣之必要。无端端之必要。南辕北辙之必要。平起仄收之必要。遗貌取神之必要。网外求鱼之必要。调之必要。力有余之必要。拗而不拗之必要。
如食橄榄之必要。②

上面所引这些诗话，看着说的是诗心、诗思、诗法，其实引申来看，无一不可作文心、文思、文法之"武功秘籍"来看待，来琢磨。其中诸多精微见地，确然不乏"点穴"与"开窍"之效。

---

① 胡亮：《受奖辞——为"后天双年度文化艺术奖"作》。全文见"诗生活"网站"诗歌评论专栏"2015年7月21日。
② 胡亮：《屠龙术》系列诗话，见《元写作》第7卷（胡亮主编），白山出版社2015年版，第135—145页。本文前后所引"胡亮诗话"皆出于此。

最后值得特别指出的还有一点：在胡亮，无论其操持的是什么文本体例，皆处处可见得汉语风致，却又不沾"冬烘气"或"酸馅味"，依然现代学人之精神底背，尤其难能可贵。台湾秀威版《阐释之雪》封底，特意"标出"一句"研习西洋现代批评，又兼容中国传统气韵"的推荐语，可谓点睛之论。

6

犹记上一世纪末，拜读《权力的眼睛———福柯访谈录》一书，欣然抄录过福柯这样一段话：

> 我忍不住梦想一种批评，这种批评不会努力去评判，而是给一部作品、一本书、一个句子、一种思想带来生命；它把火点燃，观察青草的生长，聆听风的声音，在微风中接住海面的泡沫，再把它揉碎。它增加存在的符号，而不是去评判；它召唤这些存在的符号，把它们从沉睡中唤醒。也许有时候它也把它们创造出来——那样会更好。下判决的那种批评令我昏昏欲睡。我喜欢批评能迸发出想象的火花。它不应该是穿着红袍的君主。它应该挟着风暴和闪电。[①]

如今谈论胡亮的批评文字，重新翻看这段"西洋"大学者的妙语，复得另一种欣然，以及新的认知与印证：

批评是另一种写作——这是当今西方哲人的学理讲究；

文章千古事——这是古典中国哲人的学理讲究。

二理合为一理——文体之必要——以及汉语批评文体之必要！

[①] ［法］米歇尔·福柯：《权力的眼睛———福柯访谈录》，严锋译，上海人民出版社1997年版，第104页。

这"必要",在我称之为"后现代汉语"的文论界及文学创作界,再三遭遇"朝市之显学"所放逐,几已成空谷之音。而物极则必反,反常合道,"道"失求诸于野——"野路子"出身的胡亮和他的《阐释之雪》,为我们提供了一个堪可借鉴的个案。

更令人欣慰的是,近年对有如"汉语之批评"与"批评之文章"等文体问题的讨论,也渐有风生水起之势。例如:新近出刊的《文艺争鸣》2015年第8期,再次于卷首头条"视点"栏目,发表孙郁先生题为《我们应如何运用古代文论的遗产》精辟短文,指认"古代文论在今天文学批评中消失,实在是遗憾之事。我们今天的批评缺少母语的美质,其实与这种传统的消失大有关系。"并指出"好的批评与研究,不都是一时一地的存在。它们是历史的一部分,不仅仅消化着过去,也辐射着未来"。

同时,由北京大学中国诗歌研究院与首都师范大学中国诗歌研究中心拟于2015年秋在北京举办的"纪念新诗诞生百年:新诗形式建设学术研讨会",也将"自由放任"了一百年的新诗反思,聚焦于"形式建设"这一核心命题上来,可见"文体之必要",确已成"众望所归"之必要了。①

末了想起胡亮《阐释之雪》的书名,何以以"雪"为自诩?雪是水的化身。水无体,只是"随物赋形"。雪则生来有体,且独一份。人之爱雪,不仅关心现实主义之"瑞雪兆丰年",更在意其浪漫主义的诗意之魂和诗性之体——一种"醉眼之必要"(胡亮诗话)。

是的,一种"醉眼"之必要。

2015·秋

---

① 此处资讯来自笔者所收"纪念新诗诞生百年:新诗形式建设学术研讨会邀请函"电子版。

当代新诗批评的有效性与文体自觉

本文题目中的"当代新诗批评",大体限定在新世纪以来及至当下的时段与场域。其中所涉及的问题,有当下生成之呈现,也有由来已久的一些问题之延伸及再现。由此限定所作的"当代新诗批评"考量,就本文而言,主要聚焦两个视点:其一,当代新诗批评的两难处境及其有效性;其二,当代新诗批评的"主体自性"与"文体自觉",以及有关批评文本的"文章感"和行文"气息"问题。下面分别讨论。

一、当代新诗批评的两难处境及其有效性

仅就"发生"或曰"产出"而言,当代新诗批评显然比过去任何时代都繁盛得多。无论是活跃在学术产业"流水线"上的"学院批评",还是热闹在民间江湖的"部落化"、"圈子化"批评,以及诗人们自说自道自发声的批评,还有寄生主流意识形态的诗

歌时事政治报告式批评，无不和当代诗歌创作一样，可谓空前活跃乃至有"产能过剩"之尴尬。

如此尴尬的首要反思是：当代新诗批评的有效性何在？

这里的有效性，基于两个向度的考量：其一，作为批评之直接价值功能的有效：包括对诗学问题的探讨和对诗歌创作之欣赏、导读、阐释、梳理等功能的有效；其二，作为批评之间接价值功能的有效，即批评作为另一种写作，作为"次生文学"及"关于诗的诗"，其独立文本之被接受、认同、激赏、共鸣的有效。

显然，仅以这两个"质检"指标作考察，当代新诗批评的海量"产出"，可能绝大部分都很难"达标"。

究其"很难"之关键，主要有以下两点。

其一，诗歌本无"达诂"，新诗则更无"标准"可言。

无论何种批评，皆离不开某种"标准"的参照，完全没有价值评判的批评几乎是不存在的。众所周知，新诗自发轫到后来的各个发展阶段，皆因其急速的现代化诉求，在在呈现为"否定"一切成规的状态，及至当代，更达到极致——只追求"道路"而无所谓"道"之所在，唯"创新"是问而无视"典律"之所在——此种"与时俱进"及"众声喧哗"状况，何以能有效"产出"和有效"接纳"批评之所在，便屡屡成为问题。

关于新诗批评，李怡曾有一段论述颇为中肯："对一种基本上趋于价值'稳定'的艺术形态的阐释，和对一种价值'尚未稳定'艺术形态的阐释，是非常不同的两种情形……相对来说，中国现代新诗这一尚在艰难中摸索前进的艺术形态就并不那么'稳定'，也就是说，在我们公共性的艺术价值标准中，它自身充满了不确定性，满脸疑窦的阐释者不得不瞻前顾后，左支右绌。这个时候，批评家那些丰富的历史经验和现实感受，都不大能够'自由'地释放和投射了，主体和客体的错位很容易发生，或者扭曲了被阐释者，或者委屈了阐释者自身。"①

实则，李怡这里所提出的"价值稳定"问题，及至新世纪这十几年，越发明显而无从求稳，所谓批评的有效性，也更加勉为其难了。

其二，诗人原本自恋，又适逢"自恋时代"之高峰期。

或许，所有的诗人都潜在性地期待着一位全然"同声部"的批评家，但几乎所有的批评家都很难满足这样的期待。

一般而言，诗歌创作可概分为因袭性创作和探索性创作两个方面。当创作处于因袭性状态时，批评基本上不太受关注，或有所关注也近于无效；当创作进入探索性状态时，出于对理论与批评之佐证或支持的寻求，批评方生成一定的效应，乃至形成与创作共谋关系。例如"朦胧诗"与"三个崛起"理论的双峰并峙，便是一个辉耀历史的经典体现。

然而，对于高度自恋中的当代诗人来说，大都很难跳脱"因袭"惯性，更遑论以理论为先导的探索性创作，故而对批评之在，基本持你说你的我写我的疏离态度，或者视批评为无所谓的存在。

此一点，无须过多论证，仅以近十几年来创办最早影响最大的"诗生活"网站为例：其"诗歌评论专栏"、"诗观点文库"、"诗歌论坛"三个和诗歌理论与批评有关的栏目中，成年累月点击下来，单篇点击率过千次的已属佳绩，过万次更是屈指可数。转而再看"纸媒"界面情况：大量即生即灭的所谓"学科论文"就不说了，仅以有名望有影响力的诗歌理论与批评家们而言，除了教科书，其他论著开印过万册或一版再版者，大概也只能是"屈

---

① 李怡：《中国现代新诗与古典诗歌传统》（增订版），北京大学出版社 2008 年版，第 3 页。

指可数",而我们的当代诗人之量数,又何止"十万大军"?

还有另一番尴尬:作为当代新诗批评主要部分和重要组成的"学院批评",在学术产业化的强力"拉动"下,由"寂寞的事业"(谢冕语)而渐成"显学"之势的同时,也越来越为"体制话语范式"所困扰所辖制,生发一些新的问题。

我们知道,现代汉语之文学理论与批评话语,发展至"现、当代文学"之"当代",先后受到两种"体制化"改造的严重影响:其一是意识形态化所导致的"公式化"话语范式,其二是学术产业化所导致的"论文化"话语范式。这其中,前者的影响,至少就本文所局限的"当代"而言,尚可在主体精神的若即若离中,得以部分消解或稀释。后者的影响,则因其对学术产业化及其背后的教育产业化的"刚性依附",而成为宰制性的所在。

此一影响所及:除千篇一律的"模板"化"论文"样式外,其语态,多为"真理在握"而"昭告天下"之状;其语式,多为"强词夺理"而"高屋建瓴"之状;其语感,多为"生搬硬套"而"东施效颦"之状;其语境,多为"照本宣科"而"高头讲章"之状……如此等等,流风所致,时潮所趋,其生成文本,大都味如嚼蜡,写的人痛苦,看的人更痛苦,多以成为"一次性消费"之物事,又何谈批评的有效性?

同时,更深一步的问题还在于,这一"话语范式"的背后,就其基本面而言,无非是西方文论的本土"体制化",离开这一筑基性的"体制话语范式",或者具体说,去掉西方文论的引、述、评、论之"活学活用",可以想见的是,绝大多数活跃在学术产业"流水线"上的新诗理论与批评者,尤其是不得不"就范"的大量中青年"从业者",将会当下失语而不知该如何说话。

正如孙绍振先生近期发声振聩所言:"相当发达的中国现代诗

论，至今几乎没有中国话语范畴，中国诗论家数典忘祖成了新常态。而按余英时先生的说法推论，中国诗坛完全成了西方诗论的'话语殖民地'。"①

如此，剩下的一点有效性，或许就是有关"导读"之类的批评了。只是这样的"有效"也不尽清通。由于受"当代文学"总体批评话语位格与批评价值取向的影响，其所谓"导读"，也多以将"解诗学"退而求其次变为"解思学"（笔者生造之词）。而所解之"思"，也多是生搬硬套的西方文论之思，难以达至真正意义上的现代阐释性"导读"，或真正意义上的传统欣赏性"导读"。

一方面是批评文本的海量"产出"，一方面是批评效应的乏善可陈。如此两难处境下，有关"批评自觉"的命题已成当下面对之首要。

"自觉"的要点：其一，批评"主体自性"的自觉。即，化"依附性批评"——包括意识形态话语体制范式依附、学术产业话语体制范式依附、西方文论话语体制范式依附等——为"自主性批评"；其二，批评"文体自性"的自觉。即，在论文式之类高头讲章批评之外，增强批评的诗性或批评的文体意识，以此改善批评话语的同质化倾向，进而提升批评文本的文章位格及汉语气质。

此二者，所谓"主体自性"的自觉，应该乐观点说，或放长远去看，只要批评主体甘愿放弃"依附性批评"所附带的功利诱惑，甘于以"独立之精神，自由之思想"（陈寅恪语）为批评立场和人文情怀，自是水到渠成之迟早的事。这一点，学界大体都明白，只是个愿不愿意以及能否坚持下去的问题。但落实到"文体自性"的自觉，则显然要复杂得多。

---

① 孙绍振：《新诗百年：未完成的中西诗艺转基因工程——兼论中国古典诗学话语的激活和建构》，原载《文艺争鸣》2017 年第 8 期。

二、当代新诗批评的文体自觉与多元并举

批评是另一种写作，而非写作的附庸，这一认知在理念上几乎已经成为当代文艺批评的一个常识，但实际上却总是成为一个问题。问题的根本，不在理念的自觉而在文体的自觉；或者说，即或有了理念的自觉，却也一时难以企及文体的自觉，尤其是自觉后的文字功夫和表达能力之企及。"在文风粗鄙的时代，不谈文体的批评界，好像是一种习惯。其实也可以证明，我们的时代的书写，多是那些不敬畏文字的人完成的"。[①]

其实深究起来，一方面是学术产业体制范式所形成的"新八股"所致，长期置批评文体于不顾，只要能应时被学术产业所接受，占据一席之地，作为"交易"的过程，便告了然；另一方面，也是一味依赖西方文论所造成的后遗症，好像只要比照西方经典理论或前沿观点，能提出并解析点新问题，再予以实证说明，就算尽了批评的"职能"，析理之外，别无所有。何况，多少年来，大家都早已习惯了这套话语模式而得其所然，何谈另有"敬畏"？

殊不知，好的文艺批评尤其是诗歌批评，不仅是精到的"理会"的言说，更是鲜活的"体会"的言说；不仅是对诗歌创作"等值"的"回应"，更是"溢出"批评对象的"超值"的回应。如此，批评文本方可能成为足以与诗歌文本并肩争雄的诗之诗、及"表达的表达者"（波德莱尔语）。这其中的逻辑前提在于，诗原本就无"达诂"，诗歌批评也就原本是不可说之说。

此"不可说之说"的所谓"批评"，在汉语古典诗学中，还原为欣赏性的"批阅"与"点评"，所言所文，不求"达诂"，只在"解放"；既是所解之诗的解放，也是解诗者感知与表意的"全息"

[①] 孙郁：《文体家的小说与小说家的文体》，原载《文艺争鸣》2012年第11期。

解放；审质（所谓价值判断）转而为审美（或可趣味共生），转而为"关于诗的诗"——如此欣赏性"批评"下来，在不失集"点"为"线"、集"线"为"面"之诗学探讨外，更有好文字、妙文章可击节叹赏，既"言之有理"，又"理外有言"，而得增华加富之功效。

是以汉语"诗话"，向来为汉语诗学、汉语美学之津梁。此一话语方式与新诗主流批评话语方式之根本不同处，正在于会通感性欣赏与理性批评于一体，既避免了"过渡阐释"而致话语缠绕和理论空转，又不失文心文采之所在，而且"有真人情味"。（顾随语）

及至当代诗歌批评，作为"不可说之说"的发展变化，其横向有中西现代诗学的对话张力之鼓荡，其纵向有新旧诗学传统（新诗百年也多少形成了自己的小传统）的会通潜力之筑基，本当更加多姿多彩多元并举的，却反而越来越为各种体制范式特别是话语体制范式所困扰所固化，变得单一而枯燥。

尤其是，将汉语诗意运思为本、"味其道"而活色生香的"解诗学"，枯燥为西学理性运思为本、"理其道"而"过渡阐释"的"解思学"，题外话越说越多越离谱也越上劲，又哪里顾得上在所谓学养、学理、问题意识之外，多少存有敬畏文字、顾及文体之心呢?!

是以到头来，于他者诗歌"创作"之有机参与而偕行共谋，于自在批评"写作"之别开一界而卓然远致，皆在在两厢无效。

至此，在体制范式"一元独大"的当代境遇下，认领并回返"不可说之说"为前提的当代诗歌批评，大概只能横逸旁出，从"文体自性"的角度出发，去求多元并举的可能，并由此找回部分的"有效性"。

话说回来，即或是现代汉语下的新诗批评，其实真正到位的诗歌批评家，本质上都是一位隐匿性存在的、不写诗的诗人或诗人批评家；困于在诗中表达的东西，经由诗歌批评的"写作"，得以另一种方式的实现。这种批评，先解得了诗、会得了文，进而再求诗学探讨与建构之深入，其中更多的是一种欣赏性的"知己之见"，而不苛求学理性的价值判断。

正如顾随老前辈所言："欣赏不是了解。如看花，不必知其名目种类，而不妨碍我们欣赏。而有时欣赏所得之了解，比了解之了解更了解。欣赏非了解，但其为了解或在寻常了解之上。"[①]由此再进一步推想，将"等值"的"知己之见"推进到"超值"的"表达之表达"，批评"对象"转而为批评"素材"，在对诗歌创作之诗心、诗情、诗意、诗境作"超等值"解放的同时，也将批评思维变成诗思维的延伸及衍生，从而达至与诗歌文本争雄并美的诗之诗境地——套用张旭东先生在本雅明《发达资本主义时代的抒情诗人》中译本第一版序《本雅明的意义》一文中的话：这样的批评"不屑于抽象概念的建筑学"，而是"以踪迹的网络取代因果关系"，醉心于与诗歌文本（包括其作者）的交流与对话，以及不乏感性的生动的理解。[②]

关键是，一旦认领与回返这样的"不可说之说"，落实于文字，必然不甘再就范于什么话语体制，也必然会自觉追求与建构个在的"文体自信"，或者至少，能在不失学养、学理、立场及问题意识等现代批评要素之外，多少有一些文体意识及文章感的内

[①] 顾随：《中国古典文心》，北京大学出版社2014年版，第229页。
[②] 张旭东：《本雅明的意义》，详见《资本主义时代的抒情诗人》（张旭东、魏文生译）序文，三联书店1989年3月版。

在驱动,以及化立场为情怀、视文字为要义的批评意识。遂想到谢冕先生一段语重心长的话——

> 文学研究的对象是感性的和形象的,它和人类的精神活动、特别是人类的情感活动相联系。文学的生成和呈现都是具象的,它通过语言媒介,展现实有的和幻象的、可见的和不可见的、极为诡秘也极为生动的世界。面对这一特殊的对象,研究如果缺乏想象力,缺乏与对象的情感认知,便是从事这一工作的人的先天性缺憾。所以,我确认文学研究的性质是一种科学思维,但又不仅如此,这种理性思维从来都与感性思维有着千丝万缕的联系。……我以为从事文学批评的人,欲要批评文学,最好本身能有这方面的一些(哪怕是非常不正式的和微弱的)实际体验。这样,在批评家和文学史家面前出现的对象,就不是"死"的,而是有感觉、有韵味、有情趣的"活"物了。①

拿谢冕先生这段话转而落实于当代诗歌理论与批评,尤其是"学院批评"体系,或可提醒我们的是:做一个合格的诗歌批评家,不仅要具有相当的批评思维的能力,还要具有相当的诗思维的能力,以及文字能力与文章功夫,由此方能成就"活"色生"香"而得以双重效应的批评。

而新近,丁帆在撰文评论王德威主编的哈佛版《新编中国现代文学史》所作《"世界中"的中国文学》导言一文时,特别赞赏

---

① 谢冕:《文学是一种信仰》,转引自《回顾一次写作》(谢冕、孙绍振、刘登翰、孙玉石、殷晋培、洪子诚合著),北京大学出版社 2007 年版,第 194 页。

其"文学史的撰写也强调其'文学性'的'书写'","用生动的语言进行'再创作',跳出枯燥灰色抽象的理论思维的藩篱,用鲜活生动形象的感性思维,去叩响文学史那扇沉重的审美大门",并进而由此认为:"用鲜活的文学语言去阐释学术问题,应该成为文学史书写的题中之义。"①

有意味的是,在"学术产业"对批评文体问题视而不见或存而不论的状况下,反倒是有关学术期刊"率先垂范",近年来做出了相应的调整,如《文艺争鸣》《当代文坛》《当代作家评论》《东吴学术》《诗探索》等,或开设"随笔体"栏目,或以其他互补性形式,容纳并渐次扩大批评文体的多样性,从而与之前原本"古早味"的《读书》《文学自由谈》等刊一起,有效改变了体制范式"一元独大"的局面,难能可贵。这其中,作为当代诗歌理论与批评重镇的《诗探索》,自1994年春复刊至今,一直以兼容并包为体要、不拘一格成多元的格局,不但全方位、多层面推进对各种路向、各种样式、各种风格、尤其是创作和研究兼备的"复合型"诗歌批评家的扶植与提升,更全方位、多层面推进对各种路向、各种样式、各种风格的批评文体的扶植与提升,领风气之先而一以贯之,实在功莫大焉!

看来,以"文体自觉"的反作用力,来弥补当代诗歌批评之"有效性"的匮乏,以及"主体自觉"的纠结,以求别开生面,并由此多少挽回些汉语批评及汉语诗学的"面子",已渐次达至一定的共识。接下来的问题是:如何返回批评文体自身,做更为具体的反思与探究。

---

① 丁帆:《"世界中"的中国现当代文学史编写观念——王德威〈"世界中"的中国文学〉读札》,原载《当代文坛》2017年第5期。

三、有关诗歌批评文本之"文章感"及"气息"问题的初步思考

在当代文艺理论界，大都知道钱谷融先生的一个"掌故"：先生一边教授现、当代文学课程，一边却表示"我是实在不喜欢现、当代文学的。"而对于不喜欢的原因，钱先生直言"主要还是文章不好，除了鲁迅和周作人，其他都不大喜欢。"钱谷融先生的这一"学术立场"虽说不免偏激，但话中那一词"文章不好"的指认，实在值得后辈末学警觉而三思！

那么，在现、当代文学作品之外，复观现、当代文艺理论与批评，再具体于当代诗歌理论与批评，是否也得考量一下所成文本是不是"文章"，以及文章好不好的问题呢？其实是不言自明的事。只是多年来大家都如孙郁先生所言，"习惯"避而不谈而已。不言自明的逻辑前提在于，假如在学术产业需求之外以及"交易"之后，若还有阅读者要"披沙拣金"，将我们的理论与批评文本作为"次生文学"文本去"接受"时，若总是遭遇此一"文章不好"的尴尬，所谓"有效性"是否会先行削减一半乃至弃之不顾呢？

诚然，若过于强调"文章感"，并以此苛求于以所谓"学术性"筑基的当代诗歌批评，不免有本末倒置之忌，或以色惑人之嫌，以及文过而饰非之弊。但我们知道，若就广义诗学而言，诗的存在，既是一种尖锐的"理"的存在，也是一种温润的"文"的存在——以尖锐销"时代愁"，以温润销"万古愁"，且都要以诗的语感和做法去"形式"之。同理，作为与诗偕行又自成意义的诗歌批评，自然也应该既有尖锐而深刻的学理性"求疵"，以作诗学的探求与拓殖，也有温润而细切的趣味性"寻美"，以求诗教的普及与扩展，且也都得要成以文章而行之有效。

钱穆先生有言：不通中国之文学，不知中国之人生。（《晚学

盲言》)此处或可套用来作"强词夺理"之说：不通汉语之文章，何谈汉语之文学？

好在，在"学术产业"之外，还有一批作为诗人的批评家和作为批评家的诗人，活跃在当代诗歌理论与批评界。他们无论寄身何处，是学院还是民间，都不乏特立独行之主体自性与文体自觉——自觉摒弃各种体制性话语范式，乐于在作为"关于诗的诗"的批评话语中自由发声，包括各类诗歌理论与批评随笔、创作谈以及当代新诗话等，并借由网络等各种媒介，拓展其话语空间，颇有杂花生树、莺飞草长的态势。——可以说，这一批评"族群"，已然成为当代诗歌理论与批评中最具活力和影响力的部分。同时，仅就批评文本而言，也可谓横逸旁出，好文章不少，堪可击节。

只是，即或是这一"优良族群"所生成的批评文本，若是按文章感及文字功夫细究起来，多多少少，还是因"即时"或"即席"以及"即兴"等因素所致，存在不少差强人意之处。看来，作为"次生文学"的当代诗歌批评，要避免"文章不好"的"后现代汉语"之弊端，大概在主体自性与文体自觉的前提下，还得多些"文章感"的素养才是——且是汉语文章的文章感。

与此随之而来的考量，则又存在有关"文章感"后面的"汉语气质"以及行文"气息"问题。"转基因"的汉语新诗，开了一百年的"洋花"，唯有不多的诗人守住了汉语气质；"转基因"的汉语新诗理论与批评，也开了一百年的"洋花"，也唯有不多的理论与批评家，守住了不多的汉语气质。

从文本生成的角度而言，有如没有绝对客观的批评家——至少，对于那些认同并葆有"主体自性"的批评家来说，其有关批评的言说，实际上有相当的部分是在言说主观性的"自己"，亦即

"超等值"的表达——也不可能有绝对"汉语气质"的批评家——至少,仅就现代汉语语境下所谓"现、当代中国文学"之理论与批评而言,其有关言说,实际上有相当的部分是在言说西方性的"他者"。然而,不管是"求疵的批评"还是"寻美的批评",[①]只要是以汉语的文本化批评作为文本化的汉语批评,或者再进一步说,只要是以汉语诗歌为批评对象,或以汉语诗歌作为"另一种写作"的"素材",无论就"发生"或"接受"而言,都脱不了"汉语气质"的考量。

至于何为"汉语气质"?笔者学养所限,一时还说不出个条分缕析,只是认定了该有这份存在,不能总是重"理"轻"文",难得作汉语文章去"接受",或一味"中餐西做",只得些"营养"而已。

实际上,批评作为一种话语活动,和其他写作一样,皆离不开主体精神的"灌注"(黑格尔语);换成汉语的说法,即"文以气为主"。汉语有汉语的气,西语有西语的气。气可感而不可见,可见(在此处通"现")的是流动于行文中的那一脉由"气质"化来的"气息"。气正则文正,气邪则文邪。别的都可以藏得、掖得、装得、作得,唯有这"气息"难以造假,且作用于无形之中。——以此去细细体察当代诗歌批评,以及整个当代文艺理论与批评,许多隐约于文本后面的问题,多有"昭然若揭"的微妙。

汉语古代文论画论中,曹丕提出"以气为主",谢赫将"气韵生动"列为"六法"之首。即或是现代汉语语境下,谈及文体及文章,包括所谓"学术论文",这个可感而不可见的"气",依然是一个不可或缺有时还很关键的存在。尤其是,在一部分已然认

[①] 转引自〔法〕蒂博代《六说文学批评》(赵坚译)之郭宏安《读〈批评生理学〉——代译本序》,三联书店2002年版,第26页。

同了"主体自觉"和"文体自觉"的批评家那里，将批评的文本化生成作为"次生文学"，意欲成为"关于文学的文学"抑或"关于诗的诗"（借用日内瓦学派语）时，"气息"的问题便显得尤为突出。

考量包括当代诗歌批评文本在内的当代文艺理论与批评文本，在我们通常认同的学养、学理、情怀、立场、艺术直觉、问题意识、文体意识这七项基本元素之外，是否还得补充加上"气息"元素的考量，确实是个一直被忽略的问题。

这一"气息"问题，从文本到人本，具体观察而言：其一，或"元气"不足，而困于古今纠结、东西彷徨、他者投影、自我复制，缺乏"独立之精神"——是以"虚"；其二，或"根气"不足，而疲于体制操控、流水作业、人云亦云、千人一面，沦为类的平均数——是以"泛"：其三，或"真气"不足，而立场不明、情怀不畅、急功近利、有量无质，遑论"自由之思想"——是以"假"；其四，或"底气"不足，而趋流赶潮、与时俱进、观念"结石"、话语缠绕，多以空心喧哗而已——是以"浮"。

而，无论是"元气"、"根气"还是"真气""底气"，不足之根源，皆因"文心"不正、别有所图，而"机心存于胸中，则纯白不备。"（《庄子·天地》）文心不正，文气何以能正？文气不正，行文之气息又何以清通？

由此绕了一圈，又回到"主体自性"上来了。

实则，"文体""主体"，本为一体，主体气息正了，行文气息自然也就正了，或可达至"直而温，宽而栗，刚而无虐，简而无傲"（《尚书·尧典》语）的境地。由此，动思动笔之际，自觉跳脱各种"体制"束缚及"惯性"驱使，唯以"商量培养"（钱钟书语）之心境而生"商量培养"之语境，复以"商量培养"之语境，而生"商量培养"之语态、语式、语感,或可再在过于信任和依赖现代汉语"编程"之外,多少兼顾一点汉字"字思维"与"词思维"之"编程"属性,而丰富感知、活跃表意,其所成批评文本,该有怎样的气息贯通而文质兼备,进而持久"创造"自己的读者群与影响力,不再是"一次性消费"的物事?!

或许,当我们海量产出的当代诗歌批评文本及其他文学艺术批评文本中,有更多些的文本即使不署名也能知道是谁写的,或仅凭气息和语感就能辨识出作者为何,所谓"批评的有效性",至少在文体层面,可以多少有所改观的了。

复想起当年周作人在谈翻译时,曾将其概分为"职业的"、"事业的"、"趣味的"三种,并指认"趣味的翻译乃是文人的自由工作",且是一种"爱情的工作。"[①] 转借此处,如果把批评也看作一种"翻译"的话,能够如此"自由"且"爱情"般地投入,其灌注与体现在批评文本中的"气息",自然别有律动而不同凡响了。

显然,就当下而言,这无疑是一种偏于高冷的理想,但作为"回身的余地"(借用本雅明语),总得有人先去这样想这样做吧?

2017 年 11 月

[①] 转引自刘绪源著《今文渊源——近百年中国文章之变》,青岛出版社 2016 年版,第 81 页。

小于"一",或大于"十二"

——有关北岛评价的一个个案分析

引言

仅就文学艺术史而言,凡真正重要而优秀的人物,在被历史书写所书写的同时,也必然或多或少地影响到历史书写的书写理路。

换言之。一方面,凡真正重要而优秀的文学艺术家,在宿命般的创造之路,改变了他自身命运的同时,他也经由他的创造历程,改变了文学艺术的命运,从而为之开启或拓展了新的历史;另一方面,面对这样的历史人物之文本与人本,那些试图对之进行历史性书写或历史性阐释的书写者与阐释者,也不免会遭遇书写理路的纠结与阐释位格的挑战。

一个颇有意味的"张力"关系于此形成:历史书写者和阐释者,与被书写和被阐释的历史文本(包括作品和作者)之间,或互为激活而增华加富——双方"文本化"的增华加富，或互为衰减而弱化位格——双方"文本化"的位格衰减。更有意味的是，在这一"张力"关系中，被书写与阐释的历史文本（包括人本和文本），一般来说，大体上是处于"被动状态"范畴的，乃至是全然"文本化"了的，所谓"作者已死"（罗兰·巴特）；反之，历史书写者和阐释者则大体是主动的，乃至是全然"人本化"了的，是以常常有"过度阐释"（桑塔格）之嫌。

悖论由此产生。

仅就文学艺术史而言，所谓历史文本（包括人本和文本）的定位之论，或许难免，既是一个诱惑，又是一个很难达至的逻辑神话。

一

上述"引言"之论，源自有关北岛评价的一个典型个案之感想与思考。

2010年春天，以发表先锋小说和文史研究随笔为主、在当代文学期刊界享有盛誉的《钟山》文学杂志，继评选新时期文学30年（1979—2009）十佳长篇小说后，又特别举办了一个评选30年十大诗人的活动，在全国甄选12位活跃在诗歌界的学者、评论家、编辑做推荐评委，各自推荐自己认定的十大诗人榜单，并撰写推荐语。随后，于2010年第五期卷首位置，隆重推出此一推选结果的榜单细目和详尽推荐语。

这次活动，笔者有幸被"相中"，忝列12位评委之一。至少在我而言，事先既不知道12位推荐评委都是谁，也没有任何相关推荐活动的先期信息，只是纯粹凭个人30余年的阅读与研究所得，在反复斟酌后，按照主办方评选规则，提交了自己认定的排行榜"榜单"和"推荐语"，完全是"背对背"式的个人负责，想来其他推荐评委也是如此。

记得当年六月，我应邀出席"新世纪江苏诗歌研讨会"，在南京首次见到贾梦玮主编，此时推荐评选虽早已结束，但一方面出于学术考量，另一方面也带有些个人情怀，聚叙中还冒昧问到此次推荐评委中，何以缺失可算最佳人选的诗学家陈仲义教授，贾梦玮回答说因陈仲义是舒婷的先生，为了避嫌。可见，这次评选活动的全过程，是较为纯粹和公正的。

评选结果，北岛以唯一全票获得者，位列"十大诗人（1979—2009）十二个人的排行榜"榜首。[①] 仅以笔者所见，这应该是北岛30多年来，最具公共性的一次学术"礼遇"，也是最具学术性的一次公共"定位"。

众所周知，这多年来，各类文学评奖及排行榜之举，无论官方还是民间，公布结果时，大都很少同时明示其详细评选过程及诸般细节，也很少涉及撰写授奖词、推荐语的作者姓名与身份。由贾梦玮主持的这次《钟山》"十大诗人（1979—2009）十二个人的排行榜"，则完全透明公开，并真名实姓地一一公布了所有12位评委的推荐榜单和推荐语，可谓难得一见的典型个案。由此，

[①] 其他九位进入排行榜的诗人，以得票多少，依次排列为：西川（10票）、于坚（10票）、翟永明（10票）、昌耀（9票）、海子（9票）、欧阳江河（6票）、杨炼（5票）、王小妮（5票）、多多（4票）。另外，同时获十二位评委推荐，但没有能进入前十的诗人，依序票数多少，分别为牛汉（4票）、王家新（4票）、柏桦（4票）、顾城（3票）、食指（2票）、舒婷（2票）、蓝蓝（2票）、周伦佑（2票）、艾青（1票）、洛夫（1票）、李亚伟（1票）、郑敏（1票）、张枣（1票）、彭燕郊（1票）、麦城（1票）、孙文波（1票）、小海（1票）、韩东（1票）、东荡子（1票）、臧棣（1票）、肖开愚（1票）、尹丽川（1票）、吉狄马加（1票）、孙磊（1票）、伊沙（1票）。其中同为4票的诗人有四位，最终何以多多入选，不得而知。

这一限定于1979—2009年间当代中国诗歌历程的"十大诗人"排行榜，既是对诗人的考量，也成了对评委的考量——至少，在"北岛"这一排名榜首的名目下，于最具公共性的"定位之论"外，是否也最具学术性以及怎样位格的学术性，或许值得再做一点"后设"性质的分析讨论。

"张力"关系由此经典再现——众口一致的"礼遇"与众说纷纭的"延异"，在北岛这里，再次聚焦为一个考量"节点"：他轻松地获得了众口一致的"一"，又很不轻松地考量了众说纷纭的"十二"。那么，在难免"小于一"的"十二"之后，能否收摄出大于"十二"并接近"一"的"定位之论"，或可作为一个特殊文本供诗学界参考呢？

这正是引发笔者时隔五年后，动念撰写本文的诱惑所在。

当然，也不免犯难纠结：身为12位推荐评委之一，何以有资格和权利对"众说纷纭"说三道四以及修订另说？好在文本生成发表后，此一典型个案，可以作为学术话题再做研讨的。何况本文的出发点和最终目的，主要不在于对"十二"家之言的讨论，而在于那个可能大于"十二"的"一"的求证，有如一个虚拟的学术研讨会，不妨试着分析说说看。另外，除笔者之外的十一位评委，笔者全都认识，且多为或师或友的关系，即或说得不对或有偏差，也无妨进一步商榷修正。

二

《钟山》2010年第5期刊出的"十大诗人（1979——2009）十二个人的排行榜"推荐语，是按评委投票时间先后为序排列的。下面逐一引来，并冒昧点评，小做分析，看能否最终归纳出那个更具"定位之论"意义的"一"来——

  敬文东：北岛是中国当代诗歌的一个象征符号。在最需要诗歌英雄的年代，北岛横空出世，他的诗作启迪了整整一代中国人。北岛的诗坚定、忧郁、紧皱眉头，直扑人生中最晦暗的部分，因而不具备任何形式的幽默感。他用自己的写作深入反思了一段荒唐的、人妖颠倒的历史，因而他也成为了历史的一部分，注定将被后人反复打量。

按照现行代际说法，"60后"的敬文东，还属于青年学者之列。在大学作教授、主攻当代诗学研究的同时，间或写诗写小说。平日为文作论，兼有学院理性和个在感性，每有论出，不但眼光思路独到，其文字语感，也别具风致，每每令业界刮目。

  但此次敬文东提交的北岛推荐语，仅仅百字余，就这，还大都为感怀式的指认，很少论定下判语，其用心与行文，似乎稍稍匆促了些，属于较为简短空泛的十二分之一。"在最需要诗歌英雄的年代，北岛横空出世，他的诗启迪了整整一代中国人。"唯此一结语，骨重神凝，是近于"一"的"定位之论"。不过此句中"诗歌英雄"一词有点别扭。另有一句指认北岛诗歌"不具备任何形式的幽默感"，是12份推荐语中唯一涉及此论点的个见，是否得当，也只有存而不论。

  耿占春：北岛无疑是新诗30年最具象征性的人物。无论排几大诗人，想到北岛不需要犹豫，也几乎不需要评价。他启蒙了一代人的诗歌观念。在70年代末，在官方诗歌的意识形态话语夺去表述内心语言的时候，他为没有个人抒情话语的几代人提供了愤怒的歌哭。我至今犹记得在校园路灯下在寒风中阅读北岛诗歌的那份激动。虽然那时已读过浪漫主义和某些西方现代诗，也读过了艾青、闻一多等，但北岛把诗歌的可能性置于我们自己的身边。他再次提供了一个开端。正是缘于对北岛和他所编辑的《今天》的解读，我从幻想做一个诗人开始走向诗歌批评。

素有"思想者诗学家"美誉的耿占春，在当代中国诗学界可谓格高言深，别具分量，但此次做评委撰写推荐语时，却有些失重之憾。12位评委中，耿占春是将北岛列为排名第一的七位评委之一，可见北岛在他心中的实际分量之重。也或许正是因为这份"重"之所在，一时之间，便将担负"定位之论"的推荐语，转而写成了个人感怀之小随笔，虽语重心长，到底还是多少有些偏离文体之要。

好在该下的关键性判语还是下了："北岛无疑是新诗三十年最具象征性的人物"；"他为没有个人抒情话语的几代人提供了愤怒的歌哭"；以及"启蒙了一代人的诗歌观念"。有此骨架支撑，终不失大体。

张学昕：北岛主宰了一代人的诗歌记忆。他领衔的《今天》派诗人，开启了现代汉语诗歌新的历史。他早期的诗作，冷峻、庄严，带着强烈的怀疑和否定精神，成为当时主流意识形态话语的异质性回声，他也因此被诗歌史写作经典化，成为后来者膜拜或者"打倒"的对象。但实际上，北岛早已溢出了"朦胧诗"的边界。他到海外以后的写作，从音势到风格都发生了很大的变化。天涯孤旅、去国怀乡的经验，以及历史和人生的荒诞感，贯透在他的写作中，使他的诗歌呈现出一种平静内敛的忧郁。北岛曾说，在海外生活，母语成了他"唯一的现实"。而他的写作又何尝不是为母语增加了一种"现实"？

总之，北岛为现代汉语诗歌提供的独异经验足以构成"影响的焦虑"，成为诗歌写作者不断重临的起点。也许，在未来的一代人的文学憧憬中，他诗歌的时间的玫瑰，会继续绽放在一种深邃记忆的沟壑中。

张学昕的推荐语，如一篇小论文，且文质并胜，连起承转合及字词斟酌都顾及到，可见用心之深、治学之严谨。张学昕做当代文学研究，主业在小说散文，艺术直觉和文章功底非同一般，是以偶尔旁涉诗歌，也毫不逊色。尽管在张学昕的推荐榜单上北岛位居第四（前三位依次是昌耀、杨炼、海子），但在他的推荐语中，对北岛的评价却颇具分量且甚是到位。

尤其，对北岛早期诗作，以"冷峻"、"庄严"、"强烈的怀疑和否定精神"及"主流意识形态话语的异质性回声"做指认，对海外以后的写作，以"平静内敛的忧郁"做判语，还特别指出其中"音势"的变化，见解独到之外，用语更别具精辟。若略加改写，弱化其"文"而强化其"质"，算得最接近那个"一"的"十二分之一"的推荐语。

何平：准确地说，北岛的成名和他最具有公众认知度的诗歌《回答》《宣告》等都是在1979年之前。北岛和他的诗歌是沉沦时代普通公民自救的象征。历史成就了北岛以抵抗专制为核心的政治诗学，但这不是北岛的全部。进入80年代，北岛对于他抗议和控诉的时代有了更深刻的反思，《履历》和《白日梦》就是这样的代表作。从一定意义上说，北岛在当代诗歌阅读史上，是一个被充分注意到，同时他的某些部分又是被不恰当漠视的诗人。不只是普通读者，就是专业读者对于北岛去国以后的诗歌写作状况并不很了解。"中文是唯一的行李。"90年代之后，北岛很重要的母题是"漂泊"和"回归"。北岛2002年在接受《书城》杂志采访时说，"一切从头开始——作为一个普通人，学会自己生活，学会在异国他乡用自己的母语写作。那是重新修行的过程，通过写作来修行并重新认识生活，认识自己。"不只是在政治抗议的尺度上，北岛的诗歌如何获得诗学辨识是我们必须正视的一个问题。

常为学生点赞有学术"风范"的青年学者何平教授，同张学昕一样，诗歌评论也非其主业，是以一时顺遂，也将"推荐语"写成了小论文，行文中还有两处来自北岛自己的引文为证，且着力并归旨于北岛诗歌如何获得纯粹意义上的"诗学辨析"，来纠正惯以"政治诗学"尺度以偏盖全的问题，如此行文，不免有些偏离"推荐语"这类文体的规范尺度。

其实用心甚切。这不仅表现在何平将北岛排在他的推荐榜单的榜首，而且不惜越出"论域"亦即推荐语范畴，为北岛的历史定位"借此"一辩，其学术立场和人文情怀可见一斑。到了，其"北岛和他的诗歌是沉沦时代普遍公民自救的象征"一句判语，或可作为定于"一"的参考词条之一。

燎原：作为"朦胧诗"的代表性诗人，北岛的诗歌艺术行程，直接呼应了"五四"新文化运动的启蒙精神。他以非凡的艺术诚勇，犀利的思想精神启蒙，开创了中国新时期现代主义诗歌的先河。亘贯在他诗歌中尖锐的现代质疑精神，点化精微的冷峻诗艺，形成了与既有主流诗歌传统的峻厉质对，由此而影响了一个时代的诗歌方向。从北岛秉持的艺术立场上溯，是先行者鲁迅的清晰的背影。

推荐语，以及诸如此类的授奖词、评语等，是所有现代文论中，最为微妙而难就的一种特殊文体。这种文体，既不同于一般文章或论文，又不同于相近的批注、提要、引言、按语、断想等；既要字斟句酌而简要精妙下"判语"，以极为有限的文字"中的"而"立论"，又要不失内在统一结构，有大体脉络作隐形关联，最终达至对所"荐"、所"奖"、所"评"者的高度概括和精确表述，成为经得起历史认证的独家"定论"。

设若笔者的这一认知，就学理考量还算成立的话，作为12位评委之一的燎原所撰写的推荐语，应该是较为到位者之一，无愧资深诗歌评论家的身份与修为所在。尤其所下"点化精微的冷峻诗艺"一句判语，可谓精准细切。而仅以百余字文字概括言之，确然已大体接近可以想象中的"一"的"期待值"位格。

陈超：北岛的诗一直以其冷峻的怀疑主义和不妥协的批判精神，深刻的悲剧风格与荒诞感的扭结，揭示出生存和生命经验，更新了一代人的情感。30年来，他一直是一个"有方向写作"的诗人。始终围绕着人的存在，人的自由，人的现实、历史和文化境遇，人的宿命，人对有限生命的超越，以及诗人与语言艺术的复杂关系……等方面展开。他的诗中持续表现出的孤独感、焦虑感、荒诞感、悲剧感，他的怀疑和批判精神，都可以聚焦式地在对"人"和"语言"的关注这两个层面上得到纵深的解释。令人赞许的是，这些沉痛而丰富的情感经验，都是经由对严谨而奇妙结构中的细小而神奇的"语象"纹理的雕刻，从而显豁地呈现出来的，而非被动地依赖于"本事"细节。这样做的好处是，使北岛的诗既有写作发生学或动力源意义上的真实，又有"元诗"意义上的精密感和高度的专业精神；既能有效地表达个人心灵，又为读者提供了某种超验性引申的机会。

圣徒般纯粹、深切、专一、丰赡的陈超，在当代中国诗歌界有口皆碑。学养、学理、情怀、问题意识、艺术直觉、同呼吸共命运以及细读深研之功力修为，在在令人感佩而信任。此次陈超推荐的"排行榜"上，北岛位列第一，其推荐语之用心用力，近乎"超饱和"，难免显得稍稍滞重了些。

"有方向写作"，是陈超惯常拿来评判优秀诗人的第一标准，北岛当然是此一标准的典型代表。体现"北岛式"诗歌写作方向的聚焦点，陈超归纳为"在对'人'和'语言'的关注这两个层面上得到纵深的解释"，并称许其"有'元诗'意义上的精密度和高度的专业精神"，实为精辟之见、"定位之论"。

沈奇：简约而精美的形式，丰富而深刻的内涵，缜密而统一的风格；对精神现象之独到的省视，对词语历险之特殊的专注，对独立的非面具化非类型化之写者立场持久而孤傲的坚守——由代言到内省到深入语言的奇境，汉语诗歌的抒情传统之现代性转换，在北岛艰卓而富于艺术自律的创作中，得以历史性的过渡,从而成为有号召性与影响力的、勾勒出现代汉诗的现代性品质之轮廓与基质的第一人。前期作品,以其正义与自由的呼吸,推开被黑暗锁闭的门窗,传播人的尊严和美的信念,在纠正生活方向的同时也纠正了诗的方向,影响及整个时代的良知与美感;后期作品,于独白的抒写中,建构与世界相通的诗意与诗境,并将修辞行为提升到一个同人生经验和人类意识和谐共生而更趋完美的境界,为跨越世纪的当代汉语诗歌,贡献了更为精湛的技艺资源和超凡脱俗的精神源泉。

对成名诗人的定位,限于现、当代文化语境,我向来持三种尺度看待之:重要的;优秀的;既重要又优秀的。从中国特色的文学史及诗歌史的角度去看,许多优秀的诗人似乎并不重要;从纯诗学的角度来说,其实许多重要的诗人又不尽优秀。真正既重要又优秀的诗人,是那些既以自己的诗学观念,对诗歌艺术的发展起过重要的开启与推动作用,又以自己的诗歌写作之质与量,足以自成一家而影响于后来的诗人——以此来看北岛,至少就20世纪下半叶以来中国大陆诗人族群而言,当属第一人。问题是,这一带有"中国特色"的"双重标准"之"重要"一说,其实至今为止,依然脱不了"五四"新文学、尤其是现、当代文学之历史书写的旧套路,偏重于诸如时代价值、社会价值、历史价值等方面的考量,而非纯粹诗学意义上的辨析与认定。

正是基于此种反思,我在提交的"排行榜"中,将北岛排在洛夫之后,位居第二。我是想就此表示,仅就诗歌艺术的原创性、丰富性以及汉语气质,还有诗学方面的建构等总体成就而言,北岛还是稍稍逊色一点，尽管其实际的影响力，要远远超过洛夫。①我与北岛是同龄人，尽管从未见过面，但细读过他几乎所有的作品，一直敬仰在心，只是因多年来着重力于"朦胧诗"之后的诗歌研究，一时没有付诸文字论说而已。是以此次撰写推荐语，谨重有加而字斟句酌、反复修订，以至有些用力过了之嫌。尤其后半部分文字，将北岛诗歌写作简单分为前期与后期，并予以不同的价值指认，有失学理之谨严。其实北岛的写作方向和作品风格，尤其是内在气质与韵致，基本上是一致贯穿始终的，不宜轻易做前后期比较。倒是"推荐语"的前半部分所下判语，自认还算在理在言，不负心仪，也不失论定位格。

黄礼孩：北岛的诗歌是一个特殊时代的符号，他的诗歌在这个时期的影响是普遍和深刻的。跟新诗开始的"五四"文化运动时期有着十分的相似，"文革"后的新诗几乎是从空白中爆发出来的，北岛在这个时候英雄地站出来了，以他为代表的被冠以"朦胧"之名的诗歌，震醒了新时期尚处于昏睡状态的人民。

---

① 笔者从事当代诗歌研究，打一开始，便将所谓"两岸三地"及"海外"汉语新诗写作，纳入一个版图、一个历史谱系去看待，所谓"大中华诗歌"（洛夫）。故而，在应邀出任《钟山》"十大诗人（1979——2009）十二个人的排行榜"推荐评委时，也作如此观。待评选结果出来后，才发现其他推荐评委，实际上还是依循大陆当代文学史和当代诗歌史多年形成的研究思路与书写理路，将台港澳及海外汉语新诗诗人作"另册"看待了。或许还有时间维度问题，即认为洛夫成名与影响在早，与"三十年"无干。其实洛夫正是在这三十年里，以长诗巨作《漂木》（2001）、《诗魔之歌》（1990，花城出版社）、探索诗集《隐题诗》（1993）、现代禅诗集《洛夫禅诗》（2003）等作品深度影响及两岸诗界，仅在大陆出版的单本诗集及多卷本选集，就有十多种，并获大陆多项重要诗歌奖项，理应在入选范围的。由此推算，设若《钟山》主办者原本也是以这样的版图和谱系为限的话，去掉洛夫"候选资格"，或仅就大陆诗人为限，那么北岛自然当属我的"榜首"之选。

黄礼孩是12位评委中唯一一位"七零后"民间诗人、诗歌编辑家、诗歌活动家。以一人之力创办并主编民间诗刊《诗歌与人》近20年，独自创办"诗歌与人·国际诗歌奖"十届，实在可算是当代中国诗歌历程中，别开一界的奇迹，我曾撰文称其为阳光"礼孩"、诗歌"圣婴"。《钟山》选择黄礼孩作本次评委，不失为切实周详，"视野"、"在场感"、"代际"因素，仅此三点，足以增补全面。

　　作为新世纪前后"崛起"的青年诗人，或许在礼孩心里，早已将北岛划归疏离于当代诗歌现场的历史定论人物看待，是以他的"诗歌与人·国际诗歌奖"一直缺席北岛。此次评选，礼孩将北岛排名第一，并称之为"英雄"，但仅仅百余字的推荐语，只是重新认定了一下历史地位，且限定在"过去时"时态，缺乏实质性的价值指认。开头一句指称"北岛的诗歌是一个特殊时代的符号"，也不免有些含混不清。实际上，礼孩此种状况，或许代表着新一代诗人之价值理念的暗自转换，并提出了一个有关北岛诗歌是否在当下已然"失效"，还是属于任何时代之经典这样的命题——这命题由来已久，却总是难以"定论"，而一再成为新的话题。

　　唐晓渡：从最初的引领者到后来的精神象征，北岛一直是当代汉语诗歌伟大复兴最杰出的代表和最重要的灵魂人物之一。正是经由他和他的伙伴们所开启的变革潮流，当代诗歌得以于绝地重归自主自律的传统大道，重建汉语不可摧折的自由和尊严，并成为当代世界诗歌最富活力和潜能的部分。他的写作沉郁而机警，敏锐而精审，强硬而不失温润；他使冷峻的怀疑立场、不妥协的批判精神、深邃的人道主义关怀和诗意发现的洞幽察微，在历史、现实、自我的诸多层面，尤其是其无意识层面上相互烛照，彼此生发，进而在语言中开放或结晶。他的诗充满理性的力量而又超越了理性，用于正义的担当而又始终恪守诗自身的正义。他坚持叩问、探询被抛的个体生命和一个"正在趋于完美的夜"之间的种种幽昧关系及其话语的可能性，坚持以孤独、荒谬、焦虑、错位和悲剧为主题向度，使独特形式和风格的持续锻造同时成为对现代人生存和心灵境遇的持续揭示。据此他把变幻莫测的人生命运不断转化成"不可言说的言说"之诗的宿命，把这一宿命转化成一个"不断调音和定音的过程"，并在这一过程中不断重申诗歌艺术的真义：某种注定要归于失败，但也因此注定要被反复尝试的、语言和沉默之间的"危险的平衡"。

因了风云际会之历史成因，作为北岛及其所代表的《今天》派诗人或者"朦胧诗派"的同路人、代言人、"护法使者"，一直以来，唐晓渡在当代中国诗歌界的独有地位和独特声音及持续影响力无可替代。历史选择了唐晓渡，唐晓渡也始终对历史恪尽"职守"，任何时候，任何言说，皆一以贯之，葆有严谨、缜密、高迈的专业风度，令人感佩！

此次唐晓渡出任评委，荐北岛为榜首，其推荐语之得体而凝重，无出其右者，具有相当的权威性，也是最接近定论之"一"的十二分之一。起首句："从最初的引领者到后来的精神象征，北岛一直是当代汉语诗歌伟大复兴最杰出的代表和最重要的灵魂人物之一"，已是点睛之语。中间一句"他的诗充满了理性的力量而又超越了理性，用于正义的担当而又始终恪守诗自身的正义"之判语，及随后"坚持以孤独、荒谬、焦虑、错位和悲剧为主题向度，使独特形式和风格的持续锻造同时成为现代人生存和心灵境遇的持续揭示"之指认，既是知己之见，又有教科书般的精辟。只是，设若真要以教科书之"普世性"价值认同，以及语义与语感的认同为考虑，晓渡推荐语中的不少用词用语，还是略微显得高蹈了些。当然话说回来，既然是个人推荐，所作言说是否一定要考虑理解的难度，或许也是个伪命题。另外，行文中将北岛的同路人称为"伙伴"，影响语感之统一，且语气分量也有失整体之凝重。

何言宏：对于北岛，我同意一位海外学者所曾指出的，即他代表了中国的声音。他在中国当代诗歌史上的重要地位，目前还罕有其匹。他的诗歌，无论是早期的高亢，还是去国之后的低廻，都是中国的良知或者心灵的真实表达。北岛早期诗作中的人道精神、英雄情怀和他对世界勇于怀疑与挑战的精神姿态，与那个时代保持了应有的张力；而他去国以后的大量作品，即使有着难以掩抑的孤独、哀伤甚至落寞，但仍有着巨大的悲情，和他的祖国息息相关。在诗歌史的意义上，北岛开创了两个非常重要的传统，即以《今天》所开创的民刊传统，和以其自身的诗歌实践所开创的反抗与介入的诗学传统。

身兼多职、言路多维的"六零后"教授何言宏，近年对当代诗歌理论与批评的亲近与投入，显然更多更活跃一些。此次他给出的排行榜，特别关注到"非非主义"的代表人物周伦佑（另一票为笔者推荐），可见别有深入。有意味的是，何言宏所提交的推荐语，同何平教授有大致相近的语式和风致，委婉，中肯，商量培养中，见出确切与明达。

何言宏对北岛的评价，关键之处，在其指认北岛"开创了两个非常重要的传统，即以《今天》所开创的民刊传统，和以其自身的诗歌实践所开创的反抗与介入的诗学传统。"这一判语，将北岛的历史价值与现实意义，于诗学层面之考量外，更延伸及文化学层面的确认，别具分量。

  吴思敬：北岛作为一个新时代的歌者，他直面现实的勇气、独立的人格力量和觉醒者的先驱意识，他的强烈的使命感和社会责任感，他诗中凝结的一代人的痛苦经历与思考，使他理所当然地成为朦胧诗派的代表人物，他的作品也构成了当代中国的一种重要的文化现象。进入新时期的年轻人，需要听到一种新的声音，一种发自真正意义上的人的声音。这种声音，他们在北岛的诗中听到了。北岛是个有强烈使命感的战士，同时也是一位有独立的审美品格的诗人。北岛的诗歌有丰富的象征意象，后又借鉴西方超现实主义等现代主义手法，构建了一个独特的诗歌艺术世界，为中国新诗的现代转型起了重要的推动作用。

  作为本次评委中唯一一位前辈学者，吴思敬先生的分量，多少要大于"十二分之一"一些的。笔者曾在题为《摆渡者的侧影——吴思敬诗学精神散论》一文中，称他为跨越三代诗歌历程的"摆渡者"，并认为先生的仁厚、热忱、睿智，既从善如流又不失历史维度的学术精神，以及集立言、立行、立德于一身的学人风范，为其胜任并出色发挥"摆渡者"职能奠定了坚实的基质。

  吴思敬的当代诗歌评论，正是从对"朦胧诗"的激赏与鼓呼为开端，至今40余年，依然走心、接地气、"摆渡"在现场。以此资历，出任本次评委，自是得心应手。北岛在吴思敬给出的榜单上也是位列第一，所下推荐语，依体谋句，循范成篇，中正严整，纯是史家语。其中指认北岛的作品"构成了当代中国的一种重要的文化现象。"更是独家判语，重要见解。

张清华：他是使当代中国的诗歌在黑暗的精神幕布上撕开缺口的诗人，是使当代诗歌的潜流浮出地表、使孕育中的先锋写作露出冰山一角的诗人，在这个意义上，他也是一位先驱。"卑鄙是卑鄙者的通行证，高尚是高尚者的墓志铭"，他使诗歌的箴言在社会变革的前夜生发为一种巨大的文明召唤、启蒙讯息与启示力量，并且因为对于压力的勇敢承担，而产生出强大的道义与人格力量，从这个意义上，他的地位也无可替代。同时，他在国际诗坛广泛的精神影响，也使得中国的当代诗歌真正得以走出国门。从文本上说，他的精准和简洁、犀利和持续的批判性，在早期的启蒙主义思想和之后的个体精神价值的转换衔接方面，在文本的单纯性与复合性的统一方面，都具有强烈的引领意义，而他对于写作的专业性的一以贯之的追求，对于中国当代诗人也具有重要的示范意义。

当代中国诗歌进入新世纪历程后，作为名校教授的张清华，以其专业的视角和言说，以及颇为广泛的多层面的"在场"，成为诗坛"一线人物"，其活跃度和影响度，都相当显要。此次清华给出的十大诗人"排行榜"，前有食指为首，后有伊沙殿军，北岛排名第二，仅有两票的舒婷排名第三（另一票为笔者推荐），其十票构成，大休依循重要与优秀"双轨制"之现、当代文学史治史理念考量所然，自是中规中矩。

不过，学院位格之外，作为写诗出身的张清华，还保留不少诗人气质。其给出的北岛推荐语，从语感到语式，都带着些诗性的激昂，赋予理性言说的学院话语以别样的动态，如起首一段判语，即是典型。

三

经由上述点评分析，现在似乎可以从12家推荐语中，试着归纳出那个更具"定位之论"意义的"一"来了——

从最初的引领者到后来的精神象征，北岛一直是当代汉语诗歌伟大复兴最杰出的代表和最重要的灵魂人物之一。

北岛开创了两个非常重要的传统，即以《今天》所开创的民刊传统和以其自身的诗歌实践所开创的反抗与介入的诗学传统。他直面现实的勇气、独立的人格力量和觉醒者的先驱意识，成为沉沦时代主流意识形态话语的异质性回声，及普遍公民自救的象征。在官方诗歌的意识形态话语夺去表述内心语言的时候，他为没有个人抒情话语的几代人提供了愤怒的歌哭，从而构成了当代中国一种重要的文化现象。

对精神现象之独到的省视，对词语历险之特殊的专注，对独立的非面具化非类型化之写者立场持久而孤傲的坚守——由代言到内省到深入语言的奇境，汉语诗歌的抒情传统之现代性转化，在北岛艰卓而富于艺术自律的创作中，得以历史性的过渡，从而成为有号召性与影响力的、勾勒出现代汉诗的现代性品质之轮廓与基质的第一人。他的怀疑和批判精神，都可以聚焦式的在对"人"和"语言"的关注这两个层面上得到纵深的解释。他的诗充满了理性的力量而又超越了理性，用于正义的担当而又始终恪守诗自身的正义。坚持以孤独、荒谬、焦虑、错位和悲剧为主题向度，使独特形式和风格的持续锻造，同时成为现代人生存和心灵境遇的持续揭示。他的精准、简洁、犀利，以及平静内敛的忧郁气质，在早期的启蒙主义思想和之后的个体精神价值的转换衔接方面，在文本的单纯性与复合性的统一方面，都具有强烈的引领意义。

北岛的诗既有写作发生学或动力源意义上的真实，又有"元诗"意义上的精密感和高度的专业精神；既能有效地表达个人心灵，又为读者提供了某种超越性引申的机会。亘贯在他诗歌中尖锐的现代质疑精神，点化精微的冷峻诗艺，形成了与既有诗歌传统的峻厉质对，由此而影响了一个时代的诗歌方向。

在对众家之长做了最大限度的精简之后，依然有近八百字的上述"归纳"，显然已远远超出"推荐语"的范例，成了一时难以归类的特殊"文献"。可以想见的是，设若有重写当代中国诗歌史的新一代学人关注到此一"文献"，到不失为一个重要参考。

当然，仅就"学术位格"而言，这段"归纳"文字的分量之重之全面，大于原初文本的"十二"是可以肯定的，但是否就是近于"一"之定论，肯定不能肯定。诗无达诂，何来定论？人皆行者，何以定位？何况北岛尚在盛年，始得安稳，后续创作与成就，尚未可知，又何以作"定位之论"呢？

如此绕了一大圈，又回到本文开头"引论"部分提出的那个悖论：所谓历史文本（包括人本和文本）的定位之论，终归既是一个诱惑，又是一个很难达至的逻辑神话。无论为谁做定论，无论谁来做定论，无论是一家之言还是众家之长，最后的结果，只会"小于一"——小于那个被定论的"一",或那个可能存在的"唯一"的定论。故而,也便有了那个无限丰富的"阐释空间"和无限可能的历史书写之"书写理路"。而这,才是最重要的。

同时需要提醒的是,在当下时代语境,面对北岛这样重要而优秀的历史人物,面对以北岛这样的历史人物做历史书写的热点所在,是否还应该多少保持一点必要的清醒与冷静,以免于无意之间,陷入应转型后的主流意识形态所需,及商业社会与消费文化共谋,而虚构的"荣誉空间"与"交流平台"之陷阱,从而留下新的遗憾与尴尬。

2016 年 4 月